shiji
wenxue
60jia

世纪文学 60 家

徐坤著

徐坤精选集

北京燕山出版社

目 录

后的以后是小说 ················ 王蒙 001

厨房 ···················· 001
狗日的足球 ·············· 024
鸟粪 ···················· 048
遭遇爱情 ················ 062
白话 ···················· 078
先锋 ···················· 143
斯人 ···················· 208
呓语 ···················· 268
梵歌 ···················· 315
含情脉脉水悠悠 ·········· 375
招安,招安,招甚鸟安 ······ 442

后的以后是小说

王蒙

我以为这几年该少出几位作家了。人们的选择多样化了。如王朔所言,过去,不当作家就只有去当工农兵。也如张贤亮所说,今后只有两种人才会选择文学创作——傻子与天才。

十余年前我就给青年报纸写过文章:《不要拥挤在文学的小道上》。一些文学青年很不高兴我给他们泼了冷水。

不管文人们前两年怎么样惊呼哀鸣商品大潮冲击了纯文学,反正不可否认的事实是:一、中国的职业作家(吃饱了只需写作而不需任何其他蓝领白领的工作,乃至,连写作也不需要)的数量最多;二、中国的纯文学刊物数量最多。仅据此两点就可以断言,中国作家百分之九十以上是铁心拥护现有的社会主义制度的。如果有人想在中国搞资本主义,我们的作家是一千个不答应,一万个共诛之的。

我还说过这话:"说到底,文学创作是人类的一项业余活动。"一位极好极好的老作家立即对之发出了异议。她认为,文学是很重要很伟大的。王某人对于文学太不敬了。

这几年我又在为后这后那而纳闷。后现代？后新时期？后××？我为此请教过一个德国人，他告诉我后现代就是把一切看成一个平面。他讲得实在好,可是我不怎么明白。

还有个学富五车的教授教导我："后什么就是反什么之意。"他讲得明晰,也许是太明晰了。既然后而不反,怕是有反以外的意思吧。

后什么什么,其实是舶来的词,连词的构成也是按照英语。Post-modern 是"后现代",Post-cultural-revolution 是"后文革",等等。仅仅从语义学上看,Post 一词只是"以后"的意思,并不意味着反什么什么,但是所以出现"后"这"后"那的专门名词,当然不是仅仅为了说明时序,而是有它的衍生的含义。

最近读了新进学人女作家徐坤的一些中篇小说,忽然有些个了悟。

这个了悟就是："后"者,过来人的意思也。"后"有一种看穿了,疲惫了,丢却了,淡漠了,超越了的意思,进入了又一个新的发展阶段的意思。

这是又一代作家。比我们"后"多了。当然比夏衍、冰心、巴金、曹禺更"后"许多。

他们即将后二十世纪了,当然更是后二十世纪的二十、三十、四十、五十年代。他们后革命(这里的革命指狭义的夺取政权的斗争,不是指蓝吉列剃须刀片之类的革命性含义)后抗美援朝。后中苏友好也后反修防修。后天若有情天亦老。后反右也后"改正"。后意气风发也后三年自然灾害。

后父兄也后祖宗。后"文革"也后学潮……

他们什么都"后"过了,便干什么都满不在乎起来。后知青下乡。所以,在徐坤的《白话》里,九十年代的下乡上山不再是正剧也不是悲剧,不再是讽刺型的喜剧。只剩下了调侃,彼此彼此,无悲无喜。伊腾处长与众研究生,调戏了还是没有调戏妇女,"都在一个平面上",德国博士的话我从徐坤这里找出来了。

后科研。科研云云,到了徐坤这里也只剩下了调侃。甚至梵与佛学,也加入到闹剧式的电影里。这样的电影倒是领教过,香港重拍的《唐伯虎点秋香》,秋香还是巩俐演的;干脆来他个大杂烩,有人认为是胡闹台,我看着倒觉得挺过瘾。艺术家的胡闹台算得了什么?您不看看中东或者波黑或者哪儿哪儿包括我们自己,胡闹台的事还少吗?对酒当歌,人生几何?譬如朝露,去(后)日苦多!何以解忧,唯有闹台,呛呛呆呆抗气抗气……嗤!

欣赏一下徐坤小说里这几句闹台吧:

白马寺住持……说:"韩退之这人一向以知识分子中的精英自居……专爱与政府作对……"

韩说:"可恨那些社科院的考古专家们,慑于佛教势力的强大,不敢坚持真理讲真话……"

住持一旁急得直摆手:"牛郎是男妓的意思,好莱坞经典影片……霍夫曼主演的……"

甚至于可以说是后爱情后性。请看下面:

那晚上她那样声情并茂,而我却……水缸里涮了一下捞不着底……

他用自己的形销骨立含泪的微笑,显示自己……宁愿"精神出走"从此后赤条条来去无牵挂的壮士情怀;阿炳老婆则用自己的无畏捐躯的行动……看着他们壮怀激烈混战犹酣……

原来以为恣意调侃是男性的特权,说相声的都是男的嘛。海军里有一个女相声演员,无非表演的时候学着假小子罢了。

不想女作家中也有此类,徐坤便是一位。她描写的对象是硕士博士研究员教授。雅人不雅,雅人难雅,雅人一样地痞与胡闹台,不知道说明的是知识分子与工农相结合的成就还是知识分子本来就俗,装雅也难,或者更"后"一点就是说,我们的博士与痞子,与白痴、诗人,与恶棍,与骗子压根就是在"一个平面上"。

后出国。出国云云,在她的故事里是多么荒诞可笑呀!

后诗。后古典,后先锋。她的《先锋》与《斯人》等写尽了一代学子又想往前追又没有多少本钱,又想出人头地又找不到门路,又想"领导世界新潮流"又举步维艰一锅稀粥……想这想那一事无成的尴尬处境。

原来也是一场闹剧!

近百年的中国,近几十年的中国,近十几年的中国,近两三年的中国,变得太快了,什么都过去了,什么都"后"了,什么都时兴过了,什么都不时兴了,什么都成功过了,什么都成功不了了,什么都练过了,什么都练不灵了,什么都闹腾过了,什么都闹不起来啦。

于是剩下了小说。后这后那,后的后后后,什么都"后"

了,还剩下了小说。

于是徐坤应运而生。虽为女流,堪称大"砍"。虽然年轻,实为老辣,虽为学人,直把学问玩弄于股掌之上,虽为新秀,写起来满不论(读吝),抡起来云山雾罩,天昏地暗,如入无人之境。

当然,不会总是"后"下去。有许多局部的胡闹台也罢,人生正在后后后后之后前进,社会正在后后后后之后发展。对于年轻人来说,更重要的"后"不是过往的喜剧,而是他们的"以后"——也就是他们的"前"——前景,前途,前瞻。只有汉语在某些情况下,可以将"后"与"前"来回调换着用,汉语里的"前部长"其实就是"后部长"——Post-minister 着实辩证得紧!对嘛,世界是不停地"后"着,又无休地"前"着。后完了生发一点闹剧性变成可以解颐的小说,也许比总是哭哭啼啼为好。但是事关"前"的时候,就得来点真格的啦。他们的以后应该比已经被他们"后"过的好一点吧。他们能无动于衷吗?

如果是玩玩而已,这就已经写得相当可以了。如果当真格的写下去,我们就想在"后"的后边寻找一些更深沉也更隽永的东西。一找,徐坤的小说未免不能叫人满足啦。可不能就是这"同一个平面呀"!就是说,还希望多来一点深一点的哪怕是闹台于外的骨子里的郑重,以及艺术的感觉与细节的体贴。

江山代有才人出,谁能说文坛寂寞了呢。前一二年的惊呼大潮——如呼"狼来了",是不是也是一场新的胡闹台呢?

厨　房

厨房是一个女人的出发点和停泊地。

瓷器在厨房里优雅闪亮,它们以各种弯曲的弧度和洁白形状,在傍晚的昏暗中闪出细腻的密纹瓷光。墙砖和地板平展无沿,一些美妙的联想映上去之后,顷刻之间又会反射回眸子的幽深之处,湿漉漉的。细长瓶颈的红葡萄酒和黑加仑纯酿,总是不失时机地把人的嘴唇染得通红黢紫,连呼吸也不连贯了。灶上的圆火苗在灯光下扑扑闪闪,透明瓦蓝,炖肉的香气时时扑溢到下面的铁圈上,哧啦一声,香气醇厚飘散,升腾出一屋子的白烟儿。莴笋和水芹菜烹炒过后它们会荡漾出满眼的浅绿,紫米粥和苞谷羹又会时时飘溢出一室的黑紫和金黄……

厨房里色香味俱全的一切,无不在悄声记叙着女人一生的漫长。女人并不知道厨房为何生来就属于阴性。她并没有去想。时候到了,她便像从前她的母亲那样,自然而然走进了厨房里。

这个夏天的傍晚,在一阵骤然而至的雷阵雨的突袭过后,燠热和喧嚣全被随风吸附而走。大地逐渐静止了。城市一枚火红的斜阳正从容地在立交桥上燃烧,一层层散漫的红光怡然飘落而下,照耀着一个在厨房里忙碌的叫作枝子的女人。女人优美的身体的轮廓被夕阳镶上了一层金边,从远处望去,很是有些耀眼。女人利手利脚无比快活地忙碌,还不断在切洗烹炸的间隙,抬头向西窗外瞟上一眼。夕阳就仿佛跟她有某种默契,含情脉脉地越过一棵临窗的茂盛玉兰树枝头对她俯首回望。

枝子的目光,也便跟着燃烧在一片红辉之中,润润的,柔柔的。

厨房并不是她自己家里的厨房,而是另一个男人的厨房。女人枝子正处心积虑地,在用她的厨房语言向这个男人表示她的真爱。

一条鳜鱼浑身被横横竖竖切了无数刀后,周身码放好了蒜片、葱丝和姜条,然后放进锅屉里热气腾腾地蒸着。卷心菜和河藕也油亮亮地沾着水珠儿洗好,与沙拉酱一起错落有致码放在盘子里边等待搅拌。水汽正顺着不锈钢盖子的缝隙慢慢地一点点往上溢起来。枝子停下手,幽幽地喘了一口气,转头偷眼向客厅里望了一眼。透过宽大明亮的钢化玻璃厨门,她看见男人松泽正懒散地蜷坐在沙发上,一张报纸遮住了大半个脸。男人的身子、手、脚都长长大大的,T恤的短袖裸露出他筋肉结实的小臂,套在牛仔裤里的两条长腿疏懒地横斜,大腿弯的部分绷得很紧,衬出大腿内侧十分饱满,很有力度——枝子的脸突然莫名其妙地红了,浑身迸过一阵难以自抑的幸福。她赶紧收回自己潮润润的目光,慌慌转回身去放眼观望窗外斜阳。

夕阳巨大的圆轮现在只剩下半个,它正在被树梢和钢筋水泥的建筑物奋力衔住,一口一口激情地往下吞吻。枝子的脸庞转瞬间又被烧红,周身辉映起一阵盲目的幸福。

我爱这个男人。我爱。

枝子在心里这样迷乱地对自己说。在这样说着的时候她的心里充满了羞涩。

枝子是被称作"女强人"的那种已然不惑的女人。爱情到了她这个年纪并不容易那么轻易来临。经过了岁月风尘的磨洗,枝子早年的一颗多愁善感的心,早就像茧子那样硬厚,那样对一切漠然、无动于衷了。多少年过去,一番刻苦的拼搏摔打,早年柔弱、驯顺、缺乏主见,动辄就泪水长流的枝子,如今已经百炼成钢,成为商界里远近闻名的一名新秀。

她这棵奇葩,将自己的社会身份和地位向上茂盛地苴苴固定之后,却偏偏不愿在那块烂泥塘里长了,一心一意想要躲回温室里,想要回被她当初毅然决然抛弃割舍在身后的家。

不知为什么,就是想回到厨房,回到家。

事业成功后的女人,在一个个孤夜难眠的时刻,真是不由自主地常要想家,怀念那个遥远的家中厨房,厨房里一团橘黄色的温暖灯光。

家中的厨房,绝不会像她如今在外面的酒桌应酬那样累,那样虚伪,那样食不甘味。家里的饭桌上没有算计,没有强颜欢笑,没有尔虞我诈,没有或明或暗、防不掉也躲不开的性骚扰和准性骚扰,更没有讨厌的卡拉OK在耳朵边上聒噪,将人的胃口和视听都野蛮地割据强奸。家里的厨房,宁静而温馨。每到黄昏时分,厨房里就会有很大的不锈钢精锅咕嘟咕嘟冒出热气,然后是贴心贴肉的一家人聚拢在一起埋头大快朵颐。

能够与亲人围坐吃上一口家里的饭,多么好!那才是彻底的放松和休息。可她年轻气盛的时候哪儿懂这些?离异而走的日子,她却只有一个简单的念头:她受够了!实在是受够了!她受够了简单乏味的婚姻生活。她受够了家里毫无新意的厨房。她受够了厨房里的一切摆设。那些锅碗瓢盆油盐酱醋全都让她咬牙切齿地憎恨。正是厨房里这些日复一日的无聊琐碎磨灭了她的灵性,耗损了她的才情,让她一个名牌大学毕业的女才子身手不得施展。她走。她得走。说什么她也得走。她绝不甘心做一辈子的灶下婢。无论如何她得冲出家门,她得向那冥想当中的新生活奔跑。

果真她义无反顾,抛雏别夫,逃离围城,走了。

现在她却偏偏又回来了。回来得又是这么主动,这样心甘情愿,这样急躁冒进,毫无顾虑,挺身便进了一个男人的厨房里。

真正叫人匪夷所思。

假如不是当初的出走,那么她还会有今天的想要回来吗?

她并没有想。

此时她只是很想回到厨房。回到一个与人共享的厨房。她是曾经有过婚姻生活,曾经爱和被爱过的人,比较明了单身和已婚的截然不同。一个人的家不能算家,一个人的厨房也不能叫作厨房。爱上一个人,组成一个家,共同拥有一个厨房,这就是她目前的心愿。她愿意一天无数次地悠闲地待在自家的厨房里头,摸摸这,碰碰那,无所事事,随意将厨房里的小摆设碰得叮当乱响。她还愿意将做一顿饭的时间无限地延长,每天要去菜市场挑选最时鲜的蔬菜,回来再将它们的每一片叶子和茎秆儿都认真地洗择。做每一顿饭之前她都要参照书上的说法,不厌其烦地考虑如何将饭菜营养搭配。慢慢料理这些时候,她的心情定会像水一样沉稳,绝对不会再以为这是在空耗生命和时间。纤纤素手被洗菜水浸泡得指尖红肿、关节粗大,她也不会再牢骚埋怨。她希望她的心情就那样像水一样,温吞、空泛,温吞、空泛地在厨房里消磨时光,什么外面争斗的事情都不去想。她愿意看见有一两个食客,当然是丈夫和孩子吃着她亲手烧的好菜,连好吃都顾不上说,直顾低头吃得满嘴流油,脑满肠肥。

脑满肠肥?一想到这个词,枝子就不由得偷偷地笑了。

她真的是不想再在外面应酬做事,整天神经绷紧,跟来来往往形形色色的人虚与委蛇。不知为什么,她有些厌倦人。名利场上各色各样的人:卑鄙的、龌龊的、委琐的,工于心计的、趋利务实的人……看都看得她眼花了。整天的与人打交道也快把她的神经折磨垮。她想反身逃逸,逃到没有人的地方去。而厨房就是她最后的避难之所。

厨房对她来说从来没像现在这样亲切过。她从来没有像今天这样对厨房充满了深情。

炉上的不锈钢精锅冒出袅袅热气。枝子的想象也随之袅袅。太阳就在她缥缈的想象里一点一点落到树梢下面去,落到她想象的尽头。那个长胳臂长腿的男人松泽看完了报纸,起身伸了一个懒腰,慢慢腾腾挪到厨房里来,再次问枝子需不需要帮什么忙。枝子听到男人满怀关切的问候,赶忙满心欢喜地连连说:"不用,不用。"今天是这个男人松泽的生日,她想独立完成整个操作,让他尽情品尝一番她的烹饪手艺。

她为什么要主动向这个男人献艺?献艺完了又将会是什么呢?枝子不愿意想,不情愿这样残酷地考问自己。她愿意在心里给自己的自尊留有一点余地。该是什么就是什么。枝子在心里说。枝子只希望能是她所想要达到的那个。此时她真是觉着自己对这个男人有些过分俯就,甚至有些低三下四。因为照她素常里的做人态度,以一个商界女星的身份来说,对她前呼后拥献殷勤的男人总是数不胜数。而她的鼻孔总是抬得很高,并且,暗中加着千倍的小心,很怕落入某些勾引利用的圈套。如今却这样巴巴地主动送上门来,可真是有些不好对自己的心解释了呢!

管它呢。随它去吧!反正来也是来了,还费力解释它干什么?

拖着长头发的高个儿男人松泽挓挲着两只手,在枝子身边围前围后转了两转,明白自己也实在帮不上什么。看来枝子对于今天的下厨是有过精心准备的,知道他这个单身汉的厨房里可能会七七八八地不全,所有的素菜、荤菜备料都由她亲自从外面带来。连烧菜用的油和醋等作料,也全被她准备到了。甚至枝子还带来了围裙,柔软的白细棉布套头裙,腰间勒一根细带子,自上而下撒下一捧捧勿忘我小碎花。绵软的白裙贴在她身上,正好勾勒出枝子腰条的纤细。枝子的头发本来可以戴上与围裙配套的棉布帽,以免熏进油烟味儿。但她想了想,还是将帽子舍弃,将头发绾了几绾,然后向上用一枚鱼形的发卡松松一别,这样,她乌黑发亮的秀发就尽显在男人松泽的视野里。

松泽盯着这个体态窈窕的女人,心怦怦怦乱动了几动。当然,他是艺术家。艺术家面对美没有不动心的。他和她一直都算得上是很亲密的朋友,亲密的最初原因是枝子出资帮他举办个人画展的成功。从愉快的合作到亲密友好的交往,两人的关系大致上就是走的这样一个过程。但是,再友好,他也不敢说劳动她的大驾来给自己庆贺什么生日,尤其是没想到她还要亲自下厨。这该是出乎意外且又让他承受不起的情分。

能有一个漂亮女人主动来家里给自己过生日,真是一个求之不得的美事情。男人一方面惴惴,觉得女人枝子给他的面子太大了;一方面又稍嫌累赘,觉得整夜晚在自己家里吃上一顿饭,太缺乏新意。艺术家,总是爱好推陈出新。就在枝子下厨期间,就有三四个女孩子的电话打来,邀他出去派对。他不得不柔声细语轻声回绝。与待在家里传统地吃生日饭相比,当然 OK 包间或派对沙龙里搂搂抱抱地扭捏抚摸更能激发创造力。但若从长远的角度看,比起跟那些小女崇拜者玩玩白相,跟女老板的关系处理好对他将来的用途更大一些。男人在考虑问题时,往往从最实利的目的想。所以他决定还是死心塌地,留在家里与女老板亲近感情。

这样心里边一踏实下来,男人也就专注移情于厨房中的枝子身上,渐渐从忙而不乱的枝子身姿当中体味到另一种情致。枝子的动作,熟练而静美,如一朵栀子花儿开放在氤氲的厨房香气中。植物烹炒的香气中夹杂的成熟女人的体香,熏得男人松泽有些想入非非。在不知道该从哪儿下嘴的情况下,他便懒散地一条腿以另一条腿为重心,倚在厨房门框上,一边静待时机,一边向忙碌的枝子身上乱抛多情的眼神。

枝子意识到了男人的注视,略微有些慌乱,不等春风吹绽,便先兀自欢颜,面若桃花地有些气短。她一面竖起耳根,悉心倾听男人粗长的呼吸,一面竭力命令自己镇定,尽量掩饰住狂乱心跳,将身体动作恢复成正常。她所企望的,不就是这个男人的这样一种目光吗?如今已经等到了,那么她还紧张什么?这么想着,她手里切菜的动作就有了几分表演性质。

厨房不大,容不得两人同时在里面转身,只要一动,就势必会发生身体上某些部位的接触。所以他们就在各自位置站着,口里还要间或说上几句哼哼哈哈应酬话,身体里却不免都暗暗生出几分紧张。主要是男主人还没有拿捏得好女老板的意图。松泽虽说已是风情老手,但在从来都很端庄的枝子面前,毕竟也是不敢造次,不知道她想要他做什么,要他做到什么程度。他还时时没有忘记她是投资人。所以他只是听之任之,一边散漫无际地调着情,一边还要暂时做出温文尔雅。这种孤男寡女同一屋檐独处的情境,终归还是需要有一些半真半假调情意调的。不然,艺术家就显得太不艺术,太寡淡无味了些。

而女人枝子也还没想好该如何开始。她也很希望能有一些情调,并且,最好由这情调本身给她一个循序渐进、顺理成章、水到渠成的过程。她倒是很希望示爱能由松泽一方主动开始。可一旦他真的主动了,说不定她反而会变得厌恶他,拒斥他。见他站在原地兀自不动,她不禁有些既希望又失望的心理。她看上他,经营他,是看中他的画风里的野气和灵活。后来单相思瞄上他,也是因为在相处过程里发现他已将这野气和灵活全然融合,发挥殆尽,在各种场合都圆熟、灵动、洒脱,很符合她眼里真正艺术家的气质。她以为四周围到处都是被文明过分文明化了的衰人,他的画里未曾泯灭的人类远古的粗犷之气,还有与神明相通的灵性。而这一切,正是她内心所深深需要的。

在女老板的得力赞助经营下,松泽果然就大获成功且声名远扬。而她则以画推人,认为理所当然人如其画,画如其人。她便因此而爱上了自己的经营品。

两个身体持久的紧张让他们都有些承受不住。枝子在男人松泽的目光里已经汗流浃背。假如还没有进一步的动作,却还要这样无谓地僵持下去,枝子的细腰简直就要绷断了。她不停地用眼角余光扫射着身旁男人,脸蛋儿烧得厉害,肢体以一种柔和的弧度微微向他倾斜过去,那种身段中分明表示着一丝丝鼓励、期盼和犹豫不决。男人在承受温软的肉体倾斜过来的弯度同时也同样是犹疑不定、优柔寡断。他的身体不易察觉地晃了两晃,终于什么也没有能够做得出来。

就这样又沉默了一会儿,枝子的手指在水盆里游动时漫不经心地挑起哗哗的水声,听起来略微显出了一点烦躁。过分的紧张和犹疑终于把松泽自己调情的兴致破坏了,松泽说了一句"我去布置餐桌",借机急忙把自己从厨房打发开。

枝子的身体这才有空隙松弛下来。她抬起胳膊肘悄悄抹了一把头上的细汗。松泽到厅里丁零当啷地去拿碗筷、摆酒,布置餐桌。餐桌就由一个矮脚茶几临时串演。画家的客厅里一切当然都不正规,几个绣着花儿的软垫子散乱地扔在手工绘绣的波斯地毯上,床铺比正常人的矮去半截,只由一层席梦思垫子铺在地上充当。靠墙的一圈转角水牛皮沙发无比宽大、舒适,倒仿佛画家的一切日常活动都要倚靠在沙发里展开似的。

松泽把枝子买来的油蜜蜜的生日蛋糕摆在桌子中央。巧克力奶油在灯下沁出浓浓的甜色,样子极其诱人。松泽盯着蛋糕上的奶油想了几想,终究也没想出个子午卯酉来。到现在为止他的另一股情绪并没有得到完全的调动,行动中仍旧有一些惯常与枝子交往时候的应酬色彩。"另一股情绪"

当然就是他每每见到来为他献身的崇拜艺术的女孩子时的,那种身体内部的骤然启动,那种非要把一个回合进行到底时的狂乱和野性。说来也怪,他这样野气狂生的时候,竟然没有一次是不得逞的。

可现在他的身体里却分明缺乏这种感觉。怎么回事?这究竟是怎么回子事呢?松泽暗暗为自己的身体担忧。他并不明了,一旦有了身份和功利的意念,一切就都不好玩了,连一点点肉体的冲动都不容易发生。松泽坐下来开启酒瓶,同时也散漫地回眼向厨房打量了一眼。玻璃厨门内的枝子似乎也已料到自己的身影会牵动男人的目光,于是,弯腰投臂的动作都尽力跟他欣赏的趣味相暗合,不慌不忙,舒缓有致。光与影当中枝子的柔媚影像,正跟厨房的轮廓形成一个妥帖的默契。那一道剪影仿佛是在说:我跟这个厨房是多么鱼水交融啊!厨房因了我这样一个女人才变得生动起来啊!

而松泽眼睛里却始终是莫衷一是的虚无。

太阳这时已经完全落下去了。晚霞收起她最后一轮艳丽,渐渐沉没于幽暗之中。夜的幕布开启,一切的人与物转眼之间变得朦胧。灶台上的累累成果现在被移到了餐桌上,香气淋漓,色泽也炫目。紧张和等待了大半晌的松泽这会儿真感到体能被消耗得够呛,确实需要补充营养了。可饥饿之后见到琳琅满目的这么一大桌子,却又有了几分惴惴和惶惶,越发不知嘴从哪里下比较合适。抬眼再望枝子,枝子这会儿已经面目一新地端坐在他对面,脉脉含情地抬头凝望他。忙完了厨房里活计的枝子没忘了到卫生间里隆重地整修一下自己。她在眼圈周围细心加过了眼影,这样眼中就越发布满深情。唇线也用唇笔淡描素抹而过。腮影要不要打上橘红呢?枝子思忖了一下,最后决定放弃。等到进入接吻的实质性阶段时,满腮满脸地厮磨,腮影多了容易弄成一团花脸。

脸部修饰完毕,然后枝子又从手提袋里拿出一套真丝晚装,换下了身上一进门来时穿的果绿色白领丽人套服。套服太呆板、僵硬、笨手笨脚,不太使人容易介入,而丝绸可就相对质感,也简捷轻快得多了。这些都是为今晚的爱情特地准备的。虽然烦琐,但在她满心都是甜蜜憧憬之时,也并不觉得有什么费周折。

再从房里出来时,枝子就已经是黑色真丝长裙飘逸,身体上最值得称赞的部位——修长的脖颈和光洁的臂膊全都从领口和袖口裸露出来,它们在灯下泛起象牙色的皮肤光泽。而没有裸露出来的部位正包裹在真丝绸的内部炫耀着它们的初始神秘,诱惑着艺术家修长的手指去一点一点开启。

松泽再怎么上不来情绪,也还是不免为枝子的这一身装扮眼皮跳了几跳。饱览美而后再将其饱尝,本来就是他作为画家的特长。这时的松泽他赶忙表示惊艳,表情夸张地一手扶杯,一手将握着倒酒的瓶子停在半空,眼含赞许地盯住枝子,仿佛喃喃自语地说:"唔,我的上帝!真漂亮,你真漂亮!"

枝子有些激动,又不好意思流露,只很含蓄地说:"谢谢。"说完便用眼光四下里斜了一下,思忖着自己该落坐哪儿。松泽正很舒服地陷落在沙发里,把住了桌子的一方。枝子此刻也很想陷到沙发里去坐,跟松泽并排紧挨着……那样就方便多了。枝子脸一红,暗中瞬时一转念:可那样是不是显得自己过分主动了呢?她又把眼光偷偷瞟向松泽。可恨松泽那家伙此时并不给她一个在身边坐下的台阶,他若是能拍拍身边的席位,再半开玩笑半正经地说上一句:"此处正虚席以待。"那么她也就顺水推舟地坐下来了。可现在他除了假装惊艳,别的一点表示都不呈现。害得她只好溜溜地错过他的身边,绕到对面去,隔着一张桌子,带着好大的失望装出款款落座。毕竟,在一切没正式开始之前,她不愿意将身份失得太轻率。

红葡萄酒在高脚杯子里幽幽地泛情。顶灯、壁灯、落地灯都被男主人一盏一盏地熄掉,只留下烛台上几支红红的蜡烛闪烁灼灼。隐藏进棚顶四角的音箱放送出柔柔的软歌。那是一种从鼻腔送出来的哼唱,绵绵无骨地含在一管萨克斯里头。枝子姿态软软地给松泽一小块一小块切了生日蛋糕,将带有粉红色玫瑰花的那块儿送进了他的碟子,而自己只留一枚嫩绿色的奶油叶子。祝福的话语一说就落入了俗套,远没有喝酒更能展示出新意。枝子和松泽俩人就频频地碰杯,你一杯,我一杯,你再敬我一杯,我再还你一杯。看架势好像都要成心地把自己灌醉。

其实枝子才没想把自己灌醉,她只想借酒壮胆,把自己灌出几分将过程进行到底的勇气来。松泽暂时还没有想到那么多,他一边不辜负枝子的手艺,大快朵颐,一边还要腾出嘴,抽空把枝子的手艺表扬。那些称赞的话语落到枝子的耳垂儿上便款款粘住不下,湿乎乎的受用动听。而枝子手中的筷子却难得一动。一来是厨师从来就吃不下经自己手做出的美味佳肴;二来嘛,枝子的心思也完全不在这上头。枝子的眼睛在酒的滋润下,酒汪汪,直勾勾的,几乎是目不转睛地盯着对面的松泽,定定地瞧着他咀嚼时腮帮肌肉的漂亮滚动,看着他对女人说赞美话的时候口吐莲花,满头的艺术家长发一甩一甩的,还有他四十多岁男人刮得铁青的富含魅力的下巴,枝子真是看得又怜又爱,脸蛋儿烧得要起火,连眼珠儿都滋啦滋啦地要冒出火星子来。

这个时候的枝子就有些恨,有些爱,有些无奈,有些牙根儿发痒。她就只好又恨又无奈地猛往自己嗓子眼里灌酒。她不知道松泽对她是怎么感觉的,反正,是直到了这会儿他还没有动作。她想他至少应该是提议跳舞,或者是提议做点别的,发挥出这种场合他惯用的技巧和手段,找个恰当的方式,让亲密和爱意的身体接触有个自然而然的过渡和衔接,而不要显得太雄起和突兀。总不能就这样整个晚上待在一个位置彬彬有礼固定坐着吧?可他为什么不提议呢?难道这还要让我一个女人家来提议吗?

他还要让我怎么样呢?枝子想。该做的我都做了,我再也越不过我这个年纪的矜持和自尊。她想自己无法保持长久期待状态,得不到满足的期待是持续不下去的。

枝子就越发独饮自斟,把自己喝得眼神和身态都酒汪汪的。

松泽没边没沿摇头晃脑夸赞了半天,稍一停顿下来时,才发觉耳朵里却只听见自己的话音,对面枝子连一点回声都没有。他赶忙伸手去给枝子斟酒,借这工夫用心往她脸上觑了一眼。却见枝子那里,正在拼命用她的眼神织网。枝子的眼神都快要不行了,温软黏稠,密密匝匝来来回回缠绕在他身上,直把他锁困在情意里头,只要他一挨上,就休想再挣得脱。松泽的心一软,身体一晃,酒就有点对不准杯子口,哆的一下,一大半都洒到了酒杯外头。

枝子端起顺着杯沿儿滴酒的杯子,摇摇晃晃起身,说:"来,我们为今晚干杯。"

松泽说:"好,为今晚干杯。"

没等松泽的杯子递过去,枝子的杯子却直伸过来,摇摇欲坠地往他的酒杯上碰。但却因为目标不准,杯子直探向他的怀中而来。松泽下意识伸手一搪,噗的一声一杯酒碰洒,全洒在他的 T 恤和裤子上。

枝子慌忙说声"对不起,对不起",松泽说"没关系,没关系",说完回身要找东西去擦。枝子忙说"我来,我来",说着就晃晃地伸手把他拦住,又晃晃地起身,慢慢踅到厨房里,找来抹布和纸巾,欲替他擦拭身上的酒滴。她从厨房径直过到他的身旁,倚在沙发上,不等他客气拒绝,屈下身,半蹲半跪倚下去,伸手替他在裤子上擦。他就姿势艰难地屈在沙发上承受着。她现在已经跟他靠得这样近了,她的头发已经刮着了他的下巴,他们的身体也几乎完全要贴上,她已经闻到了他身上的体香和酒香。这时在她半晕半醒的脑子里划过一瞬间的迟疑和恍惚:要不要就势投到他的怀里去?

但是就在她这样稍一迟疑的时候,那个可以自然而然投怀送抱的两秒钟已倏忽而过。过了这个时间差,再想要投入进去就显得生硬、扭曲,动作之间的衔接就不紧密、不准确。

恋爱真是不可以用脑子的,只听凭本能去行动就行了。她想。恋爱的时候脑子真是多余啊。她想。她这样想着的时候心里边说不出有多么的沮丧,沮丧得简直就要流出眼泪来了。

还好,就在这当口,一双热乎乎的大手终于伸了出来,温情地顺势将她揽了过去。再不将她揽过去,可就真有些说不过去了。松泽想。松泽就这样做了一个顺水人情,顺势揽过了枝子的腰,让她靠在他身上。枝子听到了男人有力的心跳。她将头紧紧贴在他前胸上,闭着眼,两行委屈的泪水顺着眼缝悄悄流出了一点,但她没有顾得上去擦。她的身子这会儿全软了,软得一塌糊涂,什么也动不了。直到这会儿她被男人搂进怀里,这才觉得所有的骨头立刻都酥化,所有的矜持的铠甲也都立即崩塌。这会儿她想,她只想,我爱这个男人,我爱。跟我爱的男人在一起,这就行了。行了。

男人搂着一个没有骨头的酥软肉体,自身也不免迅速膨胀,酒和本能混杂在一块儿,热辣辣地开始发酵起动。他用力抬起紧贴在他胸口的脸,急速地将嘴唇凑了上去。她那滑得像缎子一样的皮肤,嘴唇在哪儿也站不住脚。他忽然觉得有点咸,稍稍睁眼,推开了一点一看,女人流泪了。泪水顺着鼻梁两侧往下流。他忽然受了莫名的感动,重新将嘴唇贴上去,从眼睛一点一点地往下滑,先是吃干了她的泪,然后将吻落实到她的嘴唇。开始她还有几分矜持,昏昏之中还知道把嘴唇结成一条线,不给他以进去的机会。男人见状手段更加老到,一边吻着,托在她后背上的手还在不停地抚摸,一直抚到她在他手掌里马上就要瘫成一汪水。男人见火候已到,这才缓缓将她抱到沙发上,伸出满是触角的舌头,用力压摩触探上去。果然,女人一双滚烫的红唇,立刻蚌一样张开,她不假思索,一口贪婪吸住了他的舌头。

男人立刻就被火辣辣地舔了进去,任凭怎样也抽脱不出来。这时他才晓得了她这一吸的厉害,不是温热,不是柔软,而是一股狠劲,一股不要命的劲,真是恨不能把他的整个生命都吸吮下去,恨不能立即吊在他这棵树上摇晃死。男人领受不住,慌忙将身体稍微挪开,用力摇动出舌头,只剩舌尖在她的口里到处触碰,毛茸茸撩拨,却不敢在一处固定,不再敢让她有踏实吸附的感觉。

这样在肉体上用力调度她的同时,男人脑子里还在先惊后怕地想,不得了,真不得了,这个女人,不要命的女人,简直要把我玩死了。松泽他曾跟无数个女人玩过这种把戏,十分知道吻与吻之间的区别,些微的差异都逃不过他舌尖上敏锐的触觉。好玩好散的那些女人真是没有这个样子接吻的。她们吻得非常轻飘,愉悦,吻得蜻蜓点水,心猿意马,风过水面打个呼哨就走了,接吻通常都是向床上靠拢的过门儿小调。她们哪能像现在这个女人一样玩得沉重,死命,执意,奋不顾身,吊在他的舌头上,拼命想把他抓牢贴紧,生怕他跑掉了一般。他忽然间心中一动：莫非她是很认真，真的是跟他动了真情？她今天的表现，好像有点不大对劲啊！她为他所做的一切，她的所有厨房语言，好像都在向他示意：她愿意做他这个厨房的女主人，她是做他这个房间女主人的最好人选……

一意识到这里，男人火烧着的身体忽地就打了一个激灵，热度瞬间就冷了下来。原来女人是认真了。这会儿他忽然明白了女人今天不是来玩的，女人今天是来认真的。女人今天来的目的性非常明确。她想要的是结果。她可不光玩的是情调，而是想要一个实实在在的结果。从她的接吻态势上他已经就品味出来了。她的那些厨房用语的艰苦卓绝，无不在表明着一个实实在在真的心迹，直到这会儿他才把她破译开来。

男人突然间感到懊丧。男人的这份懊丧一下子就灌满了他自己的周身，让他刚刚膨胀起来的身体很快就软化了。真不好玩。实在是不好玩。他能领受假意，却要拒绝真情。他不愿意有负担。在这个人人都趋功近利的时代，谁还想着给自己上套，给自己找负担？尤其是对于他一个艺术家来说，更不愿有任何形式的羁绊。家庭责任也好，社会义务也罢，能躲的就躲，能逃的就逃，能推脱的就推脱。他松泽卖画的税单，都是被逼无奈被税务部门找上门来才缴的。他难道还会在他事业最火爆的时候，去选择接受她，会把一个女人当老婆娶到屋子里来养吗？那样的话他的自由和无羁还怎么体现？

谁说女人只是情感动物,比男人缺乏理性呢?女人一旦目的起来,比男人一点也不傻,也不逊色。关键是她选错了人,挑错了对象。艺术家松泽他一点都不想有什么负担,一点都不想去对别人负责。白玩可以,动真格的却不行。她想依赖上他。可他偏偏不是个愿意被依赖上的人。他不愿意有负担。男人跟女人的想法不一样,从根本上就不一样。若说假意嘛,他可是随便乱施得多了,还挺自在安全挺幸福的;若论真情的话,他画家松泽除了对他自己,对他自己的名和利以外,就再也没对谁真情过。他不怕玩,他就怕认真。以假对假的玩,玩得心情愉快,彼此没有负担,同时毫无顾忌。以真对假的玩,那就没法子玩了。以真对真就更不能玩了。

但是他又不能猝然把这一场游戏结束,装作冷冰冰的拒绝。得罪一位对他有用的女出资人,怎么说也划不来。况且他一贯以怜香惜玉著称,在一位风姿绰约的女人面前也不能显得太缺乏风度。再说,跟一个漂亮女人做一场稍微有一点危险的游戏,有什么不好?在悬崖边上玩,才会来得过瘾,比平常有刺激。再怎么说,他也不至于被她强奸成婚吧?

等到漫长的拥吻过去,女人感到心力衰竭,停止吸吮睁开眼睛时,见男人却口里噙着她的双唇在注视她。两个人的脸离得这样近,以至于一瞬间都在彼此的眼里变形。女人感到不好意思,急急避开他的打量,低下头,将脸埋在他的胸里。男人就像理顺一个小狗一样抚摸揉搓着她的后背和头发。她也就顺势连人带衣服蜷进他的怀里做小狗依人状。她闭上眼睛,默默享受着吻后余晕,觉得这心情总算有了着落,爱情也有了着落。对女人枝子来说,能够进行到这一步是多么不容易,不容易啊! 她却哪里有暇猜想,这样的逢场作戏,男人松泽他究竟经历了多少。作为一个男性艺术家,他跟周围那些崇拜他的女人滥情滥得,简直都快要滥不起来了。

沉浸在自己一厢情愿爱情中的女人枝子并没心思去猜想这些。沉浸在不惑爱情中的女人可真是了不得。女人热情似火,稍微给她一点暗示就可以扑上来,又啃又咬,真正像只发情的猫。男人沉着应付,以手指的圆熟技巧来对抗她的目的性,饶有兴味地应付着这场追逐。一旦明晓了女人的目的性,男人的身体立即褪了激情,但他的另一份兴致却被点燃起来。现在他虽然置身其中,但却又像抽身其外一样观看着一场情戏的上演,有点像一个把持全局的导演在陪练一个女演员。他已将她的真情当作了好玩的事情。他还很有兴致再看一看,再陪练陪练。他发现自己倒也是很能进入角色嘛!

男人松泽暗中就很有些为自己得意。

而女人千娇百媚,女人此刻正沦陷在激情里不能自拔。女人的脸蛋已经燃出了大火,非要把他和她自己焚成灰烬不可。女人将红葡萄酒跟他一口一口嘴对着嘴含喝。女人偎在他的怀里,将紫红的蛇果拦腰横切,又在每一半边上都细细刻出锯齿形的牙边,然后两人像小老鼠般将锯齿牙边一点一点地啃啮,咬到最后就是嘴唇跟嘴唇的会合,两片肉体贴在一起狂吻热舔。女人的一切小把戏松泽都来者不拒,含情承受。但是他从不主动往下探索,他的手只是隔着衣服揉捏着她的乳房,然后再摩挲在她的细腰上,尽情挑逗撩拨,接着他就停滞不前,决不打探她那开衩很高的真丝裙里面的内容,就仿佛他是真正的谦谦君子似的。

这样女人就不知是什么意思。她把自己频频地发动却得不到最终结果,女人简直都快要对自己失去最后的信心。难道是自己的魅力不够吗?女人在焦灼之中困乏地想,只要他一暗示,一有要求,她就会给他的,毫无保留地全部给他。她太想对这场爱情有一个切切实实的体认,太想要一个他和她定情的深入纪念。但是男人却偏偏就不予以满足,让她更百倍地煎熬和难受。情急之中她就更主动,更狂烈,更以丝绸的质感攀附缠绕在他身上,让他动作松懈不得。他也就紧紧用嘴唇将她的唇吻咬住,手掌忙不迭地将她身姿把玩戏耍,极其愉快地观察着她表情的每一点变化,就像一个衔笛起舞的印度耍蛇者。

这样玩着闹着,几个大起大落下去,不知不觉,夜已经深了。当女人又一次滚倒在他的怀中,沉醉于他中音共鸣区的声情并茂时,却听得他咬着她的耳垂,以一种湿漉漉的舌音在耳边叮咛:"哎哎,你看,已经两点钟了。我该送你回去了。"

女人一愣,像没听清似的,手臂从他脖子上掉下来,呆呆地仰起脸来看着他,两只盈满秋水的大眼睛里露出迷茫。回去?什么回去?为什么要回去?他这是什么意思?是在下逐客令吗?

女人的思绪半天没有回过神儿来。她的自尊与自信受了格外的打击。这是怎么回子事?难道这个样子就算完了?他这个态度表明的是什么?

可是她能说不走吗?她能说主动要求留下来过夜吗?那样她成什么了?

男人却根本不顾女人情绪的空顿,不由分说,起身离开她去衣橱里取外衣。男人的这一动作果断,坚决,不容置疑,不容商量,仿佛在用他的形体语言在提示她:他并无意于接纳她。他已经玩够了,不想再继续玩下去。他对她已经够负责的了,耐心陪了她一个晚上,且还让她囫囵的样子,并没有说对她始乱终弃或者多做别的什么。

女人看着眼前的一切,巨大的失落和自尊,让她的胸脯急遽起伏着,面部表情剧烈扭曲,半句话竟也说不出来。但也就是那么简单的一刹那,她就立刻止住痉挛着的眼底肌肉,突然变得满脸盈笑,用手指撩了撩额前的长发,装作满不在乎的样子,极其大度极其平静地说:"好吧,我先来帮你收拾一下碗筷。"说话的语调,就仿佛她已是情场老手,对于这样的逢场作戏已经司空见惯,仿佛她真的纯粹是为给他过这个生日,为他做一顿生日晚餐而来,并且她还要做得善始善终。

不等男人阻拦,女人便大幅度地行动起来。她的动作幅度很大,有些不正常的难以自抑的夸张,大声问这个东西该放哪儿,那个碟子该放哪儿。她手脚麻利地将所有的东西都归拢好,然后又进卫生间补了补脸上被接吻弄乱的晚妆。接着她表情平静地出来,顺手拎起厨房地上的垃圾袋,对着厨房门口那个看得有些发怔的男人平静地说:"走吧。"

树叶在夜风中哗哗响着,冷露提醒给人以无法遮掩的幽凉。枝子不由在风里打了一个寒战。男人讨好地上来,又殷勤地搂了搂她的肩膀。枝子不说话,任他殷勤着,浑身木木的,一点感觉都没有。进了车里,男人和她并排坐在后座上,车子一开动,他便无限温存地伸过手,将她搂靠在他的臂膊中。枝子不拒绝,也不回应,仍旧是麻木的,任他这样毫无意义地搂着。此时她才觉得一切都变得毫无意义。

车子悄无声息地在暗夜里滑行,滑得轻飘而又滞重。偶尔能见前面的车尾灯划出几抹窒息人的暗红。夜是干燥的。夜根本就没有潮声。她想。到了小区的楼门口,女人下车,男人也跟下来,假意跟她拥抱握别。握别完了,男人又反身低头钻进出租车,跟着车子往来时的路上走。女人目送着载着他的红色皇冠在夜幕中一点一点远去。毕竟,他还不是个坏人。她这样想。她愿意尽量往好的方面想。毕竟他还是有责任感的。哪怕这责任感只是在他最后护送她回家的这短短的一程。短短一程中的呵护和温暖,也足够她凭吊一生。

夜风猛劲地从楼门口吹了过来。女人的头发又乱了,几丝长发贴到脸上来,遮住了她的双眼。她抬手将发梢掠向脑后,无意间手指触到了脸上潮乎乎的东西。她转回身,扭亮楼道里的廊灯,准备快速上楼。刚一抬脚,一大包东西碰着了她的腿。她低头一看,原来是厨房里的那一袋垃圾。直到现在她还把它紧紧地提在手里。

眼泪,这时才顺着她的腮帮,无比汹涌地流了下来。

狗日的足球

马拉多纳来啦!

柳莺的心里狂跳不止,拿着报纸的手无法自制地抖了几抖。马拉多纳,马拉多纳,哪个马拉多纳?难道真是那个被她崇拜得至高无上,满脑袋都是羊毛黑卷儿(中间还夹杂着一小撮精心染制的黄毛),小矮个儿,大脚模丫子,每一个脚指头上都长着眼睛,传球永远准确到位,中场起动时风驰电掣,带球过起人来虎虎生风,从不黏黏糊糊逮机会抽冷子就射的那个长得卷毛狮子狗似的足球巨星马拉多纳?!

柳莺定了定神,把眼睛贴近报纸上那帖大幅的彩色照片狠狠地打量。没错,没错,的确是阿根廷的那个马拉多纳。小马于7月25日要率领阿根廷博卡青年队来北京,跟国安队举行一场对抗赛。不会吧?不会吧?这怎么可能呢?柳莺心慌意乱地把眼睛从偶像粗糙的脸蛋上拿下来,心里边止不住地嘀咕:马拉多纳那么大一世界级球星,怎么会屈尊下降到这么个足球不甚发达的东方城市里来?

留校任教没多久的青年女教师柳莺简直要被这个突如其来的幸福给打晕了,有那么一刻,她甚至觉得脚底下的大地都有些微微的颤悠,周围的街景在她眼里全变成飘飘忽忽的,大马路上走来走去的人们就像蛇鼠出洞蚂蚁搬家,忙忙叨叨惊惊惶惶一派大地震前兆的唐山景象。还不时有光,一道紧跟着一道的白炽热光忽闪忽闪地在她眼皮内明灭,让她把什么都不能够再看得真切。柳莺把报纸紧紧地贴在怀里,迈着有些支持不住要往下瘫软的步伐往家里颠儿。七月汗津津的热风打在她的脸上、后背上,印满金黄色向日葵小碎花的吊带裙紧紧贴住了脊梁,沉浸在冥想之中的柳莺却浑然不觉,心正拴在充胀的热气球上徐徐地往上升腾,带着莫名其妙的渴望和憧憬,就仿佛马拉多纳不是为了 200 多万美元的出场费而来,而是专门冲着他的一个遥远的不知名的东方女性崇拜者柳莺而不远万里来到中国,并顺带着支持一把中国人民的足球解放事业。柳莺冲着马路牙子傻笑着恍恍惚惚一路陶醉着走来,一脸即将投入热恋情人怀抱即便被蹂躏得粉身碎骨也在所不惜的潮乎乎的样子,家门口都走过身后好远了,她却没有感觉毫无知晓。

在被马拉多纳正式给启蒙之前,柳莺一直对足球感不起来兴趣。她不仅不是球迷,而且还应该算作比较典型的那种女"球盲",对足球丝毫没有感应,一看见电视里踢球就特烦,握着遥控器噼噼啪啪把频道转换得直要冒火花。尤其让她见不得的,就是那些围坐电视机前看转播的男人,三五结群的,以各种最不雅的姿势乱七八糟而坐,身旁往往要堆放一整箱一整箱的啤酒,老头衫全都高高挽到肚脐眼以上,眼珠子瞪得酒汪汪的,嘴里螃蟹一样来回吐着啤酒泡泡,手指头一会儿抠着脚趾丫缝儿,一会儿忙着对电视里奔跑着的小人儿指指戳戳,还不时地粗话连篇,满脸潮红舌尖上不住翻卷着某个与男根崇拜相关的词儿,仿佛一群鸟儿同时染上了脏口。柳莺听得恶心,弄不明白他们这样集体兴致勃勃究竟是为了什么。

有那么一两回她也试图坐下来,想体会一下所谓"绿茵场上的鏖战""力与美的结合"什么什么之中的乐趣。可是,任凭她把眼珠儿都睁到了眼眶外头,除了瞅见二十来个小人儿可劲儿撵着一粒皮球,在几尺见方的电视框框里不停地跑来跑去外,就再也瞧不出什么来了。再回头瞧一眼观战的男同志们,依旧捋胳膊挽袖子"射呀!""射呀!"极其蓬勃地较劲起急,柳莺一时间可真是迷茫坏了,傻呆呆地睁着她的一双丹凤眼,不明白别人都从电视里看见了什么,也弄不通自己的情绪为什么就高潮不起来。不知道是什么东西障着她的法眼,使她不能够跟他们一道欢喜。

马拉多纳。马拉多纳。还真就是马拉多纳把她给启了足球蒙了。

1990年世界杯足球赛那会儿,她正跟她现在的丈夫、彼时的"未婚夫"杨刚腻腻歪歪地谈着恋爱。柳莺那时还没有从一次惊天地泣鬼神地与某位社会知名男士的婚外恋挫折中振作过来,她的青春和热情都已心甘情愿地被那人糟践得一塌糊涂。就在半梦半醒半死半活之间,盯人已久的这位老同学杨刚便以高超的过人技巧把她接住,随后便趁着她的精神不振、后卫防守出现漏洞时强行带球破门而入,活活地把她的禁区防线给突破了。事后总结经验时柳莺深深觉得自己这一局的防守失利太不应该,但是攻进去的球毕竟也是不能够倒吐出来。两人在这场你来我往没头没脑的攻防战事里欲擒故纵拖泥带水地盘带着,都有些互为鸡肋但同时又慰情聊胜无。就这么着晃一过三、一退六二五的,该射不射该传不传,不知不觉,离婚姻的无底球门一天天逼近了。

世界杯足球赛就在这种背景下恰逢其时地胜利召开。

已经被盘带过多的爱情折磨得显出些疲软迹象的未婚夫杨刚,立即全身心投入,一头扎进电视机里,像吃了类固醇兴奋剂似的处于甲亢之中自拔不出来。柳莺这才暂时从对方吊射垫射倒勾的无聊中得以解脱。杨刚那些天里抱着个电视看转播看得昏天黑地,所有的赛事他几乎看得场场不落,要么深夜不着家跑到别人家里聚众看球,要么把他编辑部的男同事领回家来围着电视里的球门集体扎伙儿。他们俩居于筒子楼的未婚小家简直都成了免费放映厅,常常是人满为患,来晚了就找不到座。家里四周围的环境也被杨刚布置得颇具现场氛围,除了没设立赞助商的广告牌,其他的一切全都安排齐全。赛事日程表贴了一床头,碗架柜和冰箱上粘满了杨刚自制的各球队的积分排行榜,那上面还不时有红笔随时涂抹修订的痕迹。四壁墙上更是见不得了,原先柳莺挂的那些个风景画、时装模特、卡通娃娃还有一些木雕垂饰等物件统统都被杨刚摘掉,换上了清一色的黑了咕黢穿大裤衩的一群群男人，全都在那儿横七竖八地踢腿、飞脚、下绊儿、生拉硬拽、仰面朝天。柳莺每天只要一睁眼，就得被迫面对满墙那一颗颗庞大的头颅和一根根粗糙的大腿。气得柳莺大喊大叫，扬言要把那些个破球星统统扯去烧了。

杨刚一听，急了，赶忙张开不太够长短的双臂紧张地护住一面墙说："宝贝求求你了宝贝，给我点面子，咱当一回球迷容易吗咱？怎么也得正儿八经地做一点样子给别人看看哪。"

柳莺说："哎哟喂！合着是你当球迷都是给别人看的？不行！你趁早都给我摘下去，别弄得我天天睡觉做噩梦。"

杨刚双手合十抵在胸前喵喵地恳求说："就这几天，就这几天行不行？等杯赛一结束，我立马就摘，立马就摘。"

柳莺看他那真真假假的一副可怜样，懒得跟他磨缠，只好暂时做一次妥协。

这下可倒好，经他这一布置，筒子楼里的单身汉们被招到家里来的更多了，还有一些已经娶完了媳妇的，也是在家里过完上半夜，把自家女人拾掇完毕以后，又在零点钟声敲响时准时披星戴月大老远地骑车赶往柳莺他们家里报到。柳莺心说这些人看球这么兢兢业业，图什么呢？杨刚则对他的球迷战友一律虚门以待，早早预备下啤酒并在地上用砖头摞起一个个加座。来人不停地对杨刚的室内装饰艺术进行夸奖，还假么惺惺地在他白面书生的瘦弱鸡胸脯上擂上几拳，以表示出一种同类之间的相互认同。杨刚这时就满意地龇出一口绵软的食草类动物犬牙嘿嘿傻笑个不停。

由于地球时差的影响,在西方举行的比赛,实况转播到东方中国来时通常已是下半夜。可这根本阻碍不了刚刚入港的球迷未婚夫杨刚。在柳莺的眼里,杨刚这时真就跟深夜闹猫似的,眼白儿倍儿绿,眼仁儿荧荧冒蓝光,光着膀子穿着大裤衩蹲在小板凳上(沙发高风亮节让给客人坐了),仿着一个标准球迷的样子,呷一口啤酒拈一粒花生米,看到忘情处喉咙里便发出一种低沉的颇类似于叫春的声音,被他招来的同伙们这时也一律呜呜噜噜的嗓子眼里吭叽着欢实,啤酒瓶子烟灰缸可地地乱扔,仿佛猫群集体不负责任地爬上了别人家窗台。逢到这时候,未婚同居不成了的柳莺就只好被迫披衣坐起,悻悻地看着电视里电视外的一群阳刚族生物兴奋得乱蹦乱跳像要用脑袋撞墙,自己精心布置的小家被祸祸得跟猫食盆子似的。柳莺的气就不打一处来。她真不明白看一个破球何至于闹到如此?尤其是杨刚,一个在床上已经强弩之末香蕉球勾射不动了的人,此刻又哪里来的头槌本事?

置身于球场与观众之外,柳莺带着一股局外人的无名怒火,忍气吞声地待着想着,想起走在大街上随处可见街旁小酒店里男人扎堆看球的情景,想到单位里男同事们一上班就疯狂侃昨夜足球的景象,想到他们老少爷们儿从正局长到副处长、从系主任到助教实习生,所有男人们在足球术语里打成一片、勾成一团的紧密情形,再瞧瞧眼巴前这些精神头集中、嘴里边吐泡的男青年,转瞬之间豁然想通,足球原来是他们男人的世界语啊!人际隔膜的时代,他们就靠这玩意儿彼此聊以沟通,并一同遥想和追怀远古狩猎时代男子们追逐猎物、追逐女人、追逐占有天地间万物的剽悍和辉煌。哪个男人若是缺乏了这门语言,闭上眼睛不能够瞎侃它仨小时,那他就会被摒弃在男性群体之外,简直就不配当个男人了,活活要遭人轻贱耻笑死。难怪像杨刚那样的白面书生也要拼命跻身于这个行列里呢!未婚夫杨刚那张强颜欢笑的书生小白脸上,不是明明写满了担心被逐出男团的内心恐惧,明明洋溢着要伤好归队的热切企盼吗?!

小可怜价儿的!

柳莺的目光再次透过窗帘向外望去,但见窗外万家营火,整个世界但凡有男人的家庭里几乎都荧光磷磷,一片诡魅。足球却原来是他们男人现世的灯啊!就是那足尖上蓬蓬燃烧的野性火舌,灼灼照亮了他们被文明委顿的当下生活。或许也开蒙了他们的冥茫来世。

柳莺已经不忍心对杨刚和球迷客人们发火了,她觉得男人也真是活得不易,够悲惨的,在一粒小小的皮球上温习和寻找他们先前的性别。并且,他们多数人还连半点介入现场亲身一试的可能都没有了,只能是隔着十万八千里远的地方,团团围坐在几尺见方的电视机旁,透过一个小小的玻璃罩儿来集体进行回顾和留恋。唉,可怜哪!她还能说什么呢?且宽容过这几天,先回学校单身宿舍,把这一阵儿的足球坚挺躲过去再说。毕竟也是四年才能来一次,再硬它又能够硬撑到几时呢?

柳莺卷起她的几件换洗衣服,默默地起身离开未婚小家,回到学校的宿舍里躲清静。但是,让她万没料到的是,同屋的青年女教师邵丽竟也是一个真正的假球迷！邵丽不知从什么地方搬来了一台黑白破彩电，没黑没白价的，把个彩电拧得连一点彩色儿都没有了，却还在荧屏前那儿不屈不挠。当然，最可气的也是最关键的，是邵丽总要领来热恋男友一道观摩。两人叽叽嘎嘎，手嘴并用，不时在底下寻找交换着共同动作和共同语言。柳莺这时便有些像球场上空的灯光一样，把一切不该暴露的细节统统照得尴尬。

柳莺这份气呀，倒首先把自己个儿给气糊涂了。她心说男人集体起哄架秧子当当球迷倒也罢了，雄性门类里头人人都是那副死样子，可这女人当球迷又是图个什么呢？一群乱跑乱窜的胡子拉碴穿大裤衩的汉子，可究竟有什么好看的？哪有赵忠祥的《动物世界》和鞠萍姐姐的《动画剧场》好看？就连《我爱我家》一类的贫嘴饶舌的肥皂剧，也比单调的球场射门儿动作要丰富好看得多。邵丽这人究竟是怎么回子事呢？没恋爱之前没发现她有爱看足球的毛病啊！

实在不好意思再当电灯泡了，柳莺只好灰溜溜地又重归苏莲托，返回自己那个乌烟瘴气的小窝。在众男客的包围之中，她这个女主人倒仿佛成了外人，没地方站没地方坐，受气包似的，不说话，也不看电视，蜷在沙发的角落里困得嘀留当郎的睁不开眼睛，耳朵里依稀听得电视中传来球场奇怪的哨音，鼻子闻着身旁一大堆男人的咻咻亢奋鼻息，以及汗味、臭脚丫子味，嘴里被动呛进致人迷幻的尼古丁毒气，在足球翻来覆去的抽射挑射拐射撅射里痛苦地挨着，熬着，以一种看客的悲怆，默默忍受着场里场外人们那种决绝的、歇斯底里般的狂欢和庆典。

亏得杨刚在甲亢之余还想着抽空儿瞄一眼自己的媳妇。见到柳莺那等受难的样子,杨刚显得很有些过意不去,巴巴地很讨好地过来,蹑手蹑脚地把她的身子给扶正(通常他总是要把媳妇给揽到怀里哄着的,眼下碍着外人眼没好意思显露亲昵),轻声嘘寒问暖,又轻拍着她的脸把她给打精神过来,充满诱惑语气地鼓动说:"别睡,别睡,这样睡着了会感冒。快睁眼,快看马拉多纳。马拉多纳出场了!"

"什么麦当娜啊麦当娜?"

柳莺把身子扭了几股,不耐烦地将眼睛翘出一条小缝儿,无精打采地乜斜电视荧屏。她原以为杨刚说的是歌星麦当娜,是那个美国傻女孩儿利用球场休息时间,要上场疯狂缺心眼地唱"我是一个处女,我是一个处女"了呢。可是,没有。荧屏上仍是二十来个小人儿在跑来跑去。柳莺很生气杨刚搅了她的假寐,可是当着外人的面不好打孩子,当着宾朋的面也不好跟未婚夫急眼。她只得失望地闭上眼睛重又吊儿郎当歪着头打瞌睡。杨刚急了,再次拍她的脸蛋儿:"好老婆,快睁开眼看看,马拉多纳,10号,中场发动机,世界级球星,不看要后悔一辈子啊!"

杨刚很有些为柳莺的不识货而感到有些没面子。柳莺恍恍惚惚听得他叫了自己一声"老婆",耳朵里感到新鲜,她记得人背后他可从来都是"宝贝儿"长"宝贝儿"短的,现在在足球的激励鼓舞下,当着一大帮球迷弟兄的面,他竟然管她叫起"老婆"来了,无外乎就是想表示一种牛皮哄哄的版权所有不许翻印违者必究,挺大言不惭厚颜无耻的。柳莺想足球这东西看来是挺壮人胆儿的。给缠得万般无奈,只得再次睁开眼,把定不稳焦的散乱目光,晃晃悠悠飘向了电视屏幕上。透过重重尼古丁烟雾的阻隔,又透过二十来个乱跑着的小人儿的摇晃阻挡,柳莺终于勉强依稀分辨出一堆蓝色球衣中的一个斗大的"10号"来,然后又依稀瞅见了穿这件球衣人的大致外延。矮墩墩、圆乎乎的。哎哟喂,柳莺心说这人怎么这么矮呀!

柳莺的第一个感觉是这人长得太矮了,从体貌上根本判断不出是个足球运动员,倒像是个被杠铃压瓷实了的搞举重的。在众多人高马大球员的包围拼抢当中,这人简直就是鸡立鹤群,显得如此娇小,羸弱,好像是有点处处受气,不堪一击的意思。柳莺怀着一种女性恻隐下意识地开始替这个10号担心。

果然,那么多匹高头大马抓紧一切机会冲撞他,欺负他,伸腿,别脚,一个绊儿,又一个绊儿,推一把,又拽一把。扑哧,这家伙跌倒了,四脚着地像个乌龟,蓦地又一个俯卧撑立起来,带起球来继续朝前跑。没几步,扑哧,又给绊倒了,这次好像还没有完全倒地就一个前滚翻跃起来,脚下没球也继续往前跑。在一堵堵围墙似的壮汉的夹击堵截里,身材矮小的马拉多纳就像一粒球一样被踢,被卷,被绊。柳莺的心忽然间被他给牵得悬了起来。睡意顿时全从她的眼前溜掉,一种对弱者的怜悯让她把心格外揪着,紧紧盯着10号这个人看下去。吭哧,马拉多纳又一次被绊倒了,摔得可真够狠啊,连电视玻璃外头的她都听见了马拉多纳肌肤跟地相撞的沉闷的声音。柳莺的心里一沉,好像感到自己的哪块皮肉也被磕碰了一下似的,微微有点疼,有点与被欺凌弱者的交感相通。眼见得马拉多纳又是一个滚翻跃起,腿儿一抬,球就敏捷地截到了脚下,刚一盘带,夸嚓,又被横过来的一条粗腿给撂倒了,咯吱,更刺耳的皮肤与地面摩擦声传来。

这哪里是在踢什么球啊!这只不过是在把人类的粗野明目张胆地合法化啊!柳莺愤怒了,挥起拳头举过头顶疯狂地喊:"野蛮!野蛮!"惹得周围男同志们都纷纷回头看她。但她这时已顾不得了,心全拴到马拉多纳身上,马拉多纳每被绊倒一次,她就不由自主地哎哟一声,整场比赛她就这么哎哟哎哟地心痛惊呼不断。替弱者鸣不平已经要把她的嗓子鸣哑了。

就是在这次总共被绊倒130多次的杯赛上,马拉多纳终于赢取了东方女球盲柳莺小姐的芳心。柳莺眼盯盯地瞅着他在一吭哧一吭哧不断被绊倒之际,愣是用一种著名的马拉多纳式的摔倒和跃起,在两次绊倒之间的0.5秒的间隙里,伸出他那长了眼睛的脚指头将皮球准确无误传到"风之子"卡尼吉亚金黄色的头顶,让一枚小球整个儿地洞穿了巴西的心脏。柳莺这时就跟场地边上那个穿露脐装、啃手指甲的漂亮巴西女球迷一样眼巴巴地看呆了!待到合计过味儿来以后就是呜呜嗷嗷地大喊大叫,拼命跺脚、拍巴掌。

原来这就是足球啊!

柳莺感慨。不是感慨足球,而是感慨马拉多纳。一个叫

"马拉多纳"的阿根廷小个子,借着"足球"这种游戏给人们演示了什么叫作个人魅力和偶像风范。她就这样喜欢上了足球。不,不是喜欢足球,而是借着"足球"这种体育形式喜欢上了在球场上踢球表演的马拉多纳。她对那些技术战术和打法名称至今一点都闹不懂,但这并不妨碍她继续去喜欢崇拜马拉多纳。只要有马拉多纳在场上来来回回不停地跑动,就够她的眼睛去顾盼追随的了。她就是爱看他在球场上总挨欺负的那个熊样,爱看他受了气也没脾气,一骨碌爬起来再接着跑的犟劲,爱看他摔倒着地时四仰八叉的乌龟样子,爱看他中场启动时突然爆发的狮子般的迅猛和敏捷,爱看他的质感的大腿,他的比手都好使的长脚板,他的毛茸茸的大眼睛,他的西班牙后裔的混血皮肤……

爱屋及乌,柳莺爱马拉多纳爱得自己都有点犯迷糊了。从那以后但凡有马拉多纳的球必看,但凡有他的大道小道消息必要寻来一读。偶像个人生活的点点滴滴都被柳莺牢记在心里。马拉多纳枪击记者。马拉多纳吸毒。马拉多纳喇蜜。马拉多纳被罚禁赛。马拉多纳拒不认私生子。马拉多纳声言退出足坛。马拉多纳再言告别足坛……马拉多纳真是糙人自有糙心眼儿,要么就是他背后有一个强大的智囊团,致使他像一名作家一样聪明不断地故弄种种新闻来爆炒自己,使他自己个儿永远成为世界球坛的主旋律和中心话语。在衷心热爱马拉多纳的女读者女观众女球盲柳莺那里,马拉多纳所有的这些缺点都成了他与众不同的特点,吸引得她越发神不守舍魂不附体地崇拜到底。

这究竟是怎么回事儿啊?柳莺在对自己的行为无法进行意义明辨之后,便在私下里去找邵丽交换意见。邵丽那儿正拿一本足球书,从贝利、贝肯鲍尔、普拉蒂尼、马特乌斯、罗马里奥,到荷兰三剑客、意大利铁三角,以及"四三三""五三二"地翻书猛背呢。柳莺挺吃惊,说:"邵丽你真的这么喜欢足球吗?"邵丽一听,小脖一梗梗说:"咳!谁他妈的喜欢这玩意儿!"

柳莺差点没给她这话噎死,瞪大眼睛,十分诧异地上前摸了摸邵丽的额头说:"邵丽,邵丽你怎么了,邵丽?是不是哪儿不舒服?"邵丽一把拨开她的手说:"没有没有,我好着哪。还不是为了能跟我们那位有共同语言嘛……"柳莺说:"你们就有这样的共同语言啊?"邵丽说:"没辙啊,他那边有着一帮子球迷发烧友,我要是不会侃两句,每逢他们一谈起话来我就得待一边晾着。我这一切还不是为了就合他,哼!"

"哦。"柳莺点头,"可也是。也是。""也是什么?"邵丽反过来追问说,"我看你最近也抱着足球杂志一个劲儿看,是不是也成球迷啦?"柳莺说:"哪里哪里,我,我,我……我只是喜欢看看马拉多纳。"

邵丽一听:"对呀!我也就是喜欢看看个别球星的长相,再看看他们奔跑起来时一颤一颤的肌肉大腿,你说像不像《动物世界》里的豹在追羚羊?"柳莺兴奋地说:"像啊像啊!我也是特喜欢看他们跑动起来的肌肉和大腿,一滚一滚的,太有力度,太健美了!"

邵丽喜获知音,一脸眉飞色舞:"哎呀,咱俩可算想到一块儿去了,平时我从来不好意思把这点告诉别人。哎,你说咱们能建议国际足联把球员的服装改成'三点式',让他们场上多暴露一点吗?"

柳莺扑哧乐了,说:"想什么哪你?那不成了耍流氓了?"邵丽说:"哎,哎,你看你看,这规矩立得可真不公平啊,光兴他们看咱们,又是高跟鞋猫步又是比基尼脱衣舞的,咱们就不可以反过来欣赏享受一把他们?你说整个世界这场球到底是怎么个玩法?究竟是谁定的游戏规则?"柳莺说:"这……我倒还没想过。只听说秀色可餐,倒还没听说傻大黑粗也可以餐呢。"邵丽说:"照你这一说,咱们更不知看足球是为了啥了。"

柳莺糊涂了,一时想不明白,也更加判断不清她和邵丽这类女人看足球究竟是纯审美的,还是男神崇拜型的,是女人"寻找"男人的努力呢,还是试图"加入"男性群体的努力。反正不管怎么说吧,也不管他们"足"的究竟是一个什么"球",总而言之,她是彻底喜欢上踢足球的马拉多纳了,从足球而喜欢上马拉多纳,又从马拉多纳而进入足球。

有谁知道呢,她的最初喜欢上马拉多纳竟是因为怜悯。女性对弱小的怜悯。

也正是从此开始,她知道了在足球场上,诸如给人脚底下使绊儿这类动作可以冠冕堂皇地称之为"铲"。下绊儿正式叫作"铲"。一切歹毒的粗野在足球场上都被赋予了堂而皇之的命名。

眼下,拿着"马拉多纳来啦"的报纸往家赶的柳莺早已顾不上想什么了,从热辣辣天空中氧分子流动撞击里她已隐约体味到,一场偶像崇拜的狂欢已经迫在眼前。

北京的灯光球场永远是球迷们吃饱饭以后宣泄滋事的好地方。马拉多纳率领的阿根廷博卡青年队与北京国安队的球赛定于晚八点半开始举行,柳莺按捺不住心里的激动,五点半就扯上杨刚从学院路的家里出发了。这之前的一些天里她天天盯着报纸上的追踪报道看,生怕马拉多纳来北京的这条消息是假的,或者马拉多纳突然间改主意不来了,再或者是派一个假替身来。直到买完球票以后她还是有点惴惴不安。眼见为实,她得赶紧过去先睹为快。被她强拽去的丈夫杨刚的兴致看上去并不像她那么大,虽然杨刚已能将世界级足球明星录倒背如流,但显然并没有对哪一个球星显出发自内心的特殊爱好,无论别人议起哪位时他都能插上去侃几嘴,很滥情。相比之下,柳莺要比他坚贞得多。柳莺从一而终,一旦爱上哪位球星,就一竿子喜欢到底,决不中途有所偏废。

车子不好打,司机一听说去工人体育场,就摇头说不去,今晚马拉多纳来,六点钟蓝岛大厦那儿就戒严,车子不让左拐弯。柳莺一听,新鲜,敢情这马拉多纳来一次比国家元首来访问还隆重呢,提前两个半小时就戒严了。好说歹说,才截上了一辆桑塔纳。虽然对那几十块钱的车费微微有些心疼,但转念一想,400块钱一张的球票都买了,所有的球迷用具:小喇叭、V字形欢呼胜利的大手、望远镜、矿泉水、小旗帜、脑袋上缠的小布条……两人也一应披挂俱全,哪还在乎再多花一点车费呢！有道是出血越多,爱得越深,记得越牢嘛!

稍稍有点遗憾的是,柳莺上午去球迷专卖店买 V 字形塑料吹气大手时,把颜色给买错了。她看着货架上一溜赤橙黄绿青蓝紫,选了半天,挑了平素喜欢的红色和蓝色的两个。把大手拿回家,杨刚下班回来一看就叫唤起来:"我说你这是想到球场上挨揍是怎么的?"柳莺不解地问:"怎么啦?"杨刚说:"你怎么能买红色和蓝色的? 你这不是成心撮火吗? 国安队的吉祥色是绿色,蓝的是阿根廷队! 连这点常识都不懂,还球迷哪你!"柳莺一听,也生气又挺泄气地说:"废话你!要不是为看马拉多纳,我大老远去买这破玩意儿? 没有马拉多纳跟他们踢,我哪知道什么国安不国安的?"杨刚气得没办法,说:"拿着吧拿着吧! 藏兜里,把气放掉,别轻易亮出来。"

坐上车,他们先拐到另一个球迷朋友崔巍家借望远镜。崔巍家有一个从俄罗斯买回来的前苏联高倍军用望远镜,听说他们要去看球,主动提出要借给他们。崔巍一边把望远镜塞到杨刚手里一边揶揄:"我说,烧包,你们! 800 块钱的看他?! 电视里看转播多真切,还特写。"杨刚嘿嘿干笑,说:"嘿嘿,都是她穷张罗的,非要来不可。"柳莺嘴里没说话,心里头说,呸! 电视里看转播,电视里看那还叫球迷啊? SONG! 装蒜吧你! 另外还有杨刚,也整个儿一"包装"球迷,混事儿的。

才不到六点半钟,工体门前就已经人山人海,看球的人缕缕行行,警察也缕缕行行,花插着凑在一起热闹。小喇叭呜哩哇啦叫,彩带儿满天飞飘,吆喝声叫卖声,很像村子里在赶一次社会主义大集。柳莺吃惊,无限感慨说:"这么多人都来看马拉多纳？真没想到哇！这要是克林顿来了还指不定怎样呢。"杨刚说："傻！克林顿来？小克来了也不过就是礼炮二十一响打头了,谁花好几百块去看他,有病是怎么着？""可为啥马拉多纳来了就惹人眼？""马拉多纳？马拉多纳代表的是世界顶尖级足球文化。而克林顿是谁？一国之总统尔。连这点事儿都想不明白还张罗着来看马拉多纳。不好意思,不好意思。"杨刚摇头晃脑。柳莺推搡他一把说："去去,少跟我这儿犯贫。"

俩人说着往前走,走几步,就要被摊主们截住一道,死乞白赖推销他们各自手中的产品。大幅大幅的马拉多纳招贴画,马拉多纳蹲着的,马拉多纳站着的,马拉多纳跑着的,马拉多纳搂着两个女儿的。一看就是仓促印出来,套色套得花花绿绿,稀奇古怪。同时还有马拉多纳戒指,马拉多纳球衣,马拉多纳裤衩,马拉多纳球鞋……马拉多纳,马拉多纳！马拉多纳身上究竟有多少个卖点,让商家们炒作得如此忘乎所以？！

柳莺兴奋地在一个个贩子的摊儿前流连,一见到有关马拉多纳的资讯就狂热地收集,不一会儿就划拉了满满一大抱,满脸通红地颠儿颠儿举在杨刚面前显摆：

《北京青年周刊》封面是龇牙咧嘴腆胸叠肚欢笑奔跑着的马拉多纳,穿着蓝白条相间的阿根廷队球衣,左肩上扛着黑底红字和黑底蓝字：取缔异性按摩之后抢占中国汽车市场,右肩上扛着黑底白字：马拉多纳来了！

《海内与海外》封面马拉多纳笑着比画着,穿着一身休闲服蹲坐桥头半截树桩上,头顶是蓝天辉映的红色大字:且看今日中国土皇帝来了,马拉多纳风暴。他的黑色软布面休闲鞋底踩着两行蓝白字:世界旅游热中的浊流,日太子妃将接受人工授精。

《为您服务报》头版一整版刊登马拉多纳的报道,身穿蓝色球衣的马拉多纳通栏顶天立地,做目瞪口呆状,胸围上是醒目的紫罗兰色特号字:球王?烂仔?右耳朵边上附有斗大的草绿色导语:世纪末最后的足球怪物迭戈·马拉多纳。

真来劲啊!柳莺的情绪已经完全被调动起来了。有多少个普通老百姓渴望着狂欢宣泄,渴望着把单调沉闷的日子捏出个响来啊!找到个爆炸的借口和由头不容易啊!柳莺此时浑身充满了想投入狂欢洪流、想加入喧声大合唱的急切。她在外头不停地上厕所,连续上完三次后,这才莫名激动地牵着杨刚的手,按票号找到了他们的入场口。兴致勃勃往里头进,把门那位一眼瞅见柳莺手里握着的矿泉水瓶子,打老远就大声嚷嚷:"哎哎,不准带水!说你哪,你!还往里走,听见没有你?"说着冷不丁从旁拽了一把柳莺裙子的吊带。

柳莺一愣,本能地往后一躲说:"干什么你?!"

把门的半大老头子说:"告诉你不许带水,听见没有?"

柳莺这时被拽得有些上火,也不由得提高了嗓音说:"谁说的?哪儿写着不许带水了?"老头儿甩着一口圆熟的京片子:"看球不许带软包装饮料,明白不?"柳莺白眼仁儿朝上翻,说:"不明白。"死老头子说:"不明白就看看票后边印的说明。"柳莺也来了劲,把票翻转过来举到老头子面前:"你自己看,哪儿写了,有吗?"票后边的确是没写。可老头子仍在顽固:"嘿! 我说你是想怎么着? 看过球没有?"杨刚在一旁忙接过来:"没看过,没看过,我俩这是头一回。"臭老头子就坡下驴:"没看过? 没看过就学着点。去,外头把这处理了再进。"

"以后把注意事项写明白点。"杨刚一边小声嘟囔着一边领柳莺退出门来。柳莺鼻子里哼了一声,心里边窝着一股无名火。怎么一切还没开始呢就已经变得有点不对味儿了? 悻悻地出去,把一大瓶尚未开启的矿泉水扔在一棵树下,空手返回。迎面二道门里穿安检制服的警卫正虎视眈眈。一个脸上抹得油光锃亮的四十来岁女人负责搜查柳莺。女人在柳莺的碎花吊带裙上转圈儿捏咕了几捏咕,又令她打开蛇皮坤包,将一根电棍样的黑东西粗暴地捅了进去,又用力搅了几搅。柳莺的自尊心一阵痉挛,她勉强咬紧牙关,忍耐着。女人似乎觉得不过瘾,又将弯曲的五指直探进皮包,抓捣了几下,拎出一管玫瑰色羽西口红来,拧开,摆弄了摆弄,扔回去。不尽兴,又进去,拎出一盒羽西双色粉饼,打开,凑近鼻子底下闻闻,啪地扔回原处,似有些不耐烦。柳莺的忍耐还差一分钟就已到了极限。若是再耽搁一分钟还不放行,她也保不准自己会做出什么样举动来。

为什么,一沾了球场边,就立即男人粗鲁女人变态了呢? 柳莺的体内似乎有一股什么东西在翻卷涌动,抑制不住地想要往外涌溢而出,想喊,想叫,想骂人,想打架,想摆脱一切理性束缚,真真切切用自己的肢体干点什么,干掉点什么。此刻她血管里的血,仿佛已经不受自己中枢神经的控制,而是完全听命于自在,完全被球场辐射出来的"场"所辖服,一个巨大的、解放了的"场",在辖服所有人的行为,撺掇着人们去与禁锢已久的文明作对。

待到柳莺和杨刚找好座位,在四周围一转圈铁桶似的警察包围中将屁股稳定在橘红色小板凳上时,什么马拉多纳不马拉多纳的,此时已经退隐到他们的思维意识之后去了,无比明晰的,是要自身宣泄的欲望正在周身蒸腾。1996年7月25日夏季傍晚工体上空渐聚起来的人气里,明晃晃浮动着一个巨大的氢弹般的信息:宣泄。渴盼已久的偶像崇拜仪式已经被急切想要自身宣泄的欲望所代替。马拉多纳这时只成为了一个仪式的由头和衬景,一切个人都急欲想亲身表演体验的躁动使球场的白炽灯光摇曳不安。放眼一望,密匝匝的,各看台上都已提前一小时布满了一层层跃跃欲试的微醺激动的人群,从660块钱到80块钱高低起伏不等。低头一瞧,马拉多纳领着他的博卡青年队此刻就在他们的眼皮子底下弯腰劈腿地热身。柳莺赶忙举起她的高倍军用望远镜筒一照,她那紧贴在透镜上的妩媚丹凤眼就转告她的心说,别指望了,上帝本来就不应该轻易降临凡间,偶像本来也不是可以拉近了看的。作家只有他写作时才叫个作家,球星也只有他带着球的时候才好看。身上没球时也就跟个自摸不和的相公没多大区别。上停。木着。

在领导讲话电视台采访小姑娘献花等一系列有中国特

色的社会主义序幕拉开表演完毕以后,裁判员一声哨响,嘟儿一声,二十来个小人儿开始在场地上跑动。还没等看清谁是谁,嘟儿又一声,阿根廷队进球了。巨大的液晶显示屏上亮出比分:1∶0。

寂静。发愣。大概有那么三五秒钟的沉寂后,看台上开始骚动,混乱,有一些声音响动传出来,不太明晰。然后,气流渐渐碰撞、攒聚,一浪接一浪,唾液的泡沫舔舐到一起,渐渐无比清晰,无比流畅,无比浑浊,无比俗恶,汇成一句话,汇成那一句话:

傻比尔!

柳莺蒙了!傻了!呆了!她反应不过来,对阿根廷队的快速进球反应不过来,对场地上空渐渐浮起的那一句话反应不过来。待到那句话又无比热烈、无比欢快、无比生动、无比愉悦众口一词再次响起:傻比尔!傻比尔!柳莺的心跳骤然间停止了,像是突然间被当众扒光了衣服,浑身战栗惊惧着赤裸。怎么回事?这是怎么回事?他们这是在喊,喊……什么?!难道真是在骂,骂……那个吗?!

此刻柳莺比不相信自己的眼睛更不相信自己的耳朵。什么意思?什么意思啊?他们怎么可以这样、这样……说得出口?日常里她也不是没听过粗口,缺知识少修养的人们随处可见,甚至就在她所供职的知识分子圈里,甚至就在丈夫杨刚不经意的怒气牢骚里,人类没进化好的那根尾巴骨时时都抖露出腚后边恶臭操行。她已被迫司空见惯,且不得不麻木不仁。但是,她万万不能相信,此刻,在几万人汇聚的公开场合,几万人哪!几万人的粗口汇成一股排山倒海的声浪,用同一种贬损女性性别的语言,叫嚣着,疯狂地挤压过来,压过来,直要把她压塌,压扁。柳莺赧颜,她那颗无端受辱的女性自尊,羞怯地瑟缩着,无处躲,无处藏,不知道怎么办,不知道如何是好。在这突如其来的污损耳膜的脏音里,她的嘴大大张着,呆呆的,渺小无助不知所措地定格。

接下来的足球完全不再是她所期盼的足球,马拉多纳也因着足球的变味儿而失去她心目中的英雄本色。只因为马大爷是上百万美元远道请来的,国安队谁也不敢说轻易给他下绊儿,围他屁股后边绕哄哄哄的,像跟着老师在进行体能训练。马拉多纳的王八式摔倒当然也就无从上演。从660到80块钱的观众都希望物有所值,希望能看到马拉多纳好好当众表演一回射。但是马拉多纳显然是有些兴奋不起来,行动怠惰,草草敷衍,看样子是想尽快把一个回合搞完。力与美的搏击全都隐没于斤斤计较的商业算计之中了。整场九十分钟的比赛里起哄声激将声此起彼伏。脏口,并且是,仅仅是贬损女性的那种脏口如同夏季林子里的蝉鸣,一棵树上的知了起了兴,即刻就有整座林子里的上万只知了跟着群起响应。

柳莺的心悲哀了。她陷入到一种深刻的悲切里,不能说,也不能想,任凭耳膜被一次又一次沉重地污染、毁击,喉咙里却不能够说得出话来。她紧紧并拢双腿,尽量把身体往回缩,往回缩,缩拢到她的那件小小的碎花连衣裙里,以此来躲避和拒斥这可怕的粗俗。在铺天盖地的众音合鸣当中,她不能够表示出自己的不满和反抗。如果表示了,在男人当中她就会是个讨厌的叛逆,在女人当中她也会成为不受欢迎的异族。她看见坐在她前排有两个年轻姑娘,一脸潮红地跟着激动着,也不看球,忙着低头叠纸飞机,还撕了好多碎纸,场上一开始大规模哄骂"傻比尔",她们就兴奋地站起身来欢蹦乱跳把碎纸乱扬,纸飞机乱抛。柳莺的悲哀,更加彻骨了。

所有的男人和女人都已经把这种语言认同了。这种最不堪入耳的污损女人身体的语言,不断被用来攻击女人也轻贱男人。听上去就仿佛几万人事先预谋排练好了似的。其实他们根本无须事先预谋排练,自古以来他们就已经如此了,自从有了男与女的角色区别那一天起就已经如此了。柳莺的喉头痛苦地蠕动着,憋闷着,嘶哑得有些充血。当又一次辱骂狂潮掀起来的时候,她实在按捺不住了,在她的裙子里站起身来,勇敢地站起身来,张大嘴巴,试图发出一点自己的声音。

可是,没有。当她鼓足勇气,想表示自己的愤怒,想对他们的侮辱进行回击时,却发现这个世界根本就没有供她使用的语言!没有。没有供她捍卫女性自己、发泄自己愤怒的语言。所有的语言都是由他们发明来攻击和侮辱第二性的。所有的语言都被他们垄断了。他们就如此这般地把女性性别恶意贬损刻毒羞辱着,却让女人在愤怒时张口发不出声音。为什么,为什么,这到底是为什么啊?!

柳莺颓然地坐下去,心在猛烈抽搐着,悲哀的无法言说和愤怒的无法宣泄让她的喉头痉挛,面部肌肉难看地扭曲。

蓦地,她想起一个叫刘恒的作家曾经写的一篇叫《狗日的粮食》的小说。狗日的。"狗日的"可能是她唯一知道的与女性无关的粗语。狗日的粮食。狗日的足球。狗日的国安。狗日的马拉多纳。她在心里默默地说着,但是仍旧张不开口。即便是狗日的,也仍充满对阳具的自恋和褒扬,仍让狗的后腰上的某部位与太阳崇拜发生关联。

柳莺彻底绝望了。在阿根廷队以 2∶1 终场前的又一阵铺天盖地袭来的谩骂狂潮里,她默默咽干了她屈辱的眼泪,在无法言传的哀伤中,闭上眼睛,以一种痛楚的决绝,拼命吹起了胸前的小喇叭。

呜哇——

那种尖厉的声音,在众声合鸣之中显得分外纤弱,又分外坚强。她只能用这种纤弱的坚强,把自己娇柔的视听遮盖、掩埋住,把自己无端受损的性别刻意修复。呜呜哇——

犀利的长号,吹得竞技场上狂欢停止了,飨宴的饕餮曲终人散。她枯坐那里,还在吹,不停地吹,诉着她孤独的愤懑。她感到自己的反抗力量正一点点被耗尽,被广大的、虚无的男权铁壁消耗殆尽。在尖厉的号声中她听到自己的嗓音断碎了,皮肤断碎了,裙子断碎了,性别断碎了,一颗优柔善感的心,也最后断碎了。

鸟　粪

　　思想者坐在广场中央,以一种固定不变的造型,全身赤裸着,供来来往往的众生浏览和瞻仰。这尊历史悠久的青铜雕像,是经过飞机和汽车的长途运输之后,历经数十个小时的旅程颠簸才到达这座城市的。又动用了两辆大吊车的来回钩吊,才把他最后安置在市中心的广场上。

　　广场是整座城市的心脏。思想者便正襟危坐在左心室或右心房的位置上,亮出一身健康壮硕的筋肉,饱含着智慧的偌大头颅微微上扬,怡然欣悦地打量脚下的这座沸声连天的城市。那时候,整个广场上空,都翻卷涌动着遮天蔽日的滚滚黄尘,人类行走或驻足的风景全都被掩盖不见了,只剩下成千上万只鸟儿在弥漫的浮尘中翩翩惊飞。它们对这个闪现着亘古青铜之光的思想者的存在表示出应有的警觉和愤慨,以啁啾鸣叫之音把内心的隐隐不安彼此间相互传递着。它们的心里还在纳闷:广场上有这么多鸟儿占据着就已经足够了,何须又弄出这样一个巨人思想者来掺杂其中呢?

思想者那和美恬淡的呼吸成了众鸟浮躁啼鸣之中的一个不和谐音。留他在此究竟何用?

褐色鸟群扑棱棱、扑棱棱地从地上蹿起,环绕在思想者上空,盘旋着,思忖着,惶惶然不知该以什么面目面对思想者这非我族类,不知这个庞然大物会不会给鸟族造成伤害,也不知他能否给它们带来些新鲜的黍子和谷物来。

思想者不由得暗自笑了,他知道鸟儿们的担心都是多余的。作为广场上最后一个思想着的人,他所能做的事情也不过是思想。孤独地思想。而思想,并不会对鸟儿们世代相袭四平八稳的啄食生活造成任何妨碍,它们大可不必这样仓皇地起伏翻飞。于是他把目光收回,凝神阖目,专心致志地继续思索起关于人类生存与永恒等哲学命题。

鸟儿们的不安却由此加剧。它们搞不明白,一个人竟可以什么都不干,而单凭着坐在那里苦思冥想便可以存在下去。他那种坐定不动的姿势是否是出击以前的一种蓄积力量的准备活动呢?褐色鸟群叽叽喳喳,一次又一次大规模地俯冲,围绕着思想者打量,试探,用翅膀扑扇着他的肢体,用尖嘴啄一下他的头发,或衔起几枚小石子往他身上掼着,再不就将一小粒谷米放到他厚厚的嘴唇上,试探着看他会有什么反应,看看他这凝神不动的样子究竟是一种什么狩猎新招法。

思想者此时正沉浸于自己的思想之中,思索得那么投入,那么忘形。智慧正如闪电一样屡屡划破黑沉沉的意识之层,挟着他那滞重的身体,跨越重重障碍,明亮而飞速地朝灵境驶去,身后传来难题破解之后的轰隆隆雷鸣和无比酣畅的雨声。他那脑部的皱褶因着思想的丰富而更加密集地层层堆起,身上的肌腱因着智慧的折射而闪动着耀眼的金属光泽。思想的光辉,逐渐透过遮蔽的凡尘,温暖而蓬勃地显现出来,使他这人类,而不是鸟群,又一次成为广场上最惹人注目的中心。

思想者是完全地被这灵与智的游戏擒住了,早已忘记了现世的存在,听不见了尘世的喧嚣,兀自以自己的方式执着地思想着,思想着。

奇怪的是鸟儿们的欢乐也并不亚于思想者。它们发现自己的试探、挑衅行动并没有遭到应有的还击之后,不禁叽叽喳喳地乐了。天空中到处布满了喑哑、嘈杂的讥诮之音。原来这貌似庞大的家伙也如麦地里的稻草人一样是不会动的,原来这也不过是一个一无所用的思想者。那么我们还担心他什么呢?

褐色鸟群霎时间便前呼后拥着纷纷降落下来,落到思想者的头上、肩上,欢呼着,歌唱着,庆祝一场虚惊的过去。雄鸟儿骑在他的肩上,也学着他的样子,叉开两爪,张开翅膀,凝神闭目,做出一副能与之相匹的思想状。雌鸟儿则一步三摇,投怀送抱,钻进思想者的腋窝下,跨坐在他的腿上,用尖嘴淫邪地在他浑身上下四处触摸亲啄着。雏鸟儿则蹦蹦跳跳地踩踏在思想者的头上,一副登高望远遗世独立的模样。

嘻嘻嘻嘻——

哈哈哈哈——

欢乐的鸟语一阵一阵爆发出来。

鸟儿的吵闹声终于分散了思想者的注意力,把他从沉思中惊醒过来。看着前后左右欢腾雀跃不可一世的鸟群,思想者感到有些迷惑和不解。他真不明白为什么自己要被放置在鸟类群集的广场上,整日被这些不能与之对话的鸟儿们所环绕。偌大的广场上为什么没有人声而只有鸟语?那些会说话的人类都失散到哪里去了呢?他感到了一种思想不能自由表达的郁悒痛苦。

有什么能比失语症更令思想者痛苦的呢?难道他不该置身于人群中与人类交流向大众宣言吗?难道他就该整日枯坐着与鸟群为伴吗?难道他不是一个人,不是由人类艺术家创造产生的一个血肉丰满情感充沛的人吗?

一想到自己的诞生过程,思想者情不自禁地热血沸腾。他的思绪一下子就拉回到了那个悠远的年代,又看到了罗丹老爹和他的小情人克劳黛尔在那间巨大的画室里狂风暴雨般地制造爱情。他认定了自己一定是罗丹跟小情人克劳黛尔所生的,而不是跟那个糟糠拙荆的黄脸婆。伟大艺术家的生命历程里,总是需要有一个兔子般鲜活可爱的小情人来激活他的想象力和创造力,来启迪他的灵感。制造爱情的罗丹老爹爬起来在镜中一眼看到了自己怒然勃起的尚称雄健的肌体,看到了自己眉头紧锁、高潮将至的痛苦与欢乐合一的临界表情。灵感霎时如闪电般不期而至,将他的大脑皮层划出几道刺目的惨白。他迅速抓起案几上一块陶土粗坯,手指痉挛着急切揉捏起来,身体也不可遏止地急遽摆动,伴着小情人克劳黛尔那激情的呻吟,在肉体即将崩溃灵魂即将飞升的极致幸福里,一尊思想者的雕像雏形便在一双大手的揉搓之下变得轮廓清晰了。

人类一造爱,思想便产生。

思想者心绪难平,眼中闪动着对往昔的无限深情。鸟儿的叫声又将他唤回现时的处境。人与思想真的是相与共生的吗?人究竟是什么?思想又到底有什么用?思想者难道就是整日枯坐,赤裸着供芸芸众生用目光把玩和欣赏的吗?思想难道仅仅是一个名词吗?徒具虚名百无一用的思想对人生何益?思想难道不是一个动词吗?难道不应该在行动中体认和显现自己的价值吗?思想者自身不就是在一系列激情的动作之中显露胚胎并最终定型的吗?

动吧!动吧!动起来吧!

思想者凝神屏气,在夜色的掩护下,试着启动他那枯坐太久业已僵硬的肢体。他慢慢地慢慢地抬起身来,离开那个厚重的底座,转动着脖颈大腿脚腕手腕各处关节,在一阵咯吱咯吱艰涩欲裂的爆响过去之后,韧带终于润滑起来,可以抬腿向前迈步前行了。置身于鸟群之中,他感到了与人群疏离的难言的痛苦。人与思想是一刻都不能分离的。他必须到有人的地方去,到需要思想的地方去,到那里去与人合一。鸟儿不需要思想,鸟儿只需要觅食就足够了。

最初的步伐,迈得古朴而稚拙,像一个孩童似的走得不稳,摇摇晃晃,趔趔趄趄,深一脚浅一脚,样子十分可笑。但思想者的内心仍旧十分喜悦,他毕竟是行动起来了,马上就要找到自己真正的位置了。他沿着广场中轴线的方向坚定地走着,小心翼翼不去惊扰沉睡着的鸟群。满天的繁星为他的行动做着明证,夜风里浮动着处于上升时期的城市那芜杂繁茂的歌声。每一束霓虹都是一簇饱蘸欲望的花朵,在腥膻俗艳的人气里噼噼啪啪爆绽着。发酵的欲望正从每一瓶刚刚开启的二锅头、人头马浓郁的酒香中飘散出来,思想者有了微醺的感觉,步子也有些轻飘飘的。他停下脚来,定了定神,循着卡拉OK歌声的指引,朝着觥筹交错酒楼密集的夜生活区走去。那里的人们永不疲倦,那里的消费永不打烊。那里是否会有人需要他呢?思想者信心十足,努力坚定脚跟,避开酒气的侵扰,大踏步地走向前方。

远远看见酒店的漂亮玻璃门无休歇地旋转着,穿着白色制服的门卫恭敬地肃立,带着职业性的微笑讨好地迎来送往每一位顾客。思想者刚刚走到门前的停车坪上,忽见一群珠光宝气的女人与油头粉面的男人勾肩搭背地迎面出来,嘻嘻哈哈彼此用轻佻的语言调笑着。思想者想上前去打招呼,可马上又犹豫起来,不知道怎样说才好,也不晓得自己的话语是否能与他们的相互对接。他一时竟变得语噎,想要回避又来不及,只好很仓皇很羞涩地站立,匆忙之中以一副行走的姿态原地定格,将自己尴尬地置身于明亮的灯光之下。

一个嘴唇如血的女人最先发现了他,一脸惊诧地大声嚷嚷:"哟,你们瞧啊,从哪儿冒出个光屁股的大老爷们儿?"

旁边一个涂着深蓝眼圈的女人顺着她手指的方向一瞧,也夸张地大声叫着:"我的妈呀!那是谁呀?可要把我吓死啦!"

思想者一怔,心说难道我这么快就退出人类记忆了吗?人们怎么可能不认识我呢?

一个手持大哥大的男人看了以行走姿势站立的思想者一眼,以一副见多识广的腔调说:"咳!我当是什么呢,原来是一个雕像啊。现在城里头时兴砌这个,马路沿儿上到处都能见着。"

嘴唇如血的女人说:"是雕像吗?我怎么看着像真人似的?别是谁在那儿耍流氓吧?"

深蓝眼圈说:"等着,我上去摸一把,看是不是真的。"

说着,深蓝眼圈款款姗姗扭腰上前,先对思想者抛送了一个勾魂荡魄的媚眼儿,随后便抽出手来,将黏热温湿的手掌很猥亵地贴在思想者颇具力度的后臀上,又顺势向前合拢包抄过来……

思想者惊惧得心都快要不跳了,脸涨得通红,嘴巴张得老大,却半天都叫不出声音来。他简直没有想到,人,人,人……人怎么都变成这个模样?从前的德、德……德行都跑到哪里去了?世界上怎么永远都有婊子存在?那些正人君子们如今又在何方?

思想者鼓足勇气正待反抗,那边那个拿大哥大的男人喊了起来:"哎,我说,还没摸够是怎么着?待会儿咱换家 KTV 包房继续摸……"

"讨厌……"深蓝眼圈嗔怒地回了一声,手指在思想者的尘根上使劲拨弄了几下,这才恋恋不舍地撤了回去。红色皇冠载着他们疾驰而走,深蓝眼圈装腔作势地摇下车窗向思想者抛着飞吻,引得红男绿女又是一阵淫荡的哄笑。

思想者呆呆地站着,一颗孤傲自尊的心遭到了无比严重的挫伤,简直要经受不住这言语的奸污和亵渎。难道他已经没有可能和人类沟通了吗?他们之间就再也没有对话和平等了吗?要知道他正是由人类创造出来并曾受到无限崇尚的啊,怎么可能这么快就遭到人类的拒斥和侮辱?难道他真的不再被看重不被需要了吗?他的位置到底应该在哪里呢?

思想者忍受着忧伤和痛苦,缓缓退出了灯光耀眼处,离开了那条中轴线,默默沿着城市边缘的黑暗处行进着,期冀在一个不经意的时间和地点,找到一处可以容他歇脚和驻足的港湾。

鳞次栉比的高楼大厦渐次退到了身后,喧闹声渐渐低了,树荫一片片多了起来。四下里都看不见人,只有几辆出租车亮着黄灯在空跑。城市的边缘显得平静而又阒寂。思想者孤独地走着,不停地张望,十分希望能与善良的人们相遇并相知。终于,他看见两个扛着大麻袋包的民工向他走来了。他掩饰不住内心的渴望和惊喜,张开双臂想用最热情的礼节将他们迎接。不料,他们根本对他视而不见,只顾鬼鬼祟祟地抬头注视高压线,低头盯紧井箅子。

思想者搞不清楚他们的用意何在,仍旧把手臂高高扬起,满怀希望地将走在前头的那个民工拦截拥抱了一下。正在低头寻找下水道井箅子的民工被碰得猛一哆嗦,抬头张皇地看了思想者一眼,本能地退身挣扎着,当的一声,脚掌踢到了坚硬的青铜上,疼得他挤鼻扭脸嗷嗷大叫起来,转瞬之间又忽地喜形于色喊:"二狗子,快过来,这儿还有个大铁块子呢!"

思想者一听,话音不对,赶紧收敛起脸上友好的笑容,以拥抱的姿势定格不动,不知民工打的是什么主意。

走在后面的二狗子小跑上来,握着鹰嘴钳,咣咣咣敲了几下:"哎哟俺的娘哎,这哪里是铁,这可是铜哎!值老了钱了!"

"真的假的?俺可是捞着金元宝啦!还愣着干啥?还不赶紧动手装!"

两人一起动手,连拉带拽,要把雕像扛起来往麻袋里塞。无奈雕像的体积太沉太大,累得他们呼哧带喘的也没能扛得起来。二狗子合计了一下,便把麻袋里偷来的那些下水道井盖和高压金属电线统统倒出来,扯着麻袋从雕像头上往下套。雕像那庞大的身躯将麻袋撑得鼓鼓囊囊的,上半身进去了,下半身却还裸露在外边。累得红头涨脸的二狗子急得围着雕像直打转:

"他奶奶的!快到嘴的肥肉也不能就这么让它飞了。干脆,咱先锯下几块来卖卖再说。值钱的话,明儿咱回村开个手扶拖拉机来把这玩意连窝端走。"

二人拿出鹰嘴钳、木工锯、开山锤、电凿子,在思想者浑身上下比量着找地方下手。思想者胆寒了,看到两个利欲熏心的狰狞面孔和他们手中尖利暴戾的作案工具,顿时唬得手脚冰凉,嘴唇青紫,哆哆嗦嗦说不出完整话来,连为自己辩护的力气都没有了,双脚几乎就要瘫软,只是在心里默默哀告着说:

"人啊!请不要如此戕害我吧!我只不过是没有一点抵抗能力的思想者啊!"

民工却根本理会不到他的内心独白,只是胡乱拣他身上丰厚的地方左一锯右一锯地割着,左一锤右一锤地凿着。叮叮——当当,咯吱——咯吱,金属的敲打撞击声在静夜里格外响。没出一会儿,思想者的头上、脸上、身上、腿上便布满了横一道竖一道的锯齿形凹纹,以及坑坑点点的深沟。

思想者忍受着锯割锤凿的痛楚,用力在心里喊着:

"兄弟啊,你弄错了,我的价值不仅仅在于废铜烂铁,而是在于我的思想!思想的价值要高出千倍万倍,思想可是无价的啊!"

可是他的呼声却是那么微弱,细小得难以察觉。无端的折磨,已经让他的声带完全嘶哑了。

锤锯凿子仍旧顽强地在他身上四处割斫着。但思想者的体魄啊,那样的完善壮硕,粗犷豪放,如此坚硬深厚,浑然一体,令人难以一块一块地将它们分割。累得筋疲力尽的两个民工灰心丧气,想放弃又舍不得,气急败坏地瞪着发红的眼睛,圪蹴在地上冲着高大威武的思想者喘着粗气。

"这可太憋气了,眼看着肥肉就是吃不到嘴,你说咱可咋整呢?"

"肉厚的地方割不动,咱莫如先拣细的地方割,能卖多少是多少。"

二狗子说着,通红的眼睛又向思想者身上打量,寻找着柔弱纤细的地方。在将手脚耳朵毛发等部位一一瞟过之后,

二狗子的目光落在思想者的尘根部位上不动了,流里流气阴阳怪气地道:

"我说栓子,咱就先把他这根屌割下来吧,泡成三鞭酒,说不定还能大补呢!"

二人嘿嘿嘿嘿地狞笑着,起身上前开始动手,扯起木工锯架在思想者的尘根上,然后一边一个来回用力抽拉起来。

吱——嘎——吱——嘎——

锯齿走处,筋脉一根一根被割断。貌似坚硬孔武、粗大有力的尘根实际上是多么的柔弱无力,不堪一割!思想者的心哆嗦着,神经抽搐着,浑身冷汗直冒,眼看着就要虚脱,只在心里无望地喊着:"为什么?为什么?这到底是为什么?只为一时的蝇头小利,就要将我活活阉割吗?天哪!天哪!天哪!"

割锯声却不管不顾地兀自响着。远处响起了摩托车的轰鸣声。二狗子一惊:

"不好!栓子,巡警来了,快跑!"

二人丢下铁锯,扭头就跑。跑了两步,二狗子又转身回来,捡起地上的榔头,照准思想者那仅剩一根筋脉相连的尘根狠命就是一凿!当啷一声,尘根掉在地上。

思想者再也支持不住了,訇然倒地,一头昏死过去。二狗子慌忙捡起尘根掖在怀里,扭身拔腿就跑。

"站住!再跑我就开枪了!"

警察在后边高声喊着,随即向天空叭叭鸣枪示警。摩托车紧追不放,一会儿就把两个窃贼擒住,塞在车斗里,带回作案现场来起获赃物。

"是这儿吗?"老警察厉声喝问。

"嗯哪……"二狗子低头看一眼倒卧的思想者和扔得满地的锯子凿子,惶恐地点头。

老警察将麻袋高压线井箅子等赃物拾起来,一并扔到车上。小警察查看浑身布满锯齿锤凿痕迹的倒地的思想者,纳闷地问老警察:

"老张,你说这塑像能是铁的吗?这两个无赖怎么跟它摽上了?"

"怎么不能?搞艺术的人最能闹幺蛾子,他们什么材料不敢用?现如今泥塑木雕已经不过瘾,非要用那个真铜真铁,这不,就把贼给招来了。"

"我看着还是不大像……老张,电棍递我,我电电他试试。"

小警察伸手接过电棍,将一端捅在思想者身上,随手揿动了电源开关。霎时间,一股强大的电流倏地从思想者的身体上穿过,刚刚恢复一点知觉的思想者被电击得浑身前仰后合狂颤不已,一粒粒猩红的火花四处飞迸。那是万箭穿心、血液烧干、筋骨洞穿、皮焦肉烂永远不愿回想永远不能言传的创痛的滋味。思想者只来得及吐出一句"无知……"便再次昏死过去,什么都不知道了。

"唔,的确是铁的。"

小警察满意地收起了电棍。

"明天通知园林管理局,不要把塑像到处乱放,应该放到有人监管的地方,免得影响社会治安。"

摩托车载着警察和窃贼渐渐走远了。

不知道过了多少时候,思想者慢慢苏醒过来。星星都隐藏在天幕后边看不见了。黑沉沉的,这是曙色即将到来之前的最后一抹浓暗。夜风折断了几根树枝,打下几张叶子落在他的身上,带来一股彻骨的凄寒。千疮百孔的思想者静静地躺着,静静地。他真想永远地这样躺下去,永远地就此死过去。死过去,不再醒转来,不再用思想折磨自己的大脑,也就不再会有暴力摧击自己的身体。

——可是,这里,这城市的边缘可以容他这样平静地躺下去吗?这里是他可以安身立命之地吗?谁能保证天明之后不再有人将他污辱和贩卖,不再有人在他长眠的躯体上继续做手脚和文章呢?

思想者默默地躺着,听着冷风飒飒的足音,一边运气调息,一边艰难地思索着自己的境遇。一只无家可归的夜游老狗,一路嗅着慢悠悠地踱了过来,走到思想者身边。它仰头看了看这个巨大的雕像,然后停下脚步,在背风的一面紧挨着思想者的身体趴下来,似乎找到了舒适惬意的避风场所。老狗那快要光秃的毛皮上传来一丝暖烘烘的气息,迅速透过冰冷的金属表层传导进思想者的躯体。他不由得心里一热,无比欣慰而又惨淡地喃喃自语:

"狗啊,难道只剩下咱们俩才可以互相依偎了吗?"

狗眨了眨眼睛,像是听懂了思想者的独语,更紧地向他身边靠拢过来,然后支起后腿,哗哗哗地将一泡热尿浇到他的身上。

思想者淹没在尿臊气里,无从思想,也无从言语。

太阳升起的时候,思想者已经重新回到广场中心那个厚重的基座上,全身赤裸着,眉头紧蹙,以手支颐,遮盖脸上的青紫伤痕,双腿并拢,将被阉割过的裆处使劲夹紧,面对过往的众生,痛苦地思想着。

经历了大悲大恸大劫大难的思想者,已经变得大彻大悟,心如止水。一夜之间出走的遭遇,让他饱尝了行动的艰辛,同时也使他明白了一个最浅显平凡的道理:思想者是不能轻易行动的,行动是不会有什么好结果的。他所能做的,也只能是思想,思想,将肉身化为雕像,以青铜的方式,庄严地存在,永远常驻广场中央,在铺天盖地的鸟羽的遮蔽里,以金属凄艳冰冷的光泽,昭示人类灵魂的亘古不朽!

思想是永远都不能从人类头脑中连根拔除的。

褐色鸟群在艳阳高照之下振翅翱翔。鸟儿们发现这个庞然大物虽然不能给它们带来什么实惠,但是站在他的肩头上却可以看得更高更远,他的卷曲的浓密头发也是栖息繁衍的好场所。

于是,它们便沿着思想者荒凉的额,挤挤擦擦闹哄哄地攀缘,上升,快乐地鸣叫,做窝。

思想者被自由自在的鸟粪淹绿了。

遭遇爱情

我们假设男主人公岛村遭遇爱情的日子是在暮春时节，一个细雨微蒙的美妙时刻。

我们再假定岛村最初怦然心动的时刻是在接到梅那女人的电话之后。

叫作岛村的这个男人仔细地系好一条名贵的金利来领带，看了一下表，然后带着一副漠然的神情走出家门。虽说已是暮春时节，斜风细雨依然将空气割刮得极其清凛，丝丝凉意不停地在刚刚泛绿的枝头抽动着。岛村把头深藏在立起的风衣领子里，用鼻梁托住一副宽边水晶墨镜，样子就跟某些枪战片里的猛男颇为类似，但那隐藏在镜片后边的眼睛里，却分明透出几分掩饰不住的倦怠。这个季节里他对什么都提不起精神来，对一切都失去了兴趣。

岛村先生，可以请您共进晚餐吗？

梅小姐设的不是鸿门宴吧？

那么我可要摔杯为号喽。

梅笑吟吟地说。

好吧。我情愿单刀赴会。

岛村坐在车子里,回味着刚才电话里听到的梅的声音。梅的嗓音很清脆,也很柔媚。是媚而不是嗲。岛村在心里玩味着。嗲多半是出于一种职业需要,或是为着某种功利目的而故意做出来的。比方说总机台的接线员小姐,再比方说那些纷纷承命前来洽谈生意的凌厉的公关小姐,往往是用撒娇作嗲先攻下他的裤腰,而后再攻下他的钱包。那一套老鼠逗猫、猫捉老鼠的游戏他已经玩腻了。

而柔媚却大不一样。媚多半是由于女性的天性使然,怡人悦耳而又不失风范。在这个无聊的阴晦的雨天里,电话里那个清脆且柔媚的声音激起了岛村的些许兴致。具有这种纯美音色的女人大概也应该是柔情似水风情万种吧?

几许不安分的想法慢慢地漂浮上来,却很快又隐没了下去。岛村陷在柔软的车座里,渐渐又恢复成一脸的漠然。他始终不敢肯定,那些争相以身相许,或者稍微给一点暗示就能牵引着上床,并且趁他耳聋眼瞎就要进入快感极致时却还在趁火打劫谈生意条件的女人还算不算是女人,同时他也不知道自己这般视上床如如厕的人心中是否还会有什么真正的爱情萌生。金钱早已严重破坏掉了岛村对女人的兴致,连同他对美的鉴赏也一道给毁掉了。没有谁能够拯救得了他。也没有任何一颗心灵能够向他靠近。偶尔他也会为自己的心灵不能得到满足而感到悲哀。而这悲哀,很快又会被新一轮肉体的快感冲淡了。

岛村不知道这次深圳方面派来洽谈业务的梅究竟是怎样一个女人。有一点让岛村觉得有趣的是,梅那女人将初次会面设计得别出心裁。梅在电话里邀请他赴约时,有意不给岛村留下有关她自己的面部形体特征,除了告知见面的时间地点外却没有约定任何其他暗号,仿佛是有意要考验一下岛村的鉴别力似的。除非她是很丑,觉得自己的面目实在是不值得一说。否则她就应该是很漂亮,漂亮到相信自己绝对会给他造成惊艳的感觉。岛村暗暗地笑了。他也有意不再往下细问,以便让女人的小精明小算计有个得逞的机会。

他当然猜想不到,梅那女人在放下电话、准备迎候他到来之前,先将干湿粉饼和双色唇膏等器物小心翼翼地收进蛇皮手袋里,然后便在一张白纸上开始勾勒整个事件发展的每一处细节。男主角岛村便被放置在故事高潮中最最起伏跌宕的位置上。

而岛村此时正在来的路上百无聊赖地发着冥想。

初次见面时,岛村很幸运地没有把对方认错。岛村一眼就在宾馆大堂三三两两啜饮小憩的人堆里把梅分拣了出来。因为这个美得炫目的女人正在对着玻璃旋转门频频放送着顾盼的眼神。

女人的漂亮程度远在他的想象之外,看样子正似红日东升的年纪,正处于那种既熟且嫩、收得拢又放得开的季节。那件印满碎花的鹅黄薄呢裙招招摇摇摆动的时候,岛村的眼里就印满了一朵一朵的鹅黄色的诱惑,就有水一样很润泽的东西充溢在眼底深处,想要去罩住那些个摇曳的花朵。岛村百无聊赖的倦慵心绪登时便化解了许多,麻木的末梢神经也仿佛有了些酥酥痒痒的蚁走感觉。

女人见了岛村,似乎也微微怔了一下。她大概也没有想到,在岛村所在的那个号称"京城痞腕"集团公司中,除了那些只会伸出一根手指做"Fuck"(妈的)之类下流动作的胡同串子外,偶尔也会冒出岛村这么个英俊儒雅的方正造型来。刹那间的感觉失准后,女人旋即调整好策略,吟吟笑着,矜持而又优雅地定格以待。

如果我没认错的话,一定是梅小姐喽?

是岛村先生吧?

相互莞尔一笑,有些湿润的手礼仪性地勾了勾,彼此便测出了对方掌心里的几分湿度。

经过最初的寒暄之后,场景很快向饭店的酒桌上切换。几句不多的话,梅便将岛村的简历搞清楚了。岛村虽然嘴上说自己的经历"不值得一提",但在得知梅小姐是大学毕业以后才辞职下海的,便十分乐意地把自己也受过正规高等教育,并还有过难忘的插队经历等底细和盘托出。通常他从不在人前炫耀自己的文化水平,怕跟圈子里的哥们儿造成隔阂,被人骂成装孙子,也怕公关小姐们抓住他的文人弱点轻易将身击破。但是对梅,他却乐意坦然告之,一则是为了在受教育程度上与对方对等,二则强调自己在生活经验上比对方阅历沧桑。梅果然有一见如故之感,并对他的知青遭遇表示艳羡。

老板派我来时我还不太愿意接这活儿,对北京的侃爷们心怀惧意。能遇上岛村先生真是我的福分。梅由衷地说。

认识梅小姐我也很高兴。岛村对答。

我很佩服"老三届"那些人,经了那么多苦难折磨后,没什么事情是他们干不成的。梅很真诚地说。岛村的心里动了动。吊灯从屋顶延伸下来,橘黄色的柔光罩住了梅小姐和她手中的酒杯。梅变得朦胧而酒变得清澈。到现在为止,他能够肯定的是,女人极其悦目。悦目的女人,不知是否也能够赏心。眼下他还无法判明梅是个有多深底蕴的女人,但他知道她跟别的前来洽谈生意的女人的目的是一致的,没有多大区别,但是又很希望她跟其他的女人能够有所区别。

在一片犹豫不定的心情里,岛村仔细打量对面坐定的这个悦目的女人,看她熟练地点着菜,又看她为自己要上一盒"红塔山",从烟盒底部撕开,熟练地弹出一根,嗅了嗅烟丝,检查着标牌的真伪,完全一副老到的男子气派。

这种男子式的潇洒与她那娇小的女性身份产生了巨大的反差。岛村饶有兴致地看着,很默契地充当着观众,觉得这种表演很有情味,不时递与激赏的眼神,鼓励女人把演出一直进行下去。

岛村先生,还满意吗?梅的手指优雅地托着杯子,目光盈盈地盯着岛村问。

你指什么?是这桌酒菜,还是人?

二者都有。梅仍定定地注视着岛村,眸子已被酒精滋润得晶莹闪烁了。

我可要把你的问话当成摔杯前的信号喽。岛村微笑着答。如果我说满意了,梅小姐接着是不是就要乘胜跟我杀价了呢?

梅的脸色陡然一沉。没想到岛村先生原来也这样煞风景。我还以为我们应该有更多的话题可谈。

哦,是吗?岛村的兴致被进一步调动起来了。这么说我让梅小姐失望了?

不,我只是觉得有点儿……感伤。梅幽幽地说。我一直都希望有那么一个时刻,能忘掉生意,忘掉工作,一心一意沉浸在某种氛围里。岛村先生不希望如此吗?

是我把这种氛围破坏了?真抱歉。

不,不必了。我们都在戴着镣铐跳舞,不是吗?

梅的目光又定定地射了过来,岛村有些心慌,不敢去接她的眼神。窗外正闲散飘着若有似无的小雨,浇得人的心情也是飘飘忽忽的,有些不着边际。岛村极力将一颗戒心定紧。女人的这种谈话方式他还是第一次领受,应答起来显得有些吃力。这本来是他过去娴熟使用的一套话语,是他在客厅书斋朋友聚会场合中耳熟能详的,如今却已经变得相当陌生,女人的话将他的记忆唤起了,竟让他有了恍然如梦之感。

我们到底是在追求什么呢?女人说。女人妩媚的双眼变得迷离了。她不间断地叙说着她自己的故事。她辞职。她下海。她不得已离婚。她一次次碰壁。她偶尔得胜的战绩。她屡次三番的跳槽。故事陈旧得跟任何一个潇洒走南方的女子的经历毫无二致。但当这些话面对面从沾着酒精的红唇中轻软吐出时,并且又是那么真诚、坦率、毫无保留,岛村的思路还是不自觉地被牵引过去,艰辛和感慨便无形当中成了他们共同的际遇。他的胸臆便也随之一起不加掩饰地抒发开来,话题一时变得既浓且酣。两颗心似乎在淡黄色液体的浇灌中溅起一朵朵火花。梅的脸蛋正在泛起好看的嫣红,岛村的脸色也越发清俊白皙了。

不知不觉三四个钟头已经过去。岛村对时间的流逝却毫无所感。到目前为止,梅对生意的事闭口不提,仿佛已经忘掉了此行的目的。女人那种酒逢知己千杯少的沉醉神态,将岛村深深导引进一种知音难觅的欣喜里。岛村内心深处那层冷漠的东西正一点一点地摧散开来。他已经好久没有做这样毫无功利目的的清谈了。尤其是跟一个漂亮女人做这样你来我往的清谈。温情在他的血管里慢慢地散开。

我现在所在的这家音像公司已经是我跳的第五个单位。老板这次派我来京跟你谈这笔影带生意,实际上是对我的一次试用,还不知道我能不能保住这个饭碗。梅以手支颐,盯住眼前的杯子,一副茫然无助的神态,一反刚才的老练潇洒。

岛村的戒心差不多去除光了,换上了对眼前这个饱经坎坷柔弱无助女子的无比恻隐。

岛村先生在这个行当里干得久远了,经验也相当丰富,请您一定多多关照,帮我过了这一关。

女人埋完单,起身往外走时仿佛不胜酒力似的摇晃了一下身体。岛村连忙援之以手。女人半依半靠在岛村臂上飘了出来,一丝温热便缓缓地通过岛村的神经末梢向周身扩散着。

广场上湿润的水泥地面折射着橘红色的温暖灯光,就像岛村暧昧的身体在回应着梅明亮的热情。一行行濡湿的脚印反复地印下去之后,岛村被挽住的左臂肌肉慢慢地柔软了,与梅纤巧的右臂挽成一个松紧适度的结。感觉着梅吊在臂上的体温,岛村心里不住思忖:这个女人,凭什么自信我会心甘情愿把大块时光与她这样消磨?

我最喜欢小雨中的散步了。梅伸出一只手去当空触摸若有似无的雨水。它能让我想起一切美好的日子。

是的,一切都很美好。岛村这样想着,嘴里却没有说。就像他接的那个梅的电话,眼见的梅这个炫目的女人,酒杯中那透明绵软的液体,还有那些如泣如诉的话题……一切都美好得不可思议。

更不可思议的是,他的思绪正屡屡顺着梅那女人的牵引而不断延伸下去,随着她的忧伤而忧伤,随着她的欢喜而欢喜。究竟是什么东西如此打动了他的心,让他和梅之间如此地默契呢?

爱情。

岛村把这种久违的情绪假定为爱情了。爱情的来临简直是不可思议,有时竟像猫一样悄无声息。岛村自如地轻揽着梅小姐的细腰,忍不住侧过脸去将她细细打量着。爱情就像今夜的广场,广场上的纪念碑,纪念碑上的浮雕一样濡湿而美妙。梅小姐的发丝偶尔会随风轻拂过岛村的脸庞。岛村不禁有些心旌摇荡:是谁把梅这个女人给我送来的呢?

来临来时总有一种通感,

所以你让你的心扉敞开着……

岛村深深沉入一种诗意的幻觉里。

怀着对某种激情的向往,他们走过金黄色的纪念堂,走过泛着灰白色光泽的圆柱,又走过一排排壁立的红墙,一直走进梅下榻的贵宾楼里。进得门去,梅刚把壁灯扭亮,岛村便不相信梅有经济能力住进这么阔绰的房间。梅像是看出他的疑惑,轻笑着说,是一个朋友替她订下的,朋友曾欠下她的一份人情。梅道了一声"抱歉",接着转身进了卫生间。岛村仍旧不能够释然,他搞不清梅究竟有多大的神通和能量,会有人为她埋单住下如此规模的睡房。刚刚窥得见一点真面目的女人转眼间又变得神秘了。

　　脱下风衣,在沙发上坐定之后,岛村的心绪便慢慢地缓解过来,开始细细品味房间里的舒适和温暖。温柔敦厚的窗帘把一切可视物都拦在了窗外,剩下的,满眼就是那张横陈的床,以及暧昧不明的浅粉色灯光。那张宽大的双人席梦思是那样肆无忌惮地裸着,轻轻地施展着无限的魔力。那应该是等同于梅邀他来房间小憩的无形含意吧?岛村的肉体一时间产生了几丝迷乱,梅的温香玉体正飘忽在床上叠现,合着岛村的激情肆意翻滚翩飞……

　　是要茶呢还是要咖啡?

　　梅小姐笑意吟吟地站在他面前。岛村一惊,忙从沙发上提了提身子正襟危坐,床和灯也迅速和幻想分离,各自归位恢复成普通家具的模样。梅小姐像变魔术似的,换了一袭无袖的葱绿软缎旗袍出来,瀑布似的长发已绾成一个髻,旗袍的袖口和开衩处将她光洁的手臂和秀美的双腿生动完美地显示出来。岛村看呆了,情不自禁以激赏的目光瞧着,以为这爱情差不多已是袒露无遗。

你真美。岛村喃喃地说。你真美。

谢谢。梅轻轻地应着,款款地走过来,在岛村身边,隔着茶几坐下,坐在岛村伸手可触而又遥不可及的地方。

岛村心头有一股巨大的热望被强烈地激发起来,很想急迫地采取行动,尽快逼近梅的身体。但是他还是努力将自己遏制住,不使自己的行为显得粗鄙。以往对待其他女人的种种滥情游戏技巧和手段,对待梅这个他心仪的女人应该是全不适用,他以爱情来给他和梅的这种关系命名。他只是等待着,等待着,等待着一种高尚的类似水到渠成式的冲击。

岛村先生……梅侧过脸来望着岛村,羞于开口似的嗫嚅着。

嗯?岛村将鼓励的眼神递了过去,分明是有些急切地渴望着下文。

岛村先生,您……愿不愿意……

什么?

愿不愿意帮我……

哦?

帮我做成这笔影带生意,把带子的价格再压低些?

岛村一时无语。思绪扭转不过来,只是听凭她一个人继续说下去。

我们这个音像公司组建时间不长,没有那么雄厚的资本,全靠您这套带子打开销路。您订单上的价码太高了,至少得给我压低五万,我们才能买得起。

岛村一愣,一丝警觉袭上心头,身躯也本能地有些僵硬。

小姐,您可是在以万为单位跟我杀价。您不如说让我把带子拱手相让得了,我们全体演职员两年多的辛苦也就此泡汤。

五万不行,那么岛村先生,您觉得我值多少?

梅小姐的眉梢轻轻一挑,似挑逗,又似挑战,岛村的心怦怦紧跳几下,循声追问:

假如我压低价位把带子卖给你,那么我将得到什么?

您想得到什么?梅小姐不急不愠,吟吟笑着,流光溢彩的眼睛紧紧逼视着岛村。

岛村也不示弱,将眼神迎上去回视着。二人的目光紧紧地咬合了一会儿,又松开,彼此心照不宣地笑了起来。梅那丰满的胸脯在旗袍下笑得微微轻颤,落在岛村眼里,就全变成了挑战的鼓点,全没有挑逗的蜜意了。

电话铃响起来,梅起身去接。岛村便对着这个咫尺天涯的葱绿色侧影,发着紧张的思索。电话里仿佛什么人请她去吃夜宵,梅在婉言谢绝,说此刻正陪着一个朋友,走不脱,活动临时取消。

回身刚刚坐下,又是一个电话进来。有人约她去 KTV,梅又谢绝了,说今晚要陪一个重要的朋友,不出去了。梅特意在"重要的"几个字上加重了语气。

您能给我一个结果吗?重新坐下来后,梅向岛村问。

我也很希望有个结果。岛村意味深长地说。梅小姐既然这样不吝,把我当成朋友看待,那我也不能白担了朋友的名分,就帮你一回忙。这样吧,我给你压低二万,这是最后的价码,不能再低了。

三万。梅毫不迟疑地接口说。

岛村定定地瞅着梅,梅脸上的线条瞬间已变成坚定和刚毅,并没有柔媚出他预期的欣喜和感激。岛村大脑不知怎的一时间呈现出一片前所未有的空白,少顷,才回过神来,挥了一下手说:

好吧,就三万。明天上午你去我那儿,我签份正式合同给你。好了,告辞了。

说完,岛村站起身来,挟上风衣径直朝门走去,连看也不看梅小姐此时的反应。他自己也搞不清自己的动作和言语是怎样变成如此衔接的,只是觉得此时必须这样做,非这样做不可,他已经不能够做别的了。

这一夜岛村彻底失眠了,带着失意和惆怅辗转反侧,对自己和这个世界都没有了把握,仿佛又陷入孤独冷漠里兀自漂浮着。这样一首诗意盎然的美妙情歌,难道只是自己低智商时的自作多情吗?难道梅也不过是一条善变的蛇,用媚笑和声音来将他利用和戏耍?他实在不愿意沿此思路想下去,脑中唯一能够确指的就是他对梅的真心不舍。至少,他跟梅也该算是棋逢对手吧?但他明白他要的不仅仅是这个,他要体认的是另一种深长隽永的承诺。

可那又是什么呢?我们的生活当中频繁降临的究竟是什么?是真情,还是虚妄呢?

等到梅如约来家里取合同的时候,岛村已经在客厅和卧室里把一切氛围都营造好了。梅依旧是神采奕奕,温婉可人,看得出,生意的成功让她昨晚有了一夜的好睡。岛村的心不禁有些微微发痛。

进门以后,梅便四下环顾,对居室的富丽堂皇装饰表示出高度赞赏,又把脚步移向靠墙一大排书柜前细细浏览着。那些脆硬的书页上曾经倾注过岛村青春时代骚动的理想。如今全都阒寂无声地尘封上了。

这是你妻子吗?她可真漂亮。梅拿起桌上一家三口的全家福照片说。

从前是。

哦,对不起。梅哦了一声,复杂的表情转瞬间又变得晴朗。你儿子长得真可爱,十分像你。

是吗?他跟着他妈妈走了。岛村淡淡地回答,转而把话题调度过来:这是合同文本,你先看一下吧。

梅接过合同书,坐在沙发上翻看着。岛村挨着梅坐下,也坐进了长沙发里。没有了茶几之类的讨厌障碍物做阻隔,梅就变得十分真切了,就在身边存在着。岛村的鼻息正拂在梅的头发上,发丝便微微波动起伏着。他能感到梅在他焦灼目光的视压下,似乎有了几分窘迫,目光开始散乱地在纸上游移,手中的纸张也仿佛有了千钧重量似的托抓不稳,扑簌簌的,竟有几丝倾斜。岛村的肢体不由得火热起来,心也开始怦怦狂跳,这是他许久都不曾有过的动情的狂跳,他太想确认这场爱情的实质了。

梅,岛村低低唤着。梅,你让我动心。

是吗?梅轻轻地,头也不抬,仍盯住手中的合同书。

是的,你会让任何一个男人动心。谁也抗拒不了你的魅力。

您也是个不可抗拒的男人。梅细细地说。

噢,是吗?岛村已经把这当成某种允诺的信号,脸颊通红地燃烧着,缓缓趋近梅那温热的双唇,不再在意梅那欲擒故纵成竹在胸的表情……

嘀零——

电话铃不合时宜地响了。岛村的情绪被迫中断,无奈地走过去,抓起听筒。是公司里的恼人事。岛村简单地敷衍几句,马上把电话挂断,同时用身体挡住梅的视线,顺手把电话线插头拔了下来。

回转身来,见梅已端坐在沙发里,身体显露出拒人千里之外的僵硬姿势。岛村笑了笑,随手开了发烧组合音响。舒缓的乐声登时像光一样从天上洒来,落在他们的脸上,身上,也笼住了屋子的四壁和墙角。洒在梅头发上的光是那样柔曼,仿佛要把她的每根发丝都揉起来,揉成暖暖的一团。梅的肢体在音乐的浸泡中舒缓了,棱角不再那么明显。

梅……岛村挨近梅,梦呓般地问,梅,还……满意吗?

什么?梅缓缓侧过脸来,眼中露出迷蒙的神色。

一切。

是的,我对一切都相当满意。这都多亏了岛村先生您,我真不知道该怎样感谢您才好。

不,你知道,你知道。岛村盯住梅姣好的面容,呼吸变得急促起来。

哦……对了。梅的脸上掠过一丝迷乱,随即镇定下来,

像想起什么,随即打开身边的手袋,从里面抽出一个鼓鼓囊囊的信封,递到岛村面前:

这里是三千元钱,作为对岛村先生的一点报偿,请收下吧,您千万别嫌弃。

岛村的面部肌肉登时发僵,进而急遽扭曲着,像是有些不懂似的诘问:

你真是认为我要的就是这个吗?你真的是这样想的吗?

梅被他的表情给震慑住了,睁大眼睛疑惑地问:这样有什么不对吗?那么你还想要什么?

岛村忽然觉得有些无措,有些语噎,有些空落。一长串音符轻捷地在他的大脑皮层里划着,苍白地滑过去了,没有留下任何印辙。空白。空白得是那样滞胀,阻塞,让他的心灵已经难以承受了。

岛村先生。女人轻唤着他,将他从怔怔之中拖回到现实中来。如果没有什么异议的话,就请您在合同上签字吧。

嗯……好吧。岛村木木应着,手里举着笔,却半天都落不下去。一切为什么竟是这样残酷,这样倏忽即逝?等到他的笔一落,他和这个女人的联系就算彻底完结了。其实从头到尾,维系他和这女人的,也不过就是这一张纸。婚姻,爱情,生命,为什么轻薄如纸?

岛村先生,您还犹豫什么呢?

梅小姐不再仔细读读了?

难道我还不相信岛村您吗?

梅又嫣然一笑,透出无比的魅力。岛村心里一阵揪紧,定定瞅了梅几眼,才在合同上签下了名。

好了,你可以回去交差了。岛村疲惫地一扬手。请吧。

岛村一个人在空寂的屋里呆呆坐着,让暮色一点一点把他吞噬进去。电话线一拔断他便可以暂时与这个世界隔绝。虽然没有报时钟响,可他在心里仍可以感受到梅乘坐的那趟班机已经驶过了他的头顶,把那个美丽的女人送往南国的一个新兴城市去。梅现在已经下了飞机,正兴冲冲地奔向她的老板处报捷。岛村在黑暗中睁开眼来,重新插好电话线,然后拨往梅所在的地方。

是梅小姐吗?

岛村先生?请问还有什么事?电话里梅那个女人的声音依旧很清脆,只是再也听不出柔媚了。岛村此时亦是心如止水。

梅小姐,祝贺您生意取得成功。我要告诉您的是,在复制合同文本时,我忘了把"发行权"字样打上了。就是说,您购买的只是影带的复制权,却没有发行权。您有权拷贝出一卷卷的胶片或磁带,却不可以拿到市场上出售发行。我重新准备了一份比较完备的合同,不知梅小姐是否有兴趣一切从头再来?

听筒里一时寂静无声。岛村似乎可以看到梅那欲哭无泪的眼神。他暗暗笑了,却笑得很苦。

游戏过后,还会有什么能在我们心头永驻?

岛村慢慢放下电话,随着渐渐降临的夜色一道,又堕入到无边的虚妄里。

白 话

一

"同志们,在座的青年朋友们,大家辛苦了。"

我以青年点组长的身份,把归我管辖的十几头兵召集到一起,总结下乡锻炼一个多月来的工作。

"下来这么久了,我们还处在孤立状态,没能和当地群众打成一片,同志们议一议,症结究竟在哪里。"

"我们层次太高了。"王京东首先发难,"以前那些下放的知识分子,最高的也只得过学士学位,我们这里却是清一色的博士和硕士,所以很难同当地人民在同一基准上对话,无法沟通思想。"

"听出来了吗,听出来了吗,典型的小资产阶级知识分子腔调,一派自以为是,高高在上的意味。"博士在一旁打断王京东的话。

王京东的脸色变得很难看:"博士,尽管你是我们这一群中唯一的博士,总有鹤立鸡群的良好感觉,但是你应该比我们更清楚,学术论争不允许扣帽子打棍子,提倡百家争鸣……"

"刚刚开了个头就窝里斗起来了。借学术论争互相贬损人格的传统还不应该在我们这代知识分子手中摒弃吗?优点没学多少,倒把痛打乏走狗的风格全继承下来了。"我拦住他们俩。

"说了半天,你们根本不知道症结在哪里。"小林丫头把我台灯座上插着的我老婆的照片反复端详着,不住地开关台灯,弄得我老婆充满微笑特写的脸上忽明忽暗,黑一块白一块的。

"你们都想想,你们都在用什么语言说话?书面语!难怪不能获得大众的认同,不能被接受被理解,反而被人民当成国宝似的远距离欣赏和品味,实在是因为这一群子人已经丧失了用口语表达自己思想感情的能力。"

众人听了,不觉一怔。会场上出现了暂时的寂静。少顷,只听见啪啪拍脑门子的声音此起彼伏,个个如醍醐灌顶:

"对呀对呀,我们怎么没想到。"

"到底是语言所的,一语中的。"

"问题的端倪一显露出来,我的心情平静了许多。"博士沉思着,"这些天来,我跟工农相结合的愿望很急切,但是总无法落实到行动上。我心里十分痛苦、十分焦灼。我跟所在锻炼单位的同志们对话时,他们显得非常沉寂,都用一双双仰慕的空洞的眼睛望着我,我每每说出话来,都变成了引不起任何回响的乏味的独白。"

"没错,我也被同类问题烦扰过。"王京东摩挲着自己的后脑勺,"我苦思冥想了许久,检查了自己向工农学习的思想态度和谦虚程度,发现都不存在什么问题。我没有想到是语言造成了信息交流系统的障碍。"

"那么我们现在应该怎么办?"李扎西尔汗的眯缝眼中透出迷惘的神色。

"改用白话。在日常生活中,摒弃书面语,改用口语交谈。"小林提出建议。

"对对,这就好了,这就好了。"众人一致附议,"我们立马就改。"

"就是嘛。"小林语气中透着股文章发表后引起轰动的得意劲儿,"当年咱们的大师们费了多大劲才掀起一场白话文运动,让人与人之间交流不再之乎者也地拗口,想骂人想夸人都能不假思索脱口而出。咱们政府呢,左一次文字改革右一次文字改革,把繁体字改成简化字,去掉多余的笔画,恨不能只剩了偏旁,又顺应咱们眼睛左一个右一个横向分布的要求,把竖版改成横版,为的什么呀?你们说,为的什么呀?"

"我们太对不起国家了。"李扎西尔汗沉痛地说,"六七十年了,怎么又回到老路上去了呢?之乎者也是不用了,但是新添了外来语和长句式,难度似乎比古汉语还加大了许多呢。你们汉族,真复杂。"

"其实,连我们自己也觉得滞重、生涩。"王京东很伤心,"但是,这是当今的时尚啊!不这样,我们还哪有资格在社会科学界占有一锥立足之地呢?"

我果断地打断王京东:

"一种时尚的形成,并非仅是一两个人的兴风作浪,而是千百万人推波助澜的结果。所以,在座各位都有推卸不掉的责任。有必要把被扭曲的风气再重新扭正过来。当务之急,是尽快打通跟当地人民思想感情交流的渠道,掀起一场白话运动。"

"我没问题。"博士说,"本来我就是劳动人民出身。我家三代雇农,房无一间,地无一垄,到了我这辈才祖坟冒了青烟,出了个读书人。俗语俚语歇后语口头语我全会,赵本山也得甘拜下风。只不过这十几年憋在学校里没有个尽情宣泄的语境氛围。我随时都能返璞归真。"

"其他人哪?有什么问题没有?怎么说也都是生在红旗下,长在蜜糖中的一代,全是靠劳动人民辛勤的汗水养大的,不至于就忘本了吧?"

众人一致说:"没问题,没问题。就凭我们的智商,那么多次考试都挺过来了,再高的学位也敢拿到手,白话嘛,小事一桩。给我们几天时间复习复习,突击一下。"

"京东,你怎么样?"我不无疑虑地问,"你出身比较高,说老百姓的话难度大点吧?"

"十年动乱时没事干,也净跟街上的孩子们野来着。再粗的话也听过,就是有时说不出口。"

"不要紧,慢慢适应。"我又转向李扎西尔汗,"你哪,小李子?"

"我使用什么白话好?"

"当然是汉族的。"

"越粗越好吗?"

"胡说,越通俗越好,越平白浅易越好。通过交流,最后要达到心贴心、肉连肉,你中有我、我中有你的境地。"

我站起身,挥了挥手:

"同志们,大家马上分头行动吧!希望你们尽快进入角色。"

"是!保证轰轰烈烈,扎扎实实。"

众人满怀信心地散去。

二

博士总以为他自己比我们这帮硕士高出点什么,经常没事找事儿,非得惹出些麻烦来才肯罢休。他本该跟讲师团一道下乡扶贫,正巧那会儿他老婆生孩子,他就死活赖着没走。但是躲过了初一,躲不过十五。所里要安排他出国进修,就因为缺少这一课,被院人事局给卡下来了。他这才得知利害,怏怏不快地跟着我们这一批人发配冀中农村。来了不到两个月,他就偷跑回京四次,好像只有他怀念妻儿。

如果他光是关在屋子里跟老婆缱绻缠绵柔肠寸断倒也罢了。他偏偏在研究生院里乱晃,挺粗壮的腰身,到哪儿都显眼。而且每次还都跑回所里去胡侃。就那么一幢大楼,谁都瞧见了。

这是一个既主张论资排辈又强烈渴望机会均等的单位。于是就有人愤愤不平,电话里质问人事局:你们逼我们所把该下放的人都赶尽撵绝,××所的××为什么仍在楼里出没？人事局长有些尴尬，做了一些搪塞性解释，然后一个长途打到下放总部，责成带队的伊腾处长严肃查处此事。

伊腾处长带着晴转多云的脸，坐着大红旗轿子，呼呼呼从另外一个县直扑过来。

倒退个十几二十年，大红旗可就像今天的奔驰一样身份显赫。虽然已时过境迁，多数车已遭淘汰，但还有个别的仍在岗位上鞠躬尽瘁，余威不减当年。尤其是在小县城里，谁也猜不透车主人的身份，那些丰田、大众、吉普、手扶都纷纷让路。院里把这种车派下乡供我们领队驱使，足见其用心良苦。

李扎西尔汗在县城东头那个检查站，向过往车辆收费。这一地段公路是本县人民自筹资金修建的，所以，私下里收点买路钱也属正常"创收"。

小李子没发育充分的身体裹在肥大的交通警服里，屁股后边还挂了根电棍，一副非驴非马的打扮，镜片后边的一对小眼睛怯生生叽里咕噜不着边际地游移，不敢跟司机对视，一点没有占山为王的横劲。他的声带好像还没变完声，尖里尖气的，强吼着嗓子装腔作势：

"站住！哪部分的？"

"你是干啥子的？"司机斜楞着小李子。

"我……"小李子嗫嗫嚅嚅，舌头不大好使，回头求援似的寻找交通队的同伴。那个黑红脸膛的同事收完另一辆车的款，迈着方步走过来。

"他是干啥子的你还敢问？告诉你，他就是专门干你的。

你哪个县的？再嘴欠别说我罚你。"

"是是是……"司机边掏钱边纳闷地瞟着一旁幸灾乐祸的小李子，感到非常困惑。

"李子，累了吧？进棚子里歇歇，忙乎一上午了，喝口水。"

"不好意思累。"小李子操着一口地道的少数民族汉语。

"李子，听说你是研究什么'叔'的？"

"民俗。"

"你看俺们这哈儿有民俗没？"

"我不研究汉人。"

"那没用了。俺们县连一户少数民族都没有，有两户满族早在清朝一灭就改汉族了。"

"没有关系。我研究自己。"

"派你们到俺们这哈儿来干什么？"

"向群众学习，锻炼思想。"

"行。学吧。炼吧。俺这哈儿从来没有过大学生劫道的呢。"

"报告队长，鬼子进村了。"小李子在电话里尖声尖气地喊。

"一共来了多少人？"我忙问。

"除了伊腾，还有司机阿健。"

"知道了。继续监视。"

"是。遵命。"

放下电话，我感到全身一阵紧张，头皮直发麻。以往伊腾都是在电话里布置工作,月底再将各县青年点组长召集到总部所在县,通通情况,汇报总结。今天连个招呼都没打就突然闯来,其中必有蹊跷。

我给凡有我们人在的单位都通了电话。告诉大家晚饭后一律不准到处走动,原地待命,最高指示正在途中。

电话刚放下,伊腾领队已经一脚跨进了门。跟办公室的人打过招呼,我把他让到隔壁临时给我间壁起来的宿舍。

"苏凡,博士回北京跟你请过假没有?"伊领队一开始就黑着脸。

是博士惹事了。我松了一口气,甚至有点幸灾乐祸。他他妈的会跟我请假?什么时候他把我放在眼里过?不如借机会整他一回,让他总目中无人!

"没有。我不知道他回过北京。"

话一出口,我又有些后悔。都是离了娘的孩子,何必相互残杀呢?保护同志要紧。

于是我赶紧补上一句填补的话:"博士有严重的胃溃疡,需要不停地吃三九胃泰。乡下医院没有这药。"

"据我们调查,两个月中他回北京四次,不是单位派的公差,也没经组长和领队批准,影响很坏。"

"是……这样?噢,这真是我的失职,平时对他关心不够,工作不够细致。"

"你准备怎样处理这件事?"领队投来征询的目光。

若是以为他真在征求我的意见,那可就太傻了。要征询也是在电话里征询了,何必还跑这么大老远。他那眼睛后面藏着的狡黠,早就被我一眼看穿了。人家领导这是考验我玩呢。

我也不含糊:"先找他本人对证,批评教育,依照他认错的态度进行处理。尽量做到杀一儆百,重点是杀鸡给猴看,提高革命队伍的组织性纪律性。"

"好。立刻召开全体会。"

"我马上就去通知,顺便让食堂大师傅给炒俩好菜,晚饭您就在我们这儿凑合一顿。真的,伊领导,别的县的饭您都吃过了,就没在我们这儿吃过,您可不能太偏心眼儿,净向着别人。"

"好好好,就这么办吧。"伊腾处长的脸上终于浮现出一丝难得的笑意。

我又打了一圈儿电话,吩咐各人把吃饭的家伙都带上,路过小酒馆时每人再捎来一两个菜。我又特别叮嘱博士:"你的罪行已经全部暴露了,摆在你面前的只有一条路——坦白从宽。而且你引狼入室,我们成了表现不好的青年点,领队说以后要常来关心我们。谁再想逃跑超假不归之类的都已不大可能。博士你说,你净顾自己享乐,你对得起我们这些拴在一根藤上的苦瓜吗?"

博士在电话里还大大咧咧地满不在乎,大着嗓门嚷:"苏凡你放心,待会儿我去跟伊领队讲清楚。我一人做事一人当,决不连累大家伙儿。我理由充分,看他伊腾能奈我何。"

"那好,我们拭目以待。"我就知道说多了也没用。要不广告里怎么说"戴上博士伦,傻极了,舒服极了"呢。

晚宴兼工作餐在我所在的广播局办公室里举行,桌上摆满了大小规格不等的饭盒和搪瓷盆儿。食堂仅有的八个碟子也被我借了来。数了数,鸡鸭鱼肉竟也凑全了。还有一小盆儿城里很难见的炸小虾,通红通红的,煞是可爱。整个桌面上洋溢出一种富裕之后的小康气氛。王京东和阿炳甚至还搬来一箱北京啤酒,正宗冒牌的北京五星啤。

一行人都为有借口扎大堆吃一次大锅饭而兴高采烈,胃口大开。伊领队也没想到宴会如此隆重,显然受了几分感动,也不大好意思立即质问博士,扫大家的兴。于是官民同乐,乐不可支。

我提议,先敬领导一杯,为了咱们有缘千里来相会,无缘见面不相识。伙伴们,举杯啊。于是叮叮当当一阵磕碰的乱响。

博士紧跟着又站起来,举着杯子说:"伊处长,多亏了这次下放让咱们认识了,要不然,您永远是人事局摆弄我们玩的领导,我们永远是各个研究室的让您拨拉来拨拉去的小小研究人员。只有档案袋里的照片跟您认识,没有谋面的机会。这次我们算是见到您的真人了,真是渡尽劫波兄弟在,相逢一笑泯恩仇。我家里的大哥就是您这个岁数,您得允许我叫您一声大哥。大哥,小弟敬您一杯。"说完一口气喝光了大茶缸子里的酒。

伊腾并不为博士一通驴唇不对马嘴的胡拍所迷惑,面带微笑,不愠不火地盯着博士:

"博士,你要真叫我大哥,我还真不敢答应,我不敢消受有个博士弟弟。这样吧,我让阿健替我喝了这一杯,咱们就算是朋友了。是朋友,你可就不能给我拆台……"

我在一旁急得恨不能上去抽博士两个嘴巴。马屁没拍好,反倒惹火烧身,伊腾马上要跟他单练,我煞费苦心下了这么半天的套儿不白废了吗?

情急之中,我捅了捅身边的李扎西尔汗,撺掇他给领队敬酒,赶紧接上这个捻,封住伊腾的嘴。

小李子特实在,把领队的杯子和自己的杯都倒得满满的,双手举着,诚恳地说:

"伊领导,我今天终于见到您了,真是非常非常幸福。我父母年轻,我是老大,没有哥哥,您应该是我的长辈,就让我叫您一声大叔吧!伊腾大叔,您刚才喝了博士的酒,您现在也应该喝我的酒。不喝,就是嫌我小,看不起我,我要先干为敬啦。"说完一仰脖,酒杯见了底。

伊腾抵挡不住心底涌起的当了"大叔"的激情,端起杯来抿了一小口。

"不行啊不行啊。"众人嚷,"感情深,一口闷,感情浅,舔一舔。"

接着我一个个点名,让十几人轮番先干为敬。伊腾处长渐入佳境,脸上泛起潮红,鼻尖沁出细密的汗珠儿。

"博、博……士",伊腾的筷子直指着坐在对面的博士的鼻子尖,"这样一个紧密团结的集体,全被你给搅……搅和坏了。"

众人一怔,全盯着博士。

"当着这么多人的面,我都不、不好意思深说你。你、你、你自己说清楚,偷跑回京几次,回去干、干、干什么……"

众人紧盯着博士。

博士脸不红,心不跳,成竹在胸:

"处长,是这么回事,我牵头搞了个课题,正在申请国家社科基金。马上要审议了,我回去到我导师和其他评委家里活动活动,找名人写几封推荐信……"

"啪!"伊腾一巴掌拍在桌子上,震倒了几个酒杯,把似醉非醉的几个人都吓醒了。

我的心狂跳不止。完了完了完了,我怎么忘了在电话里跟博士统一一下口供。傻瓜博士,你怎么就不说你胃溃疡胃痉挛胃出血肠扭结吃不下饭睡不着觉,医生让动刀子你都推说没时间迫不及待地赶回乡下继续锻炼?救死扶伤同情弱者人皆怀恻隐你怎么就一点不懂?

"你以为你是博士,就你有课题?你的科研工作重要,下放锻炼思想就不重要了?半年前就跟各个所打招呼了,下放人员在农村期间一律不在所里给安排工作,专心锻炼。怎么就你一个人特殊?"伊腾一教训人就特兴奋,额头青筋突突跳着,舌头也变得非常利索。

众人有些发蒙,一时鸦雀无声。

"我告诉你,苏凡跟我请假回去参加所里的国际会议,我都没准假,人家也没偷跑回去。小林到荷兰访学的通知都来了,硬让我给卡住了。我说过,这个口子不能开,要不去,就都不准去。你比别人多什么?你们比别人多什么?缺了你们,国际会议还不是照样开,国还不是照样有人出,地球还不是照样转?"

众人听着,耷拉下眼皮。有人翻白眼儿,吐舌头,耸肩膀。

"思想认识不正确,干什么都保准走到邪道上去。出国准是走了就不回来,搞出课题来也是个自由化。博士你是不是以为你的课题很神秘很新颖,意义重大填补空白?别自以为了不起,没有你的课题,你看看你们所还能不能办下去,国家社科基金还能不能发下去?还真反了你们了!我在部队当政委时,我说个一,哪个战士敢说二?我就不信社科院不能步调一致。政府每年拨那么多钱养着你们,你们扭过头来就骂政府,真是养了一群白眼狼。"

一片寂静。众人面面相觑,搞不清伊腾上下一番话的逻辑联系,一时不知如何插嘴。

"谁都鼓吹自己研究那玩意儿是天下第一,都想给社会开药方,整治一把社会,就凭你们这些人?兜里揣着护照签证机票闹革命,捅一炮就跑的那副德行?吓,跟我们脑袋别在裤腰带上闹革命那会儿能比吗?"

"比不了。"终于有人敢小声嘀咕。

"国家养你们,就是要展示咱们的文明发展程度,凡是外国人能达到的水平,咱也能达到,凡是外国有的,咱们也都有。你们起的作用,就像橱窗,橱窗砸碎了,货还照样卖。缺了你们,咱国家机器还照样转,文明照样向前发展,咱还有国务院外文局大使馆,一样搞文化交流友好往来,照样做国民经济计划人口控制战略。就欠解散社科院,让你们都去自谋职业,我看你们还怎么衣食无忧,高高在上。"

"是是,大哥,我们都太把自己当成一回事儿了。"博士没想到自己原以为很充分的理由,会引发伊腾这么一通虎威,也有些思路跟不上,被震慑住了。

"说实话,博士,我羡慕你们有那么高的学问。我十几岁就去当兵,没赶上好时候,我也在北大待过,北大还有我不少学生。"

"噢,噢,"众人感到惊奇,"我们在学校时怎么没见过您?"

"早了,三支两军的时候……"

"噢,噢,"众人一致感叹,"我们生得太晚,无缘瞻仰您执掌教鞭。"

"大哥,听您一席话,胜读十年书。今天我脑子里算是彻底透亮了。"博士急切地表达着自己的新认识。

"大哥,咱们现在更是亲上加亲了。我对不住您,我错了。我太自私,自以为是。申请社科基金还不是为了弄几个钱多出几次差,多给自己复印点资料。我那个项目就是不搞,对国家对集体都不会造成任何损害。我无组织无纪律,平时在所里散漫惯了,认为到了乡下还可以像在所里时天马行空无羁无束。您狠狠批评我吧,也请同志们批评帮助我。我从小出身也挺不错的,自从堕落成一名知识分子后,就染上了一身的坏毛病。我一定要彻底改造思想,虚心接受再教育。大哥,您要是原谅了我,就让我再敬您一杯。不喝,您就是不原谅我。"

"原谅他吧原谅他吧。"众人附和着,"喝吧喝吧。"

"看在大家求情的分上我就不再深究你。"伊腾说,"好在你认识错误的态度还比较诚恳,你和苏凡一人写一份检讨书给我,我回局里汇报。记住,虽然你们分别来自各个所,互相不认识,但到了乡下后,就是一个整体,一人出了问题,大家都有责任,尤其是苏凡,我首先拿你是问。"

博士歉疚地看了我一眼,我狠狠地把他给瞪了回去。

夜半时分,我们搀着伊腾和阿健摇摇晃晃地走向县委招待所。一阵小风刮过,伊腾哇的一声在路边吐起来。

第二天一大早我赶到县委招待所,伊腾和阿健已穿戴整齐在看报纸,等着我来跟他们话别。

伊腾忧心忡忡地问我:"苏凡,我昨天是不是喝多了?说了一些不得体的话吧?"

"没有没有,绝对没有那么回事儿。"我十分肯定地回答,"昨天您跟阿健早早就走了,我们那些人一直喝到天亮,都糊涂了,全不认识自己是谁了,到现在还没醒呢。我是早晨起来解手,看见红旗车还停在广播局院里,才想起您来过,这才来见您。"

"唔,这就好。博士怎么样?认错态度还好吧?"

"他醉了,什么都弄不明白了。"

"忘了告诉你,让博士写一份检讨,你也写一份,我回局里汇报。别担心,你那份我不会转交。我是帮你提高在众人当中的威信,让大家感到你替大伙儿承担责任、受苦,让他们过意不去,也就不好意思轻易犯纪律了。"

"谢谢您了。"

三

我骑上车子,去各处送报表。上级要求我们总结一季度的工作量,要看看我们为地方人民做了哪些实事。

先去教委找王京东。他正一个人闷在屋子里打棋谱。一见我进来,一把就给拽住了,就像是见了久别的亲人。

"苏凡,快点陪哥们儿杀两盘,这两天我手痒得要命。"

"我坐不住,还要送表去呢。不是说有个办公室副主任专门负责你的饮食起居,陪你吃喝玩乐吗?在哪儿呢?"

"让我给打发掉了。什么呀,像个老娘们儿似的整天跟在我屁股后头,一会儿问我对伙食满不满意,一会儿问我还有什么要求。想看会子书吧,他就在我眼前晃来晃去的,隔五分钟一问需要他干什么。跟他玩两盘棋嘛,又臭得要命,都让他九子了,还输,你说烦不烦哪?"

"你小子是生在福中不知福哇,咱们下来的人,就你这儿是县团级待遇。"

"算了吧,难受死我了。虽然咱有好吃懒做的缺点,但知识分子的良心未泯,无功受禄,浑身都不得劲儿。后来我跟老主任讲了,我们是工农子弟兵,是同一个阶级,来到这里就是要跟工农打成一片,练思想,练红心,找回原来的我。我诚恳请求您别再不把我当自己人,别再把我往咱阶级队伍外边推,您就把我当成普通干部使用,把我放到生活第一线,在大风大浪里锻炼成长。您就给我加任务,压担子,考验我吧。"

"人家接纳你没有?"

"当然。我一通白话,特诚恳,特谦虚,老主任听明白了,被我深深打动了,说俺们觉得你是北京派来的,又是比大学生还有学问的人,俺可得好好伺候着,将来回去替俺们这哈儿说点好话,让上边多拨点教育经费。"

"你看你看,以前你一定装模作样打官腔吓唬人家来着。"

"屁官腔。我说的一口地道的北京普通话,他们认为北京话就是官话。其实真正当官的没一个人说北京话。"

"分配你做什么了?"

"去中学帮助监考,然后搞试卷分析,研究一下全县这么多年怎么就没有考上大学的,让我帮着押押题。"

我把表格给他,让他两天之内一定填好。

"别下棋了。实在没事干,跟我一起去转转,我一个人走也怪没意思的。"

"好哇,正好晚饭没着落呢,到谁那儿蹭一顿去。"

我骑车带上王京东。到了县委大院门口,我让他下来在门口等我,我去宣传部找小林。

小林不在办公室。宣传部长殷勤地给我让座,递烟。我一边点烟一边问小林在这里表现得怎么样,请部长不要把她当外人,就当成手底下的兵使用,发现她有缺点就不客气地帮助改正过来。

部长听了连连摆手:

"哪里哪里,苏组长,你太客气了。我们正想建议你们领导表扬小林呢。她来的时间不长,干的工作却不少,把领导的讲话稿写得又快又好,庆三八,庆五一,纪念五四,抓计划生育,搞好麦收,乡镇企业治理整顿……你看看,写得有文采,字儿也好看,连庆十一和庆元旦的讲话稿都写好了,都存在这儿呢,随用随取,我们再也不怕临阵磨枪手忙脚乱了。真是人才啊!我们实在没什么任务派给她了,这不,我给她放了假,让她自己去熟悉一下乡下生活,想去哪玩,想到哪儿看看,我们都提供方便。"

我下楼到后院平房找小林。她正拿着一小瓶肥皂水,用笔管教一个小孩吹泡泡。小孩子一边使劲往回吸鼻涕,一边儿鼓起腮帮儿吹。五颜六色的肥皂泡在太阳下面飞舞着,噼噼啪啪地一个个爆破了,有一个泡泡正爆在小孩子脸上,小孩子露出长出不久的两颗门牙喜滋滋地笑,小林也拍着手哈哈笑着。

我忽然觉得心底有什么东西被这幅图景深深触动了,不由得停住脚,呆呆地看着。

小林回头发现了我,笑盈盈地跑过来。我把表格给她,说明来意,并提醒她做工作要有计划有步骤,文秘工作不同于学校里边考试,谁提前交卷子能给多打点印象分。要悠着点拉长了干。

"我的话你可明白?"

"不明白。"小林咬着下唇,困惑地摇了摇头。

听说我还要到各处送表格,小林缠着我要跟着一道出去转。我让她去借车,我和王京东在大门口等她。

我们仨人在柏油路上骑了几分钟,很快拐上了土路。在坑坑洼洼的小道上乱颠一气,拐过一大片麦田,然后进了农机站。看门老头儿挺热情地打着招呼:

"嗬,大学生来啦?快进去吧,博士在里头呢。"

博士正躺在床上读一本小册子,见我们进来,忙起身招呼,拿出一盒速溶咖啡,转着圈儿地找杯子。自从伊腾训了他之后,他跟这群人融洽了许多,尤其是对我,总怀着歉意,总想找机会弥补一下。所以再见面,总是"哥们儿""哥们儿"地叫得热乎。

刚刚坐稳当,小林在一旁叫了起来:

"哟,在看《干校六记》呢,是不是想仿而效之,来个七记八记的?"

"哪儿的话。那是我在北京书摊上偶然看见的。都邪了门了,这种书跟王朔的小说摆在一起,畅销得很。再加上一本《围城》,城里头这三种书如今卖得最火。"

"你没看看都是些什么人买?"

"我在学院路那边转了几个摊,都是有文化模样的人买,尤其是大学生买得多。"

王京东翻着博士床头的一大堆书,发现都是些文人小说:《绿化树》《男人的一半是女人》《神奇的土地》《大墙下的红玉兰》《洗澡》……

"你说咱们国家的知识分子是不是欠改造?"王京东稀里哗啦地翻着书问博士,"十几年不下放了就皮紧,就怀旧,把下放的岁月描绘得如诗如画,如火如荼,灵魂净化,醍醐灌顶。让他一直待在城里就觉得特失落,特惆怅。咱政府也是琢磨透了这些人的脾气了,尽可能地满足这帮子人想要下去脱胎换骨的要求。"

"可不是嘛。"小林附和王京东的话,"有一阵子大学生们全被书中情节感染了,宿舍里到处都唱:马缨花,马缨花,风吹雨打都不怕,快快让我去找她。"

"你瞧瞧你瞧瞧,犯贱嘛不是。钱钟书拿知识分子的劣根性开涮,咱也就忍了,同一个圈里的人,互相扯个皮揭个短窝里斗的事儿也属正常。偏偏那个痞子也动辄拿咱文化人开心,变着法儿地把人骂得特损,可还真就是知识分子买他的书,看得津津有味,你说奇怪不奇怪。"

"你们不懂,"博士说,"这正是知识分子的优点。叫骂自归叫骂,我行我素。再说骂也不是坏事,正是从反面帮助咱们改正缺点。"

"这些小说是从哪儿折腾出来的?"我问博士。

"从县文化馆翻出来的。"

"想出一套改造文学集呀?"

"看着玩儿。探讨一下知识分子到了我们这一代脱胎换骨到什么程度了。"

"就属我们结合得彻底是不?"小林问,"我们连语言都改了。你们想想,人之所以成为人,从其他动物里脱颖而出,还不就是因为有了语言。我们真是从根儿上改了呢。"

"没错。"王京东说,"前几代知识人没能认识到这一点,所以结合得不彻底,夹生了,硌牙。到了末了,还对人民说'你们''我们'的,就不会说'咱们''俺们'。痴气匠气呆气傻气一点没去掉,永远是一副高高在上、与人民格格不入的模样。咱们可不能重蹈覆辙。"

"是这么个理儿。"博士点头附和。

我把工作量统计表递给博士一张,问他都干了多少活。

博士为难地挠了挠头:

"不好意思,真是不好意思填。下来后不但没给地方人民做什么实事,还净给人民添麻烦了。白养着我吧,又怕我回去没法写总结汇报工作,太对不住我;给我派个活吧,我自己个儿又实在不争气。卖了一阵子农机零件,天天站柜台,我这人块儿大占地方不说,还总把零件名称搞错,对不上号,让人干着急。你还别说,人听说有个北京来的博士在这儿卖零件,全都拥来了,每天里三层外三层的人,销售量一下子猛增上去。"

我们几个人一起哈哈大笑。小林笑得前仰后合。

"后来不行了。"博士丧气地说,"人家看够了,不新鲜了,生意不那么红火了。再加上我站柜台,需要一边一个人打下手,一个收钱,一个付货,增加了人力损耗,结果销售额又直线下跌。不行,干不了了。"

"不是给你调到办公室了吗?"

"本来办公室就人多活少,我抢了一份,就要有人的年度工作量不达指标。没有文字工作,我想我就从最基本的干起吧,扫地、打水、擦桌子、分报纸,才干了两天,秘书刘晓玲就来找我了,说博士大哥,我刚交了入党申请书,正在'表现'呢,你把我的活都抢着干了,我还拿什么'表现'啊?"

"是啊是啊,你可不能耽误人家要求进步。"小林说。

"我也只好赋闲在家,怀才不遇了。"

"……当初下来的时候,就应该跟地方人民交个实底,就说:这是一群废物,请务必充分利用。这样人民就会大胆地起用我们了。"王京东深有感触地说。

"行了,都别在这儿贫嘴了,赶紧跑下一个单位。"我拖起王京东。

"要跑你跑,我可跑不动了。博士,管饭不管?"

"我这儿的饭可没油水,晚上也就是个稀粥咸菜。"

"太后悔了,那天不应该给伊腾吃那么好,给他造成一种繁荣的假象,再要向院里申请一点伙食补助都困难了。他肯定以为咱们天天都有鱼肉可吃。"

"对了,给小李子打电话。吃交通队去。"博士一拍脑袋,眼神发亮,"我去他那儿吃过两次,小李子天天帮厨,跟大师傅的关系倍儿铁,总能有点好吃的。"

"博士快去打电话叫他备饭。"众人一齐嚷嚷。

我们四个人从农机站出来,路上又碰见阿炳一个人在慢吞吞地走。他刚刚去邮局发信回来。博士又把他驮上,一路闹闹嚷嚷地奔向交通队。

小李子从路口撤回了办公室。目前的任务是熟悉环境,再抄抄报表,接接电话之类。业余时间,他就在伙房里帮着择菜、烧饭。

"怎么,撤岗了?"我问小李子。

"岗没撤,我撤了。"

"是你不好好干?"

"不是,我干得很好。但是司机不怕我,总跟我吵架,我镇不住,就调回办公室了。"

"这下你可以在办公室里发挥专长了。小李子,快给哥哥姐姐们上饭。"王京东吆喝着。

一伙人说着笑着吃着,充满了亲人失散又重逢的快乐。

各县的青年点组长在下放总部开会,向领队汇报工作。大家普遍反映一个问题,就是多数同志在广阔天地里无所作为,还满腔怀才不遇的幽怨。领队认为,这是因为我们有些同志下来之后就一直"端"着,根本没有放下架子,没有发挥主观能动性,不积极找工作做,根本就徘徊在农村改革的大潮外观望,从没打算蹚蹚水,游个泳什么的。

大家商议,应该限定一个最低工作量,将来考核时也有个标准。这样听之任之发展下去,年终将无法统计和类比。最后全体一致达成协议,每季度每人至少有一份三千字的调查报告或其他种类的书面工作成果。这样一年下来,至少每人也积累了一万多字的成绩。

回来后我把精神传达给我们青年点的人。众人原先还为自己工作量统计表上填的模糊数字和模糊语义而忐忑不安,听了我的话后都长出了一口气。

"目标明确了,我们干起活来就有了奔头。"王京东说。

"三千字太容易了,别的干不了,我们就是不怕写字儿。"

小林说。

"大家回去后都要及时调整一下自己的思想,多深入基层调查研究,搞出点有分量的东西来,为咱农村改革献计献策。"

"瞧好吧,您哪。"众人说,"保证错不了。"

四

天气渐渐暖和了。地里的麦子已经连成绿油油的一片。田野的风扑在脸上,暖烘烘的,透着股惬意。想起我们下来的第一个晚上,人人瑟缩着躺在临时间壁起来的住处,残冬的小冷风嗖嗖地从窗框和门缝里钻进来,吹得人心里发凉。暗夜里听着此起彼伏的狗吠,不禁怀恋起城里汽车马达的轰鸣和爱人温暖的身体。最难熬的日子总算是过去了。

我们这批人基本上各就各位,该干什么就干什么去了。日子是最能消磨人的,再烦再躁,也禁不起日子一天天地冲你,削你,把你耗得没脾没气。

小县城里说也不缺什么,该有的设施全都具备。城中有一家影剧院兼礼堂兼会场,一个邮局,一个二层楼的百货商店,连新华书店也有。最多的是饭馆,隔三五步就是一家,多数都是二层小楼,彩色瓷砖镶嵌在外面,门脸都挺气派。

但是恼人的是没有浴池,也不晓得当地人洗不洗澡。浑身难受得实在忍不下去了,我们也只能关起门来打盆水,浑身上下乱搓一通了事。但水也不总有,每晚七八点钟就停。电也停得勤。每晚都能听到电影院和饭馆门前小柴油发电机轰隆隆作响,互相比赛着招徕顾客。

好在公路交通和通信设施还算说得过去。新修的一条公路通向外面的世界。要一个北京的长途,等一个上午也差不多能通了。邮局就成了我们这些人经常碰面的地方。那个长着一对杏核眼的女接线员跟我们熟了,碰到她心情好,我们还可以免费打一次长途。

我们扎堆的次数越来越频,好像觉得时间越久,越彼此离不开。下了班,吃过晚饭,就开始串门子,一个找一个,滚雪球似的越滚越大,最后说不定走到谁那儿就聚齐了。有的住得远点,相隔好几里地,也不辞辛苦深一脚浅一脚地摸索了来。女生都预备了那种装三节电池的大电筒,既能照路又能打狗。

我这儿也成了聚会的据点。因为广播局有带子可看。隔壁有两台机子供节目编辑制作用的,经过局长特批,晚上可以免费供我们这些"北京来的大学生"利用。

广播局的带子,除了武打的就是琼瑶的,由不得选择。有看的总比没有强,至少也算是充塞视听,活动活动废置已久的器官。没出几天,就把所有的带子都看完了。又把几盘打得像真事儿的挑出来从头看。看得差不多了,又挑每盘打得血肉模糊爱得情真意切的片段看,最后也分不出哪个是哪个了,全都差不多,我们都给看成了一个故事。

博士老婆来乡下探亲。我们一哄而上,把她带来的牛肉干茯苓夹饼美国腰果酒心巧克力等吃食瓜分一空,甚至把一袋六必居的酱菜也就着白水吃掉了。他老婆还挺善解人意地说:

"这下我知道了博士信里边的描述并不夸张。"

"怎么描述的?"众人边吃边问,"是不是说吃不饱,穿不暖,没精力去跟马缨花移情别恋?"

博士也不回嘴,当着老婆的面,一副温良恭让的样子。大家更忍不住借机会使劲逗他。

博士急了:"说你们是白眼狼可真没说错,吃了我的喝了我的,反过来还拿我打镲。把我得罪了,今晚上你们都甭想看这盘带子。"

众人一听,立刻来了精神:"博士兄,我们认错行不行?我们这是心里头高兴啊。见到了嫂夫人,就像是见到了我们北京的亲人。"

"什么带子?"王京东迫不及待地问。

"米兰·昆德拉的,《生命中不能承受之轻》,从我们所录来的,英文原版。"博士老婆说。她那个欧罗巴研究所总能近水楼台先得月。

"都听见了吗?不懂英文的都别去看。"博士宣布,"还有,没结婚的也别看。"

小李子不乐意了:"有什么不好意思的,你们汉族人不是说过吗,没吃过母猪肉,还没见过母猪跑?"

阿炳在一旁说:"小说我看过好几遍了。英语我是听不懂,但是画面我保证能看懂。"

"那行了,一块儿去看吧。"博士又向老婆做了个媚笑,"夫人你先歇着,我看一会儿,马上就回来。"

我们都被片子巨大的魅力震慑住了。真的,我们还从不知道,人类心灵的痛苦竟可以用如此生动的电影语言来表述。当萨宾娜最后得知了朋友的死讯,托马斯和特里莎在幻化中坐着车子随着悠扬的音乐走出画面时,我们都屏住气息,久久地沉浸在故事营造的氛围里。谁也不想打破这一刻的静寂。我们都觉得自己的语言很笨拙,很庸俗,觉得在这之前的一切文人的有关痛苦的描述都变得很笨拙很庸俗了。

大家极力想说出个人的感受,结果发现根本就无从表达。

最后我们只好议论了一下片名的翻译。众人都觉得译名不太像中国话,至少听起来不太顺口。

"添上一个字,叫生命中难以承受的轻灵。"王京东说。

"'轻灵'不如'空灵'好。"我说。

"叫'虚空'更贴切。"阿炳说,"《圣经》福音书里就用了这个词儿,说'虚空的虚空,一切的存在,都是虚空'……"

"汉语不是都叫'空虚'吗?"小李子不解地问,"'虚空'是不是'空虚'?"

"再想想再想想,从总体上改。"众人说。

"叫'沉重浮生'吧?"博士思忖着。

"不好,不好,"众人说,"太意会了。"

"译成'难耐浮生'好不好?"小林问。

众人想了一会儿,说:"差不多了,意思全出来了,又很简洁,比原译名省了五个字。"

"到底是语言所的,有咬文嚼字的本领。"

"就怕这名字太雅,一般老百姓不懂。"博士不无担心地说。

"你少操那份心吧。"王京东打断博士,"片子已标明仅供研究人员和领导同志做资料参考,不会流散到民间去的,老百姓哪里看得到。"

众人说:"是不能让谁都看,活活糟踏了电影艺术。"

计划生育突击月开始之后,我们都忙了起来,都给派到各单位包干的村子去搞突击,有半个多月的时间分散在村里,没机会见面。博士最先忍不住了,打电话给我,说他村子里的活快忙完了,马上就要返回农机站,这个周末要来我这儿聚聚,他老婆捎来的两瓶泸州老窖还没动呢。

我跟采编股股长也是刚从村里回来,也很想跟大伙儿聚聚。打了一圈电话,除了两个人在下面没忙完,大部分人都回县城里来了。听说博士周末要请喝酒,一个个乐得电话里的声音都走了调。只有在计生委的王静满怀遗憾地问能不能改时间,周末排了她值宿。计划生育工作就是这个特点,上半场我们在下边忙,把超生怀孕的都给归拢上来,下半场就是计生委在上边忙,汇总全县的医生集中采取措施。我嘱咐王静安心工作,我把好吃的每样都给她留一点。

"那也不行。"王静嗲声嗲气地说,"我想念大伙儿,特别想看看你。"

"没关系,别着急。"我安慰道,"实在想得慌,星期天我再让大家都送上门去,请你挨个儿过目一下,就从我这副肉身凡胎开始,一定满足你的视觉欲望。"

"去你的吧。"王静笑嘻嘻地挂了电话。

博士正在发福的肚子竟然塌下去许多,人也灰头土脸的。我一面招呼其他人把各自带来的小菜都摆上,一面问博士感觉如何。

"唉,真是难以下手哇。"博士把煮熟的花生米一颗一颗往嘴里扔,"我也是农村长大的,我知道,家里没有男孩子那真是不行。"

"啧,啧——"王京东在一旁发出怪声,"敢情博士是让良心给折磨得掉分量了,我还以为是村里伙食不好给饿瘦的呢。"

"你懂什么。"博士又较上劲了,"在一个刀耕火种的农业社会里多增加一个男丁就意味着……"

"行了行了,你饶了我们吧,别跟我们拿书面语交谈。"众人打断博士。

小林深有感触地盯着天花板说:"说实在的,看到那么多妇女哀求我,一把鼻涕一把泪的,这心里头真就不落忍。"

"那都是假象啊,小姐。"王京东接过话头,"我们办公室的秘书说了,你没法可怜她们,稍一同情,一年里就能给你增加半个县的人口。"

"我算亲眼见计划生育的难度了,哪像咱们在所里做做统计数字、算百分比,然后制定政策那么简单啊,一面对活生生的人,全走样了。"阿炳一脸倦意地歪在我床上,摸着喉结。"我扁桃腺都肿起来了,嘴皮子也快磨破了。讲大道理,没用。我们去的那家,两口子跑掉了,把值钱的东西也坚壁起来了,就留一个老太太和仨小丫头驻守。动员了半天,老太太就是不吭气,末了扑通给我们跪下了,说,要钱没有,要人我追不回来,你们就把我这条老命拿去抵了吧。你说这工作还怎么往下做。"

"要我说,就动员城里人不生。"小李子不着边际地插了一杠子,"我们少数民族所的,只生一个,汉族所的一个也不生。这样子就把乡下多生出来的抵消了。"

"你们看他那精灵古怪的样。"王京东用筷子点着小李子,"够蔫坏的了。让汉族人都绝了种,你们好辽金蒙古女真的重来一次?照你的说法,十年二十年之后,咱国家不就农村吞并城市了吗?经过了这么多年的努力,城乡差别才逐渐明显了,你竟然还主张倒退回去。"

"我不是那个意思。"小李子摆手申辩,"我是想让出生率降下来。"

"照你那么说,出生率是降下来了,可人口素质也降下来了。咱国家还全靠咱们知识分子优生优育,把优秀基因往下传一传呢,光靠农民生农民,咱们下一代多咱能提高档次,跨到世界先进行列里去呢?"

"你把这话再说一遍。"博士眼珠子通红,颤颤巍巍地把手里的酒杯放在桌上,用手指着王京东的鼻子尖儿,"我就是农民生的,我也是农民,你、你、你比我多什么?你小子别、别、别牛逼,口口声声农村城市差别,我就啊就听不下去这个……"

"哎,怪了,我说你了吗?我是就事论事,我专指你了吗?"

"说谁都不、不、不行,我不、不爱听。"

"哎哟喂,下来才几天,就改造得有模有样的了,就站到人民的立场上说话了,我倒成了死不改悔的对立面了是不是?我还真就不服你这个。博士,你小子有种……"说着王京东霍地站起来。

博士也不示弱,也摇摇晃晃站起身来:"你、你想怎么着?"

阿炳和旁边的人赶忙把他俩都摁到椅子上。王京东本来就没预备有下一个动作,别人这一拉,他便借机会扭动扭动身子表示挣扎反抗,博士也晃晃悠悠地还想站起来,跟王京东造成个对峙局面。

"别拉着他们。"我喊住阿炳,"你就让他们过两招,看能比画出什么花样来。"

众人在一旁劝:"算了吧算了吧,完全是学术论争。从来君子动口不动手,怎么就论起拳脚来了。"

博士又扭过脸来转向众人:"谁论拳脚了,谁论拳脚了?你们谁看见了?我这不一直在口头辩论呢吗?"

王京东也就坡下驴:"对呀,我们也只不过是一场舌战嘛,谁说我们要动拳脚了?"

众人说:"本来就是嘛,本来就是嘛,一场舌战一场舌战。"

博士把酒杯推到王京东面前:"老弟,喝酒,喝酒。"

众人在一旁嚷:"对,喝,喝。今天喝白酒,明天喝啤酒,感情好,愿喝多少喝多少。"

我们又拿出那盘《生命中不能承受之轻》来放。看着看着,博士哭了。

我去给王静送吃剩的一小段腊肠和一瓶鹌鹑罐头。计生委的大门紧锁着。我站在门外喊了半天,王静才从传达室的小窗口露出脸来,挺沮丧地告诉我,昨晚上她没看住,让一个该做手术的孕妇跑掉了。那孕妇说要上厕所,王静懒了一下,没陪着去,只把手电筒借给了她。结果左等右等不见人回来,王静喊上打更老头过去一看,厕所边的墙垛上已给扒了一个大口子,墙外摆着一摞砖头,显然是事先约定好里外接应着逃跑的。这一跑,可就是踪影皆无,说不定得等孩子长大后才能回来。今天是星期天,当地人休息,晚上还是王静值班。她正在那儿忐忑不安,怕再跑一个,领导上要怪罪下来她担当不起。

我想了想,说干脆晚上我把博士几个人叫来替你在门外巡逻守夜,与你共患难一把。

我原打算只邀几个小伙子来,小林她们几个丫头听说后也嚷着要来,还口口声声说知识分子堆里可不许搞男女不平等,要患难就大家同患难。我也缠不过她们,只好叮嘱着多带些零食,免得下半夜喊饿。

月亮爬上来了。金黄色的又圆又大的月亮衬在深蓝色的夜幕里,看着不像是真的,美得像是舞台上的布景。乡村的夜真静啊,偶尔传来几声狗吠,几许虫鸣。满鼻子都是刚收下来的麦子的气息,还有青草湿漉漉的甜香。一道小沟渠绕过计生委的院墙,渠水悄无声息地流向远处的棉田。

我们睁大警惕的眼睛在计生委院墙四周不停地走动着。

墙上的豁口已给修好,再想爬出来难度也不小。王静在院里守夜,隔一会儿就从窗口露出脸来,对我们做出感激和鼓励的笑容。众人就对她比画几下,做几个手势,那意思是说:都是自己人,不必客气;放心吧你,平安无事。

众人走累了,找了一个比较干燥的麦垛,横七竖八地躺在上面歇脚。小林轻轻叹息一声:"我好像有好久没这样仰脸看天了,都忘了天是什么样的。"

王京东枕着自己的双手把身体摆成一个"大"字,也不由得发出感叹:"真舒服啊!城里除了楼和树,哪还有天?我盯着台灯出神的时间,可比跟月亮对眼儿的时候多。"

博士的体重把草堆压出一个凹陷来。他漫不经心地一把一把地抓着麦秸秆儿往身上撒,一边若有所思地问:

"你们注意到托马斯的那个指令没有?take off your clothes(脱掉你的衣服)。"

众人一时没反应过来,片刻才明白他原来说的又是《轻》那盘带子。

"不就是命令女人脱衣服吗?"王京东问。

"第一次看时,我也以为这句话就是一个'脱'。"博士眉头紧锁,做出深沉状,"昨晚又看了一遍,觉出点味道来了。托马斯在难以承受的虚空里,寻找着生命的支撑,他渴望灵魂和灵魂的撞击,生命和生命的坦诚相对。结果呢,他遭遇的总是媚俗的肉体。所以他总在喊:脱去你的伪装!脱去你的伪装!可惜啊,没人能听懂。"

"是呀,你这话也够让人合计半天的了。最好也能有个萨宾娜能理解你。"

"没错,只有萨宾娜能够理解托马斯,但那不过是作家设计的一种理想,托马斯只能生活在特丽莎的世俗世界里,无法实现与萨宾娜的结合。这是人类心灵的又一出悲剧,理想与现实之间的差距永远也无法弥合。"

"嗬,给上升的高度还真不低。"

"我认为,我们最应该学习的,是人家对人类受难后孤苦情境的表达方式。"小林插嘴说,"纯粹二十世纪的,不流泪,不忏悔。哪像我们的作家,遇到点挫折不是悲悲切切苦着个脸,就是硬挺着做外强中干的灵与肉的搏斗,累不累呀。"

"唉,什么时候,能让我们都 take off clothes(脱掉衣服)恢复到原生态,痛痛快快做一把人就好了。"博士长叹一声。

"想返祖也没用,那块尾巴骨早让冷板凳给磨平了,长不出来喽。"王京东撇嘴。

"对你这号的,发多少指令也没用,脱掉表层的媚俗,里层还是媚俗。"

"对对对,我是媚俗里生,媚俗里长,媚俗里娶亲开俗花。只有博士您凌空出世,超凡脱俗,整个儿一个人间叛逆孙行者……"

"你们都快住嘴吧。"小林叫着,"都是俗人,谁能比谁雅多少?就这么个古老而又庸俗的破话题,就引得你们吵来吵去,真够俗气的。都别争了,看月亮吧,这世界只剩她不媚俗了。"

我们都沉寂下来。远处广播局电视塔的灯光一闪一闪的。月亮依旧很不真实地浮在我们的头顶。一只猫悄无声息地从草垛上溜了过去。渠水好像是停滞不动了,仿佛在暗夜里谛听、期待着什么。

什么都没有发生。一夜平安无事。

五

博士跑邮局跑得最勤,也数他的来往邮件多。杂志期刊,海内海外邮件不断。他嫌农机站送信送得慢,索性自己去邮局取。

我和王京东去找他玩时,见他正在屋里跟两个女孩子大侃。一个是秘书刘晓玲我们见过,另一个高个子红嘴唇的是第一次见。博士正侃得神采飞扬,情真意切,两个姑娘以手支颐,听得如醉如痴,眼里透出仰慕和迷蒙的神色。见我们进来,两个姑娘脸蛋红扑扑的站起身来,告辞出去了。

"在开什么讲座呢?咱们也听听。"王京东打趣道。

"闲着没事儿,给她们侃侃诗。"

"哇,诗呀!侃晕几个啦?"

"你还真别得意。别看人家学历没你高,但是悟性很强。这才是诗之所在,情之所在呢。"

博士转身翻出一本打印、装订很仔细的三十二开小书递给我:"这是我追随前辈学人,闲来无事作的古诗,聊以怡情养性。献丑了。还请二位多多指教。"

"你别那么酸文假醋的好不好?"王京东跟我抢着看,"别忘了咱们的白话规则。"

诗集题为《浴风集》,为浴风阁主近两年所作。序跋俱全,是博士特邀朋友老高、阿狗等为之写序。诗的内容大都是抒发离愁别绪,郊游踏青感怀之类,以古体居多,五言七言都有。还填了几首词。每页还有诗人亲手所制插图,与其页之诗相配套,不外乎弱柳扶风,游子独吟,闺妇思春一类,工笔细描,倒是很见一番功底。阿狗在跋中云:与博士同住一楼数年,想不到以彼等体重会写出如此轻柔细软之作,令人拍案叫绝。一首《江城子》颇有苏轼之风,其中"社科院,小礼堂"二句乃为压卷之作,独领当今诗坛风气之先。

我连忙往回翻几页,查证原词,词牌名为《江城子》:

>研究生院最难忘。三年多,是同窗。促膝谈心,相知胜祝梁。记得携手观影剧,社科院,小礼堂。
>
>奈何咫尺如重洋。不思量,徒嗟伤。各隅一方,鸿雁传书忙。纵使他年能相逢,应笑我,华发长。

"哈哈!有十年生死两茫茫的味道吧。词填得好,文评得也好。"我把巴掌拍得山响。

"没想到我们博士还有诗画的功夫,佩服,佩服。"王京东也跟着我拍手。

"过奖了过奖了。"博士谦逊地摆摆手。

"下乡后有什么新作没有?"我问。

"乡野民风古朴,人杰地灵,更是创作诗的好地方。我改写白话诗了。这里有一首《送别》,你们看看。"

王京东接过来大声朗读：

> 望着你那远去的背影，
> 止不住地泪水涕零。
> 眼前一阵一阵的模糊，
> 骤觉春天透着几分凄冷。

"哇！好啊好啊,挺像白居易的风格,可以读给村妇樵夫听了。博士,有没有谁都不像,只像你自己风格的作品拿给我们瞧瞧?"王京东问。

"我正在探索呢。这还有一首没写完的。"

王京东拿过桌上的小纸片《流浪族》："有点像日本名,新！真新哪。"

我要过来,见是几行自由体诗：

> 呼啦啦十四道风从天而落
> 雪地上开来一群堂吉诃德
> 骄傲和梦想全挂在孩子们脸上
> 驽马驰骋在看不见的战场
> 长枪杀向不可知的远方
> 为了忠于那光荣的探求
> 躁动的灵魂在原野上流浪

我沉吟了一下,问博士："这一首好像是诗风陡转啊?"

博士笑了一笑:"以前写的都是我个人的感受,现在我想表达一下群体的感觉。"

"要不怎么说环境能改造人呢,"王京东一本正经地说,"思想境界可是提高了不少。"

"你准备就此打住还是一泻千里?"我问博士。

"没一定,凭感觉吧。"

"写完一定先交给我们审阅,合格了才能结成集子在民间传看。"王京东半开玩笑半认真地叮嘱博士。

我见桌上摆着今年头两期的《神话哲学研究》杂志,就顺手拿起来翻着。一看第一期的目录页上,博士的文章和名字都赫然用小五号黑体字印着。

"好哇博士,大作发表了,也不张罗着请客?"

"算不了什么算不了什么,一点读书体会,小试牛刀而已。"王京东也凑过来:"快让咱们拜读拜读。嘀,是与人商榷,《盘古起源说质疑》。博士你够能干的,你要跟商榷的那人可是咱们国家神话哲学界新近崛起的一头麋鹿。商榷出个结果没有?"

"别提了。所里把他给我的信转寄来了,我打开一看,皱巴巴的一张卫生纸,上面写着:博士你是个臭大粪,你有什么资格跟我商榷?会两句洋文你牛逼什么?我开始搞研究的时候,你小子还在撒尿和泥玩呢。你们说我招谁惹谁了?我不过是看他的文章有许多纰漏,甚至别人英文引文的错误他都照抄下来。我实在是担心这种以讹传讹会贻误后人,就找了一些梵文和英文资料,重新论证了一下盘古和梵天的渊源关系。我自信完全可以驳倒他的论点。没想到会招来这么一通恶俗的臭骂。"

"那你就忍了吗？"

"忍？我回信正告他，学术论争讲究以理服人，不要来这套文痞作风。结果他的信又来了，凶相毕露，说博士你如果不服，咱们找个地方单练，我跟你白刀子进去红刀子出来。我真为咱们社会科学战线出了这种人而感到痛心。真他妈的斯文扫地啊！"

"看来不服是不行。"王京东劝博士，"咱们想说白话还得用功去学，人家这才叫白话大师呢！博士你得甘拜下风，还是早点认输为好。"

"我怕他谁？要不是责任编辑来信劝我，我早跟领队请假回京，非找一帮人瓿了他不可。"

"那你可就是把自己降格，自动归为他那一类了。"

"我也是这么想的，咱总不能跟他一般见识吧。再说我也不想再给责编找麻烦，他也挨了同样的骂，还说那小子连杂志主编都给臭骂了呢。我合计着我挨他骂也就算不得一回事儿了。""这就对喽，博士，足见你大家风范大肚能容大象无形。"

"唉，人心不古哇。"博士喟然长叹。

县司法局的院墙拆了，据说要统一换成铁栅栏。那座带外廊的二层小破楼就赤裸裸地暴露在大街上。司法部下放来此地的几个小子就住在楼上。每天下了班没事儿干，他们几个就凑成一桌玩麻将。逢到有一个溜回北京，出现三缺一局面时,他们就到我们这堆里找人凑数。王京东是第一替补队员。晚上停电玩不成了,他们就端着凳子坐在楼口,拨着一把破吉他,面对大街扯着嗓子唱:我来到这广阔的冀中平原,平原啊平原真是平坦,一只眼睛啊都望不到边……

开始,过往行人还觉得稀奇,停住脚往楼上看,总有一大群人围观。那几个小子也不在乎,反倒唱得更起劲了:你要是看我长得美,就把我领回生产队,姑娘啊给我倒碗水,聊到天黑也不嫌累……

父老乡亲们看了半天,也没见有什么花花样,不过是唱唱歌练练嗓儿而已,渐渐也就自动散去,见怪不怪。互相问起来,都说那是北京来的大学生在练节目呢,还净唱些大白话,怪有意思的。

偶尔,那几个小子见我们这一伙儿仨一群俩一伙男男女女说说笑笑在街上散步,他们嫉妒得要命,就在上面酸溜溜地哼哼:姑娘啊像朵野菊花,一双眼睛让我离不开她,可惜她是个研究生,上学时候就入党啦,哎呀呀我的妈,有心摘花又心里怕,凤在上来龙在下,哎呀呀,哎呀呀……

"都快成了马路求爱者了。"小林嘻嘻笑着,"你们也不怕知法犯法呀?"她又笑着朝楼上喊。

"别总是你们那伙人扎在一起,让我们也加进去吧。"为首的赵大兴在楼上喊。

"不行啊,我们正好是七小对儿,你们一加进来,我们就'和'不了了。"王京东大着嗓门回话。

"好好待在你们少林寺吧。"小李子也在一旁起哄。

"别忘了,将来打离婚官司还得求我们帮忙呢!"赵大兴接着喊。

"不用啊。"博士回答,"我们这里学科比较齐备,法学所未来的专家就在我身边呢,离几次婚都没问题啊。"

那几个小子自知人少,打嘴仗不是我们的对手,于是不再嚷了,又哼哼唧唧地唱起来:弹起那老吉他,我又想起了我的她;她的眉毛,她的长发,咿呀,咿呀,咿呀,咿呀……

"怪可怜的。四个秃头和尚,连个女生都没有。非憋出一群乡村摇滚歌星来不可。"小林边走边回头望着他们,满怀一腔的同情。

我们再去拒马河边玩时,每次都忘不了喊上他们几个。

冀中平原的夏天,热浪滚滚。在城里时,高楼大厦和一排排绿化带,把热分割成一块一块的,只感觉热得隔膜,热得闷,热得虚幻,看着眼前晃动的淌着油汗的人群就眼晕。在乡下,却是连成一片的热,热得明晃晃、火辣辣的,除了你自己的眉毛,就没有任何可以遮阳的东西。我跟着到村里去采访时,热得虚脱了一次。局里再不敢派我出去。我就待在家里编稿子。白天在屋里写写字儿,看看书,听听音乐,改改稿子。吃过晚饭,就跟我们那一群人直奔几里地外的拒马河。河两岸是密匝匝的庄稼地,散落着炊烟袅袅的小民房。水浅的地方,总有下地归来的农夫在里面洗澡,一大群光屁股的村童在河里打水仗,女人们在岸边的青石上捶打衣服,一派康乐祥和图景。

我们选择了一片离住户人家和庄稼地都较远的比较开

阔的水面,作为夏天的据点。这里河水分布得很有层次,岸上堆积着大片细软的黄沙,河边错落有致地分布着小颗细碎的鹅卵石,河中心水逐渐加深,但流速很缓,游到对岸,水又变得既清且浅。

水流从鹅卵石上滑过时发出清冽的声响。刚从热浪中逃离出来的人们都抵挡不住这份诱惑,稍识点水性的,噼里啪啦都跳下去了,不会水的,也争着抢着在河边蹚上几回。阿炳、小李子、王静几个人与司法局那两个不会游泳的,就在沙地上围了圈儿,打起了排球。我和博士、小林、王京东、赵大兴一些人就不停地在河里游啊游。

"真想就这么死在这里啊!"

小林从水里上来,望着西边的落日,由衷地叹息了一声。她走到我坐的地方,抹了一把脸上的水珠,摘掉游泳帽,伏卧在沙滩上。瀑布似的长发从脊背上滑落下来,遮住了整个脸庞。

远处传来阿炳他们的追逐嬉笑声。夕阳给每个人的身上都镀了一层金。波光水影中,能看见王京东他们的脑袋时隐时现。博士在沙滩上侧卧成一道曲线,正凝眸对着金光闪烁的河水做苦思苦吟状。几只燕子在水天之间拍翅俯冲,留下一道道剪影。

"真美啊!"小林不由得又赞叹了一句。

落日的余晖把小林的身体打出一道朦胧优美的轮廓,她那肌肉结实的小腿闪着健康的光泽,光洁的脊背上一个个细密的小水珠不断地碰撞、滚落,让人忍不住要伸出手去触摸……

六

陆陆续续地有丈夫和妻子们来乡下探亲。无论谁家里来了人,大伙儿都照例一股脑地拥了去蹭一顿吃喝。

我写信向我老婆请求,能不能抽空来看看我。老婆回信说,她很忙,正跟人一道编书写词条。还说要趁我不在的时候多出点成绩,把这两年给我做饭耽误的时间追回来。我又写信去,连哄带吓,夸大了一番我对她的思念之情,然后说所有人的爱人都来探视过了,现在大家已开始怀疑我和你的感情不好。你要再不来,出现感情危机,我可不负责任。

老婆这才有点害怕了,背上一个大牛仔包第二天就跑了来。一帮子人来我这儿蹭饭时,她把每个女性都暗地里仔细审视一番,觉得条件都不如自己,这才长出了一口气。

晚上,老婆和我挤在那张木板床上缠绵够了,又不放心地问我:

"究竟哪个是你的相好?"

"你看了半天还没看出来呀?"

"一个个都黑红油亮,哪配得上你呀。"

"可别那么说。那都是假象,下乡后染的色。刚来时全细皮嫩肉的,跟你目前的靓度差不多。"

"我看她们好像对你都挺好,没想到你还挺受妇女们爱戴哪。"

"是呀,她们对我特殊好也不能当着你的面表现出来啊。"

"死鬼！你气死我了。"老婆张牙舞爪地又扑了上来。

县城里实在没有什么好玩的去处。我领着老婆望了望山，看了看水，在庄稼地里转了转，只好又回到小破屋里待着。老婆来探亲也没忘了把词条带上，抓紧一切空闲时间抄着。

县委大楼里，阿炳和王京东正往办公室走。阿炳的背心破了几个洞，王京东的凉鞋带儿断了，踢里踏拉的。两人左手端着茶水，右手摇着大蒲扇，每人的大裤衩都长及膝盖，叽里晃当地吊在腰上。

刚上楼梯，迎面碰上伊腾处长和司机阿健。两人赶忙上前殷勤地打招呼。伊腾把他们叫到楼梯拐角，先问阿炳：

"你看现在已经几点了？"

"三……三点半。"阿炳不敢大声回答。

"王京东，上班时间你乱窜什么？"

"我……"王京东反应极快，"我来拿一份文件。"实际上他跟阿炳刚下完两盘棋。

"你们看看你们自己这身打扮。"伊腾尽量把语气放得平缓，"哪里有一点机关工作人员的样子。人都说，'远看像要饭的，近看像捡破烂儿的，仔细一看是社科院的'，这话不假，可你们也不能就此自暴自弃，破罐子破摔呀！在院里，大家彼此都一样，也就谁都不嫌弃谁了。现在到了乡下，好歹你们也叫是北京来的，总得体现出一点首都的风貌吧。"

伊腾这次是专程来表扬博士的。他说，大家的工作都有了长足进步,基本上都进入了角色。我们的工作在量的积累上已经达到了一个新水平。尤其是博士,表现比较突出。自从那次被通报批评后,能很快认识错误,改正错误立竿见影。他写的那篇论文《我国农业机械化改革的哲学思考》,字数早已超过我们季度工作量要求,洋洋洒洒下笔万言,交回院里后就被推荐给农机所。专家们看后一致认为文章数据齐备,理论和实践结合完美,开拓了我国农机化研究的新领域,具有极高的理论指导意义。近一期的《中国农机》杂志马上全文刊载。

"大家都要像博士那样学习和工作。"伊腾发出了号召。

"小子,真有你的。"王京东捶了博士一拳。

博士眯缝着不肯戴眼镜的深度近视眼,嘿嘿地笑着,谦逊中透着几分扬扬自得。

"另外,"伊腾话题一转,"大家还要加强组织纪律性。要注意自己的仪表形象,别让人太瞧不起。下乡前,我忽略了这个问题。回去后我马上给院里打报告,请求给大家补发制装费。"

"哗——"众人一齐鼓掌。

临走前,伊腾又单独跟我交代几句,表扬我这一段工作干得不赖,嘱咐我要注意抓典型以点带面,继承我们一贯的工作方针。他特别提到要勤去关照博士。

我茅塞顿开,会意地点头。

伊腾走后我们开始争论能批下来多少制装费。王京东提议,应该把十一届三中全会以后社会主义新农村的繁荣昌盛程度如实汇报给院里,请院里参考赴英美或其他发达国家的标准发放经费。

"不太可能吧。"小林不无忧虑地说,"说不定按照去印度、孟加拉或者去非洲国家的标准给呢。"

"那可没戏了。"王京东丧气地说,"能按照赴发展中国家的标准给也成啊。"

几天后阿健开车把钱送到各县青年点。每人发了五十块。

当晚我们一大帮人请司法局那几个小子,在瓷砖镶得最好看的萃华楼酒家撮了一顿,让他们几个足足眼气了一回。

"别跟我们打得太热乎。"赵大兴一边拔丝鹌鹑蛋,一边还在嚼牙,"免得生出感情了,你们先返城时还得抱着我们痛哭,情真意切地说不愿意离开。"

"得了吧你,到时候还难说谁哭谁呢。"王京东说。

"吃饭呢,都说点吉利话好不好?"小林打断他们,"我就不愿听你们说这话,都跟巫婆的谶语似的。"

"不说了不说了,喝酒喝酒。"

七

在小林请假回京办理自费出国手续的一个多月里,我被一种不可名状的烦躁情绪支配着。她自从公派出国被人事局阻断以后,就一直在联系着自费这条路径。经过多方努力,美国学校的入学通知终于来了。她爱人打电话叫她回京办理辞职等一大堆手续。

我拼命地干活,用一些杂七杂八的乱事把一切闲暇时间都填满。一有到乡里或村里采访的任务我就抢着跟去,每天骑车往返二三十里地。然后整理记录,制作新闻,跟着局里的值班编辑一干就干到下半夜。

大家最感兴趣的沙滩排球,已改成了计生委大院里的陆地排球。突击月一过,计生委又大门洞开,来领取免费避孕工具的村干部络绎不绝。拒马河水渐渐凉了,人们不再下河游泳。而我每天下乡回来,仍然不知疲倦地直奔河边,跳入清冷的河水里,一口气游上几个来回。累了,就爬上岸,在河滩上放平身体,看着落日的余晖一点一点被浓云吞没,心底那个空洞也随之变得越来越大。

小林打来电话,说她机票已经买好,明天所里派车来给她拉行李。

第二天上午,小林和爱人一道跟车来了。她好像瘦了许多,一笑起来,原本好看的两个酒窝也快成了两道沟壑。

"你可把我们等急了。"王静帮她拾掇着,"我们还念叨呢,小林真不够意思,白一起患难好几个月了,临走也不回来告个别。""我以为你手里有了美国老头票,这一套破行头该甩了。我正想瓜分你的尼龙蚊帐,你这就跑回来了。"王京东帮她捆着行李。

"我哪敢忘了弟兄们哪!没办法嘛不是,这些日子我都差点跑吐了血,想早回来也抽不出身哪。"小林又转身抽出蚊帐给王京东,"你要是不嫌弃,就留给你。"

"不敢,不敢。"王京东连忙摆手,"还是你带走吧。千万别洗,闻着那上面的味儿,就想起我们来了。"

"是啊,一帐子的泥土气息。"小林感叹着。

"你办得可够神速的了。你辞职,单位没拦着吧?"

"哪是我神速,全是我爱人一直在跑,我只管最后的环节。还真就多亏了伊腾处长帮忙,辞职没费多大劲。"

宣传部长和办公室其他人都来了,一一与小林丈夫见过面。部长说:"小林走得太突然,我们也来不及开个欢送会什么的。这几个月小林为我们贡献不小,大家都挺感激。我刚让秘书出去买了个麻编包和手工刺绣的香袋,这是咱们地区的创汇产品,勉强拿得出手,做个纪念吧。"

"真太好了,谢谢部长。"小林诚挚地表示谢意。

中午,大家一致要凑份子,在萃华楼为小林饯行。司法局的四个人也执意要加入一份。

"小林出去了,我们也跟着脸上沾光。说什么我们也得送送。"赵大兴说,"小林,你去攻什么专业?"

"汉语言专业。"

"嘿,好哇,费了半天劲,去到那儿用美国话研究中国话。"

"你才老外了呢。"王京东打断老赵,"要是光用中国话研究中国话,那还能唬住谁,还怎么攀登世界语言学高峰一览别的语种小。"

"有道理。"小李子在一旁若有所思地点头,"小林,给我也蹚蹚路子,到那儿用美国话研究少数民族话。"

"小林,我佩服你的勇气。"博士端起杯来,"舍得一身剐,单身闯天下,公职不要了,丈夫撇下了,说走就走。好样的,我敬你一杯。"

"别顺嘴胡说了,又喝多了怎么着?"王静拦住博士,担心地瞥了小林爱人一眼。

"没关系。"小林丈夫宽厚地笑笑,"我们本来就一无所有,穷待着也是待着,不如趁年轻赶紧闯荡。我倒担心再不走,小林非让她们所里的人影响得安贫乐道不可,那我可就一点指望都没有了,还怎么去探亲陪读哇,是吧林林?"他充满爱意地摸了摸小林的头发。

"公众场合呀,注意点影响。"小林娇嗔地说。

我低下头,端起酒杯猛喝一口。

"到那儿以后别忘了我们,常写信来。"王静搂住小林的肩头,无限深情地叮咛着。

"最重要的,是要跟当地美国人民打成一片,尽快进入角色,尽快适应由社会主义到资本主义的转变。"王京东做出语重心长状。

"没问题。有了这碗酒垫底儿,再来什么样的酒,我都能把它喝下去。"小林端起碗,一饮而尽。

"对对,曾经沧海难为水。"博士说道。

"除却巫山不是云。"小李子抢话。

"瞎接什么呀你。"博士拍了小李子一下,不易察觉地向我投来含意不明的一瞥。

"我又说错什么了?"小李子不服气地嘟哝。

吃过饭,众人忙着去把小林的行李装车。我在柜台跟老板结账。出来见小林正在门前等我。我在她对面站住。小林用那种让人心慌意乱的眼神盯住我。我觉得浑身的血全都涌到了脸上,迟疑了一下,还是勇敢地迎住了她的目光。正午的阳光突然变得很不真实,周围的街景在我们身后旋转飘忽,不住地变幻着……

"没有不散的筵席,是吗?"

我闭了闭眼睛,想把那种不真实的感觉驱走。

小林咬了咬嘴唇,没说出话来。

"你走得太急,实在来不及送你什么,只好把这两张合影先拿给你。"

昨天接到小林电话后,我把相机里还没照完的几张噼噼啪啪对着墙壁曝了光,卸下卷立刻去洗了加快,今天一早拿到了照片。我挑了两张。一张是我们全体在河滩上的合影,男生在前蹲坐成一排,女生在后站成一排。小林的一身大色块组合的泳衣非常醒目,她用手抚着被风吹起的长发,对着镜头开心地咧着嘴笑,其他人都张大嘴巴在喊着笑着。照片上的人物都十分真切生动,简直呼之欲出。另一张是我和小林还有博士、王京东几个人在水中一块大岩石上正往深处跳。我们互相不服气,喊一二三,看谁跳得远。在跃起的一瞬间被阿炳给抢下了镜头,拍得相当精彩,只见画面上腾空几道曲线,周围一片辽远的水和天。取出照片时,我一个人站在照相铺子里端详了很久很久。

小林接过照片看着,半晌抬起脸来,眼中充满了泪水。

这是我第一次也是最后一次看见她流泪。泪水更加深了我的那种虚幻感觉。

王京东问我吃没吃过知了。我说,在我几千年的老祖宗活着那会儿吃过,到了我这辈儿就失传了。

"又外行了不是。那会儿是生吃,抓过来就搁嘴里,生吞活剥茹毛饮血。现在我们是用油煎着吃。就因为吃了熟食,你小子才能进化成今天这副白面书生的模样。"他硬拉我去到博士的农机站那边抓知了。

我正百无聊赖,什么都干不下去,就提上手电筒跟他走。路上王京东告诉我,就属博士院子后面那几棵树上的知了肥,它们喝了一夏天的树汁儿,养得肥头大耳。

到了农机站一看,房门开着,博士不在,门房里也没有。我和王京东转到后排平房,在红嘴唇的宿舍里找到博士。他又在比比画画地给红嘴唇和刘晓玲讲着什么。

"别侃了,博士,赶紧上树。"王京东嚷道。

"我操,还吃上瘾了。等我回去换双鞋。"

"带我们一道去吧。"红嘴唇和刘晓玲央求着。

"你们在这儿把炉子预备好,回来后马上下油锅。"博士命令着。

红嘴唇和刘晓玲不情愿地叽叽喳喳去拔煤油炉子的捻儿。

我们拿了一个牛皮纸大信封,提了手电筒从大门出来,博士转了转,在一棵粗大的榆树下停住。大着嗓门把我们俩喊过来,让好好给照着亮。然后他抱紧树干,三蹿两蹿就爬上去了,动作出奇地敏捷。我不由得看傻了眼。

"博士还有这两下子,真没想到。"

"这算什么。谁的祖宗几千年前还没上过树。可惜我没得到真传。"王京东不屑地说。

博士脑袋钻到树叶子里面大叫。我们赶紧用电筒的光束给他来回扫描。

连爬了两三棵,都一无所获。我已失去兴趣了,张罗着回去。

"回去干吗,你那里又没电。不如去田里掰棒子吧。"王京东又出了个主意。

"要去你们去,我爬树手都磨掉一层皮了。"

"我求求你,博士,去一趟吧。我体内现在有一种强烈的破坏欲,非在动植物身上发泄出来不可,要不然我就该打人了。"说着王京东做出"骑马蹲裆式","烦着呢,你们都别惹我,错打了谁,我可不管。要么,你们俩谁牺牲自己,满足我一回?"

"得得得,我陪你去吧,别憋出病来。"博士搓着手掌说。

"还是别去了。"我拦着他们俩,"想吃棒子,路边不是有卖的嘛。打声招呼,你们主任肯定给你煮一大锅带来,何必去祸害人家庄稼。"

"你不懂了吧。棒子有什么吃头,我们要的是那个过程。"王京东比比画画地说,"想象一下那个情景吧:月黑风高之夜,我们拎着一个大旅行袋,摸到地头上,看看四下无人,我和博士哧溜一下钻进青棵子里,留下你苏凡在道边望风。玉米秆一棵紧挨着一棵,我紧张得透不过气,视觉也不灵了,站在那儿以右腿为圆心转了一个圈儿,逮谁掰谁,哪顾得上筛选。博士呢,就比我有经验,先凭手感捏一捏摸一摸,再凑近前去瞪大一双近视眼仔细观瞧,看准了才四平八稳掰下一穗,夹好了又磕磕绊绊摸索着往纵深处发展。苏凡你呢,站在道边警惕地四下注视着,紧张得冒出一身冷汗,却又只能倒背着手,装出一副夜晚散步的样子,颤巍巍地往前走五步,又往回走五步,怕一旦走差了步就难以在铺天盖地的青纱帐里再回到接头地点。时间越长,你越哆嗦得厉害,想喊我们一嗓子却又不敢。我听见博士稀里哗啦越摸索越远,想喊他回来可也不敢。直到他掰了一大抱夹不了了,才顺着自己的气味摸回到我跟前。接着我们把旅行袋塞满了就往外钻。我先轻咳了一声给你暗号,你也回咳了一声向我报平安。我和博士这才放心大胆,一个箭步跨过沟渠跑到你跟前。我和你拔腿就想飞跑,让博士一手一个拽住把我们拦下。他把袋子夹在腋下,领我们四平八稳迈方步,等走过了玉米地,仨人才撒丫子连跑带颠一口气跑回农机站。博士脸上给划出一道道红印子,我的腿上也给蚊子叮满了大疱,苏凡你呢,半天还在捂着胸口喘。锅里的老玉米蒸腾着,诱人的清香不住扩散……"

"我说王京东,你可真是天才,编的这是小说还是'数来宝'? 还挺合辙押韵的。"看着王京东跟讲评书似的在那儿比画,我忍不住又气又乐。

"他那副德行,也就能在想象的世界里遨游。我瞅他爬树,你问他掉下来几回?"博士瞅空子揭王京东的短儿,"咱们还是把小李子叫来,小李子干这活儿比他机灵多了。"

"快走吧快走吧,太刺激了,我简直忍耐不住了。"王京东摩拳擦掌。

这个季节我们无法控制自己的情绪和行为。我们在电炉上烤过棒子,油炸过田鸡腿,放生过鱼塘里的红毛鲤子,给赵家的狗眼上滴过风油精,把他家树上的枣子打落在院墙外头,还让青核桃和涩柿子重新投入了大地母亲的怀抱。一种疯狂,一种压抑不住的破坏冲动烧得我们的脸蛋都泛起潮红。我们聚在司法局的小屋里跟那几个小子一道唱:人生能有几回活,就让我在雪地里撒点野……

幸运的是,我们这样折磨植物和小动物,竟然一次也没有与人类发生过摩擦。对此,大伙儿常怀有一种胜利大逃亡的快乐。

八

转眼,冬天到了。由嫩绿到黑绿又成金黄的田野,如今又恢复了原本的褐色,光秃秃的,样子十分丑陋。一场大雪过后,世界又被纯洁的颜色所覆盖,所有从春到秋积蓄起来的浮躁和污秽,仿佛都被这场冬雪净化一空。

我们看足了大地色彩的变幻。冻得冰凉的鼻尖最终让内心也跟着冷静了下来。一帮子人常围坐在炉火旁,屈指算着返城的日期。

就在这时,出了一件谁都意想不到的事。这件事在我们的整个后半生都留下了难以磨灭的印记。

博士被刘晓玲的丈夫给打了。

小县城里口口相传的新闻发布方式,要比广播局的电视新闻传播快上十倍。头天晚上出的事,第二天就满城风雨。人们交头接耳,到处传说城里来的大学生干了人家老婆,结果被人当家的给抓住狠揍了一顿。

刘晓玲的丈夫跑到县妇联、公安局、司法局等部门上蹿下跳,还拿着刘晓玲的裤衩要求法医给鉴定,叫嚷着要求"保护妇女儿童的合法权益,严惩城里来的披着知识分子外衣的流氓"。

伊腾领队的大红旗风驰电掣般开了来,我和伊腾及县委办公室专程派来了解情况的秘书立即开始了调查。

我们分别找了当时在场的几个见证人,每个人都从对自己有利的角度讲起,基本各执一词,调查结果对博士大为不利。

博士暂时住在我这里。刘晓玲丈夫在农机站跳着脚骂阵,博士无法再住在那儿。伊腾等人进来时,博士正歪靠在我床上,左眼眶下面一大片深紫色的瘀血,肿得连眼睛都睁不开,只差那么一丁点儿,这只眼睛就要报废了。乍一看真是吓死个人。

伊腾一进门时,也吃了一惊。我从他的脸色能看出他的确涌起一阵心疼,但他没做任何表示,只淡淡地问了一句:

"还有别处受伤吗?"

"没有了。"博士低头嘟哝。

"那好,说说情况吧。"伊腾掏出本子。县委秘书也掏出记事本。

"怪我自己无知,把复杂的社会想象得太简单了……"博士一脸的沮丧。

"不要加什么修饰词,如实地谈情况。"伊腾打断博士。

博士咽了口唾沫,半晌才费劲地开了口:

"昨晚上刘晓玲和红嘴唇到我屋里来玩,我们一起谈论琼瑶和三毛的书。红嘴唇说她刚买到一本席慕蓉的诗集,非常好看,我说那就拿来借我看看。红嘴唇说你等着,就回去取。她出去没几分钟,突然停电了。我起身去找火柴和洋蜡,在抽屉里摸半天也没摸到。这时就听外面有一个男的在喊刘晓玲,刘晓玲应了一声,说可能是她丈夫来找她了,说完就从床边站起来,摸着黑往门外走。我这边火柴还没找到呢,就听外面啪啪的扇耳光声,接着是刘晓玲的哭声。我顾不得再找洋蜡,赶紧出去,听见那个男人正破口大骂:'你这个臭婊子,黑灯瞎火地跟他在屋里干什么?怪不得你三天两头不回家要住宿舍,我还当你真是嫌来回上班远呢,原来是勾上了野男人,今天算是让我堵住了,你还有什么话可说?'

"我一听,赶紧上前去解释说:'这位大哥,你误会了。'刘晓玲丈夫见我开口说话,一下子来了劲:'我误会?奸夫淫妇被我当场抓住,我还误会个屁!我骂我自己老婆,关你什么事,犯得着你心疼她吗?我不光骂她,我还要打她、干她呢,你想看看是咋的?'说着他就上去动手扒刘晓玲的裤子,刘晓玲吓得哭着往后躲。

"我实在看不下去了,就过去拉住汉子说:'你有理讲理,

不许你这么粗野!'

"刘晓玲丈夫停住手说:'我粗野?对,我是粗野,我是粗人,没你文化高,你也别以为自己是个什么好屌。我偷偷跟踪我老婆好几回了,见她有事没事就往你屋里头钻,你小子多个尿哇,不就是多喝了几瓶墨水,会穷白话,到处诓骗人家姑娘和媳妇吗?我今天就要教训教训你,我让你再得意,让你再敢臭白话。'

"汉子说完,反手照准我脸上就是两拳。我当时没有任何心理准备,只觉得两眼冒金星,眼前阵阵发黑。汉子冲过来还要打,刘晓玲扑过去死死抱住他一条腿。等我稍一定神,也从窗台下顺手抄起一根木杠举起来要劈他,被赶过来的看门老头给拦住了。红嘴唇这时也返回来,帮着刘晓玲连拉带拽地把她丈夫拖了回去。"

博士长出了一口气。

"别着急,事情会弄清楚的。"伊腾合上本子,"你先好好休息,去医院上点药。"

刘晓玲的丈夫被我们找了来。坐在我们对面的是一条黑红精瘦的汉子,小眼睛一眨巴一眨巴地透着几分狡黠。孙秘书刚一让他讲情况,他就双手一拍大腿:

"伊领导,孙秘书,苏同志,你们可得给我做主哇!我真是叫天天不应,喊地地不灵,自己老婆被人欺负了,反倒要背上打人的黑锅,我可真是没地方说理去哇……"

"张三,你老实点。"孙秘书拦住汉子,"这是县委大楼,你用不着抢天呼地的,实话实说。"

"行,我就照实了说。昨晚我接晓玲回家,四下里黢黑,我刚走到那小子的门口,就听见里面有晓玲的哭声,我心想不好,就一脚踹开门进去,看见那小子正把晓玲摁在床上亲嘴摸屁股,我急了,上去一把把他薅起来,那小子回身抄起一根大木棒就来劈我,吓得我拼命往外跑,他还紧追不放,要不是把门的老罗头过来拦着,我非给他劈死不可呀。你们说说,天下哪有这个理儿,干了人家老婆,还要打死人家当家的,还有王法没有了?还大学生呢,我早就看出那小子不是好东西了,也不知道你们在学校里是怎么教育他的……"

"张三,你不要顺嘴胡说。"孙秘书呵住张三,又不无担心地瞅了伊腾一眼,我见伊腾神色依旧泰然自若,只是额上的青筋不自觉地突突跳了几下。

"你们要可怜可怜我呀!我家晓玲回去又哭又闹,说她不活了,再也没脸见人了,非寻死不可。她要是有个三长两短,让我一个光棍大老爷们可怎么活啊,伊领导,孙秘书,苏同志啊,你们可要严厉整治那个卑鄙的第三者啊,我们幸福美满的小家庭,全被他给搅和坏了,呜呜哇……"

"行了行了,大老爷们还兴这个。"孙秘书起身,拿起绳上的毛巾扔给他。

"张三同志,你不用难过,事情调查清楚后,我们自会严肃处理的。"

"博士脸上的伤是你打的吧?打人犯法你知不知道?"我早已憋了一肚子的火,没好气地冲口而出。

"哎哟哟,你们可不能听街上的人瞎传哪。"张三拧了一把鼻涕甩在地上,然后在裤子上抹了抹,"都说我打了他,我也是受新社会教育的人,我怎么会随便打人?你们看我这瘦叽呵啦的样子,我能打得动他吗?你们问他眼睛上的伤?那是他追我的时候故意在门框上撞的,过后好栽赃我,好倒打一耙呀,你们可不能偏听偏信哪。"

"行了,你先回去吧,等候我们的处理。我告诉你,不许你再到各个部门去闹,否则对你自己没什么好处。"

"是是,我相信领导,相信包公能转世再生。"

我心想完了,碰上这主,博士是有理也难讲清啊。就看刘晓玲和红嘴唇怎么说了。

四处都找不到刘晓玲,她没上班,也没在自己家里,估计是跑回邻县的娘家去了。红嘴唇起先也躲着不愿见我们,一再说她跟此事毫无干系,她不想沾一身腥。经过农机站站长帮着动员,她这才勉强出来。

"请你如实说说那晚上的情况好吗?有什么不想公开的地方,我们会替你保密。"

"我没有什么不能公开的。"红嘴唇义正词严地说。

"张三以前跟博士认不认识?"

"见过面,好像没说过话。张三来过几次,都是老远地瞧着博士,还问过我博士家里的情况。"

"你知道刘晓玲为什么要住宿舍吗?是在博士来了以后才住的吧?"

"是在博士刚来不久吧。原来跟我住一个屋的李惠结婚走了,腾出了个床位。刘晓玲正在'表现'阶段,总提前上班拖后下班,想给支部书记留下好印象,她家远,所以就搬来住了。"

"博士平时常跟你们接触吧?有没有过什么不良非礼举动?"孙秘书极力选择恰当的词儿婉转表达自己的意思。

红嘴唇一听,立刻挺直腰板,毫不客气地辩驳道:"孙秘书你这话可要问清楚喽,别'你们''你们'的,我还是个黄花闺女,跟刘晓玲不一样,你别把我跟她搅和到一起。我跟博士的交往仅限于谈理想的范围,再扩大一点也就是他有时买点鸡啊鱼啊的请我们帮着做,做好后大家一块儿吃。博士知识面挺宽的,我们都很佩服他。

"我再跟你们说一遍,停电的工夫我不在场,我无法证实什么。"

红嘴唇说罢甩了甩头发,一副心底无私天地宽的大义凛然状。

我们踩着雪后的泥泞,从田里抄小路到了农机站,找到看门的老罗头。乍一见我们,老罗头十分紧张,慌得不知说什么好。

"这话是怎么说的呢,说出事,还真就出了事了。"老罗头呷了一口茶,好不容易止住惊喘。

"我在这儿把门十来年了,也没个人敢来闹点事。哪知道,防了外面的坏人,可就防不住院里的呢。平常儿,丫头小子们热热闹闹挺团结的,可谁承想就出了这么大的事儿呢。

"那晚我正在看电视,忽地就断电了。我就关了电视躺着。没一会儿就听见后院吵得厉害,我赶紧拎着电棒过去查看,见刘晓玲正抱着她当家的一条腿,博士举着棒子要往下劈,吓得我赶紧扑上去拦住博士,这可使不得呀,打坏了人可不是闹着玩的。另一个丫头走过来帮着把刘晓玲当家的给拽走了。唉,出了这样的事,真是没想到哇。这话是怎么说的呢……"

我越听心情越沉重。看得出伊腾一点也不比我轻松。非找到刘晓玲不可,要不然博士可就彻底栽了。

大红旗急速行驶在乡间公路上。打听几次,终于找到刘晓玲的娘家。一个瘦小的老太太开门把我们领了进去,嘴里还不停地数落:"你们来找晓玲啊?她不想见人。这不,跑回娘家就一头扎进了小屋,不吃不喝,一个劲儿地哭。我就这么一个女儿,出了这种丢人现眼的事,让我这张老脸都跟着没处放,真是祖宗八辈没积阴德啊……什么?一定要有晓玲的口供?帮她洗清不白之冤?那也行,让她自己出来跟你们说吧。"

她反身朝里屋喊:"晓玲——玲子哎,你出来一下,有几个长官要见你。"

好半响,才见刘晓玲慢吞吞地揉着眼睛出来。乍一看,我都不认识了,有模有样的一个女孩子,才不过两三天工夫,就弄得跟地狱里的冤鬼似的。

"刘晓玲同志,你不要有什么思想负担,请你把当时的情形如实跟我们讲一下,这无论是对你还是对我们的博士,都非常重要。"

刘晓玲掩面不语。

"停电的时候,只有你和博士在屋吧?"

"……"

"停电以后多久,你听见你丈夫喊你的?"

"……"

"博士到底欺负你了没有?"

"……"

"你看见你丈夫打博士了吧?"

"哇……"

刘晓玲扭头冲进里屋大哭起来。

坐在车里往回走,我只觉得有一口恶气憋得肝疼。伊腾也在一支接一支地抽烟,眉头紧蹙着苦苦思索。

青年点的人会齐了,接受有关博士操行的民意调查。

王京东第一个站出来替博士说话,他尽量把音调控制在中音区以下:

"没错,当时我们都不在场,是没法证明停电那几分钟里,博士究竟对刘晓玲非礼了没有。但是,凭我这一年里对博士的了解,我敢肯定,他绝不会做出任何越轨举动。博士也不过就是在姑娘们面前施展一番口才,引起一点崇拜罢了。再往恶心里说,他就是有那个贼心,也没那个贼胆哪,顶多是活动活动心眼意淫一回到头了。"

小李子在一旁不高兴了,立刻打断王京东:

"王京东你别说得那么损好不好,我听不得你说博士这种话。我可以用我的人格为博士担保。我跟博士大哥在一起一年了,他是什么人我最清楚:有才,有貌,豪侠仗义,事业顺利,家庭幸福,人家妻子也是博士,又漂亮又温柔,儿子也长得好看。刘晓玲那妞儿算得了什么,博士哪能稀罕她。"

阿炳从那边椅子上跳起来,义愤填膺地挥手:"反正事已经发了,说别的都没用。伊处长,孙秘书,还有你,苏凡,如果真的把屎盆子往博士头上扣,给他什么不公正的处罚,我们就联合全国下放的人公车上书,把事儿往大了闹,不怕把官司打到最高人民法院里去,反正赵大兴他们几个正窝着火手痒痒呢……"

"坐下,冷静点。"我呵住阿炳,"有伊领队在这儿,轮不着你领导人民自发起义。相信组织!"

王静也忍不住了,在一旁嚷嚷:"博士的事就是我们的事,委屈博士就是委屈我们大家。如果上书我第一个签名。到今天我算看明白了,我们是既结合不进去又抽身不出来的流浪的一群,也只好彼此相依为命了。"

次日一早,孙秘书转回来说,县委田书记要见我们。我陪伊腾立刻过去了。

"伊处长,好久不见,坐,坐。县里事太多,你来了几次,我也没能抽空看看你去。出了这么一档子事,这都怪我们平日里管教不严,工作不够细致。我让公安局长亲自去找张三,他一害怕,把实话全说了,承认自己根本就是无理取闹,打了博士,还往老婆裤衩上抹了自己的东西想拿去敲诈一番。现在他正在局子里扣着呢,我想问问你有什么处置意见?"

我听得一阵阵感动,险些热泪盈眶从椅子上栽下来。偷

眼再瞧伊腾,见他依旧面不改色,不卑不亢,还在继续谦虚:

"要怪就怪我们的思想工作没跟上,我们的同志太年轻,缺乏经验,书生气十足,对社会缺乏了解,还得请您多多指教,给补上这一课啊。"

…………

伊腾不愧是军人出身,办起事来雷厉风行,干净利落。他在县里住了三天。第三天下午,他与北京院部通了半个小时的长途,然后通知博士提前结束下放锻炼,即刻返京。同时还宣布一条新纪律:掌灯以后不许与当地异性单独接触;只许交流思想,不许交流感情。争取平平安安返城。

决定做得非常突然,也十分果断。恐怕也没有比这再好的决策了。

翌日一大早,博士搭乘伊腾的红旗轿子一道回京。我们一大群人怀着复杂的心情给他送行。

阳光依然明晃晃的。路边还有一些残雪未化,上面浮着黑乎乎的尘土。一阵冷风刮过,枯干的树枝碰撞着,发出噼噼啪啪的响声。博士戴了一顶当地那种旧式破棉帽子,帽檐压得很低,试图遮住脸上的青紫伤痕。他站在一边,呆呆地看着阿炳他们把他的行李塞进后备厢,不说话,也不插手。一副黑墨镜把眼里的表情也给严严实实地遮住了。他走到我跟前,伸手在贴身衣兜里摸索了许久,终于掏出一大沓诗稿,塞在我手中:

"没什么意义了。留给你看着玩吧。"

"多保重。回京再见。"

车子载着博士渐渐远去,慢慢消失在残雪覆盖的原野尽头。

我翻开诗稿,见扉页上是水墨轻勾的满天若隐若现的飞絮。在"流浪族"的题名下写着几行工整的小诗:

> 春天的坟墓散发着桃花的香味
> 送葬的队伍兴奋地敲打着鼓槌
> 娶亲的哭声驱走了寂寞的狗吠
> 我们死了就会静止成松针

我长出了一口气。抬起头来,极目远眺。在博士经过的路上,一排排经历了四季轮回的白杨树,正在瑟瑟的风中兀立着。

先　锋

废墟

　　废墟早在撒旦他们这些个画家诞生之前就已经废在那里了。百八十年前,英法联军端着洋枪洋炮攻进北京城里,不住地烧杀抢掠,一把火就把好端端的一座宫殿变成了灰秃秃的一堆废墟。大凡能氧化燃烧的物质,全都纵身化了灰,成了有机物。剩下一堆堆点不着的石头瓦砾,则以无机物的形式千疮百孔地撂着,半梦半醒之间,追忆着灿烂荣耀的往昔。从西伯利亚斜过来的冷风,岁岁年年敲打着复活下来的荒草老树,树枝子呕哑嘈杂不住地怪叫,茅草丛子也跟着哆哆嗦嗦抖个不停。泥沼之中逐渐升起了四季不灭的苇子花,盲目地随风跳着没心没肺的舞蹈,全没有一点点国破家亡的忧思。废墟虽是废得不能再废,却时不时让争相繁衍的虫豸水蛭们搅出一片乐园的欢欣。

　　画家撒旦是在一个秋季的傍晚偶然走到这里来的。那时候严霜还没有降临,刺儿梅的叶子上还残留着一丝夏末的气息。一群群候鸟在这里短暂地憩息之后,将继续朝着南边迁徙。暮色很重地垂落下来,很快就罩住了撒旦瘦长并略微有些驼背的身躯。撒旦已经走得很疲惫了,他不知道自己究竟已在城市里飘浮了多久,依稀能感觉到的,只是自己浑身积满了黄色的灰尘和馊烘烘的汗臭。原来飘浮并非像他所想象的那么简单和轻松,悬垂状态原来也是很累人的。

撒旦在一棵树前停住脚步,把手弯到背后,又顺势延展到身体两侧,做了一个卸下辎重的动作。然后他轻轻捶打着僵直不肯打弯儿的双腿,艰难地坐了下来。水汽飘飘袅袅地升腾,很快就在四周挂起了一道雾帘。城市纷乱的色彩渐次朝后褪去,废墟清冷的芜杂缓缓向前袭来。撒旦吁了一口长气,眯缝起双眼,看见几只惊醒过来的寒鸦,正扑棱棱从宿栖的树上飞起,不情愿地呱呱叫着向灰蒙蒙的远处窜去。那些轻捷的黑炭般的影像激起了撒旦无限的游思,把他黑洞洞的意识之门蓦地给震开了。记忆像鲜红的潮水一般汩汩地流出,一点一滴地在血管里漫开。撒旦闭着眼睛,梦游一般张开双手摸索着向前。尖利的树梢,柔曼的草尖,狰狞的朽石——在他的指尖上划过,给他留下一丝丝冰凉的温暖。那种鲜红的暖意渐渐积贮成完整而深刻的刺激,让他产生一种如临深渊般的狂喜的震颤。他浑身大汗淋漓,遏止不住幸福而又痛苦地狂喊:

"我操!"

而后他迅速起身,重整衣冠,迈着全新而富有弹性的步伐快速离去,不一会儿就消失在落叶翻飞的秋季城市里,只留下脚步声在废墟的空旷中回荡了许久许久。

那时候,这座城市的大马路和小胡同里,各种各样的艺术家像灰尘一般一粒粒地飘浮着。1985年夏末的局面就是城市上空艺术家密布成灾。他们严重妨碍了冷热空气的基本对流,使那个夏季滴水未落。干旱一直持续到了秋天。各种传染病相继流行,密云水库水位下降到历史最低点,城市饮用水短缺,工业用水产生危机。郊区的农民更是叫苦不迭,他们悄悄到庙里举行各种祈雨仪式,暗暗诅咒是哪个挨千刀的作孽,得罪了龙王爷。他们万万想不到的是,这竟是因为城里的艺术家太多的缘故,全是让精英密集给闹的。

艺术家们自己也正憋闷得喘不上气儿来。这个夏季实在是燠热难耐,把他们身上裹的水墨蓝的牛仔裤烤得火辣辣的,裆里的话儿给捂得一阵一阵地发炎,去泌尿科检查后得出诊断结果,说是包皮快要给磨烂了,已经有一两个白细胞在尿碱里头英勇出击,全力驱赶来犯之菌。说起来这事儿也难怪,这是一群没有行过割礼,或割过以后又顽强再生了的艺术家,循规蹈矩的现实主义日子是不情愿再过了,总在琢磨着换一个新鲜的活法儿。老式的大裤衩和老头衫什么的虽然透气风凉,却早就让他们瞧不上眼儿了,只是碍着面子,才没敢公开唾弃。招他们喜欢的是那种挺括、硬邦的牛仔粗布,一年四季里不下身地穿。不透气也不要紧,自有办法让它往里灌风,只要在牛仔裤的膝头和后臀尖部位挖出四个小窟窿,这不就全解决了吗?若是再在洞口周围打磨出参差不齐的毛边,就完全是一派浑然天成的意思啦!

稍微有点可惜的是,这毛边一根一根磨得太工整太精致了,处处都流露出人工仿造的痕迹,以至于它始终都是一种临摹,而永远成不了创作。艺术家们不免有些垂头丧气。

原来这玩意儿也是被人家穿滥了的。有什么能比穿人家穿过的裤子更没劲的呢?尤其是在这么个响晴薄日的天儿里,没劲就显得越发没劲了。焦灼和烦躁让艺术家们痛苦得无所事事,创造之火在地底奔突却没有合适的井口喷涌,艺术家们脸上的痤疮憋得此起彼伏。万般无奈,他们只好蓄起了胡须,留起了长发,试图以一种胡子拉碴不修边幅的废墟面目,把内分泌不畅的粉刺状态刻意遮掩住。

于是这一年夏天,老百姓们只要一出家门口,就到处都能看到许多鼻子不是鼻子脸不是脸的乱蓬蓬的脑袋在大街小巷里游窜。

年轻的画家们在撒旦的煽情指引下,半信半疑厌厌倦倦地跟着他来到废墟。刚一进去,他们的眼睛就唰地被刺了一下,惊得几乎说不出话来。废墟以那样生动的存在无情地剥落了画家们矫情的伪装,照得他们近乎赤身裸体,立时让他们感到四肢瘫软无力。原来废墟是真实存在着的,是先他们许多年就早已存在着的。它充满着并贯穿了他们诞生与成长的这个世纪。废墟就是废墟,废墟不是他们在脸上刻意修剪出的那种参差不齐脏兮兮毛烘烘的玩意儿。废墟成为一种象征和隐喻,昭示着一个古老而又永恒的命题。废墟竟是那么一种有着无尽含意的东西。它存在着,人们却忽视了它,一直都没有去破译这个谜。

画家们静穆地肃立着,用心比照着,揣度着。终于,他们从各个不同的角度获得了最初的真理:

"废墟!火!我!涅槃!"

"废墟!花!你!荒原!"

"废……费厄泼赖!"

"废墟!德谟克拉西!"

…………

"废墟画派"成立宣言:

> 我们都是迷途的羔羊。我们不是荒原狼。孤独不是我们的向往,我们必须成群结队才有力量。

《中华大百科全书·文艺卷·F类》:

> F废;废都;废墟;废墟画派:崛起于二十世纪八十年代中期。代表人物:撒旦、鸡皮、鸭皮、屁特。代表作:《存在》《我的红卫兵时代》《人或者牛》《行走》。影响或者贡献:唱念做打俱佳,呈前卫状,做先锋科。在纯洁绘画语言方面开创了中国后现代艺术的先河。

(跨世纪出版社,2001年版,第1999页)

"撒旦""嬉皮""雅皮""痞子一代"(又称"垮掉一代",the beat generation)这些荣誉称号得益于傻蛋他们自己处心积虑修饰出来的外部包装。傻蛋最初听到有人称自己是撒旦时,内心里着实惭愧不已。他在心里头说,我连上帝的毛都还没摸着呢,更别提什么叛逆出卖他老人家了,就因为牛仔裤露膝露腚,就随便拿我和撒旦相媲美吗?这不是空担了一个混世魔王的虚名吗?鸡皮和鸭皮也给叫得惶惶不安,总觉得自己从小到大一直是吃干饭拉稀屎,也没下出过什么真格儿的蛋,没能正儿八经地标一把新立一回异。小屁特就更不用提了,懵里懵懂地不知道自己究竟屁在哪里。据说洋屁特腻烦的是"工业文明""物欲横流"什么什么的,可是俺们反叛的到底是什么呢?于是就土屁土屁地怀着老大的纳闷儿,像一股气儿似的没有负担,内心却隐藏着带味儿的不安。

不过,从小营养不足,基本功没有练好又有什么关系呢?只要时候一到,锣鼓点儿一敲,撒旦鸡皮鸭皮屁特他们真就敢操家伙,青衣老旦小丑架子花地噼里扑棱耍起棍棒刀枪,咔嚓,扑哧,一个小卧鱼儿就翻上了场。

    撒旦:"孔子——"
    鸡皮:"老子——"
    鸭皮:"耶稣——"
    屁特:"释迦牟尼——"
    合:"所有的神,所有的人
    你们都来吧,都来吧
    让我用画框拥抱你们
    用一大堆混乱的颜色
    来编织你们。"

《存在》:作者撒旦。画展一进门处,用一堆砖头支起来一个金属画框,一个四方形的巨大空框。从框里往外望去,能看到前来观展的人正鱼贯而入,人流熙熙攘攘。脑袋探进框子里的角度不同,进入视野里的物体也各不统一。往低处看,是大大小小的脚;往高处看,是奇奇怪怪的脸;往平处看,是粗粗细细的腰。背景则共同是灰灰蒙蒙幽深莫测的一片废墟。记者们前来采访,每次拍下的《存在》的画面都不一样。报纸杂志上就刊出了原生态的各不相同的《存在》。

作者题跋:一切的虚无皆是存在。一切的存在皆是虚无。

《太平洋狂潮》评论综述:

A类:多么深厚且富有弹性的艺术空框!

B类:瞎掰。《存在》存在吗?

《我的红卫兵时代》:作者鸡皮。鸡皮从废墟里掘来许多烂泥,一把一把掼到画布上。然后他骑上画框,撒了一泡很长很长的浊尿。一摊浓黄悄无声息地洇过画布,漫延流漓出很大很不规则的图形,很醇,也很臊。

作者画中题诗:这是我今晨第一泡童子尿。昨晚我头一次没跟女人睡觉。

《太平洋狂潮》评论综述:

A类:金盆洗手。纯度无可比拟。

B类:尿的这是哪一壶?

《人或者牛》:作者鸭皮。这是鸭皮熬了几天几夜,用电脑绘制出的杰作。他把维摩诘的人像及毕加索的死牛一股脑地输入磁盘,结果机器里就吐出来一幅牛身人面图。一根根曲线交错扭结打着莲花落,好似金蛇盘根交尾,又仿佛在做着滔天欢喜图。

作者画面题诗:吃的是草,射出来的是粪。
《太平洋狂潮》评论综述:
A类:杂交是艺术的最高境界。
B类:不要脸的骚货。

《行走》:作者屁特。荒郊野老滩中,羊群倒立着四脚朝天地行走。羊儿们浑身溜光,只披着乌突突的羊皮。两头牧羊猪,乌克兰公和乌克兰母,穿着暖暖和和的羊绒坎肩,呼噜噜地啃着白水煮羊头。

画面题诗:羊毛不在羊身上,羊毛全在猪身上。
《太平洋狂潮》评论综述:
A类:二十世纪最深刻的寓言。
B类:端的羊毛能养猪?

"废墟画派"一出现,首先让那些放过几天洋、见过大世面的评论家们兴奋得睡不着觉。他们一直都在处心积虑地思考着把国内艺术同国外线路接轨的问题。接不上轨就开不出去车,好货就得烂在窝里。这下可好了,"废墟画派"总算把这种疑虑给解决了,沉闷单调的日子总算可以借机捏出个响儿来了。于是他们赶紧三更半夜地从被窝里爬起来查各个语种的双解辞典,要给废墟画家们穿上一件最新款的衣裳,把他们包装打扮得豁豁亮亮。

好在那时候啥都想接轨都没有接上轨,《伯尔尼公约》和关贸总协定还制约不着中国的文人墨客,进口名词自由入境根本不用上税。评论家们就选用了最潮湿最啃劲儿的"先锋""前卫"等名词或形容词,试着往撒旦他身上比量比量。这多少还带着点大胆的冒险精神,因为过关的时候还要经过检查呢。

果然不出所料,过关时还真就被机器卡住了。原因是海关的信息储存器里,对于"先锋"只存入了这么一条:

> 先锋者,积极要求进步,积极靠近组织,刻苦攻读马列毛主席著作,又红又专,热爱劳动,积极主动和同志打成一片之分子是也。

全自动电脑操作系统不知道这等庄严神圣的词儿用在该生撒旦身上是否合适。由于程序一时全乱了套,红绿灯信号傻子似的乱闪个不停。

机器分辨不清的问题,最终当然要由人来解决。于是关员就说:"先把球踢到下边去,议一议再说吧。"

话题就给引到了球场上。小脑十分发达的运动员们纷纷发表了看法。不仅原来就踢前锋的人对此有意见,就连原来不踢前锋也没打算踢前锋,以及原来不踢前锋但一直想踢前锋却总也踢不上的也都有意见了。

前锋说:"这帮小屁特们也叫前锋,那我们叫啥?我们这前锋不白前锋了?"

打算踢前锋的说:"前锋要是像小屁特他们那样子,那可太让我们失望了,一辈子都白苦苦地争了。"

不打算踢前锋的说:"我原来对前锋多多少少还挺敬佩的,这样一来,就更没啥念想了,趁早拉倒吧。"

也有一直当替补上不了场的,就挺淡然地说:"这有什么呀,矬子里面总得拔出个大个儿来,前锋总得有人踢,谁去踢还不是一样。"

一时间竟有些莫衷一是。

就这么着,从夏末一直议到深秋,霜也下过了,雹子也下过了,紧跟着来的就是冬至。憋了一夏天的水分攒成鹅蛋大小的雪花,打头盖脸地恶狠狠砸下来,西北风打着旋儿呼呼呼地恨不能一口把废墟卷平。老百姓们不顾严寒,纷纷攘攘地从四面八方拥来,在废墟里踏上了亿万只脚。当然这并非是想让它永世不得长草,而纯粹是由于人民群众喜爱运动的天性使然,不过是借机会活动活动腿脚罢了。

也有极个别专爱制造热点,爱爆冷门抢独家新闻的记者,也扛上相机大老远地跑来凑热闹。还没进门,老记就在

《存在》里头定格住了,足足惊呆了十几秒,才抖落掉身上的雪花,按捺不住地高声咏叹道:"休看它只一片断壁残垣,却原来姹紫嫣红都开遍。这妖冶邪行的花儿越来越鲜艳,看来人们放的屁全都成了浇灌它的肥料了。"

"良辰美景奈何天,"老记起了一个兴,举着话筒凑到撒旦他们跟前,"哥几个还有什么进一步的打算吗?都给咱说两句。"

"赏心乐事咱家院,"撒旦守着他的《存在》,沉静地答道,"从来就没有什么救世主,也不全靠我们自己。"

"梅花欢喜漫天雪,浑身是胆雄赳赳。"鸡皮说。

"去留肝胆两昆仑,我以我血荐轩辕。"鸭皮说。

"自古英雄谁无死,我是屁特我怕谁。"屁特说。

老记若有所思地点着头,咔嚓咔嚓使劲拍照,急着赶回报社发特稿。也不知他的运气怎么那么好,那天他所拍摄下的《存在》,画框里捕捉到的竟是正走红的影视大明星东方美妇人的倩影。稿子第二天就上了头条,这下可更是轰动得不得了,不光是人民群众,就连平日里一向尊崇"文人相轻",爱在同行的脚后跟点"二踢脚"的艺术家们也都给招来了。艺术家们伸长了一直龟缩在大衣领子里观风向变幻的脖子,瞪大莫名其妙的眼睛,在《存在》里存在了存在,在尿臊味里做了几个大幅度的深呼吸,又被倒立行走的羊和人与牛的体位倒错所启迪,然后,醍醐灌顶似的,憋在壳里的魂灵立时就脱颖而出,附了形体,不再忽忽悠悠地跟肉体分离了。

灵与肉这么稍微一统一,艺术家们上的那些个火立时就败下去了,大便也通畅了,痤疮也不起了,闭起门来就开始造车,推着小车颤颤巍巍地上了道,朝着摸不准的感觉逐渐逼近,最后终于一拨拨地固定到位,在下落的过程中不断把残雪未消的路面扑哧扑哧砸出一个个麻坑。

    在洁白的道路上五颜六色地走吧
    狗像影子一样不小心闪了腰
    空寂的芬芳
    冬天来了,春天还会远吗

诗人的这么几句话表达出了艺术家们的共同心声。

记者一看,小稿有了这么大的反响,乐了,赶紧进行追踪连续报道。

记者:"请谈谈当'先锋'的感觉……"

撒旦:"我傻蛋连撒旦都当了,还在乎当个先锋吗?"

记者穷追不舍:"不要这么简约,请再具体说说。"

撒旦:"已经再具体不过了。先锋就是存在,就是我的红卫兵时代,就是人或者牛,就是行走。"

鸡皮:"先锋就是进口超重低音音响,可接CD唱盘,卡拉OK功能完美齐全。"

鸭皮:"先锋就是国产特效消炎药,头孢氨苄糖衣片,Ⅰ号Ⅱ号Ⅲ号Ⅳ号Ⅴ号Ⅵ号,败火祛痰。"

屁特:"先锋就是赛场上永远打前场的。我想操谁就操谁。"

一大堆意见反馈到海关关员耳朵里,搞得他晕头涨脑有点不耐烦了。关员把手一摆,说:

"这也先锋那也先锋,都先锋了,还先个什么锋!我还有好多重要的事情要做,没时间跟艺术家们缠磨。放行算了,我看没什么大不了的。"

"先锋"就这样大摇大摆地运进来了。

坚冰已经打破,道路且喜畅通。既然连"先锋"都过了关了,那么还有什么能检疫不合格的呢?批评家们敢想敢干,瞅准时机,再接再厉,又用集装箱塞满了成批成批的"主义",装到远洋货轮上往国内进口。据不完全统计,那一年批发和零售的主义总共有:结构主义(解构主义和建构主义统归这一类),兽道主义(人道主义和狗道主义统属这一门),存在主义(包括不存在主义),正弗洛伊德主义(以及反弗洛伊德主义),旧权威主义(以及新权威主义),前现代主义及后现代主义,上形而下主义和下形而上主义……

"废墟画派"给归为"解构主义的普遍原理与中国国情相结合的时代产物"。这下子又让从小到大只听说并忠于过一种主义的撒旦他们感到心里七上八下地不落底。傻蛋变成撒旦,多多少少还沾点边儿,撒旦成为先锋,也恍恍惚惚具备了某种可能,一切还勉强算在情理之中。如今又要苦撑着扛起一门子主义,实在让他们觉得有些吃力。

撒旦说:"大人先生们行行好,别再往前逼我们,好歹也叫几条人命。让我们顶多也就先个锋得了,别再主义行不行?"

评论家劝慰说:"你且把心放回肚子里,好好揣着吧。主不主义都是由我们鼓着噪呢,说你主,你就能主。都先锋起来了,还能不主一种义?如今人们都在主义,你不主义也没道理,显得落伍,成心跟别人过不去似的。"

撒旦说:"那好吧,我们权且主着。多咱看不行了,您趁早换人。"

大张旗鼓地主了一阵子义以后,一点儿惊天地泣鬼神的变化都没有发生。该吃饭还吃饭,该睡觉还睡觉,该画画还画画。中国的政治制度社会结构经济体制该向哪个方向滑还向哪个方向滑。弄得撒旦他们心里反倒有些泄气,空落落的,白担惊受怕趾高气扬地企盼了一场。

撒旦领着儿子小旦坐在游乐园的高空缆车上,用浑浊的目光打量着脚底下的这座乌乌蒙蒙的大城市。1990 年的城市高高低低,长短不齐。没有打夯机的轰鸣,也听不见搅拌机的歌唱,可一幢幢高楼却在看不见的魔手的支配下,幻影般地照样成长着。

所有的变化都在悄无声息又仿佛井然有序地进行着。在高空缆车慢慢向下滑落时,撒旦止不住又留恋起刚刚逝去的辉煌上升时代。那首老掉牙的歌曲又在他耳朵边上响了起来:

> 啊八十年代八十年代八十年代
> 你比鲜花更加逗人喜爱喜爱
> 啊八十年代八十年代八十年代

指引我们走向未来走向未来

不管怎么说,1985年都是艺术和艺术家大放异彩领尽风骚的一个年份。撒旦领着儿子小旦坐在1990年的高空缆车上,追忆起1985年的文艺复兴气象时,泪水甚至几次都差一点打湿了他的眼眶。1985年的情形基本上就是这样,什么都主义又都主不了义,什么都先锋又都先不了锋,什么都存在又都不存在,什么都错了位都变了形,什么都看得懂又都看不懂。人们都瞪大了白色的眼睛在寻找着黑色的光明。

"签名!"

"签名!"

人民大众都满怀着无比激动的心情,把艺术家们团团簇拥在当中,通红的面孔,热情的手臂,嘶哑的喉咙,如痴如醉地朝拜起新时代的先锋。小旦他娘,那个可人儿朱丽叶不就是在1985年的冬天对撒旦进行狂热崇拜的吗?撒旦在她胸脯上签名的时候(当然是有一层衣服在笔尖和肉体之间做阻隔),能感觉到她的心正像小兔子一样在胸口急遽地跳动。那种过电的感觉每每回忆起来都让撒旦的手指尖感到麻酥酥地瘙痒。

在那个艺术的暂短的回光返照时代,艺术家又一次成了公众的图腾。图腾也不是说全部都能图得了腾,那些连包皮也没剩下,给割得不具形状的,就没法成为图腾了,就时不时地发一发牢骚,讲一些怪话,有些在时代车轮滚滚下流离失所的悲怆。有人失落,就有人上升,艺术是艺术家的事,谁也管不着,气死老百姓。但凡正常的就被鉴定为老古董,一切反常的都能成为反英雄。艺术家的瞎眼儿,口吃,秃顶,脚气,癌症,吊儿郎当,流里流气,全都成为一种个性的象征。艺术家重又被捧到一个高度上,鼻子孔儿朝天,下眼皮儿一个劲儿地朝上翻,牛皮哄哄的,不爱理人儿了。他们开始故意把人民大众摒弃到艺术之外,要与老百姓扯开一段距离了。

书上是怎么说来着,凡是脱离了群众,不为老百姓服务的,人民就不买你的票,亏你个十万八万的出场费,让你元气大伤,一蹶不振。

想想吧,历史上,每逢这种情况发生的时候,史家们紧接着将要描述怎样的局面出现呢?艺术的孤芳自赏,穷途末路,全面大溃退,整顿我们的作风,肃清一些流毒和影响,开展批评与自我批评,会员重新登记,清理阶级队伍,叽叽叽叽地再痛打落水狗,费厄泼赖可以缓行。

"废墟画派"果真未能免俗,紧紧地循了这条颠扑不破的艺术规律去了。就在他们急起直升,扶摇直上的当口,却扑哧一声,一头栽落在1989年秋季的全国艺坛大比武中,直跌得腰椎间盘突出外带颈椎弯曲,顷刻之间就瘫痪下去,长期卧床不起。

1989年艺坛大比武的结局实在出乎撒旦他们的意料。当他们接到通知,带搭不理地从巡回走穴展出的场子来到比武地点时,发现显眼处的位置早被先来报到者占据了。真个是群贤毕至,少长咸集,各个品种的艺术家都把修得的新潮本领拿出来演习操练,跟最初那会儿相比,艺坛的变化简直是翻天覆地!

率先上场的是画家的一奶同胞兄弟,汉字书法家。书法家端了把椅子坐在台上,慢慢脱了鞋袜,露出两只油了抹黑的脚巴丫儿,把大小狼毫夹到大脚趾与二脚趾之间的脚趾缝里。然后,嘴里叼起口琴,手里拉起胡琴儿,两腿齐抖,双管齐下,脚底生皱。一曲《扬基·杜得尔》奏毕,一幅龙飞凤舞略带些臭咸鱼味儿的脚书也同时完成了。当场裱好,挑在旗杆子上迎风招展,明码标价开始竞卖。

接着来的是小说家。小说家的事业是人类灵魂工程师的事业。小说家一手拿着泥抹子,一手拎着水泥桶,把12345678八个阿拉伯数目字儿一层层地往起码。码完了,还剩一个9,9自手。一条龙上停,推倒,和了。自己连喝几声彩,用帽子转圈向围观者收了那么十几张票子,点了点,还略有个小赚,不由得心满意足。

而后上台的是诗人。诗人在古典的阳光辐射下纷纷受孕,在遥远的瞎想年代里喝着祖宗的羊水,产下一批批面目模糊的黄种试管婴儿。还未等满月呢就插上草标急着卖孩子,丫头小子被贩子们抱走时诗人还假模假样地大哭小叫,待到人走远了,这才抹抹鼻涕,把钱偷偷掖进了裤腰。

一阵管弦乐器的轰鸣传来,交响乐队排队上场。小提琴轻抽浅送咯吱咯吱卖弄着技巧,乐队指挥扭着胯骨又蹦又跳。钢琴手把十个指关节来回捏出噼啪噼啪的黑白音响。不这么戕害自己观众就不给鼓掌。

戏园子里也是一番新气象。演话剧的都不言语光打哑谜,没有独白不再对话,男男女女在台上眉来眼去,你看我,我看你,勾肩搭背地吊膀子,彼此爱得死去活来,爱得实实在在,爱得不明不白。

京戏里头再也不用唱念做打,西皮二黄全被某某人RAP(说唱乐)所代替,一大群龙袍马褂凤冠霞帔花赤虎脸,伴着打击乐,嚼着口香糖,在台上一个劲儿喋喋不休地饶舌,涌现出一个又一个的饶舌王。

这下可把"废墟画派"的人给看傻了,眼珠子一眨不眨地难以转动起来了。他们万万没有想到哇,就在自己的部队艰苦跋涉,走出根据地,到处扩大战果的时候,一大群"后先锋"和"后卫"已经呼啸着打到前场来了!这不明摆着是犯规动作吗?这还了得?不行,得赶紧找赛事委员会的人说理去。

大赛组委会负责人说:"规矩都是在事物发展过程中自己个儿定下来的,这事儿谁也干涉不着。反正是谁最潮,谁的价码高,谁就能摆在前头。"

废墟画主们忍气吞声,只好在后院的一个角落里设下了展台。没了一进门的显眼位置,《存在》也就失去了存在的意义。那一幅空框吊在墙上,框住的,也不过是一块块斑驳的墙皮。没有人前来观看,画布上的尿臊味自然也就再发挥不出沁人脾肺的威慑力,熏不着别人,倒全让自己这一伙儿呛进肺管子里去了。

撒旦鸡皮鸭皮屁特他们终日垂头丧气地枯坐着,眼瞅着自己门前冷落车马稀,别人却春风得意马蹄疾,一口窝囊气憋的,直蹿向脑门子去了。撒旦上火急的,满头青丝摇摇欲坠,大有刚刚而立就秃瓢的意思。鸡皮也浑身上下到处起满了鸡皮疙瘩,鸭皮的鸭蹼上生出了脚气,屁特也重新犯了痔疮,难受得不能坐不能立的。脱离了废墟,他们就仿佛失去了天启。一切的痛苦与幸福,悲怆与激情也都离他们远去。剩下的,不过是无谓的故弄玄虚。

  据《二十世纪新浪潮艺术史料》载:1989年秋季废墟画派全体中层以上干部会议在墟里召开。与会成员就共同关心的问题进行了广泛深入的探讨。经过几个回合的论战,惜最后未能达成共识,没有达到拨乱反正的预期目的。这次会议标志了废墟画派的全面解体。

  所讨论的生死攸关的重大问题列出如下:

1. 关于由谁来当新画王的问题。
2. 有关朱丽叶本该成为小什么娘的问题。
3. 关于该不该让俞木墩入会的问题。
4. 关于走穴收入分配不均问题。
5. 关于出国名额分配不合理问题。
6. 挂靠成正处级单位后任职不公问题。

  上述这些作为问题一条条摆到桌面上以后,首先感到惊诧的就是盟主撒旦,撒旦惊得险些一头栽倒。所有的请问竟全都是冲着自己来的,没有一件是跟艺术,跟这次比武的失败沾边。看来革命队伍内部早已隐伏下了巨大的危机。

此时的"废墟画派"已经由民间自由结社的艺术团体,挂靠成为艺术研究院下属的正处级国家研究机构,列为美术局废墟处,办公室设在黑石桥路三里沟。处长一名由撒旦担任,副处长三名,分别是鸡皮鸭皮和屁特。下设大小科室十个,正副科长二十余人。在编人员共107个,第108人俞木墩属于个人挂靠系列,在职不在编,因为他的户口进城问题不太好解决。

一想到这些显赫成绩,撒旦心里不由又升起无限感慨,没有我撒旦的鞠躬尽瘁,会产生今天这队伍壮大的奇迹吗?一生功绩,竟与谁说?!如今刚刚遭受一点挫折,革命遇到低潮了,就纷纷想要跳槽,临走,还要把黑都往我一人的脸上抹。艺术家,果然是最不仁义,最不道德,最不可团结而只能打击的一堆白眼狼啊!!

撒旦静下心来,倒要听听哪个跳出来先说。

鸡皮果然就跳出来说:

"依我看,首先该把这些待遇问题弄清了。要不,我们心里头就总扭着股劲儿,艺术水平呢,也休想上得个去。"

"嗯。"撒旦耷拉下眼皮说。

鸡皮说:"大哥,我们知道,您有《圣经》做靠山,是正宗,是源。我们这些人都是派生出来的,是旁枝,是权。但是,您也不能总拿着画框占着显眼位置呀。打个比方说吧,现如今,先锋音响已经不行了,现在已出了大屏幕彩色超立体声环绕新画王……"

鸭皮说:"还有画中画。"

屁特说:"还有王中王。"

鸡皮说:"对。新的出来了这么些,老的,该退就退了。"

撒旦说:"你们这是事先合计好了一齐冲我来的吧?傻×,你们!先锋就是先锋,先锋不是后先锋,先锋也不是后前卫,先锋更不能被新画王给代替。这个你们懂吗?"

鸭皮接着跳出来说:

"既然让我们说,我就实话实说。朱丽叶的事,我一直心里有看法。当初让大家签名的时候,您在她胸前签完了,就护着她,让我们把名都签到后背上去。您有什么权利这样做?否则的话,朱丽叶说不定会成为我们小鸭的娘呢……"

鸡皮说:"成为小鸡的娘……"

屁特说:"成为小屁的娘……"

鸭皮说:"是的,凭什么她单单成了你们小旦的娘?"

撒旦白着脸说:

"瞧你们文化人这点操性,总是图谋朋友妻女,连个兔子都不如。那兔子还不吃窝边草呢。有种,你们勾她去,只要她愿意,我撒旦情愿拱手相让。"

停了一下,人人都把杯子里的水喝了一口。

屁特说:"为什么俞木墩总捎香油给你?"

鸡皮说:"还捎木耳……"

鸭皮说:"还捎蘑菇……"

屁特说:"他总给你进贡是什么原因?一个农村美术爱好者,也能入'废墟画派'?活活把全处的受教育程度拖下一个档次去。别人入会时,都有两名具副教授以上职称者推荐,他可倒好,拎两瓶香油,挎一篮子小枣,就成了会员了,这中间不是明摆着有猫腻吗?"

撒旦说:"猫腻狗腻,喝一壶就知道了。你们有能耐也剪个纸,也剪出个'猫抓狗抓老鼠抓'连环套,我就服,我就撵俞木墩走。除了挤对人家,说风凉话,你们说你们还有哪个拉过他一把?要不是我不拘一格降人才,俞木墩这个乡土怪诞奇葩就早在乡下憋死了。"

会场一时静寂得没人说话了。

鸡皮见说什么给噎回去什么,不禁心里愤愤的,索性一竿子戳到底:

"出国的事情也不公平,凭什么你总去大地方远地方,留下小地方近地方才让我们去?"

撒旦说:"这个可得问你自己。你鸡皮懂几门外语?安排你和屁特兄弟去港澳台华人地区访问,不冤枉吧?我和鸭皮学历较高,都懂两门以上外语,欧美大(也就是大洋洲喽)跑得勤了些。那些基层干部也有外语好的,还没能轮上呢,你说你还委屈个啥?"

鸭皮说:"收入分配问题也应该增加透明度。"

撒旦说:"一看你就是一脸知识分子穷酸相,出国还紧着啃方便面。缺钱花不要紧,大哥我多拉点赞助,再多派你出去几次,美元不就攒下了吗?何必在乎国内走穴那点小钱呢?"

屁特说:"那么挂靠的事又怎么讲?为什么就你一个人

正处,哥几个都是副的?"

撒旦啪啪地拍胸口窝:"你丫的还懂不懂点人心了?我挖门盗洞地找路子,挂靠上一个国家机关容易吗?我让大家伙都有了固定工资和公费医疗,反倒落了一身的不是。一百零八人的废墟处,一个正处,三个副处,二十个正副科,还少哇?不少了。要不你们说怎么办?你们都当正的,我当副的?"

众人不再说话,各自拾掇拾掇细软,打点好行装走出门去,呼啦啦地作鸟兽散。

只剩了撒旦一人守着1989年深秋的废墟默默地发呆。

归去来兮

1990年到来的标志,就是艺术家脏兮兮的长发一夜之间全换成了油乎乎的秃头。锃光瓦亮的秃头不分白天黑夜地在大街小巷里尽情地照耀,夜与昼的界限顷刻间模糊了。无论是奶秃、脂溢性脱发、杨梅大疮抑或是一本正经的削发剃度,凡是叫个艺术家的都想尽办法千方百计地把自己弄秃。一脑袋瓜子秃瓢才适合于安装最新最美的假发,才能化装成商人、官人、头人、鸟人、闲人、袭人,挤进黄道红道黑道白道绿道上去装模作样地混事儿。

画家撒旦的秃法有点与众不同。撒旦是在一夜梦醒之后发现自己被鬼剃了头的。他用双手在脑袋顶上一搂,滑腻腻、湿滚滚的,枕上除了留下一个青皮脑瓜,缕缕长发早已无影无踪不知去向。撒旦不由悚然一惊:

"没根了。可算是六根清净了。"

撒旦不住地喃喃自语。包装成"撒旦"和"先锋"的那个披头散发的小子一夜之间就不见了,剩下的,只是一个面白面白、圆咕隆咚的倭瓜形大号傻蛋。

"嗯,是傻蛋。是我从前的自己回来了。"

撒旦感慨万端。"撒旦"还没当几天就进了绝境,洋技巧好像刚刚开了个头就已练到了顶。剩下的还有什么呢?难道非得从头操练,把祖祖先先走过的道再重新走一遍不可吗?

撒旦心烦意乱地把这个叫家的地方四下里仔细打量了一遍。锅碗瓢勺,小旦和他娘,外加一副画框。只有储满回忆的东西,没有能惹起留恋的地方。

"走吧。是该走了。是时候了。"

撒旦对着镜中的秃瓢吻了一下,然后,扛起画框,蹑手蹑脚地迈出了家门。

"砰!"

世俗生活被他象征性地隔绝在了身后。

走了几步,撒旦又回转身来,掏出兜里的十几元钱塞进门缝,留作小旦这个月买牛奶的钱。

"傻蛋,这一大清早你又要到哪里疯去?"

背后传来朱丽叶的责问。朱丽叶穿着睡衣,蓬头垢面地站在阳台上。

"寻根去了。归隐去了。"

撒旦头也不回地边走边说。

"寻根寻根,你寻个鸟根!"朱丽叶尖着嗓子,用花腔女高音嚷着,"归隐归隐,你归个屁隐!放着老婆孩子你不养,又要寻根,又要归隐,我看你天生就是神经不正常。听着傻蛋,有本事,你就一辈子都别回这个家门。"

朱丽叶歇斯底里的喊声,在清晨的雾水中震颤着穿过,分裂成细密的白色粉粒,呛得撒旦睁不开眼睛。他到底也弄不懂,那个喜欢追星、柔婉纯情的浪漫少女哪里去了,怎么忽然之间就变成了尖酸刻薄絮絮叨叨的管家婆了。鸡毛蒜皮庸俗透顶的婚姻生活可把他们俩给磨坏了。艺术已经给人生磨坏了。现代快要被现实给磨坏了。

困在城里的撒旦就像一条被揭了鳞的鱼,失去了往日璀璨的灵光,再也无法自由自在地呼吸。

"走吧,"撒旦嘴里嘟嘟囔囔,"走出去,就得救了。"

撒旦不住地自言自语。他扶了扶肩上歪歪斜斜的画框,一直朝北走,朝着看不见的城市边缘行进下去。太阳升起之前,他想,他一定得走出城。

每一扇窗口都放射出几缕枯黄的温馨或柔情。雾霭中飘来女妖悠扬迷人的歌声。秃头撒旦正在苍茫的路上踽踽独行。神不再为他提着那盏指路的红灯。他只能用秃头为自己释放灰色的光明。

艺术的旺季在上一个秋天就已经彻底结束,春天的苹果树正在远处无望地开着一片片淡季的花。撒旦一路上虔诚地托着他的画框。他框框这个、套套那个,搁在这儿,撂在那儿,框来框去,左套右套,无论怎么框,框定的都无非是一片天,几块地,三两个人,一团浮尘。

"这个城市完了。没有任何有意义的东西了。"

撒旦闷闷不乐地想。他已经对这座城市感到了彻底的绝望。他走啊走啊,却总也走不出城去,无论走到哪里,都能跟从前的艺术家们不期而遇。大家都从各自的秃头或假发里认出了当年的同党,于是便不好意思心怀鬼胎似的相互一笑。对过眼光之后,又分道扬镳,把各自的路子走得更急,更响。

终于,当一大片金澄澄的麦子摇曳着招展着涌进他的画框时,行者撒旦狂喜着停住了脚步,站在麦田边上热泪盈眶:

"唵嘛呢叭咪吽……天!"

在1990年夏天金黄金黄的季节里,艺术家撒旦不顾一切地一头扎进麦地,不停地思索起"我从哪里来""要到哪里去"这些锈迹斑斑还挺沉甸甸的问题。

俞木墩最先从撒旦的画框里跳出来登场。木墩一个"燕子展翅"亮相,然后,立定,撑开小黑伞,站在六月的骄阳下,毕恭毕敬地迎候撒旦导师。

这朵"乡土怪诞奇葩",可是撒旦导师一手辛勤栽培、扶植起来的。自打俞木墩的剪纸连环套"猫抓狗抓老鼠抓"入了废墟画派,在京城里展出之后,木墩一下子成了小县城里的文化名人,不久就被提拔到县里,当了文化馆馆长,老婆孩子也一起跟去吃起了公家粮。若不是老婆阻拦,他还想把他的艺术启蒙老师,那个善剪窗花的八十多岁的老奶奶也一道接进县里去呢。

"忍得苦中苦,方为人上人哪!"

木墩心里头常这么想。

"吃水不忘挖井人!时刻想着我大哥。"

木墩同时也这么想。

虽然是当了个先锋,木墩也没有像城里艺术家那样把尾巴翘到天上去,他依然恪守着受人滴水之恩当以涌泉相报这个死理儿,按照春夏秋冬季节的变化,给撒旦导师兼大哥捎去时令土特产品,包括香油、木耳、小枣、蘑菇等。

"大哥,就您一个人来的?"

俞木墩恭候在路口的老槐树下,仰起了没熟透的向日葵一样的白里透黄的笑脸,热情地上前拉住了撒旦的手,接过了他肩上的画框。

"嗯哪。"撒旦甩了甩手,疲乏地应了一声。

"您这次是挂职锻炼呢,还是自费体验?"俞木墩试探着问。

"啥也不是。是寻根,归隐。"撒旦淡淡地说。

"寻个啥?闺……瘾……?"俞木墩老半天摸不着头脑。

"寻根!归隐!"撒旦重重地重复道。

"嗯,那什么,大哥,咱还是先到县上吃点饭,喝点酒,歇歇,缓过乏来再去办事儿。俺们县长待会儿还要过来敬酒呢。"

"木墩,肯定是你穷张罗的吧?我不是告诉过你别声张吗?"

"嘿嘿,大哥,瞅您说的,您是全国著名一流大画家,县长接见一下也是极其应该的。"

刚一照面时,俞木墩和撒旦都彼此吓了一大跳。俞木墩暗想,才多少日子不见,撒旦老师咋就这么土了巴叽的不艺术了?早先那会儿,撒老师那工作服裤子上都带好几个窟窿,头发都有两尺来长,一直披过肩膀,从来都是不骂人不说话。那风度,那气质,操,人那才叫艺术呢!我在县长面前还神道道地替他吹呼了老半天,哪承想,他现在也学说一口土话,变得这么土得掉渣,气质下降得尤其差。唉。

撒旦心里也在寻思着,才多大一会儿工夫啊,你说,一个乡土奇葩,就演变成了城市癞瓜了。哪像他第一次进京那会儿,脸色黢黑,一口大黄牙,秃头上遮着一顶耷拉檐的确良黄军帽,把一大堆剪纸用小包袱里三层外三层地裹着,见谁都叫大哥,见谁都叫老师,多纯朴,多执着!一晃,怎么奶秃就治好了,长出一脑袋黏得直打绺的乱草来了?瞅那牙也白了,裤子上也磨出窟窿眼儿来了,简直艺术得不能再艺术了。这全是废墟画派艺术熏陶的结果啊。

路边停了一辆桑塔纳,俞木墩请撒旦上车,说这车是县里淘汰下来,归了文化馆,县长书记们都不屑于坐了。

车子在县城挤挤擦擦红红绿绿的人群里磕磕绊绊地走着。

司机不停地把喇叭揿得震天价响。一挂驴车横在前边挡住了道,木墩开开车门伸出脖子去骂了几句。赶车的老农慌得紧抽三鞭,好歹把驴拖到了路边。

"乡下人,不懂规矩,大哥您得见谅。"俞木墩往车座下面吐了一口痰说。

"木墩,还剪纸不了?"

俞木墩说:"大哥,不瞒您说,我现在实在忙得很,腾不出手来剪。"

"忙些个啥呢?"

"唉,要说呢,跟艺术也沾点儿边,联系走穴演出。"

撒旦说:"啥走穴?还是办巡回画展吗?"

俞木墩笑笑说:"大哥您说的是哪朝的事儿了,现在谁还有闲工夫看画,都听流行歌曲去了。港台的,大陆的,能张嘴发出个动静就成。"

"木墩你又不会唱歌,你跟着掺和个啥?"

"大哥这您就外行了。县礼堂、电影院,每月都得唱上个三五场的,全靠我一手操办联络。那叫啥玩意儿来着?'经济人',对,是经济人。挣俩钱儿,出出名呗。"

"那……你的艺术还搞不搞了?"

俞木墩又吐了一口唾沫,用手掌抹了一下嘴巴:"大哥,在您面前我可就要说惭愧了。现在我算是看明白了,有钱能使鬼推磨,什么一流歌星二流歌星的,再艺术,只要到了我这块地面上,都得听我摆弄,被我俞木墩经济来经济去的。如今就连县长也不敢小看咱,光是去年一年,咱就上缴县财税小十万。能混到这个份上,咱哪,知足。"

撒旦听得心里一沉,自己辛辛苦苦培植出来的乡土艺术奇葩竟这样轻而易举地夭折枯萎了。唉,自己当初是何苦呢,还因为木墩的事儿把鸡皮他们兄弟几个都得罪掉了。唉。

车子好不容易才挨到了黑天鹅小宾馆门前。进了饭厅一看,除了县长以外,县五大班子都派员出席了,连工青妇、乡一级村一级组织也都派来了代表,一共摆了五大桌。

撒旦脸一沉,捅了捅俞木墩腰眼儿:

"木墩,你想要干什么这是?"

俞木墩说:"人都是我请来的。大哥您放心,您对我有恩,这几桌酒席就算是我报答您的一点心意。咱不在乎多几双碗筷,图的,就是个热闹、体面。"

撒旦不好再说什么,道具一般木木地应着景。他那秃头却让举座皆惊,众人怎么也想象不到,著名一流大画家怎么会比土生土长的俞木墩还寒碜。县长和几大要员都分别站起身来致辞,敬酒:"欢迎大画家来本县体验生活,希望能描绘一些社会主义新农村的光辉景象,多替本县向外宣传宣传。"

当画家撒旦被俞木墩架进宾馆二楼房间时,已经基本上人事不省,呈最佳酒精迷醉状态。俞木墩说:"大哥,您这顿没吃好,晚上咱哥俩再接着喝。"

撒旦眼前冒着金光,略带不满地责备说:"木墩,咱总这……这么喝,我……我归……归隐还……还搞不搞了?"

俞木墩赶忙说:"是是,别耽误了大哥您的正事儿。您说想去哪?什么?东……东篱?东篱是坟地啊。好,好,我这就叫车。"

撒旦摆摆手说:"算了算了,你忙……忙你的去吧,我待会儿自己到地里走走……"

木墩说:"庄稼地可有什么好看的?天天在眼巴前放着,想躲还躲不开呢。也行,大哥,您自己先归去吧,我就失陪了,今晚县礼堂有小虎队演出,我得去照应一下。"

撒旦没听明白:"什么小虎队?台湾小虎队?"

木墩说:"我的好大哥,真虎哪请得来呀,假的!几个半大小子,化了妆,在台上又蹦又跳,再使劲放上烟幕,配上录音带,得,成了!"

撒旦用手无力地在木墩肩上拍两下:"木墩……你可真能啊……"

木墩说:"操,现在什么都能假,人有什么不能假的。歇着吧大哥,我先走一步。"

秃头撒旦此刻独自躺在宾馆席梦思床上。午后的阳光经过淡灰色百叶窗的阻拦,形成了一片片的断简残章。几缕旱风游走在老槐树的枝丫上,无声无息的。撒旦的眼神儿空洞地盯着墙壁纸上的一处幽暗,那大概是一块隔年蚊血的残斑。他抬手扭亮床头灯。一团耀眼的明亮在他的脸上打出一道枯黄色的光圈,刺得他慌忙闭上了眼睛。周围的景致一时间旋转起来,旋转着,把那一片灿烂的麦地金光闪闪地推到他的眼前。撒旦遏止不住地坠落,坠落,深深地跌进那一片金色的忘川……

一大群纷乱迷离的意象蜂拥着涌进他的画框,喧嚣嘈杂的色彩迸裂出混浊密集的音响……

正面：归隐

　　牧童骑在猪身上胸有朝阳

　　屋檐下的死猫摔出了瓦砾的碎响

　　绿色的渠水浇灌着

　　无色透明的稻秧

　　麦子像菊花一样散发着

　　隐忍的幽香

反面：麦子

　　你挺立尖锐的锋芒千年不变深深

　　渴望

　　刺穿大地情人莲花般开放幽深的

　　痛创

　　一千朵陶渊明的菊花热风中忧伤

　　荒凉

　　唯有你紫涨膨亮的雄悍英勇茁壮

　　成长

　　…………

　　满怀着崇高艺术理想的画家撒旦，站在1990年6月的麦地里孤独地守望。六月的南风正从遥远的天际徐徐地涌来，麦海中耸动起无数根欲望，一波一波地，扩展，翻卷。那一颗颗硕大光洁的穗头傲立着，勃起周身雄壮的锋芒，热烈而又狰狞地摆动进六月的阳光。一束束蓬勃燃烧着的尘根喻象引发起撒旦谵妄的激情，他无法遏制地冲动起来，狂癫似的

大笑,继而大哭,无比亢奋地长嚎一声:

"呜啊——"

一道嘹亮的弧线,很痛快地划过麦梢,线头箭一样地直刺到地里。

"哎,我说那边那个秃老亮,你圪蹴在那疙瘩干哈呢?"

撒旦还未从痴迷之中缓过劲来,麦地那头远远的一声喊,唬得他赶紧整理好衣襟下摆。

"我说你在这块儿干哈呢?"一个老农手拿镰刀走了过来,眯缝起眼睛,上上下下警惕地打量着撒旦。

"不……不干哈。画点画……"撒旦像被人当场抓住的奸夫,脸红脖子粗地结结巴巴。

"画画?你可在我这块地里转悠好几天了,我咋瞅你都不像个好人样。"老农仍然紧盯着他,没有松懈斗志的意思。

"那什么,老哥,你千万别误会,"撒旦赶紧解释,"我是看中你这块地里麦子长势好。不信你看,这是我的画框。"

撒旦小心翼翼地把画框递了过去。

老农接过画框,左掂量右打量,然后猛地朝地上吐了一口唾沫:"呸!我当是哈稀罕物呢,这也叫画?什么鸡巴玩意儿!你小子趁早给我走远点,少在这儿祸害庄稼。"

撒旦万分尴尬地立在那儿,站也不是,走也不是,浑身有嘴都说不清楚。正僵持不下的当口,俞木墩的桑塔纳吱扭一声停在了他们面前。木墩下车走过来问:"大哥,画够了没?"

撒旦捞着了救命稻草似的忙紧着说:"够……够了,够了。"

俞木墩又回身瞟了一眼老农,威严地问:"王老五,你待这疙瘩干哈?"

王老五把眉头一挑:"咋?我自个的地,还不兴我待着?"

俞木墩说:"大哥,这是小王庄的,王老五。"

他又转回头对王老五说:"老五,这是县里从北京请来的干部,在咱县踩点呢。"

王老五听了,一脸的倨傲没有了,很谦恭地巴结道:"啊,是打北京来的?怪我这草民有眼不识泰山。"说着,又搓了搓双手,眼睛费劲巴力地笑成一条缝,越发讨好地问:"那什么,干部同志,能给说说把今年的白条子快点换成现钱不?"

撒旦不知所措,无言以答,更加尴尬。俞木墩见状,不耐烦地摆摆手说:"行了行了,人家是大画家,搞艺术的,哪管你那些吃喝拉撒的闲事。你赶紧收你的麦去吧。走,大哥,吃了饭,跟我到未庄去钓鱼。"

木墩牵着撒旦的手往车里走,就听见王老五在身后狠狠地呸了一声:"什么鸡巴画家,一点屁事不顶,真是完蛋操了。白吃了那些大米白面,真是完蛋操了。"

撒旦羞得无地自容,三步并作两步,一头钻进车里,逃也似的离开了麦地。六月的南风,刮来麦穗成熟的沙沙声,嬉笑着为逃遁的艺术家送行。满头大汗的撒旦此时才痛彻领悟,麦子只不过是白面,麦子并不是菊花。

"啊啊啊,寂灭吧!"

撒旦痛苦得顿足捶胸。

"啊啊啊,解脱吧!"

撒旦自虐得形销骨立。

可惜他不能解脱,也无法寂灭。走啊走,游啊游,虽然他已经是衣衫褴褛,可是不肯灭绝的尘根,却总是蠢蠢欲动着渴望操练欢喜。撒旦不知何处才可以真正皈依。

佛走过的路不是人走的路,禅定的道路上荆棘密布。

深山密林里,扛着画框子行走的撒旦四处化缘,仿佛一个托钵僧。他模仿着先哲灭绝尘欲的办法,摒弃了那条破烂不堪的裤子,不再穿任何东西,免得摩擦刺激起情欲,只把几片树叶穿起来吊在腰上,勉强遮着羞处。

黄昏时分,撒旦来到了一座古寺脚下,远远可以望见朱红的大门和黄绿色的琉璃瓦。撒旦将画框子换了一个肩,抱着最后一丝信念,鼓足力量向上爬去。长满苔藓的滑腻陡峭的山石还是将他重重地摔了下来。撒旦摔得奄奄一息,头磕在了画框子上,血流满面,一下子昏了过去。

待他醒来时,却发现自己已经躺在大殿里边,四周散发着阵阵佛香。一个小和尚正扶着他的头喂他喝水,一个面相庄严的老方丈端坐于大殿之上。

小和尚见撒旦睁开了眼睛,便高兴地喊了一声:"师父,他活了。"

老方丈略微点了一下头,挥了挥手,一个小和尚端着面包和酥油茶送到撒旦跟前。

"吃吧,喝吧,这是禅血禅肉。"

老方丈悠扬唱诵着说。

撒旦犹犹疑疑小心翼翼地吃了下去。

老方丈见撒旦意犹未尽的样子,又招了一下手,小和尚端着一盘鲜翠欲滴的人参菩提果放到撒旦面前。

"啃吧,嚼吧,这是禅骨禅筋。"

方丈又一次唱诵道。

撒旦放心大胆狼吞虎咽地吃了起来。

待撒旦吃得眼明心净,四肢可以运作自如,方丈这才问道:"看施主树叶遮体的样子,被尘欲折磨得好惨哪……敢问小施主来自何方?"

撒旦赶紧跪拜方丈,行触脚礼:

"师父圣明,隔岸观火洞悉一切。在下撒旦来自京城,原本是国家特一级先锋画家,老家在河北农村。在下正是为了求解脱,特来大师门下参禅的。"

方丈的面相变得比较和善:"嘀,难怪,难怪。艺术家,性灵之火燃得太旺,尘世之中脏病日多,难免就要身染疾疴。依我说,农民的后代,本该安心务农,少要当什么先锋,否则也不至于如此……"

撒旦赶紧低下头去,深深吻着方丈双脚:

"大师,怪我自己误入迷途。难道就没有什么救治之术了吗?"

方丈说:"这个倒也不难。心动则性动,心静则性平。小施主不妨留些时日,明早请你参观我们的晨时课诵,借此三省乎己身,也许你会悟出个中三昧的。"

"谢师父。"撒旦立起,鞠了一躬。

"还有,这是我主编的函授教材,《般若波罗蜜佛海无涯金刚普度经》,你先拿一套去预习预习。"

撒旦双手接过一套五本教材,翻了翻,极其虔诚地请教说:"敢问大师,这经也可以由人来编吗?"

老方丈一脸的不快:"废话。人不编那经打哪儿来?"

看着撒旦那痴迷的眼神,方丈又补充说:"本寺跟社科院宗教所联合创办了禅定函授班,函委会责成老衲编一部通俗易懂的经,供学员学习使用。当然,考试时若按国家教委指定的统一教材答,也可以算对,及格了就可发给大专结业证书,供评定和尚职称时使用。"

撒旦说:"噢,原来如此。这真是利国利民,福荫子孙,相当于又一项希望工程啊。"

方丈听了这话,面色略显平和:"希望工程倒是不敢妄比,但本地区远距离教育搞得好,庙里的香火的确是一天天旺了呢,登门请求面授辅导的络绎不绝。本庙创收成绩显著,再不用政府每年拨款。这正是贫僧的一大创举,所以人们也授予老僧'先锋'的美名,惭愧,惭愧啊。"

撒旦听得怔怔的,不禁又想起废墟画派当年名噪一时的情景,想起自己的先锋当年勇,一时竟回不出半句话来。

第二日早起,撒旦在树叶围腰外面罩了一件从和尚那里借来的木棉袈裟,匆匆去堂上观和尚们的晨时课诵。

檀香缭绕之中,一排十来个和尚打着莲花坐,敲着小木鱼儿,从头至尾唱诵《般若波罗蜜佛海无涯金刚普度经》第十三章第二十五小节内容,然后又从尾到头默诵一遍。约莫半个时辰过后,方丈便把闭着的眼睛睁开,与和尚们打起了偈语。

方丈问:"我是谁?"

悟能说:"谁是我。"

悟净说:"我是我。"

悟空说:"我非我。"

方丈颔首道:"嗯,我非我,我非我。"

撒旦心里不禁一动。自己归隐到麦地里后一直没能得解的哲学命题,如今在高僧的几句偈子中寻到了真谛。撒旦眼泪汪汪,亦悲,亦喜。

一阵风从山顶划过,院子里的树叶子发出哗哗的响声。

方丈问:"什么在动?"

悟能说:"风在动。"

悟净说:"山在动。"

悟空说:"心在动。"

方丈说:"嗯,是心动。"

撒旦不禁大恸,像被揭了壳的螃蟹似的连心带肉一块儿赤裸出来。这场课诵仿佛是专门为自己安排的。难道老方丈是用这种方法来昭示解脱的路径吗?检视自己从前的言行,果然,一切均是心动所致啊。

佛祖啊,老天爷!你可开启了我长满铁锈的心锁了。我怎么会想到去麦地里寻解脱呢?真是缺心眼透了。这下可好,见心成佛,见性成佛。

撒旦惭愧不已,一天闭门不出,思索着改过自新远离尘寰的路径。

过了晚饭时光,又开始了暮时课诵。悟道之后的撒旦又虔诚前往。殿堂之中,一排和尚仍如晨时一样打坐,诵经,方丈也如晨时一样与几个和尚打偈。

方丈问:"我是谁?"

悟能说:"谁是我。"

悟净说:"我是我。"

悟空说:"我非我。"

方丈说:"嗯,我非我。"

撒旦听了,点头,不悲,也不喜。

没有风刮过来,也没有什么树叶子在院里沙沙响。

方丈问:"什么在动?"

悟能:"风在动。"

悟净:"山在动。"

悟空:"心在动。"

方丈:"嗯,是心动。"

撒旦有些不解,课诵为何总是重复同一内容?待课诵结束后,他虔诚地上前请教方丈。方丈瞪了眼睛,反问撒旦:"不二法门,难道该有别的讲法不成?"

撒旦惊恐地后退,懊悔自己的造次和无知,心想虽然自己已是秃头,毕竟尘根尚未彻底干净,无论如何是参不透如此奥义玄机的。

但有一点又让他觉着奇怪,不知为何方丈总是与那三个和尚问答,别的和尚却都闷头不语。莫非和尚里头也并非全是灵秀,也有自己这样的榆木疙瘩头?

正寻思着,见小和尚悟空猴窜着从身旁经过,撒旦追上去扯住他,作了一个揖说:"敢问小师父,你为何明了那是心在动?"

悟空见是撒旦,就停下脚步说:"是撒师傅啊。我要是把这事儿告诉你,你可千万别对别人说,要不,师父该骂我了。"

"嗯?这还保密吗?"撒旦更加好奇。

悟空往衣襟上抹了把鼻涕说:"是师父教我这么说的。师父要搞课堂观摩教学,明日方圆百里各庙都要派人来参观学习呢。师父让我们几个把这些功课都记熟,不许说错。"

"噢——"撒旦点了点头,混混沌沌的脑瓜子恍然从俗世的角度开了窍。

观摩教学果然搞得很是成功,周围几座山上的和尚们纷纷前来取经,采撷到了真正的先锋火种。课诵结束之后来不及用膳便匆匆告辞,各归山门,急着去传播火种去了。

老方丈也坐着高空缆车下山,到附近的五区一县进行面授,从头串讲《般若波罗蜜佛海无涯金刚普度经》的内容,对学员进行结业考试前的全面辅导。方丈下山期间,庙里的一切事务暂交与年岁较长的悟能和尚代为处理。

悟能和尚由于属猪,比较贪吃贪睡,貌似愚笨,平日里较受压抑,出风头的事总难轮到头上。人却不知猪方是动物界中智商最高的,一旦得志,才真正不可一世呢。这次悟能有了一次当家做主的机会,煞是高兴,于是端坐于讲经堂上,按照自己的意愿阐释起教义来了。

悟能问:"我是谁?"

悟净说:"谁是我。"

悟空说:"我是我。"

撒旦说:"我非我。"

悟能说:"呔！太狂妄了你们，竟敢大胆妄称'我'。'我'只能由讲经的我一个人说，你们要说'你'。明白了吗？再来一遍。"

撒旦几人面面相觑，不敢言语。

悟能问:"我是谁？"

悟净说:"谁是你。"

悟空说:"你是你。"

撒旦说:"你非你。"

悟能咧开大嘴，吭哧吭哧笑了:"嗯，好，好，接着来，接着来。"

悟能:"什么在动？"

悟净:"风在动。"

悟空:"山在动。"

撒旦:"心在动。"

悟能:"胡说！哪有什么在动？一个个都瞪着眼睛说瞎话，重说。"

悟能:"什么在动？"

悟净:"风不动。"

悟空:"山不动。"

撒旦:"心不动。"

悟能又呼哧呼哧笑了:"哈哈哈，这就对了，这就对了。

现在是我当家做主,一切就得按照我的方针办。从今天开始,悟净你每天不必诵经,专门负责洗衣服烧饭。悟空呢每天去山下担水打柴,该让别的和尚享受一下打偈的清闲。至于撒师傅您嘛……"

撒旦赶忙俯首说:"惭愧得很。我手无缚鸡之力,除了画画,一无所长。但我诚心诚意愿为本庙的建设做一点贡献。但凡有什么活儿适合我做,大师兄请讲。"

悟能像是思忖了一下,末了说:"虽说撒师傅您是半路出家,但您却与我们师父享受同等先锋级待遇,弟子不敢对您老人家妄为。"

撒旦深深低头:"大师兄客气了。"

悟能说:"可是……您也看见了,我们这里如今人人上岗创收忙,没有空余的编制养活闲人。您会画画,正好,师父早说过要把山里山外的佛像画一画,出一本佛像画集。从今天起,就辛苦您去做这项工作吧。"

撒旦正襟危坐,默默无语。

往后的日子里,月明风清之际,晨钟暮鼓声中,总能看见一个不曾受戒的秃头,每日面佛而坐,固守着一个巨大的画框,修长而白皙的手指在虚空中舞动,不住地画着,摹着。尘埃不但未能从他的肉体上剥落,反而越积越厚,越积越多,渐渐将他的慧性掩埋了。

"我佛,"撒旦仰望佛祖默默祷告,"请昭示我求得解脱的路径吧。"

佛端坐不语。佛只是专心致志地举着他那些变幻无穷的手指头。

撒旦也举起自己苍白的手指,缓缓伸向苍穹。那指尖在香气的熏染之下,渐渐着了色,污浊了。

"我佛,请问我到底能否解脱?"撒旦喃喃自语。

佛不语。佛默默做着一些千奇百怪的手印。

撒旦感到一阵彻骨的心寒。他再次注目凝视。莲花座上的佛脚千篇一律毫无生机,简直可以将它们忽略不计,而那万变莫测的佛手却精雕细琢,并被无限展,扩大到百,扩大到千,千手千眼,法力无边。

撒旦在虚空里描啊,画啊。多少个寒暑昼夜都在描摹佛手的功课中溜走了,他不知道自己究竟描到了佛的哪一尊,画到了佛手的哪一只。那么缥缈而富有黏度的触角,凡是被粘染上的,都休想再逃得脱。他画到佛手的第一千零一只时,却发现原来又画回到了第一只。

撒旦的手指颓然垂落。他的这双肉手,在巨大的佛手面前变得失去生气,日渐萎顿。他感到自己再也挣脱不出这个佛手指画的圆圈。

　　千年万载
　　法度不灭
　　阿弥陀佛
　　阿弥陀佛

就在这时,法院的一纸传票千回百转地传到了,传被告撒旦限期到庭。一名叫东方美妇人的提起诉讼,告先锋画派头号代表作品《存在》侵犯了她的隐私权、肖像权。登在1985年12月11日《广角日报》上的那幅《存在》,摄入画框里面的那副身怀六甲的粗腰,正是她当年的身段。那会儿她正跟一个相好的暗结珠胎,是不希望被公之于众的。《存在》竟将其框入画框,又被记者拍摄下来,定格成为一幅蒙娜丽莎脸蛋儿似的那样永恒的存在,四处刊登,用于商业目的,这无疑是对她个人隐私的侵害,她强烈要求作者公开道歉,并给予精神和物质方面的双重赔偿。

撒旦手里提着传票,一脸惊诧之余,也暗自觉得庆幸。人世间的巨变看来已经发生,尘世又在向他频频招手呼唤。现实无情而又及时地把他无谓的修行打断,把他扯出那个神秘无限的怪圈儿,拖回司空见惯的烦闹与喧嚣。

先锋的确是不该再隐遁下去了。

> 每一扇窗口都放射出温馨或柔情
> 黄昏中传来行者悠扬动人的歌声
> 秃头撒旦在回归的路上踽踽独行
> 神灵不再替他提那盏指路的红灯
> 他用心灵为自己释放无限的光明

流 亡

> 风啊风啊始终都在领航
> 思想已在画布上彻底流亡

1995年是多么了不起的年份啊！当年,画家撒旦领着儿子小旦坐在1990年的高空缆车上往上上升时,曾经满怀激情地,向1995年这个方向眺望,充满了无比美好的遐想,多多少少抵消了一些他追忆1985年时产生的黯然神伤。1990年的撒旦当然想象不到,五年以后的艺术时尚究竟发生了多么大的变化,想象不到就在他离城隐遁期间,有那么多的艺术家也都纷纷出走,归隐归进小黄裙,寻根寻得大尘根。海里海外踏浪归来,不管腰缠万贯还是一文不名,都赶紧重新回笼,投入新一轮艺术流通。拍卖热潮眼看着又要掀起来了。

撒旦拿着法院的传票,从佛陀传经的路上倒退回城里来的时候,真是有些晕头转向,一点都摸不着北了。1995年春季的城市万象更新,马路上连一片烟花爆竹放过的碎屑和痕迹都没有。正月十五买元宵的人静悄悄地井然有序地排着长队。一切都美好得让人不放心。街头没有标语也没有痰迹,人人都明白自己该做什么该怎样做,吐完了痰以后都小心翼翼地包起来揣进自己兜里。那些盯着行人的嘴巴,等人吐完痰后马上上前罚款的老太太们丢失了专业,一时无所事事,就想出谋生的新招,把单位免费供应的过期避孕套当成乳胶痰袋,在路边向行人廉价兜售。撒旦刚进城门,就被一个老太太堵住了。老太太把避孕套强行往他怀里塞了一大包。

"我离婚了。"撒旦挣脱着说,"我都禁欲好几年了。我不需要这小套套。"

"你真傻蛋,"老太太说,"这是痰袋,全市人民都得随身带着的。公家卖的五毛一个,吐一口痰就得浪费掉五毛钱。我这个便宜,卖你两毛,这一包十个,你给我两块就得。"

"我没有钱。"撒旦说,"我好久都没有摸过钱了。"

"呸!这土老帽儿,没钱不早说,瞎耽误工夫。一瞅你就像个外地人,不消消停停在家种地,往城里边瞎跑什么!城里的社会治安全让你们这些人给搅和坏了。"

"我不是外地的,我就是这城里头的。"撒旦很执拗地辩解说,"东方美妇人跟我打官司,我就是为这事儿回来的。"

"咦——"老太太深藏在褶皱层中的小眼睛立刻瞪大了,"这么说你就是那个叫傻什么的画家啦?你的官司全市人民都知道啦,戏匣子里天天说,晚报上也天天报呢……"

老太太说着咳嗽了一下,瞅瞅四下无人,便进一步凑到撒旦耳边说:"孩子,我看你像是个缺点心眼儿的人,当心吃了亏!那个女人,谁不知道她是个臭婊子,还不知道跟多少男人睡过呢,光离婚就离了五次,听说现在又傍上大款啦,给包养得又肥又胖的……"

"天快黑了,我还要赶路呢。"撒旦不愿听老太太絮絮叨叨,把那包乳胶套塞回老太太怀里,头也不回地往前走。

"哎哎哎,我说孩子,"老太太喊着追了上来,又把避孕套塞回给他,"这一包,算是大娘我白送给你的,可怜见儿的,被那么个狐狸精给缠上了。揣好喽,别再推搡了,看见了没有,前边就是一个检查站,没有痰袋不让进城。早些年那骡马大车不挂粪兜不是也不让进城吗?这叫保持环境卫生。"

撒旦怀揣一包避孕套,顺利通过了关卡的检查,在苍茫暮色之中扛着画框子走进了城。虽然已经进入春天,傍晚的风还是刮得挺硬,像刀子一样把脸割得生疼。大街小巷全亮起暖色调的灯。一个挨着一个的馆子里,不时飘出炖肉的香味,还有猜拳行令卡拉 OK 的声响。隔着玻璃看到那些油乎乎的不停翕动的嘴,撒旦的嘴巴也禁不住上下开合空嚼起来。他这才感到肚子饿了。

"我该就地化点缘了。"他想。

于是他在地铁入口那儿,就着明亮的光线摆好了画框,以很规范的打坐姿势端坐于阶上,安心等待着善者的布施。

一双双多姿多彩的脚在他眼下匆匆走过,没有一双脚在他面前停留。人们对这种化缘仿佛司空见惯,不屑一顾。

饥肠辘辘的撒旦不禁感慨万端。城里人真是越发冷漠了。到底是乡下人心善哪,在乡下化缘时从没有过遭拒的时候,至少还能得到一碗残羹剩饭呢。

终于有一双尖头皮鞋向他走过来了。撒旦双手合十,恭敬地问道:"这位师傅,要画张像吗?"

"画你妈个屁!"一声吼叫炸雷似的在撒旦头顶劈响。"我说下面几级台阶上的小花子们怎么要不到钱了呢,原来都是你这秃子在上面截留了。知不知道这是谁的地盘?懂不懂点规矩你?"

"我……只想换碗饭吃,并没有想抢你们的生意……"

"哼,还不给我快滚!要营业,先在大爷我这儿磕头、办照,懂吗?"

尖头皮鞋抬起腿来一脚就把画框踢飞。撒旦仓皇逃去捡了起来,用袖子细心地擦拭掉框上的泥土,小心翼翼地扛在肩上。

"快滚!下次再让我遇上你,揍死你丫的。"尖头皮鞋恶狠狠地骂着。

撒旦跌跌撞撞离开地铁站口,不知此时应该向何处走。卖报的小贩在寒风里大声吆喝着,急着尽快卖完手里的晚报收摊回家。撒旦瞟了一眼,见头版显眼处登着一幅巨大的《存在》,里面照下的正是东方美妇人当年腰围隆起的倩影,旁边记述着这场官司的由来以及美妇人的现状。

小贩见撒旦立在摊前定定地看着,就热情地将报纸递到他手中。撒旦浑身上下摸了一遍,做出一副找不出零钱的姿态,把报纸又还给了摊主。

"傻逼。"摊主望着远去的撒旦愤愤骂了一句。

撒旦却充耳不闻。他已经从报上看到了美妇人的住址,是西南方向的一座别墅。撒旦整了整精神,迈步朝那个方向走了下去。他想,他应该会一会这个把他从修行的路上拉回俗世的人。说什么,他也得先会一会。

门开处,一个脸上正敷着一层厚厚面膜的女人探出头来,撒旦吓了一跳,以为遇见了妖怪。女人见了撒旦,止不住欢呼:"哟,我的撒旦好兄弟,可把你给盼来了!"

东方美妇人大呼小叫着把筋疲力尽带着一脸莫名其妙的撒旦搂进屋去。

鸡皮、鸭皮、屁特他们哥几个是从各种传闻媒介中得知撒旦被打了官司后纷纷从各地赶来的。东方美妇人被侵权一案是《公民权益保障法》公布实施以后的第一桩官司。这样的案子千载难逢,哪个记者都不甘心落后要爆炒它一把。案子中的原告不是别人,而是在1985年红得发紫的电影明星兼时装模特东方美妇人。案子的被告也不是别人,而恰恰是撒旦这么个在1985年的画坛上领过短命风骚的先锋倒霉蛋儿。案子所指的又不是别的,而是载入先锋艺术史册的巨作《存在》侵犯了人家的隐私权。那隐私又不是别的,而是东方美妇人那明显隆起的肚子。而使其肚子隆起的始乱她终弃她的那个人不是别个,正是从1985年的先锋派场记壮大成长为1995年的后先锋导演、正威震着世界影坛的某某男。

旁听这种案子简直比看电影和观画展还要激动人心,谁能无动于衷,不为男女主人公的命运费着一把神呢?

而让鸡皮他们兄弟几个感兴趣的倒不是东方美妇人的肚子直径到底有多么大,他们感到激动的是废墟画派在这个艺术寂寞、画框子掉在地上摔不出一声响的时代重被提及,他们大哥的作品被当成了官司打。想想看,虽然报章传闻中频频出现的总是撒旦一人的名字,可单单是重复率极高的"废墟"两字不就把他们哥几个全包括在里边了吗?过去的荣耀霎时间全回到眼巴前来了。到什么时候都得当艺术家啊!艺术家是永远不会被人民给忘记的呀!咱们干吗不趁舆论炒得火热的时候赶回撒旦大哥身边,去助他一臂之力呢?说不定能在法庭上当个人证、出个物证什么的。哪怕只是旁听,也可以在摄像机前被照一照啊,何必在海里海外三孙子似的受气?

待到记者采访起来,咱们可怎样解释重返艺坛的动机呢?

鸡皮想:我就说,商海无边,回头是岸。

鸭皮想:我就说,学成归来,报效祖国。

屁特想:我就说,艺术至上,永不迷惘。

当这些从海内海外麦地寺庙归来的废墟兄弟们重新聚到一起的时候,他们是多么的百感交集、痛哭并且流着涕啊!

鸡皮说:"大哥,我想你想得好苦哇!通过这么些年的下海实践,我可是深刻体会到了,只有艺术才能使艺术家像个人样啊!离了艺术,我哪还算个人了,整个儿就是个褪了毛的鸡啊!"

鸭皮说:"大哥,我后悔当初不该走啊。离开了咱的本土根据地,哪还有谁待见咱们,把咱当人使?我也只能是给人家端盘子洗碗,做芥末鸭掌的料了。"

屁特说:"我算明白了,大哥,咱不从艺术上崛起还能从哪儿崛起?手里没有艺术,我再怎么折腾都是放的没味儿的屁,没人看没人理啊,害得我只好打架泡妞酗酒吸毒以示叛逆,结果只能是给逮进局子里头蹲着。这回我算是真明白了,要叛逆还是从艺术上叛才有声誉啊。"

撒旦说:"我也不比你们好多少,我把自古文人雅士失意之后的去处都走了一遍,钻过麦地,也当过和尚,结果,也是处处受挤对,末了还是得乖乖地还阳返俗。搞什么也不如搞艺术,当什么也不如当个艺术家光荣体面哪!"

弟兄几个擦干了眼泪,不住地点头。

鸡皮说:"大哥,我真后悔当初辛辛苦苦创立的废墟画派,因为点鸡毛蒜皮的小事就轻易散伙了。当初我们领过多大的风骚啊!一想起这个,我都能从梦中乐醒。"

鸭皮说:"咱们再把艺术沙龙砌起来吧,个人单干是成不了气候的。"

屁特说:"如今风没有了,只剩了一身骚,谁还愿再来投奔我们?"

撒旦说:"是啊是啊,活着还是死去,这还是一个问题。要么我们名垂青史,要么我们卖个好价钱。"

众人听了,你看看我,我看看你,最后拍着巴掌,齐声说了一句:"干!"

东方美妇人吊在平头撒旦的脖子上,甜腻腻地撒着娇说:"撒旦哟,我的好兄弟,你怎么会猜到姐姐我设计这场官司的良苦用心?实话跟你说吧,那些鼓噪的记者,全是我拿钱雇的,你我二人的律师,也是我拿钱请的。你想想,有谁还会记得1985年的艺术明星呢?我这样做,纯粹是为了我们俩的复出做广告呢。"

撒旦听得目瞪口呆,一面顽强抵御美妇人肉体的侵袭,一面暗中佩服美妇人的心计和大胆。他恍惚记得这位电影金猫奖得主已经息影多年,也不再穿着时装上台表演。那时她曾经开过一次告别演出新闻发布会,会后大小报纸上都发了整版报道文章,套红通栏标题这样写着:

没有合适的片子宁可不演
没有合适的衣服宁可不穿

打那儿以后,几乎所有没有片约无戏可演上不了台的演员模特都仿而效之,不断地重复念叨这两句话,把它们贴在脸蛋儿上当成座右铭。那群男男女女也学美妇人的样子,傍大款,做小蜜,被包养,可是却总也经营不出美妇人那么多的花花样来。比如说,美妇人息影封台后,不久名字就在《经济金融时报》上频频出现,说她在商业领域里又成了一朵红花,经营着房地产、汽车行、服装鞋帽化妆品公司,还享有进出口贸易自主权,海内外的动产不动产高达几十个亿,已经跻身于全球最富华人行列之中。

影星们真个看得眼热心跳起来。都是同时出道的,论脸蛋儿,谁的又不比谁的差,她怎么就发了,我们怎么就该活活憋着?于是就呼啦一下子,那一年影视明星们傍款成风,股票市场上频频闪现着俊男靓女们的倩影。谁谁都想一下子暴发,以期把美妇人张狂的气势给平压下去。

就在他们东窜西窜积聚财产,与美妇人进行狂热比较的时候,却不料美妇人笔锋一转,策划着打起艺坛官司来了。这一招绝活可是没人敢妄比了,星星们一时都口不服心也服。但凡是怀了鬼胎的,藏还藏不住呢,哪还敢往外兜往外讲?有几个敢用凸起的肚子做自己的广告包装,同时还把播种的主人以及一串串名人名角一同牵扯上?这种女人,够辣,也够骚的,还是别再仿效了,消消停停一点的好。

可美妇人却不这么想。美妇人像是看破了撒旦心思似的,叉开华贵的真丝软缎旗袍,在撒旦的腿上荡着说:"你是不是以为我很下作,什么都敢拿出去卖?我这也是被逼无奈,逼上梁山了。谁不想永远当明星,永远被人捧着?你不是也希望永远先锋吗?来吧,让我们一起合作吧……"

美妇人把脸贴上来,撒旦仓促躲避着。透过那层浓妆艳抹,撒旦闻到了一股残酷的美人迟暮感觉。那种气息一层一层地扩大,一直逼进他的神经末梢。美妇人,以及他自己,眼看就要成为明日黄花了。或许还可以做做最后的挣扎,来它个再度辉煌?

"哎,你还迟疑什么?"美妇人略显不快地扬了扬眉梢,"你可要知道,老娘可是个薄情寡义的家伙,不跟我合作,得罪了我,这场官司可别怪我假戏真做。别再傻蛋了,来吧……"

撒旦别无选择,只能随着美妇人的牵引,仓促上马,用尽心力侍奉着。乳胶痰袋从他怀里滑落下来,散落在名贵的波斯地毯上。

那条贵宾犬从客厅跑进,看了看床上胶着状态的一对男女,又低头用前爪把痰袋一个个撕开,显得莫名其妙而又一脸的无奈。

废墟画派的一帮兄弟仍在为如何复出而一筹莫展。

鸡皮说:"现如今什么鸡巴人都敢到中国美术馆去办个展,真是山中无老虎,猴子称大王,趁我们先锋不在,后卫们要撑起天来了。我们该怎么收拾这等局面?"

鸭皮说:"只要有钱,什么东西画不出来?卢浮宫算什么？西斯廷教堂算得了什么？我能把咱紫禁城故宫从里到外重新描龙绣凤画一遍。"

屁特说："我操，那些丫挺的哪里是在办什么画展，那是在显摆钱呢。有钱人给他们背后撑腰，什么臭手不能支使，我用脚画的也比他们用手画的强。"

撒旦说："哥几个走了那么些弯道，经了那么些曲折，好不容易重新走到一起来了，光发牢骚也没有用，咱们不能光看着别人发迹自己眼红，还是应该想点实际的步骤啊。"

鸡皮说："大哥，有句话我说出来您别生气，报上说您和东方美妇人通过一场官司，达到了美的发现和契合。那女的可是个亿万富婆啊，她身上一根汗毛可都比咱们的腰粗。您能不能让她拔下一根儿来，赞助赞助，那样咱们就能把画展办到香港以至东南亚华人区去。"

撒旦听了，脸色一阴："你少提那娘们儿，再说我就跟你急。"

哥几个都不敢再说什么了，面面相觑着，又没了主意。

撒旦在心里头暗暗把美妇人恨得咬牙切齿。就因为他暂时要在她那里寄生，她就可以由着性子地摆弄他，把他像一条狗似的呼来唤去。

"傻蛋，上来。"

秃头撒旦和她那条纯种狗就摇头摆尾地扑了上来。

"傻蛋，下去。"

秃头撒旦和那条改名也叫傻蛋的纯种狗就得下去围着她转圈儿。

美妇人正处于内分泌超常、各方面欲望都很旺盛的年龄段,她没黑价没白日地对撒旦小伙要求着。撒旦横着竖着蹲着倒着正着反着地侍候着干,一次比一次没劲头,一天比一天更疲软。只有当她欲炫耀半老风姿,主动给他当模特让他作画的时候,撒旦才算有了个恢复心理平衡的机会,借机把她支使得团团乱转,也横着也竖着也蹲着也倒着也正着也反着,让她的每个姿势摆放都停留好长时间。只有在这时候,撒旦心里才能涌起一丝自主的快意,兴奋无比地在心里头大叫:

"我要用我的画笔干死你!"

美妇人对这一切毫无觉察,依旧顾影自怜地搔首弄姿。或许是由于久不练功的缘故,她的腹部肚囊已经微微堆积,失去弹性的乳房也软软地吊在胸脯上垂着。这样一副胴体早已激不起画家撒旦的任何美感,剩下的,只是一种由衷的悲悯和惜怜。

美妇人换了个姿势,扬起手里的烟杆,悠然地吐着烟圈儿,仿佛是漫不经心地问撒旦:"听说你们的废墟画派十分地想东山再起,正准备着搞一个画展是吗?大致需要多少钱?也许我能帮上忙。"

撒旦听了暗暗叫苦,心想一定是兄弟当中的某一个在背后求过美妇人,把要搞画展的事透露给她的。这小贱人,控制了我这人还不够,还要把我的艺术也牢牢控制住,真他妈的不是个物!

"到底需要多少?难道你不愿告诉我?"美妇人又问。

"啊,不,不用了。"撒旦心里说:"滥货,你那点生活费是怎么从那老王八蛋手里抠出来的我还不清楚吗?别在我面前充大头了。"

"不用,真的不用。你那点钱来得也不容易。"

"放屁!"美妇人甩掉烟嘴,暴跳起来,"你这么说是瞧不起我!那老×到处拿我的名义做宣传,他公司里有我绝大多数股份,我支出一笔赞助费来有什么了不起的!我还非帮你们不可了,让你也见识见识老娘的真本事,我可不是白被人养着吃闲饭的。"

撒旦动了动嘴,没能说得出话来。

画展正紧锣密鼓地准备着。兄弟几个敛心静气,处心积虑冲向市场,殷切渴望再度辉煌。

《啊,我那遥远的红卫兵时代》:作者鸡皮。画布上废墟的烂泥和尿臊味仍旧存在着。鸡皮在烂泥上零星点缀了不少野花,花儿在尿水的滋养下分外美丽。每个花芯里都藏上一枚小电珠,花瓣涂上了荧光粉,接通电源之后,小电珠一眨一眨地贼亮,荧光粉反射出幽幽的光芒。

作者画面题诗:

> 昨日的岁月散发着野味的芳菲
> 啊,放光辉,放光辉

《人与牛》:作者鸭皮。人与牛不再互相缠绕交错,身形已经截然分开有了显著区别。人类满面红光,虔诚地跪拜在牛脚下等着捡拾牛粪,牛怡然自得地吃着麦子,硕大的乳房下面唰唰唰地往外冒奶。

作者画面题词:

> 吃的是麦,挤出来的是奶。

《行走》:作者屁特。羊群已翻过个来正步走,脚上清一色全穿着猪皮鞋。羊毛回到了羊身上。乌克兰猪含辛茹苦地一前一后放牧,公猪在前领路,母猪保驾殿后。乌克兰小猪一蹦一跳地跟在后头,手里高高地举着一块招牌:

> 吃火锅,没有调料怎么行。

《活着》:作者撒旦。画框子镶上了实心,画布上涂满红粉。撒旦脱光衣服,赤身裸体地躺了上去,印出一个模糊不清、乌乌涂涂的白印。红色混沌之中,那人形仿佛是赤裸透明的,又仿佛穿着很厚重的外壳。那两腿中间题上了一行红字:

> 我与我的影子交媾。

兄弟几个在一旁看着撒旦干活,胡乱鼓着掌。
鸡皮看了说:"大哥,可没听说谁能自操自的。"
鸭皮说:"文明点,那叫手淫。"

屁特说:"自给自足,活得享福。"

撒旦说:"去你妈的。别招我怒。"

《中国大百科全书·文艺卷·H类》记载:H;后;后先锋;后写虚主义;后卫画派:成立于九十年代中期。代表人物:鸡皮、鸭皮、屁特、撒旦。代表作:《啊,我那遥远的红卫兵时代》《人与牛》《行走》《活着》。影响或贡献:煎炒烹炸俱佳,呈后卫状,做波普科,是现代主义向现实主义的复归,错位以后的断肢再植重新对位,在发展捍卫传统绘画语言方面担当起最坚实的后卫。

(跨世纪出版社,2001年版,第2000页)

"后卫画展"获得了空前的成功。到美术馆前来参观者络绎不绝,门票一涨再涨,依旧抵挡不住人民群众万分高涨的情绪,不出一个月,就把美妇人赞助的20万元收回来了,以后的日子,就坐等着收钱。人民大众衣食父母在《活着》面前停下脚步,伫立着不忍离去。老先生老太太们不时掏出手帕来揩着鼻涕,一个个都看得泪眼模糊,扯住撒旦的手呜咽着说:"活着多好哇!能活着就已经不错了。你以为活着很容易吗?想想过去……看看现在……争什么这个权利那个利益的,都是让大米白面给撑的。孩子啊,你可好好地活着吧。"

1995年的艺坛上登时又掀起一股后卫浪潮。艺术家们开始后悔自己从前没深没浅、十分造次的叛逆行为,重又开始洗心革面,规规矩矩做起仿古忆旧文章,艺坛上一时怀旧情绪高涨。以前被他们瞧不起横遭唾弃的老头衫大裤衩什么的,全部又捡回来穿上了。踹倒的神像也赶紧扶起来重新供上。古墓古穴一个劲地被盗,倒卖国粹运动开展得蓬蓬勃勃,脚踏东西半球、手做宇宙文章的人越来越多,艺术家们都感到世纪末的地球,正被自己那黄色如橡的巨笔,给捣得一个劲儿地颤悠。

  冲冲冲
  我们是新时代的后卫
  冲冲冲
  我们是新时代的后先锋

激动人心的歌曲,在1995年夏天的空气中到处传唱着。

那个当年拍下《存在》中东方美妇人倩影的好事的记者又扛着器材来采访,请撒旦他们哥几个谈谈当后卫的感觉。

撒旦横躺在《活着》下面,漫不经心地说:"后卫嘛,就是一点什么感觉都没有的意思。"

鸡皮说:"老兄,行行好,一场官司你已经跟我们出了大名了,你还想怎么着?"

鸭皮说:"你老哥那份报纸销量都快突破50万份了,您老人家也成了名记者,还不知足哇?"

屁特说:"你呀,一边凉快凉快,别跟这儿添乱,让大爷几个消消停停赚点钱,成不?"

老记灰溜溜的,碰了一脑袋钉子,只好转头去找东方美妇人,制作有关她现状的专题文章。美妇人最初设计那场官司时,首先拿钱将这个老记买断,两人精心策划,要循序渐进,按部就班地将官司掀起三次波澜,达到最终的高潮之后,要见好就收,戛然止住,就说是当事人双方同意协调解决,让官司青天白日地自生自灭就得了。

每次全国各地的报刊上有关美妇人的报道,都是由老记先写出个通稿,然后传真发往各方,请各报兄弟们帮忙改写后四处发表。

美妇人对老记的经营业绩感到满意,决定将稿费给他增加到每千字150元。老记点头鞠躬,感激不尽,赶忙抽出纸笔肃立着,问女王有什么新的口谕。

美妇人说,她的心血终于没有白费。官司策划得很成功,最近以来她的片约不断,导演们总算是记起了她这位当年的红星。时装模特队也要邀请她去当教练。最令她感动的,是那位在她的身体上成长起来的第九代导演也感念起旧情,专门为她准备了108集的《王母娘娘》,让她从1岁一直拍到108岁,把天上人间的美好外景地全都走遍,以此作为他对她负心的一点补偿。

美妇人说得潸然泪下,老记也感动得笔在颤抖。他赶紧擦了擦眼泪,将这条影视动态逐字记下,立即赶回报社发稿。

但是还有一点美妇人隐藏着没向老记披露,那就是第九代导演提出了一个条件,希望她进剧组的同时能带上200万元赞助费来,否则的话资金不到位,《王母娘娘》也就没法开拍。

万般无奈之中,美妇人还得张嘴去求包养着她的大款,希望他能打开保险柜,把属于她的那部分钱让她拿出来。

美妇人却没有想到,那大款老谋深算,也不是个吃素的主。在她掀起官司之初,大款就瞅准时机,暗中到第九代导演那里,狠狠敲了一笔竹杠,胁迫那位导演免费为他带来的一个唱歌的甜妹子制作MTV。那位导演做的MTV,每集开价都在50万元以上,做谁谁红。大款威胁导演,若不给做,就和美妇人一道把他彻底搞臭,别再想在中国这块地界上拍出片子。

导演愤慨不已,可又敢怒不敢言,对大款的商业垄断深怀惧心。他以为这一定是美妇人与大款合计好了才这么干的。左思右想,他才想出个拍《王母娘娘》的主意,想在美妇人身上诓骗一下,把制作MTV蒙受的经济损失再捞回来。

大款见美妇人又来要钱,立刻就猜中了这里边所藏的文章,不由得一阵阵地感到腻烦。其实他心里早就腻烦了。东方美妇人人老珠黄,已经失去了味道,广告宣传也用不着她半老徐娘了。他新近已在别处金屋藏娇,养的正是那个想要捧红的甜妹子。至于美妇人,爱怎么着就怎么着吧,钱是当然不能让她拿到手喽,免得她也去养什么画家小白脸儿的。

美妇人和大款为钱的争斗如火如荼,旷日持久。

撒旦是在两个月以后,在港报上得知美妇人自毙的消息的。当时他正在香港办画展。大小报上都写得花里胡哨,据说是美妇人跟甜妹子争风吃醋,大打出手,不慎跌到水果刀上,心脏刺破身亡。当然,这种事情发生在1995年显得十分稀松平常。赛场上赢不过对手就刀刺相见,艺术上写不出新作就自杀身亡,在这么个人心浮动的年代,死变得非常容易了。

撒旦没能回内地给美妇人送葬。冥冥之中那刀子仿佛也扎到了他的心脏上,让他体验到胸口上一种永远的疼。

一个月以后传出好消息,后卫画派的几幅珍品都以上千万港元的价格拍卖成交。鸡皮的《啊,我那遥远的红卫兵时代》被第八代导演托人买走,并将它改编成新写虚主义电影,准备拿去问鼎奥斯卡金像奖。主题歌盒式带先期投放内地市场,男女老少全都学会了唱。

鸭皮的《人与牛》被内蒙古一农场看中,花高价买去做职工政治思想工作教材,宣传人与畜生之间的友爱亲善和睦相处。

屁特的《行走》被一澳大利亚商人当作最新商业情报买去,研究如何提高羊毛的质量和产量。

撒旦的《活着》未来得及参与拍卖,给抽去参加内地油画单年展。德高望重的评委们一致说好,多少年没看到这么好的画了,自大千、悲鸿以降,能达到这么高造诣的画家已经很少了,画风朴拙、严谨,不像别的年轻人那么花里胡哨的。这画本身就是教育青年的好材料啊!

最后结果,评委们一致推举《活着》获得本届画展金奖。《活着》立刻身价倍增,原件被收为美术馆馆藏,复制品制成各种大小不等的明信片在街头巷尾出售。撒旦为此获得了一笔巨大的版税收入,足够他今生来世挥霍享用。

一张张印刷精美的《活着》在邮局的传送带上翻飞舞动,邮检员手握小锤,熟练地在每一张上面敲上邮戳,黑色印泥渐渐盖遍了画面的每一角落,那个灰白的影子痛苦扭曲着,变得畸形、萎缩了。

撒旦仿佛是得到了什么感应,连日来一直头痛欲裂,一阵猛似一阵的神经抽痛折磨得他半死不活。他实在是不能忍受下去了,猛然间咬着牙站起来,揣上刀子和老虎钳,趁着月黑风高,悄悄翻墙潜进美术馆。

一丝微光从天井透下来,《活着》正贴着墙根阴森古怪地立着。撒旦有些毛骨悚然,一口寒气呛得他手脚冰凉。他努力咬紧牙关,哆哆嗦嗦地掏出裁纸刀,满怀恐惧地把《活着》摁倒,然后,用刀子一点一点地割起来。

画布割掉了,画框子卸了下来。撒旦扛起他心爱的画框,把那一堆不具形状的画布扔在了地上。

"就让这混沌破碎的影子,留作美术史上永久的封藏吧。"撒旦踢了一脚画布,在心里默默地祷告。他扛着画框,翻身跃出高墙。

秋夜的寒风,从无所不在的方向吹来,在撒旦的长发上伫立,打了一个旋儿,穿过他的画框子,慢慢远去了。谁家的窗子里,正悠悠飘着那首电影主题曲:

昨天的岁月散发着野味的芳菲

啊,放光辉,放光辉……

　　那种黏稠的歌声,躲不去,挥不开。

　　歌声如梦。恍然之间,撒旦发现自己已不知不觉来到废墟。黑沉沉的夜里,风一阵比一阵刮得紧,更显出废墟的一片死寂。撒旦瑟缩着身子,哆哆嗦嗦刚一踏上废墟,蓦地,脚下一块木板轰然塌落,一连串的机关啪啪啪地自动开启,灯一盏接一盏地亮了,天地间霎时一片耀眼的灰白,笙箫管乐一齐奏响,荒凉百年的废墟上竟奇迹般地凸现出一座喧嚣的仿古乐园!

　　撒旦目瞪口呆,正在暗自吃惊,却见康熙和乾隆迈着帝王的方步向他走来,不由分说,搜刮干净他兜里所有的现金,生拉硬拽把他拖进园去。正盘腿坐在炕上交流着垂帘听政经验的武则天和慈禧,一见撒旦进来,忙招呼他脱鞋上炕。大太监李莲英颠儿颠儿地忙不迭地端来精粉窝头和热乎豆汁儿。小蜡人苏麻喇姑脸色绯红,半蹲半跪着送上擦脸毛巾。后宫三千粉黛走马灯似的从台子上一一转过,幽幽怨怨的媚眼儿秋波快要把撒旦给淹迷瞪了。

　　撒旦惊惶地后退,一个趔趄,不小心踏响了又一个机关,传送带嗖嗖嗖立即把他输送到特洛伊电动旋转木马上。美女海伦从马肚子里探出头来,抱住撒旦的脚丫使劲亲吻,直舔得撒旦难以自持欲仙欲死,双腿用力夹紧马肚子猛地一磕,木马受惊尥了一个蹶子,忽地一道曲线把他抛上了迪斯尼高速过山车。

呼啸的过山车,嘎嘎嘎箭一般在钢轨上飞射,撒旦的身体俯仰离合,五脏六腑都急遽地抽动、翻卷着。他听见自己的欲望在下腹内很响地叫了一下,火辣辣,热烘烘的。撒旦不由得痛苦而又无助地呻吟一声:"影子啊,快回到我的身体里来吧……"

随即,他用力掰开了身上的安全带。

轰隆隆的巨响戛然而止。仿古乐园登时绽满了无数殷红的花朵,流淌出一地的绚烂和蓬勃。

那个四方画框,完好无损地甩了出去,很孤独地躺在几百米以外的地方。

次日清晨,一个下夜班回家的人路过此地,捡到了这个框子。他举起画框仔细打量,见它的内侧边缘,刻了两行很小的字:

我要以我断代的形式,撰写一部美术的编年史。

那人莫名其妙,琢磨着用它能做点什么。拎回家后,他终于想到,把它改造成搁置洗衣机和电冰箱的托架,装上滑轮和螺丝,便可以随意调节大小,并能向前后左右方向自由转动。

那人因此获得很大一笔专利发明奖奖金。

斯 人

日 食

诗人生活的这座城市是地球上离太阳最近的城。如果谁以为只有海拔最高、人人脸上都晒出黑红褶子的地方才算离太阳最近,那未免显得有些幼稚。进城的人每逢听到皇城那如血一般凝重的色彩呼啸着劈头砸下时,总会觉得这座城本身就是砌在太阳里的,所有的红色都被它一股脑地吸收,渗透进一砖一石、一草一木,弥漫在城市上空的粒粒浮尘中。

城里的人严格按照太阳的运转规律而起居作息。大清早太阳刚一出来,就会有几个兵士迈着丝毫不乱的步伐从天安门洞子里走出,到广场上把旗帜迎着太阳升起来。城里的一天就算正式开始了。

洒水车、自行车、面包车、小轿车们经过时,都要抬起头,举目朝太阳望上一眼,这才放心地走开。

晚傍响太阳下去的时候,同样的几个兵士又迈着不变的步伐,在广场把那面旗帜缓缓落下。城里的一天就算正式结束了。

小轿车、面包车、自行车、洒水车们经过,又朝太阳望上一眼,又放心地走开了。

如果,猛孤丁来了一次日食,全城的人都会骚动起来。人们立即停下手里的活计,三三两两或者成帮结伙,甚至几万、几十万、上百万地纷纷拥到广场上去,以焦灼、疑惧、迷惘、愤怒、惶恐的眼神凝望着天空,凝望着天安门,直看得眼球都飞离了眼眶,一个个地悬浮在空中,粘紧在门楼子上,处处都是游动着的人眼。

就这么望啊望啊……直看到太阳照样升起,眼球才又放心地弹回眼眶,重新运转。

诗人忘不了他平生第一次踏进这座城时的情景。那时,他刚带着一身外省的风尘从火车站出来,四下张望着寻找自己学校迎接新生的校车。车子载着诗人三拐两拐上了长安街,霎时间,一阵红色忽地兜头扑满了诗人的整个视野。诗人不觉打了个寒战,随即又激动得手足无措,就觉着心里边咯噔一下子,一种触电的感觉从发梢直传到脚跟。诗人的心在撞击着那面红彤彤的墙。那种敲打声令诗人感到有几分晕眩。诗人的眼睛红了,甚至他的牙齿都红了。

那座威严的天子明堂整个儿镶满了诗人的眼眶。诗人几乎不能够看得见人。

诗人被这种红色深深地打动了。

往后,诗人在每个周末都必定要从西郊的学校进一回城。由于这时诗人还没有正式成为诗人,看起来还不怎么富裕,所以诗人进城时总是选择步行这种既省钱又浪漫的方式。进得城去,诗人又总喜欢在那条中轴线上找个地方坐坐。有时是在金水桥的汉白玉石头上、巨幅画像的下面席地而坐,面朝广场高耸入云的纪念碑。有时是在广场威严矗立的纪念碑下,面朝通红的天安门和彩色巨幅画像,盘腿就地而坐,双目微合,两手扶膝,默默地坐着,一坐就是几个小时。

不为什么,只为了坐着。

诗人这样解释自己的行为。

诗人还喜欢顺带着去天坛或者地坛、日坛以及月坛。每逢见到那个宽阔的灰色的平展展的祭台,诗人也总是习惯性地以这种姿势坐在那个祭台的中心。就那么坐着。

那种说不出来的感觉就叫作幸福。

这事儿要是搁在别人身上,诗人暗想,那么人家肯定要使劲咬着下嘴唇,很深沉很深沉地说,听到了什么什么远古声音的震荡,看见了多少多少朝代更迭的图景。

"而我没有。"诗人诚恳地想,"我真的没有。"

"历史到我这里已经断代了。"诗人稍稍有点儿沮丧,"我只能看见我自己。"

的确,在太阳耀眼的金光穿透了诗人眼皮那种明明灭灭的闪烁里,诗人眼睁睁地看见了一个流着鼻涕,反穿着鞋,一嘴豁牙子的童年的自己,张着兜不住风的嘴,挺直腰杆念经般地拖着长声背诵:人固有一死或重于泰山或轻于鸿毛张思德同志就是我们这个队伍中的一个同志。诗人童年最伟大的理想是当毛主席或者当爸。他最崇拜毛主席,其次是崇拜他爸。普天下毛主席第一厉害,他爸第二。于是童年的诗人在房前屋后一笔一画到处写满了"毛主席万岁"和"小成是我儿"的字样。童年的诗人的红色日记在少年宫里展览,那里面记着大致相仿的句式:今天我学习了这篇文章以后,很受教育。毛主席教导我们要别了司徒雷登,我们一定要听他老人家的话,别了司徒雷登。

在有过如此这般谵妄的童年之后,诗人对自己竟能够成长为诗人这一现象感到十分困惑不解。诗人出了西直门边往学校返边思索。一路上他又看到,灰色的马路上搭着灰色的立交桥,灰色的楼群漫步在灰路的两边。在一所紧挨着一所的学校灰色大铁门内,都有灰色的雕像迎风而立,令诗人产生无限的庄严与敬畏感。

看着看着,诗人不禁陷入了历史的迷思。

迷思。诗人忍不住自言自语。Myth,这个词儿真好。中英文念起来都比较中听。迷思是什么呢?又是什么呢?诗人念叨着,苦苦思索了一路。这时的诗人脚掌上已经磨起了两个血泡,而诗人由于正陷在迷思之中却并不自知。

回到宿舍后诗人打来一盆热水把脚泡上。屋子里立时有一股咸带鱼般的脚臭味袅袅升腾。同屋的人被熏出寝室纷纷找地方去喘气儿,诗人于是有了片刻的独霸一室的安宁。他从容不迫地用左脚心搓着右脚掌。涌泉穴给热水熨烫得无比通畅,于是诗人有了想大便的感觉。他便光着湿漉漉的脚丫子去蹲厕所。排泄的快感终于让诗人透彻地领会了现存的一切,迷思 Myth 之谜也随之訇然中开。诗人里程碑式的成名作就在这一瞬间产生了出来。

> 如果不是你
> 眼睛怎么会灼伤
> 直痛到心底
> 怎么会知道瞬间的光芒
> 会有一世痛楚的记忆
> 如果不是你
> 亘古的神话
> 怎么会繁衍出
> 那么多烫人的含意
> 怎么会破坏一贯的指向
> 产生某种莫须有的主题

于是一首《日食》便奠定了诗人在中国当代诗歌史上的崇高地位。当然,除了要肯定诗人的天才和悟性之外,也不该否认一个人的成功还要靠某种机遇。如果没有那个晚报记者来学校采风,并收罗了一大堆校报上的诗在晚报上发表,恐怕诗人顶多也只能是一个自生自灭的校园诗人,而绝加入不到崛起的诗群阵营中去的。按照诗歌史上严格的创作分期,洗脚并大便以后的诗人才能被称作真正的诗人,这之前的他只能给模糊笼统地称作一个"人",充其量也就是个"准诗人"。

这以后诗人的诗就像茶壶里的水开了一样,咕嘟咕嘟成串地往外冒。诗人每有新作发表,便被人们尤其是青年读者争相传诵,有消息说,那一年的诺贝尔文学奖评选,诗人夺魁的呼声最高。据称,最后落选也是由于诗歌语言转译方面的问题,而并非由于诗歌本身。

打那以后诗人开始分外注重向世界先进行列看齐。他先从马雅可夫斯基的阶梯入手,而后三角菱形蘑菇板寸麦穗乱装魔幻立体,接着是雪莱济慈蒲柏歌德惠特曼,再接着玛拉美波德莱尔艾略特在他的诗里竞相出现,再往后他觉着自己的血管里处处流淌着博尔赫斯的后现代主义的血,令他自己的心脏都无法正常工作。

正当诗人孤芳自赏自鸣得意,一味沉浸在自己独特的意象簇中意乱情迷之时,某天早晨他在街上偶然发现,世界正在闹通货膨胀、信仰危机,诗也已经贬值到 2 分钱一行。诗人立时从不间断的创作高峰,跌入异常苦闷抑郁的低谷。又有一天,诗人突然发现诗本来就不是什么好东西,是专门制造出来残害人的性灵的。于是诗人合上了诗集,再一次陷入迷思。再后来,有人看见一个叫"蚯蚓"的摇滚歌星长得跟诗人特别相像,学院路一带的人全唱着他的歌在大学城里浪荡,他们的 T 恤衫上都印着诗人的头像并用红笔写着"蚯蚓哥哥我爱你"。最终有一天,人们在未名湖边一棵小歪脖树下发现了诗人的衣裤和一双耐克鞋,诗人却没有潜上岸来,并永远不再出现。这时候,诗人虚岁还不到三十岁。

诗人消失以后,他的朋友们联合出版了一本名为《S(h)iren》的书,以示对他的追忆而并非是怀念。这个书名起得很有些古怪,是"诗人"还是"斯人"抑或是"是人"也许是"死人",总之意义相当不确定。或许是由于诗人消失的原因相当不确定,消失的结果也不好妄加揣测。谁也不愿意往最坏的方面想,但谁也控制不住自己的思路不往那方面倾斜。人们更希望这只是诗人为表示自己卓尔不群而开的一次小小的惊世骇俗的玩笑。

带着这种期望,作者们在书中全方位多角度地概述阐释详叙了诗人的创作历程。他们下大力气、花硬功夫采访了众多与诗人有过接触的人,收集了一大批有关诗人的历史资料,包括诗人已发的和未发的作品,诗人的日记和往来书信,诗人的片言只语,以及知名的和无名的批评家对诗人诗歌的赏析和评论文章。资料的大量堆砌,不但无助于他们解开诗人消失之谜,反而让他们自己也陷入了某种困惑。他们一直都认为诗人跟自己挺那什么挺哥们儿的,现在才发现诗人对他们来说竟完全是一个陌生人。诗人性格中的诸多矛盾和对立,使他们无法在最后得出一致性结论,但这并不影响《S(h)iren》成为一本优秀的纪实报告、自传体通俗文学作品。书一上市,崇拜者们便蜂拥而至争相购买,顷刻之间便告脱销,以后连印几次都供不应求。几天后全国各地疯狂出现大量盗版,仍旧不能满足读者需求。直到有一天几个女学生抱着《S(h)iren》,穿着诗人生前常穿的那种红色连袜裤跳河自杀,有关当局才不得不出面禁止此书的发行。

《S(h)iren》一书中重点记述了对诗人的一生成长起过致命影响的几个人。由于这些人目前还都完好无损地活在世上,因而作者一律将其真名隐去,统统托作贾雨村言。即便如此,在书引起轰动以后,书中人物的原型还是委托律师打了好几次名誉权官司。这些案子由于牵涉面比较广而迟迟不能判决。

所有这些都使诗人的消失显得更加扣人心弦,扑朔迷离。

从某种意义上说,高汉镛应该算作是让诗人遭受致命打击的第一人。

在某个季节的某个上午,高汉镛给诗人那个班级上完古典文学课后,在教室里把诗人单独留住,语重心长地对他教诲:

"你的诗我看了,写得很不错。但是还有一点缺憾。诗里什么外国的现代的韵都有,就是没有中国的古代的典。"

此刻的诗人已经成为一颗新星在诗坛上微微闪亮儿,并且正一步一步地朝巨星的自负方向发展,他并不能很好地接受高汉镛的箴言,反而不服气地辩解:"说我用了'一万年太久只争朝夕'不是典?'打得赢就打打不赢就走'不是典?"

高汉镛捋了捋花白头发,温和地笑笑,说:"你用的那东西称不上是典,你应该说'子曰逝者如斯不舍昼夜'才是典,'百岁光阴如梦蝶''敌则能战之少则能逃之不若则能避之'才是典……"

诗人听罢仍顽强地抵赖说:"无论怎样,你得承认我用的也是典,至少也应该叫新典。"

高汉镛听罢哈哈一笑,说:"你这话里有个逻辑错误,是典就不能叫新,凡新就不能叫典。只有古代的诗文词章才能叫典,所以你必须尽量往远古追溯。"

诗人听了一时语塞,嘟嘟囔囔费劲地解释说:"可我只能上溯到毛主席那会儿了。"

高汉镛听了略一沉吟,半晌才摇头叹息说:"可惜啊,你应该从头认真补课。"

然后高汉镛不容分说,毅然架起诗人说:"来吧,你跟我走。"

诗人被动地跟在高汉镛身后,一路小跑不解地问:"我们这是要去哪里?高老师您为何要这样做?"

高汉镛气喘吁吁地说:"到了你就知道了。我是看你诗中充满了灵慧之气,觉得你这孩子还有救,所以才来引导你的。此事不足为外人道也。"

诗人却越发糊涂了,心想,我还有救?这话是什么意思?

"我还有救?!嗯?!"诗人在路上闷闷地想。

诗人扯紧了高汉镛的衣襟,顺着一个狭长的井口不停地往下潜着。风声在耳边呼呼作响,滔天的洪水在耳边哗哗流淌。许久许久,二人才陷落到了冥府的忘川,在一处幽深的洞府前立住了脚。

高汉镛点起一支火把在前边照路,引着诗人一个洞穴一个洞穴参观着。诗人看见,每一个洞窟里都码着整整齐齐一层又一层、一捆又一捆的长条形木片。

"这是什么?"诗人不解地问。

"历史!"高汉镛两眼闪闪发光,无限爱惜地轻拂着木片上的灰尘,止不住地感慨:"这些都是我们的先人编造出来的,数不清有多少年了。"

诗人茫然地瞅着那些个东西,毫无所想,毫无所感。

"Let´s start at the very beginning..."(让我们从最开头开始)高汉镛摇头晃脑吟唱起来。诗人听出来了,是美国电影《音乐之声》的插曲。从头开始?是想让我学哆咪咪吗?诗人不解地看着高汉镛。

唱了几句开场白,高汉镛便顺着墙根的一架梯子上去,在左手第一窟的"诗"部取下一捆沉甸甸的简子来,小心翼翼地在石桌上展开。

诗人只觉得有什么东西在眼前一闪,一股凉气噗地从裤脚管钻了进来,直接逼向自己的生殖器。诗人禁不住哎哟了一声,本能地摆出一个防任意球的动作,双手交叉着护住裆部。

正在展卷把玩的高汉镛忙问怎么了,是不是有什么不舒服。诗人赶忙回答:"没怎么没怎么,我感到有一股凉气穿透了我的躯体。"

"是吗?我怎么没有感觉到?"高汉镛奇怪地问,并原谅了诗人的一惊一乍少见多怪。他把诗人招呼到自己身边,让他仔细观瞧简子上的字迹。

诗人伸长了脖子,费劲巴力地瞧着,见上面满是钩钩弯弯的图画,不大看得懂。

"你不必性急,静下心来。"高汉镛安慰着诗人,"静下心来,走进这些笔画里去,你就能获得真深奥义,以后再发生什么,你都会刀枪不入,水火不惧了。"

"我有点冷……"诗人这时已经不能自禁地上下牙打战。

"开始时不适应,慢慢习惯就好了。"高汉镛慢条斯理地说,"师傅领进门,修行在个人,你且好自为之吧。"

说完,高汉镛便飞身隐遁而去,留下诗人独自待在冰冷的洞窟里发抖。

诗人十分惊惧不安,但又不好辜负高汉镛的一片好意,于是他不得不耐着性子坐下来,强迫自己去翻阅那些竹片和木片,耐心地做着索引和笔记。字画里边封存的阴气总是一阵一阵地往诗人的下体里灌,诗人的脚底冰凉,生殖器不时地往里缩小成一团。诗人惊骇得浑身直冒虚汗,赶紧浮上阳间来拼命地喘着粗气,做大幅度的健身动作,直到积蓄了足够的活力,才敢潜回到那些字缝里面去。

诗人的苦修苦行进展得相当缓慢,一天又一天,一卷又一卷,诗人不知道自己究竟在此坐了多久,那本就苍白的脸上已泛起了几丝蜡黄。

冰冷的板凳终于使诗人坐不住了。诗人想尽了一切办法取暖。他悄悄借来德国烘干机和美国电烤箱,以及日本的远红外线辐射仪,偷偷把所有发霉的东西一件件装进去烘烤、晾晒。诗人惊异地看见,在强大的电流压力下,阴气全都袅袅地融进了光线,不断地升腾,渐渐成了模糊的片段。诗人接着把剩下的实体一一翻检,逐个重新串联。他接上电源,把"诗"输入磁盘,把符号结构解构建构,破译其隐喻象征密码元语言(metalan-guage),于是,屏幕上"诗"就呈现为如

下一个公式:

    诗 = 寺 + 言
    言 + 寺 = 诗

也就是说,"诗"原来是寺中人所言,寺中人言称为"诗"。

这个发现不禁让诗人的心怦怦乱跳,他简直不敢相信自己的眼睛。寺中之人都是些什么人?他们又能说出些什么中听的话来?除了叫人断绝欲念还能做什么?诗人有些后怕,使劲揉了揉眼睛,稍稍定了一下神之后,便悄悄浮上地面,运用获得的这一启示观照人间。果然,他发现,高汉镛的确是成天病病歪歪的,满世界的人也都蔫头蔫脑地打不起精神来,原来他们都是被"诗"给阉过的。他同时也明白了,古久先生的陈年流水簿子里,为什么总是散发着一股伤口化脓的腐臭气味。

"高汉镛他哪里是想救我,这分明是害了我。"诗人愤愤地想。

"也许,他并不是故意的?"诗人又产生几丝疑问。

这个发现让诗人的思维一度中断,大脑暂时出现一片空白。诗人一连数日悲哀地坐在那里,这种打击很是让他经受不起。

诗人在无所适从中以植物人的状态昏昏然睡去。醒来时他已经成了彻底的叛逆,不甘再做被诗阉割的奴隶。于是诗人照准古久先生的陈年流水簿子,狠狠地踹了一脚。

这一脚的响动委实不小,首先惊动了正在拿着小红镜子对照检查自己的女老姜。

老姜抬起头来,看了诗人一眼。

又一个给诗人留下致命伤的人就这么出场了。

"哎哟,小诗呀,瞧你这个莽撞劲儿……可不大好,我已经替你把脚印擦掉了。"女老姜嗔怪着诗人。

诗人虽然已在女老姜管辖的学报编辑部供职了一段时间,却无论如何都把握不准女老姜的心思。更年期的女人,常常分泌出过量的激素或麝香,不知她是受了自己分泌物的诱惑呢还是别的什么,反正她一天到晚总是醉眼迷离地盯着诗人,时不时地还与诗人进行些衣裙的轻微摩擦、身形的合理冲撞动作。

女老姜嘴上这么说着,暗地里却已很用心地将诗人的脚印偷偷地描了下来,藏到抽屉里预备着做鞋样子。她见诗人对自己的话毫不理会,于是又忸忸怩怩一步一摇地晃了过去,拍拍诗人的肩膀,俯下身来用耳语般的声音对诗人说:

"我说小诗呀,瞧你那个大脚丫……我预备着做双鞋子送给你呢。"

说完她还貌似害羞地别过脸去,用手捂住性感的大嘴。

"你尽管做好了。"诗人漠然地说,苍白俊秀的脸上略带着几分郁悒。他知道,女老姜是古久的责任编辑,从上到下他们早就互相串通好了的。但他早已横下一条心抗争到底了。

女老姜又看了诗人一眼。诗人并没有去接她的目光。

女老姜悻悻地回到主编的座位上,唰唰唰挥笔给诗人写下几行领导玉言:

1. 你以为你是谁?
2. 你知道你在干什么?
3. 你是不是有病?
4. 你到底想干什么?
5. 翘盼你的回音。

然后,她把纸条从桌子下面传给了诗人。此时,编辑部的全体同人正挤在紧巴巴的屋子里各自盯着桌子上的稿子忙碌,诗人也正伏案奋笔疾书。恍惚间诗人觉得桌子下面的脚被轻轻磕碰了一下,诗人没大理会,以为是自己神经过敏,结果又被碰了一下,这次是粘在诗人脚上不再松开。诗人抬头看看,除了对桌的女老姜,别人的脚都触及不到这儿。诗人正迷惑着,却见老姜正用眼神示意他学她的样子,把手臂弯到桌子下面去。

诗人觉得有几分诡秘,好奇心促使他乖乖地把手伸了出去。诗人感到自己的手碰到了几根肉乎乎的滑腻的指头,还似是而非地捏了诗人一把。诗人还没回过神来,手里便给塞进了这张纸条。

诗人展开纸条,迅速浏览一遍,还好,五个问题都不难回答,这种提问方式还特别类似于小儿女在中学课堂上传递情书的把戏。诗人于是提笔在纸条背面写上了标准答案：

1. 我以为我就是我。
2. 我知道我在干什么。
3. 我非常正常。
4. 我想干什么就干什么。
5. 我已经回答完了。

然后诗人将纸条揉成一团，勾起食指从桌子上面用力弹了过去。纸条做变速直线运动，不巧撞上了女老姜丰厚的胸脯。老姜登时满脸少女的娇羞，嗔怪地飞了诗人一眼，从贴身内衣兜里又把那面小镜子掏出来，认真地照了一照，舔了舔嘴唇，拉了拉头发，这才心神不安地将纸条打开。随后老姜脸上的色彩迅速变幻着，终于在最难看的那一种色调上定了格。

诗人则若无其事地望着窗外，一条腿架在另一条腿上悠然地晃荡。

下了班之后女老姜把诗人单独留下。

"你这个样子让我很失望很伤心哪，你知道我在等你吗？"

诗人一脸痴呆呆傻呵呵地看着女老姜的嘴，并不搭话。

"你哟，其实你不懂我的心……"

女老姜梦一般轻声叹息着。

诗人看到女老姜的眼神正在变热，还挺潮。诗人赶紧把眼光从女老姜头顶跃过去,直盯着她身后的那堵白墙。

女老姜站起身来,款步轻摇到诗人身边,亲热地将诗人肩膀头上几根无形的头发一一拂去,又无限爱抚地替诗人拉了拉衣领:

"唉,你什么时候才能懂事……"

诗人闻到一股暖烘烘的肉香。这就是那种迷惑人的麝香吗?诗人想。他依旧木怔怔地盯着那堵白墙,就是不吭气。女老姜费尽心机设计的本应情节跌宕高潮迭起的一幕戏,现在却成了一场相当空洞毫无意义的单人独白。

电话铃恰到好处地响了。诗人得以及时走开。

女老姜狠狠盯住诗人的背影,恼怒地在心里边发着誓言:

"小子,咱们这事儿没完。"

《S(h)iren》的作者们一致认为,若没有那个叫绿的女人在诗人的生活中出现,那么诗人就有可能只是"斯人""是人""死人"或"石人",而不会成为后来那个响遏诗坛的诗人。因此,他们不惜花了大量篇幅,浓墨重彩且又采取自然主义的笔法,肆意描绘诗人和绿之间的雷鸣电闪般的情爱。这种描写的根据据说就是诗人从作品52号直到作品82号那一连串的颂扬绿的十四行情诗。他们认为当这场轰轰烈烈的恋爱结束时,诗人的生命就已经完结了,那之后的诗人无论如何也不能称作原本的诗人。

事实上,诗人与绿的初次交欢很不成功。绿以清新亮丽的装束严重地刺激着诗人的视觉,令诗人那习惯了红与灰色的双眼很有些经受不起。

需要说明的是,诗人跟绿相爱时,绿已名花有主成家立业。这就使他们的爱情与历史特别是近代史上的某些"君知妾有夫赠妾双明珠"式的著名才子佳人的恋爱故事有了几分雷同。

还需要说明的是,诗人的第一次恋爱充满了恋母情结。在这一点上诗人显得特别的中国。

按说诗人与绿的第一次相识一点也没什么动人之处。那是在校园风起云涌的文化哲学系列讲座的某一次会上,一些青年教师和研究生担任主讲,诗人还只是作为一名本科生坐在听讲位置上。整晚的讲座显得异常空洞和沉闷,几个年轻的主讲人轮番上台,嘴里念着东抄西凑拼起来的稿子,装模作样地表演着自己的口才和形体。那些老掉牙的语言已经让诗人感到有几分不耐烦,他干脆把眼睛闭上,在脑海里苦苦搜寻着自己下一首诗的意象。

恰恰就在这个时候,绿出场了。

绿就是在这个春天的夜晚,在一阵怡人的清风中翩然来临,像一片轻盈的叶子悄然飘到那个厚重的讲台上。

唯一的女演讲者的出现,让乱哄哄的会场出现了暂时的静寂。正在搜肠刮肚苦思苦吟的诗人明显感觉到了会场气氛的变化,不由得停止思索睁开眼来。

于是,一波轻盈的翠绿便柔柔地在诗人眼前漾开。这万红丛中的一点绿,万灰丛中的一片绿,让诗人万般惊喜,也让诗人万般痴迷。诗人不禁又闭上了眼睛。

诗人完全看不见了自己。

诗人的记忆倏忽飘逝了……

> 这一刻记忆已经飘逝
> 这一刻生命无法遏止
> 这一刻撞击就要撞入玫瑰花房
> 这一刻多少呓语都不再荒唐……

绿的演讲题目很简单：与古久先生对话。接着，她啪啪啪甩出十个要点，论证当今形势下古久存在的不合理性，条条切中要害。在结束语中她又大声疾呼："革命的同学们，我亲爱的战友们，孔子死了，古久也老了，旧的那一套东西统统该进坟墓里去了！"

绿的演讲令座下学生们精神为之一振，眼镜片后面反射出无数道兴奋的亮光。本世纪开始以来时断时续的砸烂孔家店、除四旧破迷信反传统的药捻，重新在这一拨小青年心里冒烟儿了。他们呼着口号齐声为绿喝彩，恨不能立刻抬着绿上街示威游行。

演讲结束后，诗人夹在蜂拥的人群里上前请绿签名，并抓紧时机言简意赅地表达了对绿深邃的思想、犀利的辩才的由衷敬佩之情。绿问过诗人的名字后说："你就是我们的新星诗人吧，我读过你的作品，其中几首我非常喜欢。"

面对绿的夸奖，不知怎的，一向骄矜自傲的诗人竟显得十分地矜持，有那么一瞬间还莫名其妙地红了红脸。这一景观马上被绿准确无误地捕捉进眼里。

诗人和绿的相识就是这么简单,除了对彼此才思的赞许,一点也看不出有什么一见钟情的味道。而绿那洁净明快的色彩对诗人视网膜的冲击,还有诗人苍白的脸上迅速弥漫的那层薄薄的红晕,却为他们以后的合欢埋下了深深的伏笔。

再相见时已经是在学校里的大学生剧社,诗人苍白的脸色颀长的身材特别适合演几出名剧片段中的文人墨客。而作为在职研究生的绿因其优雅的气质被邀来客串剧中女主角。这样,他们便有了足够的时间和机会,互相切磋推动着进入角色。

诗人不敢肯定自己的情感跟所扮演的古人究竟能有几分相通。导演一再提示,他依旧懵懵懂懂。多亏了绿给他带戏,几个手势,一个眼风,就能牵着他进入规定情境。绿和他之间,越来越有默契。在舞台正中清凛的灯光下,他们衣袂飘飘翩然起舞,幕后伴着清怆的男女合唱:"信陵公子,如姬夫人,耿烈呀太阳,皎洁呀太阴。"接着两人执手相将,且舞且唱:"舍生以取义,杀身以成仁,把人当成人……"唱到此处他们已涕泪双流,彼此眼中都只剩下模糊的一片,只有紧紧拥抱在怀里的一团实体,才能作为一种暂时的偎依。

戏演到这个份上,演员和观众都难以分清台上台下。多亏此时大幕急落,把舞台与观众有效地予以间离,生死离别般紧抱在一起的两个人这才惊惶地松手,否则还不知戏将如何进行下去呢。

戏是越演越精,学生剧社的名气也在学院路地区叫得越来越响。男女主角得意的同时,又模糊地感觉到戏外戏也正不自觉地自然而然展开,他们既当演员,又当自己的观众,听任这场戏朝某种暗中企盼的方向发展。

蘩漪:萍,不要离开我。这间屋子,已经把我闷死了。萍,你救救我。求求你,带我一块儿走吧,萍……
（蘩漪伸出双手,扑向周萍。）
周萍:你……不要这么说,我……哦不……
（周萍懦弱地步步后退。）
蘩漪:（紧逼几步）萍,你带我走,求求你……

诗人看到绿的眼底深处旺着一团火。那是一股压抑不住的燃烧的生命的烈焰,在奋力地挣扎着渴求着,分外痛楚并惹人怜悯。诗人不禁动起恻隐之心,生出男子气概,不自觉地伸出手去迎住"蘩漪"。

绿愣了愣,想提醒诗人戏错了,此刻是她邀诗人在自己房中练戏,诗人的站位也不对,远远偏离了剧本的规范。绿犹疑了一下,话到嘴边,却没有说出口,相反,她却握住了诗人援过来的手,轻轻拉着贴向自己的胸口。

诗人便觉得手掌心里有两团火焰在起伏波动,他回过神来,心突突狂跳不止,脸上涌起一阵火辣辣的热潮。显然诗人从不曾有过室内剧的经验,还十分缺乏对突变的处理能力。

绿看着诗人脸上醉酒般的酡红,浑身不禁激起一阵快意的颤抖。她那被蹉跎岁月磨砺得十分粗糙迟钝的女性感觉,现在全被诗人一脸无比生动的纯洁给唤得敏锐起来了。绿情不自禁地将身体里积蓄的所有能量,都毫无保留地向诗人辐射过去。

诗人的怀抱里塞满了一团柔若无骨的翠绿,一朵绿色的太阳轰地在诗人通红的血管里炸了开来,一股热辣辣的火舌正在诗人的血液里肆意地撩拨,不住地升腾、翻卷,令诗人口干舌燥。

"我该干什么呢?"诗人紧张地想,前进或者后退,他一时还拿不定主意,显得无助而又迷离。

"此刻我到底该怎样做?"诗人更加紧张地思索着,急切地想运用他所学过的书本知识来解决眼前的翠绿。美人香草在水一方……岂在朝暮两情久长……天上比翼地下连理……一脑子的狗屁爱情诗竟一时全都用它不上。诗人又羞又恼,充分体会了什么叫作书到用时方恨少。他尽力装出一副男子汉的雄姿,盲目回应着绿的摆布,脑门上已经急出了一道道的热汗。

弄清了诗人还只是一块未经雕琢的璞玉这个基本事实之后,绿的心里不但没有嗔怪,相反却多了几分得意。于是绿装出心满意足的样子,耐心地开始对诗人进行启蒙教育。

那学期末,剧社在城市里的巡回演出暂时告一段落。校领导给他们摆了隆重的庆功宴,接着又放两场电影犒劳大家。诗人和绿此时都心照不宣,暗自期盼着有一场只属于他们俩的庆祝仪式。电影才放到一半,两人就像预约好了似的双双溜出礼堂。

正是一个雨天,平日一向喧闹的校园此刻显得寂静和空旷。畏于人言,两人不敢造次地做出什么亲热的举动,甚至连拉拉手的勇气也不敢有,只是不即不离地交换着湿漉漉的眼神。一种无言的欲望渐渐在他们体内膨胀,雨点打在脸上后顷刻便化为气体。煎熬着的欲望简直要把他们压垮了。到了尽头,已经无路可走,于是他们便翻墙进了圆明园。

雨越下越密,整座圆明园都给遮进雨烟里。四处望不见人,只有天籁在不断撞击着耳鼓,窣窣窸窸,汇成无声的嘈杂。

绿和诗人走过湖岸,绕过池塘,穿过一片用篱笆围起来的农家玉米地,一直来到大水法下面,默默地靠着石头站住了。两人谁都没有说话,只是彼此亲热的眼神更加密不透风。

你希望我们有个庆祝仪式吗?绿用热辣辣的眼神问。

你说我们应该有个庆祝仪式吗?诗人用粗重的喘息作为回答。

绿附在诗人耳边,轻声给他提示着台词:

"哦,吾王,这是你的国,这是你的马,这石头的鬼魅也很狰狞。但它是你的。你须战胜它,你须征服它。"

诗人在绿的形体带动下进入了规定情境,他仿佛觉着自己又站在了舞台中央。天幕开启了。他不能退却,这是他的责任。千古文人的游侠梦,就全要在他的胯下马,他的一杆枪中兑现。

雨水冲刷着朽石,也不断抽打着他们灼热的生命,激发着诗人的勇气。诗人的血给浇烫了,他不再羞怯,不再懦弱,他强悍鲁莽,孔武有力。他纵情驰骋,释放着隐秘的自己,感到自豪,也感到惊奇。

猛地,一声惊雷在苍穹滚过,闪电刺破了天空,积贮了几千年几万年的洪水唱着啸着,轰然倾泻而下,几百只蛙饮着大雨,英勇而嘹亮地合唱,玉米们摇曳着茎秆,合着阵雨的旋律幸福地灌浆……

> 雨天是绿开放的季节
> 听,听,那雷鸣
> 腾跃
> 绿
> 永世激荡着听觉
> 睁开眼是你
> 闭上眼是你
> 绿
> 威武不屈地拔节

诗人的整个假期就消磨在与绿翻云覆雨的情爱里。那爱情本身仿佛就是一场格斗,诗人总能看见自己成了一位英勇的骑士,在拼力降服某种无形的敌人。每次厮杀他都能以击败对手而告终止。

假期结束时诗人也整个儿地变绿了。

《S(h)iren》的作者们一致认为,绿的责任心让诗人大受裨益。如果不是绿的循循善诱,那么诗人创作成熟期的到来至少还要往后延宕许多年。诗人在绿的沃土上成熟以后,他诗里所有的隐喻和意象都变得抽象而深邃,所有的直喻和叙事都变得具体而犀利。人性的美丽和生机,阉割的残酷与萎靡日益成为他诗的主题。诗人越发出落成为有棱有角轮廓鲜明的男人,所有男性的锋芒无不一一从他发育成熟的体态上生动地显露。

女老姜的眼神越来越不对了。她又看了诗人一眼。

诗人毫不理会,继续不断地振聋发聩地比喻着。他没有想到,女老姜急切占有的欲望,如今已演变成了一场杀机。一场名为《哗变》的独幕剧,已被暗中策划好了,只等着诗人入瓮去演那个男主角。

哗 变

幕启时人们已经依次坐好。

"你说了,就是你的不对。你必须说你没有说。"女老姜坐在上首,两眼放光地逼视着诗人。

"我说就说了,没有什么好否认的。"

诗人坐在老姜的对面,目光炯炯地直视着她。

编辑部的同人们紧挨墙根坐着,左首坐一溜,右首坐一溜。会议室里烟气弥漫。一幅黑白阴阳太极图挂在白墙正中。阳光从窗棂子里射进屋内,照得每个人的脸上都阴阴阳阳。

"他是现代派了,他比我们都超前,看得都远呢。"右首的一个发言说。

"那是他从洋人打包进来的旧衣服堆里捡的剩,现代个狗屁,简直是拾人牙慧。"左首的一个很是不屑。

"我有必要去拾破烂吗?"诗人硬着头皮壮着胆子质问。他心里明白,如今他说的每一句话,都可能成为日后的证据,但是他却非说不可。

"你们,总夸祖宗四大发明的荣耀,为什么就不敢承认子孙的智力超常呢,难道这样就辱没了你们了吗?中学生们刚刚拿了奥林匹克金牌呢。"诗人毫不留情地反驳。

"他不愧是迷惘的一代啊,体现出了真正的孤独感和忧患意识。"右首的一个表示赞赏。

"No,No,闹!'感到孤独'可是人家戈多第一次说的,'忧患'也是出自人家老缪缪塞之口,哪一句是中国人自己说的话?还不是个假洋鬼子!"左手的一个叼着烟斗,朝天花板上吐着烟圈,十分得意地引经据典。

"哼,我用拐得那么远吗?"诗人没在乎那几声"闹",依然据理力辩。"请问'众人皆醉我独醒''独怆然而泣下'是早在多少年?'先天下之忧而忧',又是多会子的事?还口口声声光耀祖宗呢,你们,简直要令我笑死!"诗人说罢仰天大笑。

"他可算得上是叛逆的一代呢,具有清醒的头脑和毫不妥协的反抗精神,很让我们佩服啊。"右首的一个感叹。

"我早看出来了他背后有人撑腰,八成是要搞和平演变。应该对他的宿舍进行一次彻底大搜缴,看看他究竟是谁派出来的鸟。"左首的一个声嘶力竭地挥手煽动着。

"你们,也不怕犯法?"诗人忍不住高声喊叫。

"法就是我,我就是法。"众人齐声道。

诗人悲愤地欲言又止,把无助的目光从上到下从左到右,在众人脸上一一掠过。可他看到的,却只是一张张软耷耷垂着的,带着些幸灾乐祸神情的面皮。

诗人的头无力地垂了下去。

"我说,咱们……放过他吧。"高汉镛满怀恻隐地开了口,"我是看着他长大的,他也不过就是童话里那个说皇帝没有穿衣服的孩子嘛……"

"他说了,就是他的错。他必须说他没有说。"女老姜面无表情地回答。

"咱们……就原谅他的少不更事吧……"高汉镛嗫嚅着说。

"啪!"一声惊堂木响,吓得诗人猛一激灵,抬起头来,只见老姜正襟危坐在太极图下,兰花指直点向高汉镛,尖着嗓门高声喝道:

你以为你是谁?
你知道你在干什么?
你是不是有病?
你到底想干什么?

高汉镛一听,脸色大变,哆哆嗦嗦地慌忙回答:

> 我不,不是谁。
> 我不,不想干什么。
> 我身体是不,不大好。
> 我没,没想干什么。

"啪!"又是一声惊堂木响,接着是老姜恼羞成怒的声音:"你竟然还敢说话!我并没有翘盼你的回答。"

说着,她一纵身,嗖地跃到桌子上,从贴身内衣口袋里抽出那面从不离身的小镜子,在阳光里对了对焦距,聚起大太阳的光,直向高汉镛照射过去。

响午的大太阳火辣辣地从镜子里反射出来,高汉镛的脸上霎时一片惨白。毒热的光焰烧灼着他的肌肤,令他痛苦不堪。他浑身抽搐闭上了眼睛。

望着角落里缩成一团的高汉镛,诗人觉得他万分可怜,不由自主地挺起胸来,坐直腰杆,对着女老姜大声叫喊:

"这事跟别人没关系,你就冲我来好了!"

正在瞅着高汉镛狞笑的老姜听到诗人的喊叫,恶狠狠地转过脸来申斥道:

"你还在说!你也该懂事了。"

说着,她重新调整了一下镜子的角度,转向诗人射来。

诗人只觉得白光一闪,无数根燃烧着的钢针直刺双眼,有如乱箭穿透了心坎。一根根的火扦子牢牢地把诗人钉在椅子上，直扎得五脏六腑鲜血淋漓。诗人不能动，也不能想，瞳仁深处烙上了一团白亮亮的大太阳。诗人的眼睛伤了。他痛楚地用双手捂上。

恍惚间，诗人听得女老姜在自己的耳边粗重地喘息：

"这下你感觉舒服了吧？我要让你彻底舒服舒服。"

那种声音带着一股潮乎乎的气息，很黏，也很有诱惑力。接着诗人感觉到短裤被一把撕开，几根热乎乎的手指头生硬地探了进来。

"啊不，不……"

诗人惊恐地叫着往后退去。可背后就是一堵巨大的白墙，诗人根本无路可逃。

"你不能！……"

诗人声嘶力竭地大喊，挥舞着双手推挡着逼近来的一座热烘烘的、直要把人压扁的肉山。

"老师救救我……"

诗人用尽最后一点力气喊着高汉镛，可是却没有听到回响。大太阳的视觉残留，正让高汉镛唰唰唰地痛苦地落泪，他已经动弹不得。其他人也都装作视而不见，在阳光里兀自闭着眼睛。诗人那模糊的视网膜上所映象的，只有一堆渐渐逼近的白脂肪。诗人张开嘴，还妄想着求救，可是一块肉嘟嘟的东西塞进了他的喉咙，在他的口腔内不停地翻搅，让他恶心得说不出话来。白花花的脂肪裹在了诗人身上。诗人什么都看不见了，只剩眼底深处的大太阳，白花花，明晃晃……

"啊不,不……"

诗人绝望地在心底呼喊着。他的反抗,不但没能阻止脂肪的蠕动,反而激发起她更大的热情,让她猥亵得更加急遽。诗人的心在抗拒着,可是身体的动作却越来越不对劲……受虐的快感一阵一阵汹涌地袭来,恍惚之间他甚至想伸出手去拥抱脂肪……

左右两溜的人站起身来,戴上了各式各样的面具,拉成圈子,围着诗人的躯体扭着腰,跺着脚,跳起了印第安人的草裙舞。大司命敲了一下脸盆,少司命摇了摇拖布,山神高举着笤帚,山鬼拍打着撮子,率领群魔一阵乱舞,顺时针转一圈儿,又逆时针转一圈,红口白牙齐声唱着:

天门开,地门开
大鬼小鬼快快来
啾——啾——

天灵灵,地灵灵
老天爷啊快显灵
啾——啾——

群鬼转着转着,如此反复而不已。

灯光转暗。

诗人被噩梦魇着,久久都不能醒过来。

他的眼前总是晃动着一轮明晃晃的白太阳,一堆肥腻腻的白脂肪,烤炙着,围裹着,他越挣扎,就陷得越深,完全跌入一无所在的存在里,在无穷无尽的变幻之中,他止不住地胀大、胀大,又不断地缩小、缩小……他拖着沉重的翅膀,无着地飘啊飘啊,直升进那诱人的太阳,他又拖着翅膀的沉重,无助地落呵落呵,直坠进那黏稠的脂肪。那一瞬间的浮沉的快乐让他忍不住发出一声最原始的叫喊:

"呜啊——"

诗人被自己的叫声惊醒了,想不起来他究竟是在哪儿。他只觉得脑子空了,连五脏六腑也空了,仿佛排出去的不是体液,而是把命也排空了。

诗人披衣下床,想找点食物来填充自己生命的虚空。他翻箱倒柜,却没能找出一粒米来,他不由得谴责自己平日里的粗心大意,竟然没想到为今日做下一点储备。

架子上的一大排闪光发亮的线装书引起了他的注意。他抽出来翻了翻,密密麻麻的黄字儿很像喂鸟的谷子。诗人把它们一张张撕了,扔进盆子里用加热器熬成一碗粥喝。稀粥坚硬无比。

敲门声响了。

诗人心惊肉跳,迅速跳上床去,将被子扯过头顶,把自己紧紧裹住,瑟瑟发抖。

敲门声还在响。

诗人拉下被子,露出两只眼睛,死盯着那扇不足以作为屏障的门板,有上千种猜测迅速掠过他的脑海。

敲门的可能是绿,这么些日子没去见她,她也应该感到奇怪,来看看的。可是自己还有什么脸面去见她?又怎么对得起她?相见争如不见。他不能开门。

也许是老姜又来骚扰了吧?他厌恶,他恐惧,他眼底的一片白晃晃的印记还没有散去。她要了诗人的命还不够,还要摄了他的魂去吗?他不能开门。

"是我啊,孩子,开开门吧。"

推门进来的是高汉镛。

"你现在这副样子,很有几分像我啊。"高汉镛一看见诗人便说。

诗人不经意地朝桌上的镜中瞟了一眼,果然,蔫头耷脑的自己,的确跟高汉镛很像。

"我知道你一定伤得不轻,特地过来帮你调整。"高汉镛关切地说。

然后,他便端坐在地上,并示意诗人也坐下,摆出和他同样的姿势。

诗人盘腿在对面坐下了,并且像他一样,双手扶膝,二目微合,慢慢地运气,不住地调整呼吸。

渐渐地,诗人的呼吸理顺了,气也调匀了。有一种熟悉的幸福感慢慢涌遍了全身……诗人感到无数红光又在眼前飞动,他看到自己又坐在那条中轴线上,又坐在那座平展展的祭台中心,脸上露出心满意足的笑容。那红光仿佛变成一束跳跃的火苗,刺溜一声从诗人的脑门子钻进去,渐次游遍他的全身,撩拨起他每一个细胞的幸福感,然后悄悄地从他的鼻孔退了出去。诗人的身体不由自主地在一片红光里浮上来,又沉下去……

"住!"高汉镛一声断喝,诗人正在浮沉的身体猛地在半空中打住,跌落进现实中来。

"怎么样,接住我向你发的功了吧?"

"噢,原来是您……"

"不不,是你自己的功力已经达到了一定程度,有了某种交感。你应当继续练下去。"

"我对气功可是一窍不通,而且也没什么兴趣。"

"哎,话可不能这么说。功到行时自然通,不通也得通。通则在天,不通则在人。况且你已经通了。"

"这话我可就不大懂了。老师,您看我这个样子,是不是成了……废人……"

"不必说了,不必说了。"高汉镛挥手打断诗人的话头,"刚才我已经将气走遍了你的全身,你的各处思想和感觉我无不洞悉。我只能告诉你,都是这么过来的,慢慢就好了,就没有感觉了。"

"为什么?"诗人不解地问。

"到时候你自然就明白了。"

高汉镛走了。诗人仔细琢磨着他的话,一个人默默地打坐。不知坐了多久,疼痛果然减轻了许多。诗人活动了一下手脚,觉着又可以挪动步子了,于是慢慢地踱着,一跛一拐地走进了校园。

校园跟十年前并无多大差别。树还是树,湖还是湖,只是诗人已不是诗人,只是灰色的塑像已给炸平了两座,上面新立起一幢语音实验搂。

减去十岁。减去十岁又将如何?

诗人漫无目的地走着,一抬头,不知不觉已经站到了绿的小屋前。

灯光通明。

沙龙聚会正在绿的房间里热烈地举行。绿开门把诗人迎进门去,对诗人面目的变化竟没表示出一点惊讶。

绿的不惊讶反倒让诗人感到惊讶。

诗人拣了一个角落悄悄坐下,举目四望,见满屋子坐的仍是从前文化哲学讨论会上的那拨人,依旧群情激昂滔滔不绝地表演着口才和形体,只是演讲的题目已有所改变。大家首先痛斥一番排队分房过程中的某种加塞现象,然后话题一转讨论如何下海创收。

"我们这些人再怎么折腾也脱离不了文化战线,不如就找些书来编一编赚钱吧。"绿建议说。

座下诸位于是七嘴八舌议论开了,有人说眼下研究古久大师的东西很受欢迎,我们大家手里的材料都很现成,只要把过去那些批判的动词换成赞美的形容词就行了,真是省时又省工。众人听后一致说好,决定来它一个古久学丛书系列,第一丛先编《古久本纪》《老姜列传》等五本。谈到分工时大家想起诗人曾在编辑部任职,接触到的真迹最多,最有资格编一本《古久真迹鉴赏》,而且出版社肯定会用最好的纸张印刷,肯定会付最优的稿酬。

"怎么样啊,诗人?有兴趣没有?"众人的目光一齐投向角落里的诗人。

诗人却理也没理,站起身来,扭头就进了隔壁绿的卧室,弄得客厅里的气氛好不尴尬。

绿赶忙撇开众人追了过来,见诗人正对着窗子喘粗气,忙关切地问:

"怎么,你还在想着老姜那件事?"

"这么说,我的事你……全知道?"诗人疑惑地盯着绿,艰难地开口问道。

"嗯……"绿似是而非地回答,"我劝你别再想了,过去,也就过去了,慢慢就没感觉了,都是这么过来的。"

"怎么,你也这么说?"诗人更加疑惑了。

"本来就只有这一种说法。"绿散淡地说。

"不不,这绝不该是你说的,你应该有另外的说法,你有。"诗人执拗地反驳。

"别犟了,也别再想,再想也是徒劳的。过去的,也就成了历史。"绿似乎有些漫不经心。

"可是……他们也太轻易就把一个活人变成了一段历史!"诗人激愤地嚷,"我不相信!我不相信!"他大叫:"我不相信!"

外间客厅的说话声戛然而止,一个人敲门问:"绿,你没事吧?"

"没事没事。"绿走过去把门关紧,然后转过身来温柔地搂住诗人,"听话,别再挣扎了,历史本来就是一个个活人变的。你活过一天,就多了一页历史。"

"这么说,历史……从来就没有断过代?"诗人怀疑地问。

"历史,是断不了代的。"绿肯定地回答。

"哦!上帝!"诗人此时如梦方醒,"可你为什么不早告诉我?"

"早告诉你?"这回轮到绿疑惑了。"你本来就活在历史里,难道你不知道?干吗还要别人特地告诉你?"

诗人无言以答。他完全被自己从前的无知给震惊了。原来他每天每天都活在历史里,可他自己竟是浑然不觉。诗人一时语塞,完全不明白自己所做的一切究竟还有什么意义。

诗人呆坐桌前,默默无语地垂下头去,无意间瞥见桌上放着的一大堆信笺,一行"古久先生尊启"字样让诗人心里一动。诗人犹豫了一下,还是忍不住伸手拿起来,依稀见上面有几行字迹:

……先生功德无量,学富五车……后学感愧,蚍蜉撼树,不自量力。而今猛醒……如仰日月于中天,若蒙先生不弃,愿拜于门下,以补前生之无知……奉上拙作,敢求先生指正……顿首顿首。

诗人有点不敢相信自己的眼睛。

"这真是你写的吗?"诗人犹疑地问绿。

绿瞟了一眼信笺,点了点头,表情有些不大自然。

"你……会写这个?"诗人依旧不敢相信。

绿调整了一下表情,尽量用一副平淡的语气说:

"哦,没什么。这批评职称竞争非常激烈,古久先生的力量非同小可,我如果能得到他的几句评语,别人是不敢不退避三舍的。"

"所以你就顿首了?"诗人紧追不放。

"嗯……不过是讨几个字而已。"绿不太自在地捋了一下头发。

"当初,你可是因为与古久抗击才一举成名的……"

"可是,人……总得活下去呵……"绿打断诗人的责备,语气中分明透出几分无奈。

诗人心头袭上一阵悲哀,大口大口费力地喘着粗气,觉得吸进肺里的竟全是历史。历史果真就是包裹着我们的这层空气吗?诗人疑惑地想。自己曾经挎着长枪,骑着瘦马,那样张牙舞爪地跟历史作战,费劲巴力总算是击出了啪的一声响,结果那不过是自己的左手和右手在相撞。并且,愤怒的击掌竟给蒙太奇组接成了喝彩的巴掌。

那么,自己所做的一切究竟还有什么意义呢?

诗人毫无知觉地走出来,机械地挪动着双脚。他又恋恋不舍地回头向小屋望了一眼。翠绿色的窗帘早就在太阳光经久的曝晒下褪色了,变淡了,淡得灰蒙蒙的,跟窗外广大无边的灰色融成了一片。

阳光真毒。诗人想。灰色真啧。

诗人觉得自己的血液也流成了灰色。

诗人木然地在大街上遛着。太阳光依旧明晃晃的。不知从什么时候起,满世界忽然多了许多跟诗人一般大的小青年,也在百无聊赖地逛着,还魔魔怔怔地边走边唱:"我曾经问个不休,你啥时候才跟我走哇……"这种无主题变奏很上口,也很新鲜。诗人情不自禁地对着他们的口型张开嘴,发出来的声音竟跟他们很合拍。

哈!诗人高兴了,毕竟是有了同道。哈哈!诗人乐了,到底是有了知音。

诗人一路唱着,蹦着,跳着,欢天喜地地跑回自己的宿舍。他急急忙忙拿过镜子,用袖口抹了几下镜片上的积尘,美滋滋地往里一照,看见里面出现的竟不是自己,而是高汉镛的脸。诗人已经跟高汉镛一模一样了。

这下诗人明白了,强奸和阉割其实并没有什么区别,就像诗人和高汉镛其实并没有什么区别。

诗人总算是明白了满大街的小青年为什么要魔魔怔怔地唱。原来他们也跟诗人一样,诗人也跟他们全都一样。

诗人不禁仰天大笑,哈哈!

诗人且笑且唱,且唱且舞:"舍生以取义,杀身以成仁,把人当成人……"镜子摔碎的声音、书架翻倒的声音噼里啪啦在诗人耳旁作响,那是合唱,合唱,它们都在幕后跟诗人一道合唱哩……

一件东西绊了诗人一下,他仆倒在地上。诗人捡起来一看,是老托尔斯泰编的一本瞎话:怎样把玛斯洛娃还原成卡秋莎。答案:复活。

这个答案很有诱惑力。诗人急切地看下去,却发现满篇都是在穷扯淡。老托只是在自我的幻觉里自己跟自己扯着良心发现的淡。

"都给我滚开吧,你们!"诗人一声怒吼,把所有印满字儿的东西一脚踢开。然后,诗人操起他的那把破吉他,连跑带颠地来到大街上,跟那一伙小青年一齐扯着嗓子唱:"你为什么总是笑我一无所有,我现在就铁了心地跟着你走……"

诗人已经转世了,谁也不认识诗人了。

可是诗人还认得诗人自己。

诗人边走边唱,又回到了那条中轴线上,又坐到了那个祭台上,盘腿而坐,双手扶膝,两眼微合。

那种没有感觉的感觉就叫作舒服。诗人想。

诗人又看见了他自己。

诗人又看见了日食。

　　真的是你消逝了吗
　　多么匆匆的瑰丽
　　有限与无限的轮回
　　世世代代,生生不息

诗人又跻身在广场熙熙攘攘的人群里,又跟他们一道,把茫然无着的目光投向天上。

就这么望啊望啊……

直看得眼球都飞离了眼眶,一个个悬浮在空中,粘紧在璀璨的日食上……

一阵腐朽的气息从背后逼来。诗人睁开眼,见身后正密集着一大群史家,他们叽叽喳喳,闹闹嚷嚷,纷纷挥动手中长短不一的如意金箍棒,争争抢抢在诗人的背上狠命刻着:

"诗人——想揪起自己头发上天的人。"

"斯人——一个充满刻骨铭心的孤独感、绝望感、失落感和荒谬感的多余的人。"

"诗人——不学无术、半瓶子醋的骗子。"

"斯人——知识分子中的小丑、败类。"

"诗人——乱搞男女关系的无聊文人。"

"斯人——一个隐藏很深的阶级敌人。"

…………

诗人的背给刺得流了血,可他却丝毫感觉不到疼。

浪 荡

小姜跟诗人又是一层什么关系?难道只是简单的玩伴Playmate 或是情人 Lover 不成?可为什么在小姜出走后的几天里诗人便迅速地消失?《S(h)iren》的作者们对此一直没有一个明确的解释。

小姜的视野里总是晃动着诗人那充满魅力的臀部。那个把牛仔裤紧紧绷牢的、轮廓鲜明而又富有力度的臀部,只有打坐修行的诗人才能够具有。如果能允许诗人继续不断地坐下去的话,说不定他还会炼出一个舍利子真身。

　　一切因袭的重担我全都不要

翻着彩色眼珠儿但愿我是一个杂交
我不愿活得累,也不想跟谁作对
为什么你总像条疯狗东嗅西嗅没完没了地乱咬

诗人美好的臀部随着节奏激昂地前后摆动,每一个音符的振荡都通过臀部剧烈的后甩而得到强有力的表现,小姜敲出的每个鼓点都在这个摇摆着的臀部上激起了强烈的回响。

我宁愿走来走去干来干去做一个浪,荡,鬼,
也不想缩头缩脑没头没脑当一个窝,囊,废!
什么他妈这个那个你少跟我扯臊
我只要自由自在无所依傍随心所欲地逍遥
Wocao! Wocao!! Wocao!!!

臀部优雅的摇荡形成了诗人独特的舞台演唱风格。它绝不同于猫王普雷斯利那种发情似的把大腿根一个劲地往前耸动,也区别于迈克尔·杰克逊那种手淫般地一把一把往下腹部抓挠。盯着诗人那深厚且又富有弹性的尾巴骨,小姜情不自禁地陷入某种遐想。

你的臀部多情而执着
How I love your sitzfleish
(我多么热爱你的坐臀)

小姜神思飞扬,心到手起,鼓槌上自然而然落下一连串句子。等到她意识到自己已经走了神,又连忙用一连串鼓点的敲击把心思掩盖过去。

而此时诗人的正面也正陷入一种物我两忘的迷狂。诗人双眼紧闭,眉头紧锁,脸上的肌肉以鼻子为轴心层层向上拉紧。人类内心一旦丰富以后,表情就往往会变得十分单一。

诗人此时在乐队里公开的艺名叫作"蚯蚓",就是那种随便给剁掉哪一截都还能继续生存下去的东西。而诗人却永远在心里记着自己只是一个诗人,而不是什么他妈的蚯蚓。就像他们的乐队公开的名字是"学人",仿佛成员本身都个个不是人,而他们却在心里牢牢记着自己真正的名字是"Scholar",属于学者或是书生那一类,翻译成大众化的现代汉语后才有了茹毛饮血的土腥味。

既然是"学人",就必然应该是"雅人""高人"或者"超人",在意识形态领域和美学观念上绝对率先超前独领风骚,他们想。因而"学人"便努力使自己区别于一切正宗和野鸡摇滚乐队,他们率先敢在方块汉字的缝隙中硬性塞入一个个的洋文单词儿,唱就唱它一个洋泾浜的不伦不类。他们还把自己的活动范围严格规定在向西不出八大处,向东不入西直门,在大学城里走的是一条 Poem—pop—rock(诗—流行歌曲—摇滚)的亦雅亦俗半雅不俗非雅非俗的光荣与梦想的路径。

从本质上说,蚯蚓只是诗人的惟妙惟肖的赝品,就如同从外观上讲小姜只是女老姜的一模一样的复印件一样。但眼下当诗人在床上肆意和小姜亲热时,还并不知道她和女老姜的血缘关系。而小姜在频频领受诗人的爱抚过程里,由始至终也不晓得,她眼前的这个主唱蚯蚓,就是当年那个差一点得了诺贝尔文学奖的赫赫有名的诗人,并且正是她自己的母亲及其一伙把一个才华横溢的诗人变成了狂吼怪叫的一条蚯蚓。小姜只觉得这个年轻人苍白阴郁得有几分特别,床上动作温柔细腻得相当感人。同时她还依稀觉得他歌声的背后隐藏着某种说不出来的诗的底蕴。

当然当然,此时的学院路已经不再流行诗人,也不再流行什么什么文化哲学大讨论,而是流行麦当娜汉堡包泰森、TOEFL – GREEPT,流行爱的就是心跳玩你没商量过完瘾就离,还流行他们这个"学人"乐队的蚯蚓蜈蚣蟑螂蚂蚁,从八大学院九小技校直到燕园清华园,总有《浪荡》的歌声满天浪荡随风飘扬。

诗人觉得他和小姜之间,一直都存在着或说是暗含着某种精神上的较量。尽管在肉体上他们是配合得最为默契的亲密伴侣,但是在心灵上却总有着一种看不见的陌生距离。在意乱情迷的胶着状态里,小姜的两片粉嘴里各种欢情的呓语都吐出来了,唯独不说"爱"这一类字眼,从来不曾说过诸如"我爱你"什么什么的。

诗人却最渴望听到这样的话,明知是虚情假意逢场作戏却也要听,仿佛由一个"爱"字便可以撇开赤裸裸的肉体,而在彼此心灵深处确立某种诗情画意的联系,仿佛因此便能让他从丑陋的蚯蚓,返归到诗人美好的本真。

诗人已经数不清,有多少个蚯蚓的歌迷崇拜者,她们或是激于情欲或是为了讨他的喜欢,嗲声嗲气毫不费力地将"我爱你""爱死你了""爱惨了你了""好爱你好爱你"从鼻腔或牙缝里一一滑落,直哼唧得他五迷三道信以为真。

唯独小姜还不曾屈服。不管诗人使出什么解数,小姜就是不肯让步,就是不用那三个字配合他进入忘怀一切的诗境,而只以矫情的呻吟让诗人在难以承受的现实当中滞留。

诗人为此备觉痛苦。他真的有些恼怒了。他用周到细致的手法把小姜摩擦得浑身起电,眼见得一触即发。诗人这时却戛然止住,盯着小姜那张姣好的粉脸阴郁地问:"要吗?"

小姜乖顺地倒伏着,像一只温情的猫,她从喉咙里发出急切的呜咽:"嗯……"

诗人却缓缓坐起身子:"要,就说。"

小姜听了,反倒咬紧牙关缄默不语,浑身起伏颤抖得更加急剧。

诗人忍不住一头扑到小姜身上,疯狂地摇撼着小姜:"你是个妖精!你是个娼妓!你让我在炼狱里熬煎,你一定不得好死你!"

小姜暗自怀着一份战胜的得意,伸出双手拢在诗人背后,不停地温柔地爱抚……

诗人的肉体渐渐沉沦,而灵魂却依旧警醒着。小姜到底是谁呢?诗人问自己。小姜想要干什么?自己又是谁?自己又想干什么?诗人不停地问自己。沉浸在情欲中的小姜,就像一枚浸泡在酒中的新鲜的醉枣。而绿呢?绿已经旧了,跟小姜相比,绿真是显得很斑驳了。

"但是不,不不……"诗人在心底嘶哑地喊着,"绿是我的唯一,是我生命中刻骨铭心的一段情节,谁也不能把她抹去,谁也不能将她代替……"诗人的眼睛湿润了。小姜你是谁?他问,醉枣,你是什么?

  醉枣你在那秋天的枝头招摇
  殷红的成熟如今有多么美妙
  醉枣你的一切多么虚无缥缈
  根本不知道地有多厚天有多高

  诗人在排练场上听着小姜跟键盘手蚂蚁贝司手蜈蚣肆意调笑,觉得小姜无论跟谁上床都相当合适,都能配合得完美无疵。诗人转而又责备自己的阴险刻薄,这种念头真是十分荒唐可笑。他又没有爱上小姜,小姜愿跟谁好就跟谁好,犯不着他去揪这份心。诗人劝着自己。

  但小姜瞅着乔时的那种含情脉脉的目光,着实令诗人想上去抽她一耳刮子。

  "我干吗要让小姜认识乔呢?"诗人后悔地想。

  乔是诗人那个托福恶补班的口语外教。上课第一天诗人便发现,高大健壮的乔原来是常在电视晚会中唱中国民歌的那个家伙,而乔也认出诗人就是常在他们学生三食堂摇滚的那个蚯蚓。于是两个喜欢唱对方国家歌曲的人就成了莫逆之交,除正式上课外,每星期两人还要互相去对方住处一次,诗人在乔那里练英语,乔再到诗人这里来练中国话。在某个季节的某一天乔就在诗人的屋里与小姜相遇了。

小姜的出现,令乔眼里闪出兴奋的亮光,乔的话题也变得滔滔不绝异常丰富,从流行歌曲、总统竞选已经引申到女权运动及其性解放。每次原定的只讲两节课的时限,也在不知不觉中无限延长。乔的汉语几乎成了与小姜的单练。见他们叽里呱啦讲得热闹,诗人也乐得待在一边闭上嘴偷懒。诗人去乔宿舍练英语时,小姜也闹闹嚷嚷跟在后边,还时不时地在他俩的谈话中简单插上几句。插不上嘴的时候,小姜就用脉脉含情的目光在一旁痴痴注视着两个男人。诗人扭头不小心撞上这种目光时,还踏踏实实地认为这只是向自己发送的特快专递。等到看过那场球赛归来之后,诗人才发现事情已远非自己最初想象的那么简单。

那次三人一块儿去看世界杯小组预选赛,乔作为一家《球迷快讯》"老外说足球"专栏的特约撰稿人,倾向完全倒向了中国队这一边。那天场上的气氛十分热烈紧张,看台上主副教练的脑门子都油光锃亮,主教练秃,副教练也不好意思不秃,足见其为中国足球事业呕心沥血的程度。上半场踢过去了,对方在第四十二分钟时踢进一个球,中国队却始终没有什么建树。诗人他们三个人都急出了一身的汗,中场休息时三人都呆坐着,谁都不理谁。观众也都懒得挪地方,个个丧气得不行。

下半场开始后中国队稍稍有了点生气,开场还不到三分钟便有一球破门入网,场上顿时炸了油锅似的沸腾,憋了半晌的锣鼓惊天动地地敲响,藏在怀里的各种旗帜也都被扯出来,呼啦啦地展开飞扬。满场子都在狂呼乱喊:"中国队,争口气!""谁谁谁,我爱你!"诗人也站起来激动地挥着拳头向天大叫:"中国队,好样的!好样的,中国队!"喊着喊着,诗人感到背上局部有了一股压力,扭头一瞧,却见小姜和乔正隔过他,呼喊着忘乎所以地把上半身拥抱在一起。诗人见状急了,不假思索迅速从二人中间插了进去,一边一个把他们拥抱在怀里,共同跳着脚欢呼叫喊。

庆祝的声浪刚刚平息不久,不料对方乘隙又踢进一球。场上一片泄气的唏嘘。中国队屡屡想把比分扳平却一直没能实现。场上这时已显出明显的烦躁不安。中方队员犹犹疑疑地带着球,一停二看三倒脚,几次沉底传中和中路直传都因接球人起脚慢给耽误了战机,不是丢球就是正射入守门员怀里。比赛临近尾声,中国队仍然连攻不破,看台上的观众都急坏了,不知是谁先站起来,大喊了一声"傻×",众人立即接上,恼怒地齐声喊"傻——×!傻——×"!诗人张大了嘴却怎么都不好意思喊出口,耳边却听得小姜的女高音尖锐得无所顾忌,右边的乔也正憋红了脸,曲里拐弯音调不准地跟着大叫"厦——×"!这情景倒像是小姜和乔是中国人,而诗人是从外路上来的。于是诗人赶紧鼓足勇气加入叫喊的声浪里边去。

第二天,诗人和小姜去乔宿舍时,乔请他们帮着审订他刚写完的通讯稿。诗人拿过来,见上面工整地写着:

  在昨晚的世界杯小组预选赛中,中国队在一片

"傻×"声中痛失出线权。究其原因,绝不是中国人的体质较之其他国家差,而是其射的欲望不甚强烈。

众所周知,中国是孔夫子的国家,几千年的传统文化告诫他们,要"发乎情,止乎礼",许多一触即发的机会他们不能够很好地把握,该射不射,使劲憋着,勃起的机能遭到抑制,在临门一射的紧要关头,还在四平八稳地调整体位。压抑的结果不是猛烈的怒射,而是绵软的流淌,最后当然也就无法过瘾。这不能不让人感到遗憾。

看罢稿子,诗人默不作声,脸阴沉得仿佛要滴下水来。小姜则在一旁兴奋地拍着巴掌,崇拜之情溢于言表:

"OK,乔,写得真精彩,你可真不愧是个中国通啊!"

乔听了得意地一笑。

"乔,你不能这么写。"诗人冷冷地开口说道。

"为什么?难道我说的不是事实吗?"乔一时丈二和尚摸不着头脑。小姜也不解地看着诗人。

"是事实你也不能这么说。"诗人执拗地回答,"那是不该你说的,你却说了,所以就是你的不对。你必须说你没有说。"

话一出口,诗人慌忙惊异地捂住了自己的嘴。"这是我说的话吗?"诗人问自己。"我并没想这么说。"诗人想。"那么这究竟是谁说的?这是我说的吗?我还是我吗?"诗人奇怪地想。

"虯,这到底是怎么一回事?"乔摊开双手不解地问诗人。

"老乔,如果你不撤掉这篇稿子的话,我和Miss姜立即就与你绝交。"

说完,诗人真就扯上小姜往外走,乔一看急了,忙上来把他们俩拦住:

"得,哥们儿,就算我这篇稿子白写了,我这场球也白看了,还不行吗?我希望,不要因为它影响了我们之间的好朋友关系。"

"嗯,这还差不多。"诗人返回来,友好地在乔肩上拍了一巴掌。

往回走的路上,小姜埋怨诗人中了什么邪了,凭什么为一篇稿子生那么大的气,是不是成心欺负人家外国人。

"你说,乔究竟怎么得罪你了吗?"小姜噘起嘴质问诗人。

诗人一脸不屑地看着小姜:

"你懂什么?打个比方说,你妈妈,或者是你家里人出了毛病,你自己说说劝劝也就算了,外人也跟着骂骂咧咧指指戳戳,而且句句都往心口窝上捅,你心里头能乐意吗?"

"哼,我才不管呢,谁爱说谁说,谁叫他们自己有毛病呢,有毛病还怕人说,哼。"小姜不以为然地甩着面条似的长发。

诗人不会想到,小姜的妈妈便是女老姜。他更没有想到,球场上的那次无意间的欢呼拥抱后,小姜与乔之间身体接触的障碍已经打开,以后无论遇到一个多么细小的情节,也不管值不值得喝彩,小姜都会大呼小叫着把自己投进乔的怀里。

托福考试的日期日渐临近。诗人发现跟乔在一起的这些日子还真就没白待,自己的听力有了长足进步,词汇量也正以不可遏制的速度增长。

学院路地区的托福分数,是以五道口的铁路为界来划分的。能过600分的,基本上都在铁道西边,清华北大及中科院各个研究所的地界内。铁道东边,稍微惨了点,地质、石油、矿业、林业、农业、钢铁、邮电……一连串的学院破名,直接影响了莘莘学子的考试成绩,一般来说能过550就相当不错了。学院里头的小白脸子们眼巴巴地盼着,什么时候老美也能和我国一样,制订一个农林牧副渔专业的第一批优先录取规则。

诗人租住的这所民房正位于铁道边上,稍微使点劲儿就有可能归入铁道西边那一群,一不留神也许就跌到铁道东头这一堆里。考托在这一带如今就跟吃饭睡觉一样平常。学院区外的人见面就问"吃了吗,您",学院区里的人见面则寒暄"考了吗您",其实质都是一样的。

月光如水。诗人和"学人"乐队的成员隐在学校二食堂的一角,悠然弹奏着。诗人把一双熬夜累红的倦眼漫无目标地瞟向跳舞的人群。烛光里一张张年轻稚嫩的面孔显得十分微渺,胶鞋旅游鞋高跟鞋在水泥地上踢踢踏踏拖泥带水滑动着,不很协调。可这又有什么关系呢?诗人想,别看他们现在还是一副懵懵懂懂水里水汤的样子,可那一个个不协调的身躯支撑着的大脑袋里,都至少装着一本刘毅编的托福一万五词汇,至少装进去了三打词缀,六打词根及一九八五年以来的二十几套托福试题,他们都有本领快速准确地把试卷上的圆圈涂黑。

诗人不由得叹息一声,在闪闪烁烁的烛光中忽觉心中十分寂寥。他顺手拨了一串简单的和弦。蜈蚣和蚂蚁紧跟着把音符接住,小姜的鼓点随后轻轻地敲响。

> 托福,托福
> 脱离幸福,也脱离痛苦
> 脱离亲朋,也脱离故土
> 多少次潮涨潮退日落又日出
> 猛醒后才知道生活在别处
> 没有雨哪还有这片湖这棵树
> 还怎能悠然敲响手中这面鼓
> 彷徨中匆匆踏上一条不归路
> 不再问苍茫大地谁去主沉浮
> 托福,托福
> 托你的福托他的福我们究竟托谁的福

无人喝彩。静寂得让人心酸。烛光一点点熄灭了,人群慢慢散去,只剩一曲托福在苍白的月光下舒缓地空响……

小姜缠住诗人,一定要跟着去听临考前的托福试题串讲。据说是由一位学成归来的博士进行带功大串讲,已经讲过两次,凡是去听讲并接到博士发功的人,分数至少都提高了30分左右。

"凑什么热闹嘛,有时间回校好好复习你自己的功课去。"诗人不想带她去。听讲的票非常不好弄,他那个托福恶补班散伙前,九折优惠每个学员一张票,外面根本就买不着。

小姜不满意地嘟囔着:"听听有什么了不起,我准备考下一批的托,就当这回是事先预习一下还不成吗?"

"不是我不带你去,我的确是搞不到票了。"

"哼,得了吧你。你不管我,我找乔去。"

诗人听了一愣,一把没抓住,小姜已经跑出去了。

第二天一大早诗人和小姜来到海淀俱乐部,见乔果然已经等在那里了。俱乐部门前人头攒动,不少人手里举着人民币来回走着,嘴里不住念叨"谁多票谁多票"。两块巨大的电影广告牌子临街耸立,上面并排醒目地写着:

巩俐——昔日一颗闪烁之星"秋菊"开后方显出你横溢的才华;张艺谋——"菊豆"结果"红灯笼"高挂"秋菊"是你目前心境;人到无求品自高

英雄儿女志在四方拥有一片美国地海派硬功屡试不爽回回都到六百七特邀托坛大腕美籍华人约翰·张托福带功大串讲

乔手里捏着几张美元,他们三人站在广告牌下,焦急地吆喝着等票。

美元终于战胜了人民币。开场前五分钟,乔花高价买到两张,三人顺利地走了进去。

场内早已座无虚席。铃声响过两遍之后,嘈杂的人声逐渐减小。第三遍铃响过之后,人们都屏住呼吸,紧张地注视着前方的舞台。就听哐的一声踩地板响,一人戴博士帽,穿道士服,套和尚裤,绑虎马鞋,拿大顶出场。到了舞台正中后颠过个来,接着是一连串的蹀子、小翻、托马斯全旋、李宁腾跃。

场内观众一时看得眼花缭乱,目瞪口呆。

博士又腾地从台上跳到台下,在观众席的一排排过道之间举着八卦掌,扭着蛇形腰迂回穿行,不时地朝这个脸上哈哈气,向那个脸上喷几口唾沫。众人的眼珠都滴溜溜随着他的身形转着,生怕错过了接功的机会。

博士接着跳回台上,又演练了几手太极拳,然后一屁股在台中心坐定,一声不吭,毫无表情,只剩硕大的肚皮一鼓一瘪地在那里喘息。

台下出现片刻的静寂,一会儿人们就骚动起来。场内有哭的有笑的,有扇自己嘴巴的有揪自己头发的,有大声背诵英语作文常用句型的,有用英语俚语骂自己的。乔在诗人身边做前仰后合状,嘴里还喃喃自语:"中国功夫,真了不起!"小姜也在一边叽叽咯咯笑得活像一只下蛋的小母鸡。

诗人看着满场歇斯底里的疯子,越发觉得自己神志清醒,忍不住轻蔑地从鼻子里哼了一声,惹得周围的人不放心地睁开眼睛瞟着他。小姜也在笑岔了气儿的间隙不满地捅了捅诗人的腰眼儿:"你这人有病啊你?怎么就你无动于衷,连点感觉都没有?"说完她又赶忙换了一口气,咯咯嗒嗒继续笑去了。

诗人望着全场被愚弄的人们,看着台上博士那滑稽猥琐的姿态,越发觉得简直荒唐可笑至极。诗人忍不住遗世独立地大笑起来:"哈哈!哈哈哈哈!"

诗人越笑越响,越笑越痛快。小姜和乔也受了诗人的感染,叽叽咯咯前仰后合得更加剧烈。诗人越笑越厉害,越笑越止不住,直笑得岔了气儿弯了腰,笑得一把鼻涕一把泪地在脸上和稀泥。周围人见状十分满意,于是放心地哭哭笑笑骂骂咧咧忙乎自己的去了。

"阿弥陀佛!"台上的博士见时机已到,便庄严地开口:

A,B,C,D,E,F,G,
要给中国争口气,
H,I,J,K,L,M,N,
做人就做美国人。

两句偈子念完,博士便抽身退场,不知去向。

剩下满场的观众擦着红肿的眼睛,不知自己身置何方。

考试结束后,假期很快来临。学院路上一下清静了许多。蜈蚣和蚂蚁回老家休假去了,小姜忽然不知去向,临走竟然连个招呼都不打。诗人到小姜的音乐学院宿舍去了两次,根本就没有人。乔的宿舍也锁了门,一问,说是去桂林旅游了。

诗人不想回家,一个人闷闷地待在小屋里。本打算抓紧时间写几首新歌,却一连数日都找不准感觉。诗人出门到王府井闹市区及前门大栅栏的人堆里胡乱挤了一通,也没能摩擦出一丝灵感来。又钻地下道进了广场,看了看放风筝的,望着一个孙悟空模样的纸架子在空中越飞越远,牵线的人自以为如来佛似的得意着的傻样,诗人也觉着忒没劲。再到纪念碑的基座上坐会儿,两眼一闭之后出现的竟是一片空白。诗人闷闷地想,我这是怎么了?是不是有病?

诗人到北图查了美国几所大学的资料,回来后开始着手写信申请。考完试后他那个班里的人互相对过答案,诗人估计自己至少也能考到600。于是他满怀信心地写了自荐信,又冒充古久的名义推荐自己,大意是说:该生在我门下刻苦修行多年,对于文化的精深要旨已有了初步的把握,如果贵校能接收他继续从事这方面的研究,让他换个脑筋思考问题,相信对他未来的发展一定会大有裨益的。我愿以我的老迈之躯及经年所铸就的人格来为该生担保。然后诗人又用左手在所有信封封口上模仿古久的笔迹签了名。

好不容易等到开学,乐队全体成员归队,大家又重聚一起叽里咣啷地乱敲。小姜显得相当疲惫而又憔悴,诗人问她假期去了哪里,她支支吾吾地说去南方串了一个亲戚。诗人也就不再追问。

美国学校的回信接二连三地来了,大意都是,只要诗人出示确切托福成绩,并邮寄30~60美元,校方就可以正式讨论诗人的入学问题。

发榜的日子过了,但诗人迟迟未收到成绩,他心急火燎地前去查问,见K119考场办公室门前天天都围着急于拿到分数的人群。他们又联名写信去美国考试中心追问,对方回答说,由于这批中国考生分数太高,他们怀疑有事先透题或考试作弊现象,现正着手派人调查此事。一星期后诗人接到正式通知,本次考试成绩作废,两个月后可以拿着原来的准考证重新考一次。

诗人心里非常窝火。这一推迟,几千名学子的秋季入学全都泡汤,损失的还不只是几美元的问题。考高分一向就是中国学生的特长,如今不但不被承认反而受到刁难,诗人那甚为敏感的神经从中嗅出了这场把戏里种族歧视的味道,让他那脆弱的自尊心特别忍受不了。诗人愤愤地把准考证撕了,任凭碎片在校园里随风飘啊飘……

诗人把自己那些外文书籍归拢归拢,捆扎好了全塞到床底下。想起还有几本杂志没有还给乔,于是他挟上这几本花花绿绿的东西去找乔。

乔的门上挂着块牌子:"请勿打扰。"里面传出的雄狮发情一般的低低的吼叫,把单薄的门板震得瑟瑟发抖。诗人转身想走,忽然又站住脚,生出一个恶作剧似的复仇念头。诗人便不管不顾地咚咚咚开始敲门。

里面的喘息声小下去了。诗人也随即改作连续不断的敲击。半晌,乔才一手扯平T恤的衣襟一手开门。见是诗人站在门外,乔不但没恼,还挺高兴地和诗人拥抱:"哇,蚯!你好你好!我非常地想你。"

诗人也紧紧地回抱着乔说:"我想你也想得要死,老乔。"

诗人坐定以后四处张望,却没有看到那个被他给敲碎了好梦的女人。卫生间里哗哗的流水声,让诗人心里明白了几分。他怪里怪气地笑了几笑。

乔忙忙乎乎地给诗人冲咖啡,诗人告诉乔,那几本杂志忒没劲,除了暴力就是性,还是留给乔自己没事时消遣去吧。说着诗人便走过去把杂志摆放到书柜里。一个小巧的棕色提包不期然落入诗人视线里,诗人一愣,依稀记起这正是小姜常背的那一个。提包边上的那个蝴蝶形发卡也准确无误地把小姜给暴露了出来。诗人脸色一下子全白了,他怔怔地站着不动,十分不愿意相信这是真的。

乔走过来,把咖啡端给诗人,挺客气地拍拍他的肩说:"虻,杂志不要还了。我马上就要回国,这里的东西,你看什么好,拿去,也免得我再找垃圾箱。"

诗人的腮帮子咬得咯咯响,他猛地抽出一本杂志,奋力一撕,那个站在坦克上打着"V"字手势的老美的裤裆从中间给撕成了两半,纸片飘飘悠悠砸向乔惊愕的脸:

"乔,我操你大爷。"

"What's the matter?"(你怎么了?)乔傻瞪着眼睛。

"Joe,you son of bitch!"(乔,你这狗娘养的!)诗人平静地解释。

然后,诗人一脚把门踢开,迈着大步走了出去。

诗人的歌唱得完全失去了感觉,吉他也弹了个稀里哗啦,说什么也跟蚂蚁他们合奏不上。

"说句痛快话,到底还唱不唱了?不行就干脆散伙!"蚂蚁把家伙一扔,赌气地一屁股坐到地上。

"哼,还不如牵头驴回来嗥两声呢!"蜈蚣也不冷不热地说着风凉话。小姜则坐在一边,心不在焉有一搭无一搭地在鼓上敲。他们都感觉出是诗人的不对劲,故意地和大伙儿戗着茬玩儿。诗人任凭众人骂骂咧咧,依旧拉长了脸,拗着劲不向大伙儿服软。没练上一会儿,众人就不欢而散了,屋子里只剩下诗人和小姜。

"你到底是怎么了嘛,跟一条丧家犬似的?"

小姜凑到诗人身边,从背后搂住诗人的肩膀,讨好地问。

诗人没有答话,只是用力挣开小姜的手,转到一边坐下。

小姜讨了个没趣,过去打开录音机随手放进一盘串烧版的东方好莱坞带子。乱七八糟的洋文登时在小屋里响了起来。嘈杂的汽车喇叭声,啤酒瓶子破碎声,粗重的男声大叫"I want your body""Let's do it",淫荡的女声拖长了音哼叫"啊咿喔——no,no……"所有的噪声一齐冲向诗人的耳鼓,诗人觉得血有点发暴。

小姜见诗人不理自己,百无聊赖地坐在床沿上打开包,拿出那套名贵的化妆用具来勾脸。包里装的两本杂志,也给她不小心带了出来,扑地落在地上。

诗人无意间瞅了一眼,那熟悉的杂志封面立即让他的心跳加快了。他努力控制着自己的情绪,伸手拾起杂志,紧盯着小姜的脸问:

"你怎么会有这个?"

小姜盯着自己镜中的眉毛,一根一根细心描着,漫不经心地回答:

"这有什么稀奇,乔喜欢研究中国诗歌,让我帮着找一个诗人写的《新浪潮诗歌的崛起》那篇文章,我就从家里给找了两本。"

"你家里?"诗人紧逼一步。

"是呀,我妈妈就是编这本学报的……"

"你说什么?!"诗人一把扳过小姜的脸来,死盯着不放,"你再说一遍。"

小姜不满地挣扎着:"你干什么呀,神经兮兮的,你弄痛了我了。"她弯下身去捡掉在地上的眉刷,"再跟你说一遍,我妈妈是主编,那个很有名气的青年诗人就是她那儿的,这下听明白了吧?"

诗人一转不转的眼珠子血红地咬在小姜的脸上。怪不得,诗人心想,怪不得我总觉得这小丫头面熟,怪不得总觉得在哪里见过,原来如此!原来他们上下一气撒下天罗地网想摄了我的魂去,天哪!我还一直给蒙在鼓里!

啤酒瓶子碎了的声音更加刺耳,粗重的男声仍不停地叫"我要干你,我要干你",淫荡的女声更加稀软成烂泥似的半推半就:"啊咿喔——不不……"

诗人的血已经给烧得滚开,眼珠子直要爆裂出眼眶,他粗暴地一把把小姜推倒在床上,疯狂地扑了上去……诗人此时已经认不出身下的这个小姜,他眼里此刻浮现的分明是女老姜的一张白脸,是一团火烧火燎的白太阳。一股复仇的欲望支撑着他在心里一下一下地数着:"我叫你美,我叫你贱,我叫你上纲上线,我叫你再跟我装蒜……"诗人终于忍不住大叫着,跌进了万劫不复的地狱……

等到诗人重又浮回现实中来时,见小姜正驯服地蜷在他的身边,一只手轻拂着他头上的汗珠。诗人一双眼睛茫然地看着小姜,小姜一对黑亮亮的眸子毫不含糊地直视着诗人。

"我爱你。"她咬着嘴唇轻轻地说。

"什么?"诗人一震。

"我爱你。"

诗人的神经给猛烈地敲击了一下。他翻身紧紧拥住小姜,无望的泪水止不住地唰唰流淌……

乐声又起。诗人在宽阔的五四大操场上拨着吉他。星空下,轻歌曼舞的人群有几分浮泛,缥缈,仿佛夜海中游动着的无帆的小船。鼓点响得比较陌生,敲鼓的不再是默契的小姜,小姜已经随乔去了。

蜈蚣和蚂蚁已经把前奏过了好几遍,诗人的嘴张开着,就是无法唱出声来。鼓手开始烦躁地敲击。今晚的音乐怎么也流不进诗人的歌里去。诗人索性把吉他倒挂在脖子上,用手指无聊地敲击坚硬的琴板。

蜈蚣和蚂蚁已经气愤不已。他们给鼓手递了个暗号,悄悄喊了一声"一、二、三",然后突然同时停住手,把诗人单调枯涩的琴板声单独晒在了台上。

乐曲的戛然中止让操场上跳舞的人群不觉一愣,人纷纷用不满的目光朝乐队所在的这个角落里望。蚂蚁三人暗自盼着诗人出丑,不料诗人却在此时无比流畅地无伴奏唱了出来:

蒸也蒸不熟哇,哈哈

煮也煮不烂,嘻嘻
你要是打我左脸
我非把你右脸扇
活着没什么劲哪
死了也不想升天
哪管那坟头,是方还是圆
喝酒吃肉,我照样也坐禅
莲花一开放啊
咱就涅了一把槃
哈哈,涅了一把槃

蚂蚁他们三人大感意外,心说蚯蚓这小子还真他妈的有两下子。他们赶紧操起家伙,敲起鼓点跟上诗人,并不约而同地齐声伴唱:"哈哈,涅了一把槃,涅了一把槃……"

场上的人也都被他们激发得兴奋起来,人们踩着鼓点,随着乐曲的打击,东倒西歪地随意摇晃着身体,嘻嘻哈哈黑压压地胡乱唱着:"哈哈,涅了一把槃,哈哈,涅了一把槃,涅了一把槃……"

第二天,娛蚣他们再去找诗人时,发现他已经不见了。

《S(h)iren》的作者们在书的最后万般无奈地写下了这样两句结语:

总之,这个世界上只有斯人独憔悴。
这个世界上诗人已经永远消失。

呓　语

一

如果你身边所有的人都说你不正常,那么你是不是也跟着认为自己有病了呢?

我可不。我是那种坚决不服从多数的人,我坚信真理往往掌握在少数人手里。因此在任何场合我都据理力争我没病,我是个心理和智力都完全正常的人。而他们认为这种执拗正是偏执性精神病的表现,说我差不多病入膏肓了。

那天我在资料室里找书,听见老马太太在外间屋叮嘱资料员小张:"苏芄这孩子可病得不轻,今天一大早我瞧见他在路上一个人边走边笑,连我跟他打招呼都没听见,往后你可要提防着点。"

我听了真是义愤填膺,怒从心头起,恶向胆边生。碰到这种情况你会怎么办?立刻冲过去撕烂她那张老嘴,把长舌妇的舌头抽出来当鱼鳔踩?可是转念一想,那样又有什么好处呢?还不是给他们提供了"苏芄有病"的有力证据?所以我把火气硬压了下去,提醒自己千万注意,或者是别人笑时跟着笑,或者是看清周围确实无人时再一个人敞开了笑。

像我这样一个聪明、清醒的人,怎么会有病呢?毕业时导师把我留校而没有留我师姐和师弟,足以说明他老人家信得过我,孺子可留也。当然,你知道,现在的研究生毕业后工作可不那么好找。我师姐风度翩翩,改行去四通当公关小姐去了,我师弟也跋涉千山万水去了一个说英国话的国家。我的确是动手晚了点,等我开始找工作时黄花菜都凉了。再说我学的外语语种是日本语,日本语意味着什么你知道吗?小语种,只能去海对面那个国家。别以为小日本"八格牙路"有多大能耐,其实连一个殖民地也没留下,日本语充其量也只在日本人民中间口口相传,等到写的时候还得从中国字里借偏旁。恨就恨在我的家乡曾经是"满洲国",连我奶奶这么个一个中国大字不识的老太太,也能说上几句"我哈腰啊你妈死""赛油那拉"之类的东洋话。可是我大爷却给活埋在了平顶山。你说,我能把这世代的仇怨吞下肚子,然后挤出满脸谦卑的笑去吃日本料理吗?

师恩深似海。我怎么能不给导师长长脸,在各方面都取得优异的成绩来回报他的栽培之恩呢?我完成组织上交给的任务从来都是勤勤恳恳、任劳任怨。为了把课讲好,我几乎是起五更爬半夜,废寝忘食,钻图书馆,跑资料室,借来导师的讲义反复研读,对着镜子练表情、打手势、对口形,把每节课都背得滚瓜烂熟,讲课时根本不用看讲稿,食指和中指间夹的"万宝路"是为了增加风度的,打手势时当空划出两道烟圈,产生烟雾缭绕的效果,借以创造深邃迷离的意境。当然,个别时候也需要振聋发聩,丢掉幻想,准备斗争。比如在烈日炎炎的下午,学生在课堂上昏昏欲睡,尽管他们都努力把眼睛瞪到最大望着讲台,但眼神儿很空洞很飘忽,这时我就知道他们的那藏在眼睛后面的大脑此刻一定处于休眠状态,于是大喝一声:

"To be, or not to be?"

就听课堂上一阵骚动,间或有几个打瞌睡的女生头磕到桌子上当的一声响,学生们面面相觑,前后左右地问点谁的名啦,提什么问题啦,然后一齐把疑惑的目光投向我,磕了头的女孩子脸微微发红。这时我觉得自己无比高大和神圣,成了真理和知识的传播者,便字正腔圆对着一个个亮晶晶的脑门子悠然道来:"生存,还是毁灭,这还是一个问题。"我爱学生如爱自己的兄弟姊妹,教他们治学方法,给他们开参考书目,督促他们多写文章练笔,考试前尽量把复习题范围缩得一小再小,以减轻学生的考试负担。听我课的学生逐渐增多,甚至还有外系的也来旁听,尤以女生居多。我颇为自负,脑袋瓜子一阵一阵地发热,忘记了自己身上存在的那个应该克服却又一犯再犯的毛病。多少次的实践都有力地证明,我越是想把事情做好,就越是适得其反。好像打小时候起就这样,看到小猫困得大白天里眯缝着眼,我好心好意把清凉油抹到它眼睛上给它提神,结果那猫嗷嗷乱叫差点儿把房盖儿给闹塌喽。

这学期的课果然没能例外,我又重蹈覆辙。学生们对我的课反映普遍良好,认为我的课比老教师的有味儿,不落窠臼有所创意,尤其是我对文化问题的某些见解颇对他们心思。我说咱们老祖宗够狡猾够圆通的了,拿儒道佛三家互补,敢情无论输了还是赢了,都能找出几个条条来给自己的行为做辩解,总能有点说道,要是只有儒家一种理论,陶渊明还不早就杀身以成仁了,哪还有心思在东篱采着菊花斜着眼儿看南山呢?那岳母刺字现象也挺值得推敲,把"精忠报国"刺在岳飞背上毫无道理,老太太若真想赠给儿子一个座右铭,干吗不刺在她儿子能瞧得见的地方,比如前胸、胳膊或大腿根儿什么的,刺在背上给谁看?岳飞若照镜子看那字儿还是反的呢,你说岳老太太有多虚伪,她哪里是在鼓励岳飞呀,这不明摆着要为儿子日后加官晋爵铺一条路,以向人表明其家教良好吗?所谓柳下惠坐怀不乱的故事也让人怀疑他到底是谦谦君子呢,还是不具备行为能力。一个千娇百媚的大姑娘坐在你怀里,你就能一点都不颤抖心跳不加速血液也不滚滚翻腾?除了能说明柳下惠阳痿还能说明些什么?咱们老祖宗的文化缺乏活泼泼的感性生命冲动。

我的观点赢得阵阵掌声,并迅速蔓延开去。组织上很快就知道了。没有什么事情能瞒得过组织。同志们围成一个扇形,对我进行认真的批评教育,归结起来,我大致犯了以下几点错误:菲薄了民族精神,对民族英雄有亵渎之意,尤其是课堂语言不美,"阳痿"一词纯属医学名词,这种暗示会影响学生的身心健康,尤其是会给男学生的婚后性生活投下阴影。开始我还使劲儿争辩,可是看到同志们那样诚心诚意地帮助我,让我简直无法谢绝大家的好意。老马太太的发言尤其让我感动,"怒发冲冠凭栏处潇潇雨歇……"她抽泣着,"我们那一代人就是这么唱着过来的,小苏你这孩子好糊涂哇,你怎么连英雄都敢反了你……"说到此她已痛心惋惜得泣不成声。我本来想说,我怀疑的是后人编造的背上刺字故事的真实性,而且矛头直接对着岳老太太,跟岳飞本人丝毫没有关系,可一看老马太太涕泪横流为我痛心疾首的样子,不禁也感动得险些顺着她的思路怀疑自己有没有反英雄的动机,差点跟她一块儿谴责我自己。我们系主任还说已经查过我的档案,我家三代贫农苦大仇深,基本上可以排除阶级立场问题,应该属于个人认识上的毛病。一席话使我如蒙大赦,又感动得差点儿眩晕。我不言不语默默聆听教诲。

可不说话也不行,只能证明我对错误还没有认识。组织上决定给我停课处分,什么时候思想改造彻底了认识深刻了才能重返讲台。我像一个遭霜打的茄子,耷拉着脑袋瑟缩在角落里。导师向我投来恨铁不成钢的目光,刺得我头皮发麻,心里一抽一抽地发紧。

二

身为一名教师无课可讲就如同政协委员无会可开,空怀参政议政的心思,有劲也使不上。我内心深处遭到了无与伦比的空前严重的打击。回想我的前半生,从小学考入中学考到大学直至读完研究生,基本上没遭受过挫折,不假思索到时候就考,一考就中。人生是条直线,前边有需要考的我就顺着考,考上了就达到了目的。我习惯了听课做笔记考试放假的生涯,校园的几尺围墙给了我庇护感。直至登上讲台那一刻我才发现我不再是永远的学生,失落和惶恐悄然涌上我的心头,然而却不能在那么多渴求知识的天真无邪的圆眼睛面前流露出来,我用烟圈儿把这种情绪遏止住了,可我却无法遏止生活给我的一个接着一个的打击和刺激。自打我必须对自己的行为完全负责以后,也就是说,自打我不再是学生不再可以对自己的行为不负责任以后,我就总是磕磕绊绊跌跌撞撞脑门子乌青浑身青一块紫一块。

我真恨我爷爷给取的这个倒霉名字。在我刚出生的日子里他为给我这个唯一的男孙取名,一个月之间头发白了不少。最后在邻居一私塾先生帮助下选中了这个"芃"字,说是取《诗经》中"芃芃其麦"之意,盼望苏家香火从我这儿开始像麦子那样一茬茬长了割割了长生生不息茂盛地延续下去。可我活了二十多年,百分之九十九次都被人喊成了"苏凡"。主任在帮助我提高认识的全系大会上谆谆教导我:"苏凡啊苏凡,你就是自命不凡,自以为是,虚心点不好吗?"我能说什么?站起来反驳他吗?领导是诚心实意帮助咱,咱怎么说也要给人家留点面子。再说,我也确实自命不凡过,当学生时常常揽镜自窥,努力挖掘与伟人的共同之处。功夫不负有心人,天长日久,果然有所收获。在总体上虽然不能与某一伟人单独相似,但在个体上却颇具众多伟人的特征。原来我有刘少奇的鼻子和周恩来的眉毛。眼睛稍小了点,但显然很像朱德。

我夜不能寐,仔细回忆白天同志们在会上的发言,认真翻阅经典著作,努力纠正错误认识。经过一夜奋战,洋洋万言的检讨书脱稿了。第二天一大早我就把它交到系主任手里。主任捏着厚厚一摞稿纸稀里哗啦地通读一遍,然后抬起眼帘:"文章写得不错,前后呼应,自圆其说,引经据典达二十五处之多,很有说服力……"

我听了心里暗自得意。文思敏捷是我的强项,中学时没少得过作文竞赛一等奖。

"但是,"主任又语重心长,"你的认识转变得如此之快,这不符合我们一贯的原则。思想改造需要一个漫长的过程。先回去吧!隔一段时间再说。"

我明白了认识提高太快了也就跟没认识差不多。于是我把自己憋在宿舍里拼命地读书,在书里面寻找答案,累了就盘腿静坐苦思冥想,一会儿郁闷失望一会儿又兴奋异常,一会儿愤怒已极揪头发扇耳光戕害自己肉体,一会儿又大彻大悟得道成仙灵魂净化。我就这么在书山书海里翻来滚去,直看得字和书脱离开来,字们全都唰唰唰地凸现,整齐地排成方阵在我面前跳草裙舞,字缝儿都渐渐隐去消逝变得不可捉摸。回想起周树人当年就在这里找到过"吃人"二字,不知他长着什么样的火眼金睛,用的是多少倍的放大镜。

我决定出去透透气,在大自然中找回我的良知。这一出去不要紧,可让我吃惊不小!街上到处都是活动着的照片,男照片和女照片在我眼前身后晃来晃去。太阳是一根大火柱,牢牢支撑着也炙烤着地和天。商店里的售货员朝我翻着死鱼眼睛,我一定被看得变了形,往试衣镜里一瞧,果然我像大号蝌蚪,鼓鼓脑袋扁扁腿。一个女人穿着镶金片的亮闪闪的套装,手里还握着一根冰糖葫芦,很像扑克牌里的红桃Q。我挤了她一下,觉得像是洗扑克牌,有轻微摩擦的感觉。她回过头来,噗一口痰吐到我身上,让我恶心了半晌。我想我还是应该回到我栖身的床上冥想比较安全。

我被自己脑子里各种稀奇古怪的念头压扁了。思想的急流奔涌着要喷薄而出,语言的速度却成了表达的障碍,我不由得结巴起来。大凡结巴有两种,一种是没话硬挤,另一种就是我这样的极富智慧的人。人们不都是先看见闪电后听见雷声吗?思想就像那闪电,快得惊人,那雷……啊那雷声怎么能跟得上呢?但这也分什么场合,当我想虚心接受领导教诲时,雷声自然就比闪电慢,一旦我站在讲台上面对一个个红萝卜般鲜润光洁的脑门子时,那就自然是雷声先行,根本用不着依赖闪什么电了,就听那雷声成串成串地叽里咕隆轰轰隆隆滚过,全是响雷,绝没有闷屁。

同屋的阿炳几次抱怨我梦里磨牙的声音吵得他睡不好觉。但是他又十分感谢我,说我梦游时到水房洗衣服,连他泡在水盆里的裤衩也给洗了。我很想跟他谈谈我的读书心得,可他的心思全在26个英文字母上,根本无法与他构成对话,我只好在梦里独白。我被我丰富的思想憋得大汗淋漓,辗转反侧,中气下沉,每隔十分钟就爬起来去一次厕所。阿炳直怀疑我在手淫,他假装关心地摸我的头问我是不是发烧,眼睛却盯着我的那个部位看是否湿透了。我猜透了他的用心。我痛改前非的忏悔心已经把别的欲望都排遣掉了。我更加执着地深入地思考。

阿炳背英语的声音总是无情打断我深蓝色的冥想。他的破耳机最近总漏声,连我这个二外学英语的都听出来了那是一道极简单的听力题:"两年前我妹妹十四,我比我妹妹大两岁。"试题问的一定是"我今年几岁"。连傻子也知道答案是十八,阿炳却在百折不挠地听这一句话,把带子倒得吱吱吱要冒火,拿把刀来刮我的心也比这声音动听。阿炳听得不急不躁,不温不火,一副成竹在胸信心百倍的神态,让我好生羡慕。我想也许光在书里和大自然里寻找答案还不成,应该到人群中去找,不断地对照同志找差距。我的毛病大概就出在这儿,太以自我为中心,从未认真观察关心一下周围的人和事,不曾汲取过别人的长处,难怪要犯错误呢!

一旦我真正睁开眼来认真地把目光转向同志们身上细细打量,才发现我们这个世界到处生机盎然,除了我在自个儿折磨自己,人人都活得滋润着呢!

我首先想到应该找我们主任谈一谈,请他多批评教育我,给我指点迷津。可是我们主任实在太忙,除了承担本系的大部分课,还主动应邀到外系去上课,另外还自己联系了校外的一个专业证书班的课,骑着辆破自行车从西城赶到东城,黑灯瞎火地赶回来,第二天一大早又要讲系里的课,也怪可怜的。但这种想法也不过是杞人忧天,我们主任从不知道什么叫辛苦,讲课已经化为他生命中不可分割的一部分内容。他讲来讲去,讲出了家里的大件小件,讲得两个儿子毕了业娶了媳妇,又给八十多岁的老母体面地送了终。要是有一天也给我们主任停一停课试试,我想他肯定叭叽一头栽倒在地生命完结了。另外他每年还要在学报上发一篇洋洋万字的学生专题讨论纪要,然后以此作为科研成果,外加累计成天文数字的课时,一步一步地升上副教授,并且又据此马上向正教授职称冲击。容易吗?不容易!评高级职称名额那么紧张,你想在这过程中要排除多少异己,费多少唇舌,绞多少脑汁啊!怪不得我们主任那一头花发越发白了呢。我摸不准主任守着系里一大摊子事儿,愿不愿意抽出空来跟我谈话。我只听说主任经常找女孩子促膝谈心,并且常伴以一些亲切的肢体动作,比方说拍拍肩啊拉拉头发啊捏捏手什么的。有一次,主任下班后一边跟小张姑娘促膝谈心,一边抚摸她的手,把她抚摸哭了。看来我多半不会有小张那种福分。要么,我干脆去找小张姑娘,跟女孩子在一起聊终归要舒服些。不是说男人喜欢倾诉,女人喜欢倾听吗?可是也不成。小张研究生毕业刚分来,要在资料室里先坐一年班,晚上的时间她又忙着充实自己,已经参加了四个社会办的学习班了,包括皮尔·卡丹时装裁剪班,贤妻良母烹饪班,"太空青蛙"舞蹈班及"魔幻玛丽"绘画班,全是自费,整天把她自己忙得其乐融融,我还怎么好意思去占用人家宝贵的青春时光呢?

三

我也极想变着法儿活得好一点,可仔细想想,没有一件工作能真正让我发挥特长,憋得我只能这么高不成低不就地悬着。要么,我干脆把科学技术化为生产力,趁着无课可讲到外面去开发个第三产业创个收赚点钱?可咱是那种见钱就上的人吗?好歹也叫个大学教师,师者,传道授业解惑乃为本分也,一旦让我离开书本离开学生,还真就放不下咱这知识分子架子,真就没法用一双翻惯了书本的手,去练摊去倒腾美元或拎着旅行包到东欧当国际倒爷。读这么多年的书已经浑身都是文化味儿了,要想去掉还真就不容易。况且,我连自认为最拿手的本职工作都没做好,你说我这人还干什么能行吧,有志者应该在哪儿跌倒了原地爬起来才是,咱不能总往那旁门左道上想。

可是,不来点惊世骇俗之壮举实在难以扭转我在领导心目中的形象。电视上常放的英雄好市民给了我启发,我要是能有点英雄行为把我的错误抵消了,把我在同志们脑海中造成的坑坑洼洼的印象抹平了该多好!不然那地方将终身留着一片斑斑点点。我也知道想当英雄这种想法忒俗,忒没新意,落入我这般境地的人都会自然而然地往这条道上奔。我以不落窠臼的方式犯了错误,也只能以忒落俗套的方式予以挽救。愈俗愈会让同志们觉得合乎常情,顺理成章,会让同志们感觉到我本质上还是个好孩子,到了关键时刻,我的那些潜藏的优秀品质仍会熠熠闪光。

我很平静地开始了当英雄的准备工作。先从文字方面入手,花了几天工夫,把来往书信和日记重新整理了一番,编纂完毕从头审阅时,我被自己纯洁无私的情操和高尚完美的品质感动得热泪盈眶。接下来的是要把思想化为行动。拦惊马是我产生的第一个念头。我们抗大小学老师在我刚启蒙时就讲了英雄勇拦惊马和救落水朝鲜小孩儿的故事,以至于在我成年后的今天,这种潜藏着的无意识自然而然地从沉睡的心灵深处浮升上来在大脑皮层表面凝结成一种清醒的意识,促使我做出某些模仿。

城市的街道早就被人和人造出来的各种形状的轮子充满了,哪里还容得下四条腿的牲口来溜达?我把视线转向周围的郊区,盼望着某一天在乡间小道上能和惊马邂逅。令我失望的是,现如今的马对人类的生存空间和生活习性都已了如指掌习以为常,彼此关系十分融洽,好得简直没脾气,哪匹拉车的马没给规范过,想找出一碰就惊的马谈何容易。我仍不甘心,一见有马车路过,就用自行车挤它别它,往马身上扔石头子儿朝它脸上扬沙子吐唾沫,直到我气喘吁吁火冒三丈暴跳如雷,它也不过打了个响鼻儿抖了抖身上的毛,用一种物我两忘的目光乜斜着我。我意识到我犯了一个根本性的错误,用来拉车的基本上都是骡子或者驴,能称得上是马的动物实属罕见。

我把车扔在道边上,坐在白菜地里直喘粗气,看什么都不顺眼。有几块地里的白菜正在起垄,一棵棵绿油油白胖胖的憨样挺招人喜欢。我心里说你们甭得意了,别看人们跟养个胖小子似的侍弄你,天气预报还天天为你们报上几句,一会儿让人给你们散热通气,一会儿又提醒别冷着冻着你们,好像挺金贵似的,末了还不是才卖二分钱一斤?也就是个孤芳自赏吧,谁真稀罕哪!

我在八道口的铁轨边上逡巡了许久,想象着某一日火车来时正好有一辆公共汽车卡在路口,司机望着急驰而来的列车惊慌失措,脚踩的不是油门而是刹车,满车乘客大呼小叫有人已奋力砸车窗玻璃。这时只听一声大喊:"快闪开!"就见我顾不上锁自行车,拨开人群,一个箭步冲上前去,拼将我的全身力气把汽车推了出去!就在车轮离开铁轨的一刹那,列车带着一阵风声呼啸而过,我被无情地卷了进去,鲜血染红了冰凉的铁轨。一车人得救了,我却用自己年轻的生命谱写了一曲动人的乐章。我的遗体告别仪式将在八宝山革命公墓礼堂隆重举行,我躺在鲜花翠柏丛中接受人们的默哀和鞠躬,我们主任以无比沉痛的心情握住我父母的手,表示深切的哀悼和问候,感谢他们养育了我这么个好儿子,老马太太也泣不成声地说:"可惜呀,我早就看出小苏是个好孩子,怎么说去就去了……"在3月5日的报纸上会刊登我的事迹和大幅照片,我的一生又变得白璧无瑕,谁也不会再提我曾有过的失误,就当没那么回事一样……

让我稍稍觉得失望的是,那个道口自从三年前出过一次事后已经加强了安全防范措施,列车刚开到七道口,八道口远远地就开始亮灯,提前十分钟就把全封闭式的栏杆给拦上了,连只耗子都休想闯得过去。我认识到冰冻三尺非一日之寒,英雄也不是那么好当的,不光要有平时的优秀品质高尚情操垫底儿,同时也需要机遇让人一显英雄本色,都是在你毫无思想精神准备的时候猛孤丁地出现险情,让你必须动真格的,那叫真英雄。像我这种人再努力也脱离不了思想上的巨人行动上的矮子那种类型,而且我根本就动机不纯,难怪马不肯为我惊列车不肯为我脱轨以成全我的小人之心呢,连那没生命的钢铁以及不会说话的畜生都把我阴暗的心理一眼望穿了。

四

我要从南走到北,我还要从白走到黑,我要人们都看到我,却不知道我是谁。

我机械地朝前走,不知不觉又站到二〇一寝室门前。原来我苦苦地若有所思地走了好久,不过是兜了个圈子,根本就没有前进。地球以圆的方式无情地蒙骗了作为人类的我。

寝室就是寝室,不是别的什么,比方说它不是家也不是厕所。在狂风卷起黄沙漫天翻个儿眯住你的眼睛时,能够躺在寝室咯吱咯吱作响的床上听听流行音乐,也不失为一种快慰的举动。

门在里面反锁了。我想肯定是我梦游期间阿炳老婆迅速占领了我的床铺。尽管从他老婆家到这里先要坐十几个小时的长途汽车,再坐两天一宿的火车,可阿炳老婆还是百来不厌。现在阿炳生活的全部目的,就是调老婆到身边来。还有一个隐含的目的,阿炳只对我一个人吐露过,老婆说她远在美国的二姨二姨夫答应给他们做担保,连他们俩去的机票钱也包了。但有一条,老婆说必须先把她调到北京然后两人同时飞。阿炳说这话时颇为自己的海外关系而面带骄傲之色。但我们的校规很明确:没房子不能调家属。阿炳于是又正式向学校提出分房申请,得到的答复是:按照校规精神,家属不在本地的不能申请房子。阿炳愤怒地把酒瓶摔到墙上:我操他妈的!可惜校规没有亲生母亲让他占这份便宜。好在他老婆的剧团常有到京观摩学习的机会,时不时地能一解燃眉之急。

门开了,阿炳老婆面带酡红。屋里飘荡着一股洗衣粉味儿或者是阿炳分泌出来的味儿。我收拾一下过夜用的零碎儿和他们告别,想套出话来问他老婆要待多久,但没有明确答复。我又嘱咐他们最近楼里常丢东西,要注意安全。其实我要说的是:你们插上门再睡觉。免得像那个周末,我醉醺醺地从外面回来,摸黑爬到床上倒头便睡,早晨睁眼才发现与阿炳夫妻同宿了一晚。想他们定是新婚别后太煎熬,门都忘了插。

挟起行李卷儿踅进二〇五室,屋里乌烟瘴气,有四个人在搓麻将,另外五个人在等着替补,看的人比玩的人还来劲儿。"诗人"看得连眼皮儿都不眨。玩的是"一二四"赌,一个子儿一角,一圈下来算账。我嫌赌太小,玩起来不过瘾,一宿输赢不过几毛就鼓唆他们加番。胆小怕输的找借口退下去了,"诗人"怕输又极想玩,犹豫半天才说:"苏艽,先借哥们一张,赢了就还你。"边上的人起哄:"你小子他妈的赢了还,输了就不还了是不是?借钱玩输了不心痛吧?"于是码好牌重新开局。酒气烟气臭袜子味儿还有上铺一个小子的呼噜声在屋子里经久不散。起床号响时几个人纷纷撤退准备讲上午的课,换上来几个刚睡醒的继续战斗。我手伸进裤兜捻了捻,估计战绩说得过去,差不多赢了两张。"诗人"绝对是优秀炮手,连续几把都点庄。赌场就得胆子大,越怕输越输。中午下课时"诗人"回来就嚷:他妈的现在的学生哪还讲一点师道尊严了?哥们儿挟上讲义一溜烟跑到教室,一看黑板还没擦,气得哥们儿都糊涂了,张口就问:"今儿个谁坐庄?"

我和衣上床,并警告玩的人小点声,别他妈的使劲儿摔麻将子儿。噼噼啪啪的撞击声和稀里哗啦的洗牌声总在我耳边回响,不知是梦是真。连续两把自摸和,轮到我坐庄。手气不错,一上手就是五小对儿,扔掉"九筒"后又凑成一对"三条"。我单吊"六饼"。明明瞥见上家"诗人"抓了一个"六饼",可就是不打出来,我急得不得了,又不能动声色。我决定不换牌了,硬憋下去,唯一的希望是"诗人"主动点炮。可恨的是他拿着废牌愣不打,真让我又急又气,一下子憋醒了。起来去厕所放了一次水,差不多到了午饭时间。我刮过胡子刷好牙,给胃里补充了足够的营养,又换上一件像样点的西服,精神焕发地到操场领学生跳舞。

跳舞并不是我自愿的消食或减肥的举动,而是组织上交给我的一项光荣任务。我不是一直都被闲置着吗,主任说了:"苏凡哪,你对自己错误是否有认识,就看你这次任务完成得怎么样。我们为什么不派别人单派你呢?这就说明我们还信任你,重视你,并没有因此而歧视你。我们的政策历来是惩前毖后,治病救人嘛,啊?哈哈。"

"去吧,"主任和善地拍拍我的肩,"就看你的实际行动了。"

"是,保证完成任务!"我挺起鸡胸脯受宠若惊地点头。

晴空丽日下,几丝风柔柔地吹拂着操场四周深绿色的树梢。男女学生搭配成对围在我周围站好,每人手里都捏块红纱巾。"蓝色天空像大海一样,广阔的道路上洒满阳光……"音乐毫无表情地流淌出来,有些嘶哑,录音机效果不太好。但是秋天的空气让人心里很畅快。我伸手,抬腿,做鲲鹏展翅状。学生们在我周围伸手,抬腿,阳光下的身影分外耀眼,晃得我有些眩晕,脑子有些混乱,好像在哪儿见过这些飞舞的旗幡和年轻兴奋的红脸蛋儿。就连那振臂的姿势都似曾相识。我转圈儿,踮脚尖儿,垫步,挪步,滑步,握拳,伸掌,做兰花指,摆头,微笑,眯眼儿。学生们转圈,踮脚尖儿,挪步,眯眼儿,微笑,握拳,做兰花指。我很投入,学生们也很投入。我们都很容易投入。太阳是一把金梭,月亮是一把银梭,交给了你也交给了我。年轻的朋友来相会,光荣属于你属于我属于我们这一辈。最后我们熟练了,仿佛不是自己要跳,而是有一股外在力量推动着我的身体,做出各种不由自主的形体动作,旋转,振臂,踢腿,微笑。音乐推动着我们,空气推动着我们,风推动着我们。我们跳哇跳哇跳,谁也无法停住脚,必须不停地跳,跳,跳,上升,上升,上升……

筋疲力尽后我们回各自的住所。寝室像个黑洞,可我还是不得不钻回来。阿炳媳妇留下一股夏娃孙女的味儿后恋恋不舍地离去。书上说没有哪个女人不是夏娃的孙女。我在没来得及清扫的伊甸园里呼吸着人类原始的气息昏昏睡去,不断地下沉,下沉,下沉……

五

我的任务完成得很出色,区里给了我们学校一张奖状。主任觉得我还是可以教育好的,从培养接班人的雄图大略考虑,决定重新起用我,让我回到讲台上。当然,我导师的名望也起了一定作用,他替我求过不少情。由于我的不能及时接班,害得他老人家还要系里反聘来讲课。当然也许他心里很愿意反聘,但是看到别的年轻人都顺利晋升职称而自己点名留的学生还是无名无分,老人家心里那该是个什么滋味?

我心里难道就好受吗?我算什么?什么都不是。我干了什么?好像什么都没干,又好像什么都干了。眼看快评职称,我真是干着急没办法。学校规定,助教提讲师,必须开两门以上课程,课时累计达到120学时。同时又规定,青年助教阅历浅,经验不足,不宜多给安排课。我有什么办法?

还是主任想得周到,决定再给我一个戴罪立功的机会,给我安排了一学期的形势教育课。主任说,这是我校新增设的一门课,老教师年纪大了,无力承担此重任。他们宁愿讲史,守着一本讲义用个十年二十年也不换,而形势日新月异,要求随时把握住时代脉搏,备课任务比较艰巨,只有交给年轻人勇挑大梁,这也是对我的又一次考验。"我们就是要把年轻人放到风口浪尖上去考验,要大胆使用嘛!"主任说。

主任这么信任我,我还能说什么呢?

我下决心紧跟在从没有犯过路线错误的老主任身后,避免出现"左"的或右的方向性的偏差。每写好一节课的讲义,我都毕恭毕敬地拿去请主任过目,请他在讲义上用红笔画道,都跟他摊在办公桌上显眼处的《人民日报》上画的红道一般长。我按照主任的批示反复修改,保证不犯第二次错误。我深知人不能两次踏进同一条河流的道理。主任干什么我就跟着干什么。主任给学生捐一个月的工资,又给子弟兵捐了两个月的工资。我的工资花光了,就把搓麻将赢来的钱捐出来,给学生捐二十元,给子弟兵捐十元。主任给制作大熊猫彩灯捐款,给灾区人民捐衣物,我也给大熊猫捐了十元钱,给灾区人民捐了两件汗衫。圆明园灯会开幕那天,学校组织我们兴高采烈地前去观看,发现我们学校的大熊猫彩灯夹在众多公司企业雕梁画栋浓墨重彩的彩灯之间,越发显得一副傻大黑粗的穷相。可能是由于扎灯工人的疏忽,给熊猫的眼睛装上了绿灯泡,闪着狼一样的绿光。大熊猫在转台上手举花束旋转几圈后,喷泉的水管不知怎么出了毛病,水竟然从熊猫腰以下相应的部位喷出来,滋出一道弧形水线,好像大熊猫在撒尿。我一看就傻了眼,敢情捐了半天钱就给弄成个这模样,自惭形秽得一个劲往主任身后躲,生怕在灯光下被熟人认出我跟大熊猫是一个学校的。

可是你听听我们主任怎么说?他不住地连声称赞:"好哇好哇,这叫巧夺天工,艺术真实高于生活真实,别看其他的灯都精雕细琢,可是死气沉沉,就不如我们的大熊猫稚态可掬,就是生动、可爱……"

一席话令我从心底佩服我们主任深厚的艺术功底和敏

捷的才思修养,赶忙从主任身后一个箭步跃上前去,倒背双手挺起鸡胸脯迈着鸭子步,用不屑的目光把周围的彩灯一一睥睨而过,时不时从鼻孔中哼出一两声冷笑,以表示对那些灯上散发出来的暴发户的铜臭气的蔑视。

雄关漫道真如铁,我决心而今迈步从头越。

一腔子的改造体会,满肚子的佩服之情,我特别想找个人一诉衷肠。阿炳跟我在一个系,当然有些讳莫如深。只有"诗人"最能理解我的心。

"诗人"跟我关系一直不错,当我觉得思维混乱脑子不大清楚时就特别能跟他诗意相通聊到一块儿去,为此,"诗人"特别佩服我艺术感觉的敏锐和准确,常将我当成他同一战壕的战友。有一次我们在寝室对着啤酒瓶子吹,"诗人"说,凡是他听说过名字的中国大报小报大刊小刊,没有他没投过稿的。我说,凡是能算作一种类型的中国诗从文言到白话没有我没作过的。"诗人"说,他的诗从登在报屁股上杂志缝里到今天结集出版算是真正崛起了。我说,我的诗由于担心被人对号入座所以至今仍在民间以手抄本方式流传。"诗人"嚼碎几粒花生米说爱情和死亡、自然和人生是他诗歌吟咏的永恒主题。我吃了一口榨菜说,我的诗风经历了从婉约到豪放的嬗变最后在现实主义和浪漫主义结合中找到了归宿。"诗人"放了一个响屁然后脑袋一歪开始打呼噜。我抱着最后一瓶酒不放给他讲述我的诗意历程。胡同里砖墙上条条街道是战场红小兵斗志昂扬带头写稿贴墙上。我爷爷曾把我随口吟出来的这些句子工工整整记录到本子上,起名为《缀玉集》,家里来了客人,总要把我叫来背上一遍,在客人由衷的赞叹声中我窘得不住揪自己的衣角,试图反抗这种玩偶的角色,可被人夸得晕乎乎的感觉又令我着迷。是小林开启了我的心智,教会了我什么是诗,我们通常不是用笔而是用目光用执手相看泪眼却无语凝噎生成一段段的诗。说到这儿我意识到我走了嘴,偷觑了一眼"诗人",见他已软成烂泥。小林是我永远珍藏的秘密,我就是交出了生命也不会交出她。

"诗人"硬拉着我去一个艺术沙龙。那时天空骄阳似火,没修好的那段柏油路臭油漆黑亮黑亮地反射着太阳光。满街都是白花花的膀子和大腿在晃,蛤蟆镜后面隐藏着高深莫测的眼睛。我和"诗人"一路挤着汽车又钻地铁,边走边一层层地脱衣服,脱得只剩下背心裤衩才无可奈何地住手。那是一个很著名的地方。主持人起身迎接"诗人",又搂脖子又抱腰。"诗人"向我介绍说这是他的忘年交朋友,会八门外语的著名学者。我毕恭毕敬,用中国话表达了一句常用日语:"初次见面,请多关照!敢问您贵姓?"

"不必客气,"主持人很谦逊,"在下免贵姓焦。"

主持人一一介绍来宾。哇!我惊得差点背过气去,在座的差不多全是各个艺术领域的名流。也不知"诗人"是如何打进他们内部的,就凭他的"一个长长的叹息成熟在棉花堆里"的诗句?过后"诗人"悄悄告诉我,他跟主持人曾共同拥有过一个女演员的两份爱,"诗人"高风亮节主动让贤,这使得他跟主持人不但没有反目成仇反成诤友,引出艺坛一段佳话来。

主持人很愤慨地说,以前艺术界屡遭出版界强奸,如今艺术界暗送秋波以至于自投罗网,却都得不到出版界的青睐,想出本纯艺术书简直比登天还难,真是艺术的悲哀和文人的悲哀,话锋一转,他说起此次聚会意图,说自己刚打通一家出版社出一套纯艺术丛书,欲将第二次世界大战以来的世界先锋艺术编成百科大辞典,逐步分解、归类,贴上标签收入一<u>丛</u>丛划好的选集里。大家彬彬有礼客客气气地讨论谁解剖哪部分谁来哪个词条,条理清晰口齿伶俐地分析现代作品的时代背景主题思想艺术特色。学过外语的尽量不说中国话,把荒诞叫成"阿波舍得",国学底子深厚的便用孔颖达的训诂学方法对"荒诞"一词说文解义。出于对国人理解力的共同忧虑,美术家建议将毕加索的画正本清源,将被扭曲的大变形的脸扭正过来,以便看清其现实主义的本来面目,"一定要添上毕加索未画上的另一只眼"。音乐家主张将现代摇滚爵士乐逐个音符剖析,以弄清每个切分音,每个休止符所代表的含义。文学家说,一觉醒来,人就变成大甲虫的把戏一点都不稀奇,咱中国作家不是也在蝴蝶梦里变成过小蜜蜂吗?戏剧家认为《等待戈多》的结局缺乏亮色,既然哈姆雷特都可以穿牛仔裤在台上走来走去,戈戈和狄狄最后应和戈多以大团圆收场,这样才能更加符合民族的欣赏习惯。"我们等待的东西一定会来的。前途是光明的,道路是曲折的,既然那棵秃树已经长出四五片叶子,那么贝克特是不是就预示着戈多会来,一切都要好起来呢?"

众人一致啧啧称赞。什么非理性啊,先锋啊,前卫啊,现代啊,没有什么深奥玄妙的,全是故弄玄虚,在理性之光的照射下一切全都迎刃而解。资本主义早晚要过渡到社会主义,资本主义审美意识越超前,不就离社会主义越近了吗?让我们共同等待那一天的到来吧!大家满怀信心笑意盈盈地讨论通过了编委会名单。"诗人"由于年轻力壮承担了大部分编务,所以名字紧挨在两个主编八个副主编之后。然后大家起身,互相交换名片共进晚餐。

出来时街上洒满昏黄的灯光,行人抱着胳膊缩着肩膀低头疾走,满地枯叶在脚下咕咕作响,西风瑟瑟。我有些惴惴不安地请教"诗人",我怎么就感觉不出"阿波舍得"来?"诗人"拧了拧眉头,上下打量着我,然后问:"你现在胃里好受吗?"

我仔细体会了一下,思忖着答:"你还别说,是有点撑得难受。"刚才为避免无人可搭话的尴尬,我一刻都没让我的嘴停止咀嚼。

"这就是了。没吃饱时感觉着痛苦,那叫饿;吃饱了还感觉着痛苦,那就是'阿波舍得'。""诗人"又进一步开导我,"再不,你琢磨琢磨毕加索的画,看把那人脸扭曲得,几笔就勾勒出本质。"

我心悦诚服地点头,好似醍醐灌顶,很想体验让两只眼睛害相思病一只在前一只在后脑勺的滋味,却怎么也学不好,只好对对眼儿聊以自慰。不料咚的一声撞到树上,头上青包三天未消。

六

我的理解力越来越退化,真担心是脑子里的病严重起来了,但又绝不能向任何一个人吐露。这种隐忧害得我常常眼前一片模糊。比方说,现在我连中国字儿都看不太懂了,费劲巴力地背了一下午也没能把"人"的概念记下来,人成了"阴阳之交合的演变与万物灵长之共振而疏离于蛮荒的深层集体无意识透射于表层后所回应之物种"。我真不知道人到底是什么玩意儿了。人就是人不是猴子也不是狗,多么简单。越是不懂,就越需要学习,不然我怎么能担当得起传道授业解惑的重任?

现在的学生越来越不好唬了,问题提得越来越不着边,听起来都像外国留学生。我那个班上已有两个嘉宝三个普拉蒂尼一个马拉多纳外带一对儿里根和南希。我最得意的还是自号"钱总赢"的学生,以冷眼观世界,众人皆醉他独醒。他常来跟我探讨一些人类深层文化结构问题,并把超过钱钟书定为自己的人生奋斗目标。他说自己已通读了两遍《管锥编》,很急切地向我打听青莲是谁。面对这样的肯于坐冷板凳、以继承民族优秀文学遗产为己任的好学生,我能打消他的积极性,告诉他先去弄懂作家们的字啊号啊什么的吗?人家钱先生跟作家的关系都到了什么份上了,脱口就能叫上来他们的名号,先生的著作如果文学青年都能看懂,那还叫有学问吗?书袋子不是说掉就掉的。我以最婉转的形式教育我班上的学生,要对自己有个正确的估价,干什么就要踏踏实实干好,把自己全副武装了,一旦给你个支点,不就能转动地球了吗?也指不定哪天天就漏了等着你去补呢,到时候现炼石头还来得及吗?可学生们立即就问:"老师,你说咱这天还有希望漏吗?"你说这不是外国话又是什么?这难道是我这个中国人能回答的问题吗?

再次遇上"免贵姓焦"是在贺兰山脚下的一次会议上。导师将出席学术年会的帖子让给了我。"诗人"闻讯也萌生了到西部寻找灵感的念头,随即联络上"免贵姓焦",很快弄到帖子及某个协会的赞助经费。开幕式上"诗人"把我介绍给他的校友张鸿雁。虽说初次见面,可张鸿雁的名字我早有耳闻,他是我这个专业的少年英雄,翻译过几本20世纪最新文化理论书,又留过洋,得过国内青年社科成就奖,在圈子里知名度颇高。"免贵姓焦"以前与鸿雁就认识,那时鸿雁还只是个实习研究员,而他是出版社的副译审。眼下鸿雁已成了副研,离正研不过相差几天光景。"免贵姓焦"也顾不得十几岁的年龄差异,一口一个"张先生"地叫,可能是因为会八门外语却一个国家也没去成而感到气短。无论鸿雁到哪儿他都不离左右,因而会议过程中频频出现我跟"诗人"、鸿雁及"免贵姓焦"四人同行的场面。

还好,我那个怵名人的老毛病这次没犯。鸿雁人极其随和,又在我导师名下听过课,所以待我有如亲师弟一般。鸿雁问我在搞什么课题,我不大好意思地说,我的全部精力都用在认真上课改造思想和当班主任上头了,结果学问上总不见起色,投出去的稿子一篇给退回来,另两篇更如泥牛入海,连点动静都没有。鸿雁说做学问就得耐得住寂寞,坐得住冷板凳,受得起苦,禁得住穷。他自己就像疯狗一样地拼命,一天炮制一万字,不撒尿不拉屎不吃不喝。好在上过山下过乡苦惯了。但是,鸿雁话锋一转,我们的目的,并不是要把板凳焐热,而是要厚积薄发,瞅准时机跳出来。他鼓励我鼓起勇气向权威挑战,学庖丁解牛,从大处入手,好的开始已经是成功的一半了。我嗫嗫嚅嚅地说我总以为大音希声大象无形,想动手却不得要领。再说名气大点的权威差不多都被对话、商榷、谈片、总论、近视、远观过了,就剩了几个死去的名人,我跟死者论战又有什么轰动效应呢?顶多是让人家的徒子徒孙们胖揍一顿。鸿雁也替我惋惜没赶上他所处的青黄不接点炮就响的空白时代。不过他认为事情并不绝对,若能逮个名人二代围攻一番也必将大有收获。"免贵姓焦"接茬说:"你们没发现今天上午发言的于敬斋有多神气,光他自己就占了三个小时,根本容不得别人说话,不就是破格提了个正研究员嘛!他是怎么破格的我还不知道?写了一本破书就到处找名人写评语和推荐信……"

一席话勾起我们对会议场景的回忆,于敬斋确实比较狂傲,把自己的论点当作普遍真理强加给在座的莘莘学子,并断言在他身前和以后的研究方法都是错误的。学术问题其实大可不必这么攻势凌厉非要定出个你错我对。"免贵姓焦"又极力在我们身边煽风点火。此时我们还不知道他跟于敬斋在一个单位时,曾有过比杀父之仇夺妻之恨还厉害的评职称之争。鸿雁的好斗劲头被煽起来了,准备在明天上午的会上捅他一炮。"诗人"也在一旁摩拳擦掌。"免贵姓焦"主动承担运送炮弹的任务。我也不能违拗兄弟情谊,准备擂鼓助威。说不定这是我的一个机会。一行人共同归纳一番于敬斋的主要论点,定下反攻的方向,规定每人只攻一点,不及其余,各司其职,相互照应。

当《论坛》杂志编辑坐在我对面恳求我一定把那时候的发言整理成文章交给他时,我却怎么都回忆不起来我说过的话。编辑急得眼泪都快流出来了,说:"我们刊物许久以来都没有叫得响的稿子,那会儿我听了您几位的发言,真是耳目为之一新。发表出来,肯定有振聋发聩的效果,说不定世界文化史都要为之重写呢!"

编辑给我提升到这样一个崭新的高度,说实在的,我还真就不爱降下来。鸿雁够哥们儿。编辑本来是他的关系户,写这样的文章对他而言不过是牛刀小试,何况主要炮手就是他。但他却让编辑来找我,拉着哥们儿也脱颖而出一把,又让我大受感动。问题是我失去记忆的毛病又犯了,无法将说过的话有序地组合在一起,而且我也实在分不清哪些是我说的,哪些是鸿雁或者是"诗人"或者是"免贵姓焦"说的。只记得鸿雁的手臂总是强有力地向下劈,"免贵姓焦"的厚嘴唇不住地翕动,"诗人"诗兴大发嘴角冒唾沫星子湿意涟涟。于敬斋好像说过蛇是远古人类的图腾,敦煌出土的瓦片上线条全是蛇美丽的身腰曲线,从伊甸园带翅膀的蛇到中国水漫金山的白蛇青蛇一脉相传,说明人与蛇在心智上完全相通,人视蛇为祖宗所以从不吃蛇肉到后来酒店弄出"龙虎斗"名菜纯粹是对人类的反动。鸿雁首先反对这种观点,说蛇不是人类的图腾,鸟才是,半坡出土的陶器上刻有鸟的图纹,载玄载黄,鸟驮着太阳飞呀飞给大地播放光明,一如男精播散之于女阴而衍生出人类,所以说鸟是男性生殖器的象征,由部分而整体,鸟即成人类祖先的象征。"诗人"从民俗学的角度补充说,对鸟的生殖崇拜在民间俚语中尤为常见。"免贵姓焦"站在世界文化的高度纵横捭阖,说他在日本、美国及欧洲各国的朋友都来信跟他探讨过这个问题,蛇是人类图腾是过时理论早就遭否定了,当今世界流行的观点除了认为人是鸟变的还有的说人是鱼变的,人是蛤蟆变的,人类除了崇拜鸟崇拜鱼还崇拜青蛙,但唯一能站得住脚的,还是对鸟的生殖崇拜,这种崇拜一直影响到我们今天的日常生活,美国佬就用形容生殖器的词儿来形容他们心爱的钱,一会儿说美元坚挺,一会儿又说美元疲软,由此可见一斑。我跟着也说了几句什么我忘掉了。总之那天上午我们着实出够了风头,在座的人都被我们唬得一怔一怔的,于敬斋的脸也时时泛白。我们一点都没想把于敬斋怎么样,只不过要压压他的气焰,提醒他江山代有学者出,各领风骚一两年,名人三代四代已经紧逼上来了。倒是"免贵姓焦"颇有报了仇雪了恨的快意。回校后从我导师那儿得知早些年于敬斋跟"免贵姓焦"曾平分出版社秋色,到后来几次评职称于敬斋都到学术委员们面前游说,控诉"免贵姓焦"的不务正业行径,书一本接一本地编,可都是下三烂的赚钱货,学风不正水平欠佳败坏了社里的名声。所以直到现在连张鸿雁都拿回了洋博士脱颖成副研了,"免贵姓焦"却只能抱着八门外语饮恨中华。

七

当天中午举行隆重的酒会宣布大会讨论圆满结束,第二天的日程是去黄河边上游览,可以滑沙还可以坐羊皮筏子。从今晚开始会务组就给断了顿不再管饭。我们几个人吆喝着回去寻找晚餐,"免贵姓焦"自然也要掺杂其中。一伙人进了一家小店围坐在一张桌前。我要了碗牛肉拉面,鸿雁三人要了饺子。"免贵姓焦"每夹起一个饺子都要先打量一下,好像要瞧瞧哪个是双眼皮儿的能自己滑入肚内,然后以极慢的速度咀嚼着,生怕先吃完了要去付账。不一会儿三四个学生模样的男孩子进来,一个个风尘仆仆的。"诗人"边吃边搭讪,一问方知他们是西北高校的学生,利用假期要徒步旅行全中国。听说我们是从北京赶来这里参加学术会议的,男孩子两眼放光,一脸敬慕,双手托出记事本来请我们签名留念。"诗人"立即大做活人广告,先吹鸿雁,说张先生曾游历欧美,是我国最年轻的副研究员,还是全国八大杰出青年代表,才这点儿年纪就快要著作等身了,这次会议全靠着他做中心发言挑架子呢。男孩子越发恭敬得不得了,双手颤抖着将记事本捧了上去。鸿雁本来正吃得热火朝天,臭汗直要挣出汗毛孔,给"诗人"这一吹,倒像是喝了冰镇酸奶似的登时熨帖舒服不少,缩回去的汗珠儿聚成密匝匝的一层敷在脸上,油腻腻地闪着亮光,签名时把"鸿"字右边的"鸟"使劲画下去力透纸背,大有戳破本子不心疼之势。"免贵姓焦"晓得下面要轮到自己,便一整容颜,奋力将最后几个饺子一股脑往下吞。"诗人"把他捧得更玄,诸如"世界首屈一指文化学专家","精通六国文字"(他还给贪污了两国没说),"译著数十种"等等。我偷眼打量"免贵姓焦",只见最后一个饺子在他的喉咙里费劲地朝下滚动,一时竟突起两个喉结来,逗得我忍不住想笑。"免贵姓焦"用汤把多余的喉结送下肚子,很谦逊地摆摆手:"哪里哪里,我老了不中用了,天下将是你们年轻人的。这位年轻诗人才华横溢诗风雄健,在我国诗坛上独领风骚,出了好几本诗集了,马上又要有一本新作问世……"

他们在一旁神吹神侃,我在这边可有点撑不住劲了,说来说去,这里只有我是白丁一个无资无历,不禁在心里暗骂"诗人"王八蛋小子太损,做这种缺德的活人广告,让我这个卑微的小人物窘得无地自容,恨不能化作一团饺子汤热气消散了。于是灵机一动赶紧站起身来去窗口付账以溜之大吉。就听"诗人"在背后还在不住地说:"这位苏芄是袁先生的关门弟子得意门生,袁先生是国内外著名学者,日本人最服袁老先生了……"听得我的脸上一个劲地发热。交款台前站着同来开会的两个老先生,正在为总共一元零五分的面钱推来推去,不肯让对方替自己付款,最后商定由一人先付,回去后另一人按平均数马上送还。我挺替老头儿们不好意思的,又担心让那几个学生看见这种为几个小钱推搡的场景有损师长在他们心目中的威严,连忙用自己不太厚实的后脊梁把学生们的视线遮住了。

次日早早起身向黄河岸边进发。来的是一辆上了年纪的大客车,浑身都有裂缝,论资格够评副教授了。"免贵姓焦"反应极快,立即推说昨晚没睡好不太舒服身体欠爽,无力再跟年轻人打成一片,急急地抢了前排靠窗的位置坐下了。老先生们都给让到了前边,剩下后面两排颠起来不要命的座位留给了我们几个棒小伙。路没修好,跟老太太脸似的沟沟坎坎,座位上都没有扶手,"诗人"稍一疏忽,腾地给颠离了座位头直撞到上面的车厢板,咚的一声,满车人都笑起来。"诗人"大叫受不了,孙子才坐这种老爷车。几个人悄悄骂主办单位太抠门儿,这么老远的路,又都是些有名望的学者,竟为省钱雇这种上了年纪该退不退的破车,直颠得人肝肠欲断。还没走完一半路,早晨吃的那点稀粥咸菜已经在我的胃里翻江倒海。再看"诗人"也在一旁牙关紧咬,面目狰狞,倒是真扭曲成了毕加索的画。鸿雁倒还平静,可能已给飞机上上下下折腾惯了。

车到一个小镇停下,大家下来对付一顿午餐。一家家小面馆前摆着抻好的面招徕顾客,锅里不知烧过几十遍的汤冒着热气,一碗碗的辣椒酱羊杂碎摆在案几上,苍蝇惬意地在上面飞舞。我们在街上走了两个来回,明白了要找家没苍蝇的馆子那是痴心妄想。时间不多了,大家赶紧钻进一家二层楼小店,屁股一坐稳鸿雁就说:"大家随便点菜吧,这顿饭我请了。"话音刚落"免贵姓焦"就跟土地公公似的一下子就不知从哪儿冒了出来。鸿雁说:"嘿,您来得正巧,我一块儿请了。""免贵姓焦"忙说那怎么行那怎么行,不好意思不好意思,边说边点了一道鱼香肉丝。酒菜上齐了。鸿雁一副兼收并蓄中西文化的好胃口。"诗人"下车时吐了一回,此时薳不唧地往嘴里扒饭,菜没动几口。苍蝇飞舞的英姿给我留下深刻的印象,无论如何都不忍下箸,只好皱着眉头以酒当饭。"免贵姓焦"的胃倒是应了一句冰箱广告词儿:密封隔味盒,保鲜不串味。

下半段路越发难走颠得凶狠。没出几站地我就忍不住要求停车方便。鸿雁跑到前边跟司机说了一下,几个人一窝蜂拥下车去,"诗人"也正难受着,顺便轻松了一回。"免贵姓焦"以为我们又在搞什么活动,也下车来打成一片,见此情形,又不好意思在厕外徘徊,只得跟了进去勉强出了一回恭。上得车来几个人越想越可乐,不禁哈哈大笑。"免贵姓焦"莫名其妙地回头张望,这下更让我们笑个不停。闻到湿润空气时我们又精神百倍,"诗人"一看到黄河就不禁脱口而出高声吟诵:"啊,黄河!真他妈的黄!"

开会的初衷是要饱览祖国的大好山河,看来果然不虚此行。至于开的那一炮算是意外收获。鸿雁这么义气,我也不能不壮着胆子往外跳一跳。开始我还忸忸怩怩半推半就。要知道《论坛》毕竟是全国著名的学术刊物,我这么个小人物,实在有些小子惭愧则个。拟了几个题目:"鸟图腾论——与于敬斋先生商榷""从蛇到鸟的转化""鸟图腾论的民俗学依据",觉得太羞羞答答,与那天会上的冲动相差甚远。于是写信向鸿雁求教。鸿雁很快回信,鼓励我发扬上九天揽月下五洋捉鳖的大无畏精神,还说杂志社有他的铁哥们儿,到时候自然会帮着批判我,把我批倒批臭,直批到我被公认成学术界横刺里杀出的一头麋鹿。信的最后说,跳好了我便成为英雄,摔下来了我便是烈士,横竖都是光荣一回。

都到了这个份儿上我还有什么好顾忌的?我像打了一针兴奋剂,思绪像撒欢的小马驹儿上蹿下跳。连续撕掉差不多半本稿纸,我才郑重写下几个大字:"我的文化人类观——蛇图腾论批判"。不破不立。"最近我参加了一个会……"一派大手笔的气势。我文思如泉涌,灯光忽明忽暗,因有人偷点电炉子而时不时地断一会儿电,可我的情绪丝毫不减,唰唰唰地笔走龙蛇,我看到猴子青蛙蛤蟆骨朵飞鸟虫鱼一同在我面前飞来跳去,我跟它们一道茹毛饮血,我骑在太阳上飞,无数金星银星环绕在我周围,渐渐地,我视线模糊了,字们又要凸出纸面来跳舞。我终于不堪重负地闭上眼,上床一销万古愁,只愿长眠不愿醒。

八

寝室里已容不下我一张清静的床了。阿炳老婆守在床头嗡嗡嘤嘤地哭,还伴以断断续续的数落,声调一点都不低,仿佛在宣读一封告楼道全体单身教工书。阿炳老婆已失去了新婚时随叫随到的献身热情,长长的铁轨把她拖得日见枯萎。她埋怨阿炳根本不在她身上用心,调动的事总是有一搭无一搭地半死不活地悬着,越来越没动静。"你到底想不想把我调过来?"阿炳老婆义正词严脸上挂满了泪珠儿。

阿炳唯唯诺诺地赔笑脸:"不是我不想,而是实在没办法。"

"没办法没办法,你还算一个男子汉呢,除了让我一次次流产,你还会干什么?"说着说着阿炳老婆委屈成了泪人。

阿炳听了这话卑琐得不行,又得硬挺起腰杆来好言相劝:"不是说好了要让咱们孩子一落地就有美国户口吗?要么你跟二姨二姨夫说说,咱们直接奔美国团聚去得了,就别在北京拐这么一个弯儿。"

"哼,想得倒美!连自己老婆都调不来,我姨夫会瞧得起你这种窝囊废?"

阿炳给数落得对自己失去了信心,一边听磁带一边默写"长太息以掩泣兮,哀吾生之多艰",然后带上厚厚一沓老婆的简历,骑着叮当乱响的破车杀向不可知的远方。

春节探家回来后阿炳说要请我喝酒。我有些受宠若惊,不知他遇到了什么喜事要我与他分享。我们俩住一个寝室这么久了,这样的好事儿还从来没有发生过。自打我留系里那天起,比我先分来两年的阿炳就把我当成了学习的榜样,比方说在学习总结会上他经常要说几句:"虽然我取得了一些成绩,但和苏芄比起来还有很大差距,我今后一定要努力向他学习。"闹得我挺紧张,像有虱子在身上爬浑身怪痒痒的。那次我们一帮小伙子一道去昆明湖野浴,阿炳在水里扑腾着拼命追我,差点没呛得背过气去,我真害怕淹了他我还得背上个罪名。我让他追我了吗?没有哇!不就是年轻人都躁得慌大家下水里清醒清醒吗?我也并没有刻意显示自己的游泳技术的意思,要知道我是在水库边上长大的,小时候因为偷着去游泳挨了不少屁股板子,一到水里我就成了鱼。阿炳用的是学校游泳池里练出来的标准动作。并没有人顾得上看他欣赏他或讥笑他,可他就是愿意树假想敌,咬定青山不放松以期在冲刺的刹那一大步迈上去赶超个第一。这一点我总是搞不明白。我叫王小义你叫买买提咱俩个头差不离成为亲兄弟,多好,总那么紧张任人为榜样搞得我也浑身不对劲儿有什么意思。但是主任对他就很赞赏,不住地提醒我:"苏凡,你要像阿炳一样谦虚谨慎,懂得学习别人的长处,年轻人嘛,就是要找找榜样激励自己。"

所以这么些年来我跟阿炳一直不即不离若即若离倒也相安无事,偶尔高兴时阿炳跟我说几句贴心话,比方说他媳妇的二姨要给他做担保之类,但转眼就后悔,一再叮嘱此事只告诉我一个人,不足为外人道。我则糊涂一阵明白一阵,动辄昏昏然痴人说梦,也不知道多少次梦游的时候阿炳都当了听众和看官,关于我脑子有病的话题是不是先从他这儿传出去的也未可知。

阿炳买来烧鸡和酱牛肉,打开一瓶"四特"把两个杯子斟满,也不说话,咚咚咚地自管喝。我则丈二和尚似的坐在对面,静候对方点明中心思想。三杯酒下肚,我觉得不对味儿了,阿炳这是故意找醉呢!再怎么着我也不能见死不救,所以赶紧夺下酒瓶以好言相劝:"阿炳,有什么不痛快,说。我平日什么地方对不住你,就指出来,我一定努力改正。"

阿炳的脸已涨成了猪肝色,可脑瓜子一点都不糊涂:"哥们儿,我受骗了,她根本没有什么二姨夫在美国,她妈家那头只有姐一个。"

"咳——"我如释重负地乐了,顺手掰下一个鸡腿啃。"没有就没有呗,这有什么不好意思的,就当你从来没跟我说过。再说这对你又没多大影响,接着忙你的娶妻生子吧。"

"没影响?"阿炳鼻子里哼出两声怪笑,"娶妻生子?早知道这样我会娶她?她算什么?不就是个地方剧团跑龙套的吗?她看中我的还不是这块校牌子,以及毕业以后能来北京?我好糊涂哇……"阿炳捶胸顿足,声泪俱下。

我赶紧拿毛巾递给他,也不知道该怎么个劝法了。清官都难断家务事,更何况我自己的脑子本来就不大清楚。

"这么说你们往爱情的酒里掺了水了?"

"爱情!哼,爱情,我整个人都给装进套里了。毕业分配前那一阵闲日子,班里一个哥们儿常去剧团泡,时常拉上我,一来二去,跟几个女演员混熟了,其中就有我现在的老婆。那晚我们在外面跳舞跳到很晚,末了又去她们宿舍聊,我那位哥们儿钻进他所谓的女朋友屋里,我也经不起劝,意志薄弱,留在了我老婆床上。结果我刚分来工作没几天,她就找上门来说她怀孕了,要求我跟她结婚。今天我算明白了,连她的美国二姨都是假的,那她浑身上下哪点还能是真的?那晚上她那样声情并茂,而我却紧张惊慌得手忙脚乱,像是在水缸里涮了一下捞不着底,哪里还会知晓她是不是原装货?我是有责任感的人,最后娶了她,还自以为同时娶来了一张即将到手的美国签证。她说她已把孩子打掉了,准备到了美国再生。她的话我全信了,四处奔波给她调动工作。她自己呢,哪次来也没闲着,不是剧团就是制片厂地跑,最近又勾上了电影厂的导演,说是答应让她演戏里的一个丫鬟。她的事业发展得可真够快的,鬼才知道她记在我名下的打掉的孩子是谁的。可我还在这儿傻了巴叽地做出国梦。卑鄙!小人!"阿炳火气直往上撞,霍地站起身来,大有一把推翻桌子的架势,我连忙把他摁住:"阿炳阿炳,消消气,有道是唯女子与小人难养也。事情已经揭开了,你打算怎么办?"

"离婚!坚决跟她离婚,我无法再跟这种品质恶劣的人生活在一起了。"

离婚哪是件容易的事儿哟!往后的日子里就见阿炳老婆大闹天宫。系里正开会时她会突然闯进会场,历数阿炳喜新厌旧生活作风不正的罪状,并诬告第三者就是资料员小张。小张姑娘不过是到寝室来送过几回信,还都是我的。楼道里常见一个身影游魂似的走来走去,两眼发直嘴里还念念有词。我们屋里凡是能吊住一个人的钉子全都拔下去了,火柴剪刀等危险品一概清除。就这样也没能打消阿炳老婆寻求一死的决心,她把手指捅进了电源插座里,因为个子不够高,站在椅子上实施的行动,结果只是让电给打了一家伙并造成二楼短路,否则后果真是不堪设想。

此情此景,任何一个稍有恻隐之心的人都不会再将最初的离婚意图继续贯彻到底。偏偏阿炳是那种一旦下了决心就不准备再有所松动的人,他用自己的形销骨立含泪的微笑,显示自己不甘受骗,宁愿"精神出走"从此后赤条条来去无牵挂的壮士情怀;阿炳老婆则用自己无畏捐躯的行动表明自己不甘当弃妇不忍嫁二夫的烈女之心。这场持久战直打得飞沙走石,昏天黑地。我们这些左邻右舍住着的单身汉们看着他们壮怀激烈混战犹酣,不禁都后背上冒出一层冷汗,舆论一会儿偏向阿炳一边,过了一阵子又偏向阿炳老婆一边,我们谴责完阿炳又谴责他老婆,可怜完阿炳又可怜起他老婆,最后连阿炳带他老婆一起谴责够了又使劲可怜。

其实我又有什么资格褒贬阿炳两口子?爱情这东西还不是当局者清旁观者迷?我与小林的爱就没能达到现实主义和浪漫主义的完美结合,远不如我写给她的诗那样出神入化。

九

最初我爱小林的时候只希望她过得比我好。随着爱情向纵深处发展,我爱她的目的逐渐转向拆散她和她丈夫。为此我常常觉得自己卑鄙,转过头来又常常认为自己的爱情超凡脱俗。每当小林用纤巧的手指抚弄着我的头发并喃喃叫我"傻孩子"时,我就感动得热泪盈眶,又特别想号啕大哭。我对她的爱再深切,也无法爱屋及乌,连她的丈夫一块儿爱进去。同性相斥的道理连傻瓜都懂,何况我这样一个聪明人。爱情的幸福弄得我神思恍惚,我在路上走着走着会情不自禁地对着马路牙子一个人发笑。开会时系主任在上面读着一份平板冗长的文件,我在下面会突然间扑哧一声充满感情色彩地笑出声来,惹得满屋子人都带着怪异的表情回头看我。老马太太在背后没少编排我。自从那次我无意间听到她跟小张饶舌后,不由得提高了警惕。以后不论上哪儿,我都随手带本书,遇到笑意憋不住往脸上涌时,就把书举起来遮住面孔,暗地里使劲咬住嘴唇,肚子里笑得叽里咕噜作响一个劲儿地上下起伏,嘴角眉梢却一如平常不敢丝毫下垂或上翘,面部肌肉抖动成奇形怪状的一团。

我在对待其他问题的态度上全都大智若愚,混沌懵懂,唯有对我跟小林的爱情一眼望穿秋水。小林是太阳,我不过是飞蛾扑火就等着自生自灭。可我就是忍不住要去找她,向她请教诸如条件状语从句和让步状语从句的区别等问题。自打她当上我的二外老师那天起,我就被她那一口纯熟地道的美国儿化音给迷住了。当然,在她那个充满温馨的小屋里,我更喜欢蜷在她脚边听她用北京儿化音娓娓细语。为了我心中的杜尔西妮娅,我愿意抛头颅、洒热血,勇敢地跟风车和羊群作战。可我又能做什么?也只能是把桌上她跟丈夫的结婚照片翻过去扣上而已。但我能阻挡得了她丈夫在大洋彼岸的呼唤吗?

我要是个清醒的人,早就找个年龄相当条件匹配的傻丫头营造安乐窝去了,也免得像今天这样,对小林痴痴癫癫的疯狂爱情中总洋溢着"恋母情结"。我不知道小林为什么要回应我爱情的呼唤,一口一个"我的傻孩子、乖孩子"叫得我心旌摇荡不能自持。也许她"慰情聊胜无"一场游戏一场梦拿我来填塞暂时的寂寞岁月,我不情愿以我的小人之心来亵渎她一腔情肠,她那娇喘吁吁放浪形骸的肢体语言分明是在表示她毫无保留地向我奉献一切,我的怀抱才是她的最佳选择。

可小林向我承诺过什么吗？没有。越是这样我就越发爱她爱得不能自拔，越怕失去她我就越紧紧地缠住她。我们的爱情不见容于白昼，只有夜晚我才敢牵着她的手在湖边漫步，粉红的荷花和深绿的树叶子把我俩的面孔记熟了。在她走后，每当听到微波拍岸的声音和树叶子沙沙的声音，我就揪心地痛苦，以至于我在成了著名的诗人后诗集中总是充满了湖和树的意象。我一次又一次恳求小林留下吧不要走，她只是用无可奈何又不置可否的目光看着我。我也明白这是痴人说梦又不愿放弃幸福的冥想。机场上我仅能以一个学生的身份夹在她的亲朋好友中给她送行，和她握手的当儿我把字条塞进她手里，颇似游击队员交接情报。然后我想象小林在机舱坐定后迫不及待地打开字条：

…………
　　也许因为你生长在我的窗前
　　才有了这出神入化的爱慕
　　倾心于你月光下的斑驳
　　满是渴望的眼睛随着你匆匆的脚步
　　那么热切的倾诉发自肺腑那么长那么长的
痛苦
　　那么深那么深的祝福
　　那么缠绵
　　那么短促
　　扑向你含情脉脉的新芽萌出

白杨树啊
　　和你同样天真是这个多梦的夏季
　　那么浓密的柔软那么笨拙的强悍
　　那么凄切的蛙鸣那么淋漓的雨珠
　　已经死在你怀里了
　　却不能在你的躯干上永远攀附
　　白杨树啊
　　风吻遍你秀美的枝叶
　　记忆在你的睫毛上浓缩
　　已经受过暴雨的洗礼
　　还会有什么样的青藤再能将你缠绕
　　还会有什么样的凭你扎根的泥土
　　白杨树啊
　　…………

　　读到这儿小林泪流满面,和我相爱的日日夜夜一幕幕清晰地浮现在她的眼前,"亲爱的孩子,我会等着你",她在心里这样对自己说。她把含泪的目光投向舱外,但见云谲波诡。这时空姐出来告诉大家行程已至一半,小林掏出面巾纸吸干泪痕,整理好头发和思绪酝酿着和丈夫见面时的问候语。对新生活的渴望渐渐代替了对我的思念之情。

　　我的躯壳坐在民航的大客车里往回走,灵魂却在天上谛听小林的心声。尽管她的呼唤很微弱无力,可我还是捕捉到了。她需要我,这就是我的幸福。她在信里说"来吧孩子,这里有你需要的一切"。我不要一切,只要小林。我知道她寄给我的"托福"报考费都是她背着丈夫攒下的私房钱,我不能让她感到失望。为了她,我宁愿舍弃一切,以我一耳朵的破听力,毫不犹豫地加入了考"托福"的大军中。

不用说应试,光是报名就把我折腾个半死。开报名用的介绍信就很费了一番周折,要拿系里的公章去换校人事处的公章。系主任诧异的目光从镜片上面横扫过来,让我再考虑一下这个问题,这事儿他一个人批不了,要拿到系领导班子会议上审议,副主任和书记去外地讲学未归,我须等待几日。我一翻日历已时不我待矣。万般无奈,只得向"诗人"求援。"诗人"说他有个爱摆弄金石的哥们儿,要么先拿萝卜刻个章算了。我忙说不妥,犯法的事儿咱可不干。"诗人"说:"考个'托福'又不是叛党叛国的事儿,我从别的学校给你开个证明得了。"

报名的队伍从语言学院墙外的小树林一直排到马路边上,影响了行人交通。有好事者站出来维持秩序,让大家都贴墙根一溜站着。明早八点才开始报名,我下半夜就起身赶去,想排个头几名,不承想早已有一个连的人排在我前头了,蹲的蹲,站的站,缩手缩脚,东倒西歪。排前几名的大概挺不住,想取个巧,就想出个发号的主意,撕下活页纸标上一二三四号,直到把一本活页纸都发完,觉着这样一来自己排在前头的地位就稳固了,拿着活页号放心地折回去睡觉,没拿到号的却不敢离开,愤愤不平地想心思,终于想出把一本背烂的《托福词汇》撕了标上号重新发,刚才发的活页纸不算数。到天亮时拿着活页纸的人回来了，跟拿着《托福词汇》的一场混乱，吵得不可开交。

我属于号外，只有干着急的份儿。忽然想起我有个学生的姐姐在这儿工作，于是赶紧打道回府，不耻下求。事情很快解决。然而这只是一个开端，艰苦的鏖战还在后头。我也跟阿炳一样不厌其烦地听起"我妹妹两年前十四，我比她大两岁，请问我今年十几"，还把词典拆开了按字母顺序装订成26册随身带着，拉屎撒尿的空隙也拿出来背上一背。为了避免出去后时差带来的烦恼，我已经改用美国作息时间，把黑天当作白日过。

有几个考过的哥们儿向我传授经验，说自学成才不容易得高分，最好参加一个强化班突击一下。目前有一家"超强霰弹魂斗罗"班办得正火，主讲者是几个博士生，主要是想赚几个钱儿以补贴家用。他们把"托福"都给琢磨透了，考前出的模拟题猜得都很准。另外他们私下还接洽代考业务，以500分为最低起点，先交500元，每超出10分多加20元。如果你想要600分，交700元就行了。雇用的代考者都是大学里有意发挥一己之长勤工俭学的学生。接着大家又埋怨说现在也不知怎么了，那些理科院校的小孩子一考就是600多分，愣把美国的录取分数线给提上去了，活活气死人！以前有个550就了不起了。有一次清华的一个小孩竟然考了满分，老美不信，以为透题了，单独又考他一次，结果还是满分。平时看他们大脑袋小细脖背个大书包傻不拉叽的不起眼，敢情这方面的智商高着呢！

我接受了劝告,一狠心花了两个月的工资参加了"超强霰弹魂斗罗"班。进去了才明白之所以叫"霰弹",是因为除了有"母"班外,在各处还设有"子"班。我拒绝了他们提供的代考的暗示,坚持自己考到底。我不能欺骗小林,更不能欺骗自己。再说我也实在没有多余的钱,"魂斗罗"班从别处借用语音室,每听一次收费两元,每发一次模拟题收一次卷纸钱,这些都没列在招生简章上。就这样还人满为患呢!为了小林,我能半途而废吗?说什么也要坚持下去呵!

除了练听力,班上还教给学员在卷子上画圈儿的诀窍,以及尽快获得美国签证的诀窍。这些技巧给编进油印教材中,人手一册。我孜孜不倦地默诵着《如何尽快获得美国签证》一章。文中说,当你面对大使馆签证处的美国女人时,有两种最直接有效的办法会帮助你达到目的:一种是,夸她。不管她腰粗得像啤酒桶还是煤气罐,你都要带着一脸谀媚的笑赞不绝口:

"您今天看起来真漂亮,让我觉得今天的天气格外的好。看到了您就让我联想起盛开的玫瑰花。相信您这样善解人意的小姐,一定不会拒绝我到贵国为发展两国友好关系而尽绵薄之力的诚意。"话说到此,谁还忍心拒绝你这谦卑的要求呢?

另一种方法是,骂她。不管她长得多么漂亮赛过一朵花,你都要温文尔雅地破口大骂:

"别臭美了!你以为我愿意到你们国家去是怎么着,要不是你们三番五次打电话写信没完没了地邀请我,我会吃破土豆泥遭那份洋罪？别以为你们富裕了就有什么了不起，不过是占了人口少的便宜。如果你们也有我国人民这样旺盛的繁殖力，里根能把十二亿张嘴喂饱才怪了呢！我根本不打算留在你们国家，家里老婆孩子热炕头都在等我呢！"何时夸何时骂要见机行事，一般情况下骂比夸见效，更证明你没有移民倾向。

就在我昏天黑地备考期间，系里公布了评职称结果。由于主任觉得我又新添了专业思想不稳定工作不安心的缺点，所以决定再考察我一年以观后效。我的神经早已麻木，这些对我已经构不成刺激了，我的全部心思都是早日奔向小林，到地球的那一头一圆我的爱情梦。圆得了圆不了我不管，小林是我生命虚空中的唯一支撑，我不能松手，只能死死抓着。我安慰自己说，没评职称说不定还是我的福音，否则得了中级职称必须经过更高一级机构批准才能放行，那岂不是又添了一个环节吗！

等到小林的越洋电话打来时，我不得不呜咽着告诉她，就因为她不是我的法定妻子，所以我办不成手续，而且我在校的服务期也延长到了六年。小林劝我别灰心，再努力在直系亲属里找找海外关系。我听得出小林的儿化音更加地道和标准，又想象着她如今正在另一个男人的怀抱里娇声软语，不禁又涌起一阵揪心的妒意。

我把能找的关系都找遍了，不见有什么收获。我爷爷曾有个堂弟被国民党抓丁去了台湾，到后来就下落不明失去了联系。再查查我们家谱，往上追溯三十年，没找到什么人在海外,上溯一百年,连见过海的都没有。我一筹莫展,又不好意思再去麻烦"诗人"。"诗人"这些日子也正窝心,校务处突然袭击清剿"麻窝",正巧把他给堵里边了,罚了两个月的奖金不说,还在全校"扫麻"会上给点了名。"麻窝"已向家属宿舍区做了战略转移,楼道里日见冷清。阿炳这些日子也不着家,正在泡外语学院,据说马上就要梅开二度再结良缘,对方是个跟他妈妈年纪差不多的老澳,跟过去后就能当上两个孩子的后爹。为此他紧锣密鼓地往外事办跑。可我就不明白自己为什么这么死心眼儿,非要死守着小林不可,莫非真是因为脑子有病而变得偏执?我狠下一条心,生生死死都为小林,为了小林我决不出卖自身。

我在家谱上找啊找,找得筋疲力尽,直找到我的"托福"成绩过了有效期限。这时小林的一纸信笺不期而至,从里面飘然而落她跟丈夫及儿子的甜甜蜜蜜的全家福照片。小林白了,也胖了,一副心满意足的雍容相。再照照镜子看看我自己,跟游魂似的,只剩下一副骨头架子勉强支撑起个人形。

小林无疑是在用她给丈夫生的儿子来宣判她跟我爱情的死刑。这种无言的弃绝胜过任何语言的伤害。我想我完了。

捏着小林的全家福照片我又信步走到湖边,微波荡漾的湖水对我发出一种诱惑,我感到身子飘了起来。我把照片抛向湖中任其漂泊,又于心不忍地跳下去想把它救上来。我艰难地划水前行,手和脚都如同在虚空里摆动,在虚空里下沉,在虚空里上升,不断地下沉,上升……我拼命想抓住一丝能容我安身立命之物,可那广大无边的虚空却让我更加轻灵地浮游,轻得令我自己都难以承受,越是挣扎就越是徒劳。我只好游回岸边的草地上喘息。

正午的太阳火辣辣的,阳光刺得我眯起眼睛,几只蜻蜓在我头上飞来飞去。夏天总是火辣辣的,没有什么不同,我想。白杨树的叶子在风中沙沙作响,笔直的躯干上一个个大而无当的眼睛一眨不眨地瞧着我。湖水依旧,树也依旧。我心想,得了,我就活成这棵树也挺好。

然后,我摇动着我的枝丫,向彼岸送去了梦呓般的低语:

直到凋零了你也不会明白
无论你荣枯
生死中轮回
始终陪伴你的
是夏夜的湖
白杨树啊……

梵 歌

舍 利

佛学博士阿梵铃扛着一个沉甸甸的大麻袋包,步履艰难地行进在河洛古道上。四月本来就是个容易集体抽风的季节。太阳很亮。麦子和菜花们在地里远远地连成一片,竞相炫耀着一身的老绿和金黄,泡桐槐树枝上都吊满了滴里嘟噜的浅粉和深白色花朵,挤对得叶子还没来得及绿,就已经变老了。威猛的阳光,罩住了古道上缕缕行行出动的人群,催逼得行人脸上油汗滚滚,飞扬的尘土里满是欲望膨胀以后发酵出的酸味。扛着大包小裹的山里农民,密密匝匝成群结队朝通往外面世界的路口拥着,盲目寻找着做活发财的机会。提着密码箱、挟着公文包的捐客商人,乱纷纷地从各个山口拥进,一路上不停地推销兜售着真真假假的产品。背着双肩包的旅游观光客则闹闹嚷嚷地里出外进,操着花花绿绿的口音轻呼低唤"牡丹,牡丹",张大潮湿的鼻孔急切嗅识着在四月定期大批量开放的国色天香。还有一些辨不明身份的蒙面怪客,脑袋上都套着隐约透明的女式无跟长筒袜,闪烁的眼神都贪婪地投向行人的背包,装出一副漫不经心优哉游哉的样子,故意往路人身上挤挤撞撞。

阿梵铃这时才感到有些后悔,自己应该选择一个清静的时节出来才对。眼下他已不自觉地给裹挟进川流不息的人群里,高一脚低一脚跟跟跄跄地走着,不知道自己已经到了哪里。他是从北京出发,到西京长安和东都洛阳一带,来为他的毕业论文收集资料的。两天以后,他必须要在古滑国县城与导师会合,共同出席一次重要的学术会议。为了节省有限的经费,他不得不采用步行这种方式赶去了。

眼下,他的论文选题正憋在厚重的茧壳里,还不能清晰地理出一丝头绪来。是写玄奘呢还是写菩提达摩?是写禅宗呢还是写释迦牟尼?在中国佛和印度佛之间,他很是有些犹疑。他扛的那个麻袋包里已经装进了不少有价值的玩意儿:破铜烂铁,秦砖汉瓦,残经断卷,陈丝旧麻。他早就从书上得知,这一带曾经是龙飞凤舞龙凤呈祥的地方,龙种凤宗们曾在这里下过不少的蛋,也屙过许多的屎,因而千百年后,人们只要随便在地上踹它一脚,便能踢出个骨头棒子化石什么的,上面还附带着长了些绿毛。如果谁不经意把这些东西带到了海关,那么随时都有因文物走私罪而遭缉捕的危险。

麻袋渐渐把他压得喘不上气儿来。阿梵铃已汗流浃背,越发感到肩头的沉重,但脚底板下却不敢有丝毫的放松,仍挺直腰杆,坚韧不拔地死扛着。袋子里的每一件宝物都是极其有分量的,祖先指不定在上面怎么活动过,阿梵铃一件都舍不得丢弃。这一路上,他已经访过大大小小的名山古刹,钻过形形色色的碑林宝塔,探过宏篇巨制或短小精悍的俑坑陵园。他看见不少的文人骚客在此流连忘返,像一朵朵争奇斗艳的四月牡丹,炫耀着一张张多褶的灿烂,把"到此一游"的矫情诗文涂得满地满天。老百姓们则没心思那样酸了巴叽地一咏之叹,他们都乐乐呵呵地引颈高唱着牡丹之歌,脸上洋溢着牡丹一样动人的绿色,过节一样拥向祖先留下的这种旅游胜地和休闲场所,在四月墓园的福荫下变得越发豆绿而蓬勃。

洛水如一条惊蛰过后的响尾蛇一般,哗哗哗地贴紧地皮向前游着,两岸的山色雾气渺渺的,逐渐变得有几分诡秘。阿梵铃把麻袋换了一个肩扛着。长期的伏案读经,让他患了很严重的肩周炎,走不了几步,从颈椎到肩膀以下又开始发酸。他索性将麻袋晃晃悠悠地顶在脑上,宛如一个袅娜摇摆顶着水罐去河边汲水的印度妇人。肩膀的压力减轻了不少,阿梵铃颇为自己的小聪明而暗暗自得。

人群忽然间骚动起来,有一种什么信息仿佛在尘土缝里以粒子碰撞的形式迅速传递着。阿梵铃心里一惊:莫非是发生了什么事件?一不留神,麻袋包哗啦一声滑了下来,不小心刮了一下前边人的腰。那人也不回头,抬腿往后猛蹬了一脚,阿梵铃疼得弯下腰,慌忙就手又把麻袋推到脑袋顶上顶好。后面走着的人又被他弯腰的姿势绊了一下,十分不满地伸手在他的背上用劲狠捶。

阿梵铃尽管腹背受敌,可仍旧默默忍受着,没敢轻易出手还击。他知道,自己多年在莲花座上练就的一身武艺,不过是一种软功,只能在心智上谋胜,而不能在体力上硬取。倘若真的动起手来,除了被拍成一摊肉泥,自己是招架不住一打的。再则,在没有弄清楚事情的来龙去脉之前,他也不应该贸然出击。

人群骚动得更加厉害,迎面走来的人忽然集体转身向回返,后面跟上来的人则闹闹哄哄地往前拥。人流奇迹般地同时朝同一个方向蠕动起来。

"请问,这是到哪儿啦?"

阿梵铃顶着麻袋,夹在人缝中趔趄着,费力地伸长脖子,大声问着,以给自己壮胆。他已在冷板凳上推演过多年的六经八卦吠檀多薄伽梵,灾变来临之前,他总是会有一些预感。可如今仿佛所有的感官都给尘土封塞了,沉沉的,滞滞的,竟没有一丝交感。他觉得惊惧,禁不住又大声问了一遍:

"你们谁能告诉我,这究竟是到哪儿啦?"

没人回答他。只是人声更加嘈杂,相互碰撞,震颤,扑簌簌地往下掉人渣。那一瞬间,他觉得自己仿佛是墓穴里的一头秦俑,纵身在千百万给泥巴糊紧的俑群当中,正在密闭成为一种僵硬的造型。

"别慌。镇静。"阿梵铃叮嘱自己。他定了定神,回忆了一下经书的内容,然后,吸一口长气,将气直导入五脏六腑,练起了"大神湿婆遍入天"行走瑜伽功。走了十步以后,果然,七窍皆通,封闭的毛孔全部贲张了,迅速接收到空气中粒子振动的符号,将振幅连成一串之后,他破译出这样一句完

整的语言:

要迎佛舍利了!

阿梵铃简直不敢相信自己的耳朵,他有些怀疑是自己的功力还没练到火候,于是又吸口长气,将气直导入丹田,紧走十步,将体内气场调至与空气对流速度相一致,那句话果然又准确无误地出现了:

要迎佛舍利了!

阿梵铃大惑不解。凭书上的经验,他知道,迎送佛骨舍利活动,大都举行在饥馑或丰稔之年。灾年以此求佛禳灾,丰年用它斗富比阔。但不知今昔何昔,今年何年?但不知何人发起,何人迎送,何人要将这千年古老仪式从头再现?何人这样处心积虑地返回古典?

带着学者究明其理的顽固劲头,阿梵铃不再按部就班地夹在人缝里随波逐流。他把麻袋从头顶卸下,紧紧抱在胸前,然后一步一菩提,一步一涅槃,跌跌撞撞、不屈不挠不生不死地向前超脱而去!

被他甩在身后的人们愤怒已极地捶捶打打,骂骂咧咧,蒙面人趁机把手伸进他的衣服兜里。阿梵铃却无所顾忌,一意前行。若能尽快接近真理,挨上几下子打几句子骂,被偷走几张卫生纸,几毛零花钱,这一切牺牲又算得了什么?

遥遥的,已经听见了伊水潺潺流动的声音,摩崖石窟好似一轴通天巨画,铺天盖地从眼前垂挂下来。那被人们千百年来竞相膜拜的卢舍那大佛正巍峨端坐,庄严抿紧一张悲天悯人、乐天知命、天衣无缝、唇线优雅的小嘴,温柔敦厚,居高临下,对大千世界的芸芸众生做着一种愿意普度的手印。弟子阿难和迦叶毕恭毕敬地捧经在两厢侍立,干巴巴瘦得像两个饿鬼。众金刚怒目圆睁,龇牙咧嘴,以各种造型分列左右,尽心恪守着护法的职责。阿梵铃这才明白,原来是龙门石窟到了,自己这是已经走到那个悠久的奉先寺来了。

一道绳索把前方的去路拦住,绳子圈起大佛脚下方圆很大一块地盘。有两辆大型起重机靠山崖停着,直升飞机正绕着山顶呜呜地飞,两架变焦长镜头拴在机尾,在太阳下一闪一闪的。围观的人群前呼后拥猛烈朝绳子挤着,都想近前来看个究竟。阿梵铃刚抓住绳子,还没来得及看个仔细,就听嗵嗵两声炮响,从大吊车子上甩下几个铁罐头盒子,噼噼啪啪落在围观者中间连连爆炸了,彩色雾状粉末迅速弥漫开来。人们都给呛得大声咳嗽,一边擦着鼻涕眼泪,一边惊惶地连连后退。一时间烟雾四起,周围景致什么都看不见了。

待阿梵铃擦干眼泪重睁开眼时,看到烟幕已经散尽,大佛脚下魔术般地出现了一座巨型粉红色莲花台,花台中心端坐着一个着麻纱水洗丝龙袍,戴 K 金皇冠的金光灿烂的女人,龙袍的每一道衣褶完完全全仿照卢舍那大佛所披袈裟的纹路摆放、拿捏。女皇身材窈窕,手掐着一枝绿色牡丹,正在做拈花微笑状。在她左右侍立着两个光头和尚,挺胖。文武大臣们则仿护法金刚的模样,吹胡子瞪眼,把嘴角的周长咧到最大,一动不动地定格在女皇的左右两旁。

表情和姿势都拿好了,站在女皇右边的白净面皮的和尚敲了一下法器,高声宣布道:

"则天武帝今日要西去法门寺迎取佛骨舍利,奏乐,起驾登程啰——"

"呜哇——"

法号吹响,梵音缭绕。阵阵佛乐声中,一群装扮得古色古香的飞天从吊车之中升腾出来,翩翩落至莲花台前的场地上,衣袂飘飘地跳起了仿唐的舞蹈。飞天们都很白胖,开得很低的领口中露出一道道深浅程度不同的乳沟,晃得人满眼尽是白花花的。那个穿小喇叭裤的,将腰一耸,便扭成九皮段的蛇形,腿儿一抬,便能够金鸡独立反弹琵琶。

绳子圈外的观众又开始朝前拥了。阿梵铃背部承受着巨大的压力,有些站立不定。乐声忽然间变得雄壮,一群武士穿着紧身连裤袜,做着踺子、小翻、托马斯全旋上场。他们在飞天女的脚下连打了几个滚儿之后,便做一些个把女子从地上捡起来,再扔过头顶去的抓举动作。单人舞双人舞集体舞这些规定节目都演完了,两旁吊车吱吱嘎嘎地启动,拴在飞天女腰间的钢丝索便被一环一环地拉起,仙女重又吊回天庭,手脚游动着,在半空中做一些表示腾云驾雾的自选动作,渐渐飞出画外。武士也甩着单臂大回环一个接一个地退场。

阿梵铃给彻底看糊涂了。被人们传说得诡诡秘秘的一场迎取佛舍利的大型宗教仪礼,却原来不过是几个戏子们玩的一场杂耍闹剧。那么自己的这种追问,这些怀疑,还具有什么意义?岂不是变得十分可笑、十分滑稽了吗?他正在暗自思忖着,忽听吊车上有人用小喇叭喊:

"Cut! Cut! 停,停!"

然后又喊:"编剧! 编剧! 编剧王晓明哪里去了?"

"这呢,这呢。"

应声走过来一个下巴刮得溜光的高个白胖子,穿着件黑色T恤,上面印着"则天大帝"几个醒目的白色大字。再一看,绳子圈里站的一溜人,都穿着同样式的大背心。待那个高个儿走近了,阿梵铃一看,乐了,这不是研究生院里住在自己隔壁的文学博士王晓明吗?

"晓明——"他不由得兴奋地喊,把刚才的失落情绪暂时扔到一边,抱起麻袋包,撩起绳子就往圈里钻。

"哎哎,干什么的你? 说你呢!"一个拎着电棍的脸色黝黑的土警察,站在绳子圈里推搡了阿梵铃一把,"往后站,往后站,没看见拍电影呢吗? 把你照进去了算个啥?"

阿梵铃也挺生气地拿麻袋撞了一下土警察:"有话好说,你推什么推?"

土警察火了:"我说你这小白脸还挺牛气,不服气,找打是怎么着?"

阿梵铃假装硬气地说:"你说怎么着? 你神气什么? 不就是拍个破电影吗?"

土警察扬起电棍正待发作,王晓明已经跑了上来,隔着绳子与阿梵铃热烈拥抱着:

"阿梵铃! 嘿,兄弟! 你怎么到这儿来啦?"

阿梵铃白了土警察一眼,大摇大摆跨过绳去,摇着王晓明的手:"我出来查资料哇! 哥们儿你论文做完了? 何时打进影视圈的?"

王晓明说:"一言难尽,你看我这忙的,有空我再跟你从头细说。"

正寒暄着,刚才喊的那个人走了过来,拿着本子对王晓明说:"晓明,这段得改。"

王晓明恭敬地问:"改谁啊导演?"

导演说:"你看啦,这个武则天,人都知道这个卢舍那大佛是她捐的钱,按照她的模样凿出来的,可是女主角太瘦,反差太大,观众不买账的啦。可眼下,又没有办法一口气吃出个胖子来,所以你想一想,能不能把背景换一下?"

晓明说:"盛唐气象,尽在一个卢舍那大佛身上呢,改了,就不好表现了。"

导演说:"琢磨琢磨,活人总不能让佛给憋死的啦。"

王晓明眉头紧锁,倒背着双手,驴拉磨似的不停地在佛脚下转着圈。演员们带着一脸的油彩说说笑笑戏闹着,女主角独自坐在一旁拿着本子很认真地默戏。王晓明一会儿仰望卢舍那,一会紧盯女主角,蓦地,一拍脑门,大声说道:

"有了,有了!快,给卢舍那大佛镶上两颗虎牙。"

导演一听:"哇!好主意,晓明你真聪明,我用你的本子算是选对了。"接着他拿起小喇叭:"美工,道具,快快,架梯子,给大佛镶牙。"

立刻就过来一帮人马,拎着凿子、水泥、铁锹,抱着几块汉白玉石头,搭着梯子,搂着佛腰,敏捷地爬上脸去。

阿梵铃看得目瞪口呆,犹犹疑疑地问:"晓明,这可是国家一级文物,容许你们这么篡改吗?"

晓明说:"剧组有的是钱,都可以把这个地方买断,安一两颗假牙有什么大不了的。"

搭景的很快就忙乎完了。镶牙的人们从佛身上爬下来。导演喊各个部门注意,第 207 个分镜头准备开拍。

场记啪地打板。

分镜头 207:

梳着一个小髽髻的大文豪韩愈上场。武则天端坐于卢舍那大佛像下,仍拈着那一枝绿色牡丹花。右边侍立的那个长着白净面皮的和尚,就是名垂青史的女皇面首,白马寺的住持薛怀义。

韩愈一袭雪白丝袍,从袖筒子里取出一纸奏书,就是那篇流传后世的《谏迎佛骨表》,从左侧向前迈了一步,恭恭敬敬地双手呈给女皇:

"女皇陛下万岁万万岁!佛骨舍利是不应该去迎的呀!如今那帮做和尚的,光吃饭不干活,不保家来不卫国;不垦荒不种地,逃避兵役和徭役;又偷税来又漏税,是又装神来又弄鬼;农民全都出了家,工农加大了剪刀差。长此以往,国将不国了啊……"

韩愈悲愤地掩面而泣。

武则天听得有些心动,刚想张口问些什么,白马寺住持薛怀义赶紧上前一步,附在她耳边低声说:

"My 达令,亲爱的,不要听信他一派胡言!韩退之这人一向以知识分子中的精英自居,狂傲不羁,把谁都不放在眼里,到处用他那一套学说蛊惑人心,写些什么《原道》《原罪》

《原惑》的,一心想要尊孔灭佛,要搭块板把孔老二给供起来。赶走了佛,我们还怎么尊称您及您之后的慈禧太后为老佛爷呢?这种人,专爱与政府作对,用不得,信不得啊!"

武则天微微颔首,觉得怀义的话不无道理。

韩愈一直都在对女皇察言观色,见状赶紧跪爬几步,匍匐在地,含着眼泪说:

"陛下陛下,佛骨真是万万迎不得的呀!且不说动用那么多人力物力财力,奢侈铺排,劳民伤财,单说那佛骨本身的真实性就令人怀疑。那哪里是些什么释迦牟尼的手指骨,分明是天竺妖僧用几块玉石假托的啊!可恨那些社科院的考古学专家们,慑于佛教势力的强大,不敢坚持真理讲真话,只会一味奉迎随声附和拍佛马屁。唉!可怜我大唐江山,几代君主都被蒙蔽了,把几块石头用小金棺材装着,从洛阳到长安迎来迎去的……"

薛怀义再也忍不住了,一个高蹦起来叫道:

"呔!大胆韩愈,竟敢说出如此欺君罔上、呵佛骂祖的狂言!现在已是武周时代,你还口口声声大唐大唐的,难道你是要搞复辟吗?"

韩愈把头一扬:"呸!小薛你这午夜牛郎!这里哪有你说话的地方?除了身上那根物件儿硬朗,你有何德何能,竟也能当起白马寺的方丈?"

薛怀义脸上一阵红一阵白的:"陛下,他这是在辱骂陛下……"

武则天威严地喝住:"退之!休要放肆!大堂之上,你竟敢影射朕我是织女……"

薛怀义一旁急得直摆手:"不对不对,牛郎是男妓的意思,好莱坞经典影片,达斯汀·霍夫曼主演的……"

武则天声色俱厉:"好你个韩愈!身为朝中元老,竟然带头看起黄色录像,晚节实在也是难保。我且问你,不迎佛骨,不扬佛理,朕还靠什么来搜取民心,又怎得登基做成皇帝?想那泥腿子的农民起义,还要打出一些神神道道的招牌呢!朕劝你,安心离休当顾问,好好在家教养儿孙,侍弄花草,不要一闲着闹心就进谏上表。念你从前戎马倥偬为国出过力,朕也不忍重罚于你,只给你个象征性处分,贬到那荒僻的潮州当刺史去吧。"

说着,将那一枝绿色牡丹,蘸了一些七宝琉璃瓶里的净水,朝跪伏的韩愈身上点了一点,起身,扬长而去。薛怀义在她身后紧紧跟随。

上来两个武士,架起韩愈往外走。韩愈一甩手:"哈哈哈哈!仰天大笑出门去,我辈岂是蓬蒿人。"说完,扭头,愤然怒视卢舍那,啐一口黏痰朝大佛身上吐去。

镜头上摇。卢舍那大佛龇着两个虎牙,轻蔑地哂笑。定格。

导演说:"OK。"

阿梵铃看得木呆呆的,半晌,才讷讷地:"我说晓明,你小子学过历史吗?"

王晓明说:"得了吧,兄弟,我知道你要说什么。历史,历史是什么?历史就是卢舍那大佛嘴里那两颗虎牙,我想安就安,说拔就拔。"

导演听了,一旁瞟了他们一眼:"二位这话有点小题大做了吧?我看你们大陆的学者,把月亮和月经,曹雪芹和希特勒都能放在一起搞比较文学,晓明这个本子,实在很小儿科的啦。"

晓明和阿梵铃听了,一时都面带惭愧。

演员们忙着擦汗喝水。围观的群众又往前拥,想仔细看看女主角,并且把背心草帽都脱下来了,准备请她在上面签名。绳子圈里的土警察们又把电棍舞得嗖嗖响,不允许追星的人们靠近。

剧务又在换景。导演拿着本子哗哗翻着,看了一会儿,又叫住晓明:

"晓明,下一个镜头,武则天跟薛怀义造爱一场,我的想法,再添点戏啦。武则天也不是说一下子就跟和尚睡到一块儿去的啦,给点铺垫、调情啦,火候差不多了再往床上搞嘛。"

"这个嘛……"晓明一时有些挠头。

导演启发说:"武则天跟和尚还有没有其他因缘?"

"噢?巧了,巧了,"王晓明一指阿梵铃:"这个正好问他,他是专门搞佛学的。"

于是王晓明才想起来正式给阿梵铃和导演互相做介绍。阿梵铃这才知道,面前的这位就是以善拍历史巨片而著称的香港一代大导李约翰。李约翰握着阿梵铃的手客气地说:"阿博士,幸会,幸会,不知你能不能在佛学方面给我们做一些指导?"

见问到了专业上的问题,阿梵铃根本就不用考虑,张嘴就发挥起自己的特长:"据我所知,皇后武则天很是景仰一代高僧唐玄奘,两人曾经有过交往的……"

"噢?是吗?请讲请讲。"导演和王晓明都来了兴趣。

阿梵铃继续背书似的说:"玄奘大师深谙'不依国主,则法事难立'的道理,很注意搞好跟政府上层官员的关系,频繁地往朝廷当中走动,从印度留学回来,也没忘记带些象牙玉器之类礼物送给太子太宗。高宗显庆元年十月,即公元656年,皇后武则天怀孕将产,玄奘为她设法事祈祷平安,则天赏给高级丝绸面料袈裟一领。十二月五日则天生皇子李显满月,玄奘进宫为小孩剃度,落发受戒……"

"Cut!Cut!"导演兴奋地大叫,"就这儿了,就这儿了。在这里加一个分镜头:武则天满月,玄奘进宫给小孩施洗,则天对他一见钟情,想把他留在深宫,养在枕边,三藏不肯就范。则天从此夜思梦想唐僧肉。玄奘死后轮回转世,一转,两转,就转成了白马寺住持薛怀义。则天一见这个与玄奘长得一模一样的小和尚,当然就要勾引着上床的啦……"

王晓明说:"妙!妙!这蒙太奇组接的,不生硬,还有佛理依据。"

阿梵铃心想:人家导演毕竟是导演,擅长形象思维,一想就想到人物造型和床上动作上去了。

导演说:"晓明你赶紧给编词儿,我去跟演员说说戏。"

王晓明立即低头往本子上唰唰唰地写,时不时抬起头来向阿梵铃请教两句。

不一会工夫,导演气呼呼地回来了:"我说你们大陆演员怎么只认得钱啦?那个薛怀义听说要加戏,立即去向制片主任提出增加片酬,要跟港台演员同等待遇。我让制片主任跟他说了,要想同工同酬也得等到九七回归以后,薛怀义一听,加的这场戏就罢演了。"

导演两手一摊,有些发愁:"晓明你说,飞机在天上飞,景也搭好了,这会儿我哪儿找一个和薛怀义长得像的演玄奘去?你们大陆演员,真是素质低,没有敬业精神。"

晓明也是大陆来的,听着这话挺反感,心里头不乐意可嘴上不便说什么,只好拿眼睛往演员堆里寻摸,看了半天也没有太中意的。目光只好转回来,落到阿梵铃身上时,忽然眼睛一亮,说:"导演,你看阿博士跟薛怀义长得像不像?"

导演正坐在石头上抽闷烟,听了这话,扭头看了阿梵铃一眼,说:"有点像,身材五官都差不多,不知阿博士有没有演过戏。"

不等阿梵铃回答,王晓明就抢着说:"李导,阿博士一直研究佛学,对那套礼仪比较精通,演起来肯定比真和尚还和尚,您就让他客串一场。"

导演沉吟一下,说:"救场如救火,那就先上妆,试试啦。"说完捻灭烟头,接过王晓明改编好的本子,去给女主角说戏。

阿梵铃真的急了,哐哐哐地擂着王晓明:"臭小子,搞恶作剧,成心耍我是不是?"

王晓明说:"嗳嗳兄弟,你可别狗咬吕洞宾。想进这个剧组的戏子都快把导演门槛挤破了,可谁有你这福分?凭空白捡一个角儿。"

阿梵铃说:"我他娘的哪演过戏?你这不是逼良为娼吗?"

王晓明说:"哟,看不出来,还挺正统的嘛!不会演?没演过怕什么?我写过剧本吗?也没写过,可那十几万块钱的招标也太他娘的诱人了。写,写!狠狠地写!满怀激情地写,花里胡哨地写!别人都在戏说,我为什么还要正襟危坐?你知道我通过多少层关系才把剧本递到导演手上的吗?你这会儿已经是天上掉馅饼啦,还不赶紧偷着乐?有道是肥水不流外人田,谁让咱俩是住一个楼里的哥们儿呢。"

说着,又推了阿梵铃一把:"上吧,还犹豫什么。"

阿梵铃心里七上八下的,有些蠢蠢欲动。于是咽了咽唾沫,借着晓明的助推力,拿出一副豁出去的架势跟着化妆师去上妆。

化妆师边瞅着薛怀义的脸盘子,边照着给阿梵铃描眉画眼线,戴发套,并把薛怀义身上的袈裟扒下来给阿梵铃套上。薛怀义边脱衣服,边愤然怒视着这个半道上冒出来的、不给大陆演员争脸的叛徒和奸细,瞪得阿梵铃一激灵一激灵的。

导演对阿梵铃说:"你不用紧张,我让晓明就给你写两句台词。你和武则天初次见面,武则天千方百计勾引挑逗你,你要面带潮红,气喘吁吁,仰望则天,说:'贫僧已经将身许佛,原谅我不能再献给皇后了。'表面上看你一派镇定,佛心似铁,实际上是暗怀惋惜,身不由己。就两句啦,好好记一记。"

阿梵铃紧张得两个手心已经开始冒汗,导演的话一时没怎么听清,脚底下有点没根似的站不稳。

导演拿起小喇叭,开始喊各个部门注意,又扭头叮嘱阿梵铃:"放松一点好啦,我让女主角给你带戏,你只要跟上趟就行了。注意,眼睛不要瞅镜头。"

导演说:"开始。"

场记啪地打板。

第301个分镜头:

一阵梵乐响起。阵阵乳香袭来,刚刚坐完月子科的武则天身着玲珑纱,头缠白布条,雍荣华贵,风情万种地斜倚在凤榻上,对面站着唐玄奘。

武则天:"听说大师才华横溢,在印度曲女城论文答辩大会上,大显身手,舌战群佛。六千多名印度僧人学者仰慕您的威名,又看见戒日王正坐在主席台上为您撑腰,所以都没人敢向您提问,您轻而易举就赢了,被推为大乘帮帮主和转轮王。您的事迹早已传回国内,引起巨大反响。您是我中华民族的脊梁啊。"

玄奘大师低头不语。阿梵铃让照明的大灯泡子烤得脸蛋子通红,感觉得到摄像机镜头正围着自己前后左右地拧着,脸上的肌肉都紧张得僵了。

武则天说:"您不贪恋异乡荣华富贵,身居国外十多载,不忘亲人和家乡,一心学成归来报效祖国。派您这样的人出去,我们放心。"

说罢,武则天在侍女服侍下起身,下得床来,将两厢闲杂

人等呵退,然后一摆胖腰,莲步轻移至玄奘身边,娇声软语道:

"大师西去留学十六载,想不到还是这么年轻英俊……到底是佛门弟子,修炼出舍利真身,遭了那么多洋罪,却怎的都不显老啊!就留在我身边,当个宰相好不好?"说着伸出两根葱珑剔透的玉指,轻轻托起玄奘的下颏:"好不好?嗯?好不好?"然后双唇轻颤,眼圈泛红眼眶中蓄满动情的潮水,舌尖轻舔着玄奘的耳根:"我实在需要你……的辅佐啊。"

阿梵铃登时感到一股兰气直从耳道通入脑仁儿,酥痒刺激得难以自持,两腿暗地里抖得像筛糠。他怯怯地抬起眼来,迎面满满的是一团香艳。再一对接大明星那勾人魂魄的眼神,脑袋瓜子嗡的一声就大了,满脸潮红,气喘吁吁,仰望着明星,直勾勾的,半天说不出一句话来。

导演助理急了,在一旁大喊:"说台词说台词!'贫僧已经将身许佛……'"

阿梵铃脸涨得更红了,梦呓般地嗫嚅着:"贫僧已经将身许佛……"

"口型张大点,再张大点,说'原谅我不能再献给皇后了'。"导演助理又在边上喊。

"原谅我不能再献给皇后……"阿梵铃像鹦鹉似的应声说。

武则天一听,走开几步,退回原位,叹口长气:"唉!郎心似铁,佛心似铁。我才懂得为何取经路上那么多女人想吃你的肉而不得……也罢,也罢,就让我从今往后,吃斋打坐,诵经礼佛,日夜遥望慈恩寺,实行一夫一妻制,让围绕你的空气也围绕着我,离你近些再近些。"说完,飘飘然走出画面。留下一个阿梵铃在原地不知所措,张皇失措。

"OK!"

导演一声喊,大灯泡子全灭了,阿梵铃还傻呆呆地站着,梦没做醒似的。王晓明上去扯起他:"兄弟,真有你的,你可为我长脸了。"导演也说:"好极了,真不相信阿博士从来都没有演过戏。"

阿梵铃还在痴呆呆地遥望着女主角,王晓明在他肩上猛拍一巴掌:"嗳,兄弟,这是戏!戏完猢狲散,你可别真进去了。"

阿梵铃说:"这还不都是你一手炮制的。"

吃过晚饭阿梵铃跟着王晓明去导演屋里看带子。有几个演员也在座,幽暗之中,阿梵铃看到了韩愈和武则天,薛怀义却没有来。武则天只顾跟导演说笑,见他进来,连个招呼也不打,仿佛根本不认识他这个人似的。阿梵铃心里怅怅的。

剪辑好的带子哗哗往回倒着,又慢慢放了出来。阿梵铃看到了一个红头涨脸的自己,觉得新奇而又陌生。女主角比他眼见的还要美,几个特写镜头把她的优点全放大了。

画面一个闪回,满目都是盛开的牡丹。武则天锦衣罗裙在花丛之中笑着捏条纱巾奔跑,薛怀义骑一匹白马,四蹄飘飘地在后面慢动作追逐笑闹。

姹紫嫣红的炫目色彩在镜头中纷纷掠过。薛怀义追到跟前,把女皇从花丛中抱起来放到马上。白马受惊。怀义抱着女皇从马背上跌落,在牡丹丛中翻滚。武则天优雅地仰面躺倒,怀义趋近,毛烘烘的大手探进女皇开领很低的上衣。女皇眼睛半睁半闭,嘴里喃喃叫着:"玄奘……怀义……"

薛怀义一个脸部特写,画面叠印出他的前生唐玄奘:阿梵铃正两眼冒火,面色潮红,气喘吁吁……

阿梵铃看得心里扑扑乱跳,心说这是怎么搞的?好像真的是我干的似的……这个镜头若真是我演的该多好……可到时候该怎么向妻子解释呢?

武则天还在呢喃着:"怀义……玄奘……"一个大特写,女皇双唇微张,睫毛轻颤,玉臂在薛怀义的光脊梁上急不可耐地划拉着……

镜头慢慢上摇,上摇。伊水河欢快地流淌。卢舍那大佛报着两颗小虎牙,多情而羞涩地微笑……

主题歌随即响了起来:

> 则天武帝
>
> 武帝则天
>
> 万民景仰
>
> 万众狂欢
>
> 牡丹淫荡
>
> 淫荡牡丹
>
> 装点墓园
>
> 光耀永远

欢喜

昨日英雄煮酒桃园结义,华山比武论剑

今朝僧俗持斋鹿苑随缘,故里斗法谈玄

阿梵铃打老远就看见氢气球上拴着的这两个巨大条幅,正在古滑国玄奘故里的上空飘扬。他急忙抱紧麻袋,脚不停歇地向前赶去。那些个玄奘石棉瓦厂、玄奘唐三彩窑、玄奘一号高产试验田、玄奘百货商店等以玄奘来命名的单位呼呼呼地从他身边掠过,他也顾不上细看,连跑带颠儿,直奔会议地点——玄奘希尔顿宾馆报到。一进宾馆大门,就见那哥特式尖顶门框上,挂着一条通红的横幅:热烈庆祝玄奘圆寂国际大会在故里召开。

阿梵铃默默念了两遍。虽说这条幅上的语法不太规范,但是他那一路上一直遮蔽在重重帷幕中的思维还是隐隐约约给揭示开了。论文的思路,像蚕丝一样正从封闭的茧壳里向外抽离,越来越坚韧,越来越明晰了。对,就写玄奘,写那个把印度佛教系统带到中国来的佛学大师,把被吴承恩王晓明还有李约翰这些二百五文人艺术家给戏说糟踏过的一代高僧形象,给扭转过来,还历史以本来面目,重新确立玄奘在学术思想史上的崇高地位。

"师兄,你怎么才到呀?导师等你都等急了。"

师妹小梅蹦蹦跳跳地从里面跑出来,上前挽起他的手,像挽着亲哥哥似的:"快进去吧,会务组有那么多活等你干呢。"

阿梵铃张开嘴,想说一下路上在摄制组的耽搁,想了一下,又把话咽了回去,高高兴兴地被师妹挽着,一同朝里走去。

师妹小梅是个小神童,才二十三四岁,从四川外语学院考来的,极有语言天赋,十五岁就给保送上大学,二十出头就已硕士毕业。在气温低湿的盆地里却学出了一口地道的美国英语和流利的加拿大法语,并且顺带着把法兰克福德语也打通了。学了外语不急着出国,偏要到北京念一个博士玩玩。那年她把几个有名望的博士导师都上门去相看了一遍,不知怎的,就相中了真空导师,回去把真空的几本著作背巴背巴就考上来了,外语差一点得了满分。真空导师在收她还是收另一个外语差却专业考第一的男讲师时,还着实犹豫了一番,最后还是录取了小梅。事实证明真空收对了,小梅来后导师很得她的济,以后凡有国外信函往来,一概交给小梅代为处理。

阿梵铃也十分喜欢自己这个聪明伶俐的小师妹。带着她,无论走到哪里,都能给搅起一片生机。这次会议是导师真空做庄,特意把她带来当大会翻译的。

阿梵铃跟小梅二人进去,见过了真空导师,又跟另一位以前就认识的空空大师打了招呼,赶忙就戴上会务组工作人员的胸牌投入工作,给络绎前来的报到者发材料,收住宿费。

正在这儿脚不沾地地忙着,忽听门板啪啪给拍得山响,有人在门外大喊:"冤枉!冤枉啊!"

众人都抬头一怔。真空对阿梵铃说:"去看看,何人在此大声喧哗。"

阿梵铃应声拉开门道:"何人在此大声喧哗?"

门外站着一个黑红脸膛、穿对襟布衫的老者,看了看阿梵铃戴的胸牌牌说:"请问学者大人,你们是不是开玄奘会的?"

阿梵铃说:"正是。请问,这开明盛世,你有何冤?有冤为何不去县政府门前喊?怎的跑到宾馆门前来了?"

老者说:"我这冤非跟你们喊不可啊……"

话没说完,空空大师打里边走出来,一看,说:"这不是唐招提寺村的老陈吗?老陈你好,快请屋里坐,请进来说。"

老陈进来,见过真空导师和小梅,又冲一屋子人抱了抱拳:"各位学者大人,你们怎知,这个滑国的玄奘故里是假的,真故里却在鄙人的唐招提寺村。"

众人一怔。连真空导师也怔了。大家惊诧不已。空空大师连忙说:"是的是的,老陈为这事给我写过好几封信了,还特地去北京佛协找过我。"

真空导师问:"你怎知滑国故里是假的?"

老陈说:"玄奘诞生的那几间草棚如今尚在,玄奘故居的牌匾吾也都立起来了。在下本人也俗姓陈,跟玄奘大师同姓,不才正是他老人家一脉单传的后人哪。"

小梅好奇地插嘴问:"没听说玄奘结过婚哪?怎么就有了后人了呢?"

阿梵铃急忙扯了扯小梅,阻止她这种有失身份的童言无忌。

老陈说:"咱们闲话少叙。请学者们快快跟我上车,实地考察一番就明白了。"

几个人不由分说就给架上了等在门口的一辆"130"小货车。尽是坑坑洼洼的土路,车子颠簸得厉害。空空大师介绍说,老陈从前是村里的私塾先生,一直都教书,国学造诣很有一些,说起话来喜爱用些古代汉语。

到了唐招提寺村口一看,老陈老伴和乡长小陈正立在道口迎接他们。乡长小陈说起话来文绉绉的,对本乡的风土人情历史典故了如指掌如数家珍。众位学者暗暗佩服,有历史的地方和没有历史的地方就是不一样,对先人的自豪全都写在一张张面色凝重古色古香的脸上呢。

迎面就是玄奘出生的草棚了。三间小草房孤零零地兀起于一片麦田间,老陈说这是村人自动腾挪出的一块宝贵的地盘。房顶上都苫着油毡纸和石棉瓦。房檐下挂匾,匾下立碑。匾镌金字:玄奘故居。碑刻人名,都是捐款腾地重修草棚的乡人邻里。棚中分坐三尊金身塑像,左为关公,中间玄奘,右边是观音菩萨。

小梅好奇地往草棚里探头探脑张望,一边心存疑虑地嘟囔:"师兄你说,玄奘他爸当年也是在这一带当过大县长的,县长家能就住在这破草房里吗?"

阿梵铃看了看一脸虔诚地做着介绍的老陈和小陈,忙止住小梅:"别瞎说!伤害了地方人民的感情。"

小梅吐了吐舌头,不说了,跟随众人进了草棚边上一间小帐篷。这是老陈特地支起的玄奘生平事迹展览馆。帐篷里有一些经书袈裟、石碗石筷等实物,朝阳的一面贴着复印下来的玄奘族谱,还有一张拓下来的三尺长的玄奘负笈取经图。老陈自己的一张免冠正身十八寸大彩照紧贴在玄奘负笈图旁边,粗粗看去,在扫帚眉单眼皮儿椭圆脸等诸多方面二人极其相似,由不得人不相信两人一千年前是一家,只是画上的玄奘从没为吃饭穿衣发愁过,也不曾担心什么旱涝收成,看上去心宽体胖显得年轻,而老陈作为一个乡村民办教师,常为发不出工资而苦恼,满脸皱巴巴的十分苍老。二人搁在一块,辈分很难确定。

老陈说:"诸位学者,你们定是知道唐招提寺的吧?"

小梅快嘴快舌:"知道,挺大的,后来不是给毁了吗?"

老陈说:"寺是毁了,可残碑还在,遗址就在村头小学校里。据史书载,玄奘诞生地位于招提寺西南十五华里处,就是吾这三间草房的位置。可他们滑国那个故居,却在小学校正北方向,斜了去啦,差好大一截子……"

小梅说:"怎么量出来的啊?准确吗?"

老陈说:"请地质勘探队的来量的,绝对有准儿。另,从族谱上可以查出,玄奘是吾先人之表弟,吾应称其为叔伯祖爷爷。论据总共有二十五条之多,吾已寄给空空大师看了。"

空空忙说:"是啊是啊,我看过了,老陈说的极有道理。"

半晌都在沉默不语的真空导师,这时慢慢开口问道:"既然如此,最初滑国故居还没修建的时候,你们为什么没首先做这项工作?"

乡长小陈懊悔地说:"唉,唉,这都是我们一时决策失误,才造成如此严重之后果。老陈当时就提出过要修建玄奘故居,但由于那时乡党委一班人的主要精力正放在抓大秧歌上,秧歌搭台经济唱戏,修故居的事就被耽搁了,就被邻近的古滑国给抢去先建了。眼看着一车一车的外宾猛往滑国故居拉,我们这才充分认识到,玄奘的国际影响要比扭大秧歌大。所以乡里决定,坚决支持老陈的一切活动,给出车出经费,一定要把修故居的权利夺回来。"

老陈老伴也插嘴说:"俺也坚决支持他,俺就在这窗口办了个杂货铺,挣两个现钱供他往城里跑……"

众人这才注意到,帐篷背阴一面开了个小窗口,上面摆着些汽水面包针头线脑之类杂物,来买的人并不多,生意十分清淡。

乡长小陈说:"老陈这是在用玄奘精神重建玄奘故里,十分不易啊。"

众人一听,不由肃然起敬。空空说:"老陈你放心,我们一定替你呼吁。"真空想了想,说:"老陈,给你们两份请柬,正式邀请你和小陈去出席纪念玄奘圆寂的国际学术会。"

老陈感动得不得了,陪着众人出来,一定要跟几位学者在草棚前照张相。老陈老伴忙转身回帐篷,搬出个大木牌子来挂上,牌子上是白底红字:玄奘故居管理处。老陈老伴说:"平时没人来,就不挂,花了不少钱打制的,挂在外边风吹雨淋,怕浇坏了。"

开会的学者、沙弥和比丘尼陆陆续续到了。真空大师邀请来了日本韩国印度斯里兰卡尼泊尔等众多国家和中国香港、台湾等地区的使者。这些人都属于一个学术圈儿里的,彼此相熟,每年都要凑到一起开一次国际研讨会。今年轮到真空坐庄,地点选在玄奘老家,跟洛阳牡丹花儿凑到一起开。欧美方面来的不多,只来了一个德国小子,美国的大叔因为签证被使馆拖延了,因此电告来不了,真空听了万分着急,很担心会议的规模和国别不够,让人说成是亚洲国家区域性会议,在圈子里头没面子。灵机一动,忽然想到去请尼泊尔国大使。大使是真空在印度留学时的好友同窗,笃信佛教,接到邀请,很痛快地来了,并表示开这个会是中尼友好关系史上的一件大事,反正他眼下手头没活,一定要坚持把会开完,奉陪到底。大使一到,会议的规格便平升了一个档次,玄奘希尔顿宾馆赶忙把从未启用过的总统套房拾掇出来了,隆重迎接大使阁下。

真空大师正在高兴,一大群迟到的印度学者找上门来,反映宾馆住宿费收得太贵,请求真空帮忙说情,能给他们便宜点收。真空对印度国情比较了解,知道他们出趟国也极其不易,跟我国一样经费包干,余的都归个人。真空于是找到宾馆经理,说能不能照顾一下发展中国家来的。宾馆经理一听为难了,说真空大师,你看我们这小地方出一个涉外四星级宾馆容易吗?这都是我用我的乡镇企业十年辛苦钱换来的。再说会议一百来号人的伙食费已经由我们宾馆包了,住宿费也只是收了国家标准的一半,我们是没法再减了。

真空大师回来一说,印度使者们不高兴了,说那我们不住这儿了,到街上找家便宜的私人小店住去。真空一听害怕了,若真的住出去,那不是寒碜我这个地主呢吗?这种事情印度人是干得出来的。于是赶紧坐下来,把这群印度朋友召集到一块,做耐心细致的思想工作,用一口地道的南亚英语极其恳切地说:"各位各位,看在都是老朋友的分上,请给兄弟留一点面子吧。要么这样,大家先交一半的钱,先安顿下来好好休息,剩下那一半我去想办法,实在不行我真空个人替大家掏了。"

印度人这才交钱,领出入证,进了各自房间。真空把阿梵铃叫到自己屋里,说:"待会儿再有印度朋友找我,就说我不在。"阿梵铃遵命守住门和电话,又不解地问:"那您还请这么些印度人来干吗?"真空说:"谁请了这么多?给了两份帖子,他们复印了二十份。我可上哪儿替他们淘换那一千多美元住宿费去呢?"

第二天上午的开幕式极其隆重,重金请来了几个大报记者和电视台摄像的。主席台上坐满了当地"玄委会"的领导。阿梵铃从散发的会议材料上才得知,当地已经建起了规模庞大的"玄委会",县乡一级领导都是常委,另外,在开发玄奘资源方面有突出贡献的村一级干部也给纳入在内。会议的几万元经费都是由他们赞助的。人家出了钱,理所当然该坐在主席台上供人瞻仰。唐招提寺村的老陈和小陈坐在台下看得眼巴巴的。由于他们村的草棚故居到现在还没得到正式承认,所以尽管他们在挖掘玄奘宝藏中也做出了很大成绩,可还是连个"玄委会"的委员都没闹上,一时间心里有些怅怅的。

其实感到失落的还不光他们俩,台下硬板凳上还坐着一些全国一流的学者专家。在学术大师被崇拜的年代,老头子老先生们都曾被当成文物级偶像对待,出得门来前呼后拥,他们的名字总是在国家一级学术刊物上频频出现。平日里若是哪个年轻人想去登门求教拜访,或是报社记者们贸然上门采访,他们都可以随随便便叫老伴出门把人家打发掉,或者干脆牛气冲天地把人家拒之门外不予理睬,弄出一出出"程门立雪"式的故事新编。可如今不行了,稿纸上堆出的名气不顶用了,没有钱到哪儿都玩不转了,连一个小县城的主席台竟也轮不上坐。老先生们就胡子翘翘地想:有什么了不起的嘛,也不过就是个金钱面前人人平等。想当年我们不是也挣大洋坐黄包车吗?现如今虽然不能奉为上座、捧到天上,但比起被踩在脚下、洗澡割尾巴的时候还是强多了。

真空是唯一被安排在台上就座的学者代表。他特意穿了西装打了领带,把头发也抹得锃亮,奋力挺直一把老腰杆傲然坐着,像那个孔乙己似的,再怎么着也得穿长袍把酒站着扬了头喝。轮到他讲话时就平平仄仄抑扬扬膛声洪亮气贯长虹,惹得电台电视台的记者好一顿子录音录像。台下的学者们这才觉得心潮略平,同沾风光。

"玄委会"的领导也一个接着一个地致辞,为玄奘大师产在当地而深感自豪。"鲁迅先生早就教导我们说,玄奘是中国的'脊梁'。"他们的发言稿里不约而同地这么引用着。其实这句话最早是由真空大师从鲁迅的杂文中摘出来的。鲁迅也不过是在一长串排比句中提到"有埋头苦干的人,有拼命硬干的人,有为民请命的人,有舍身求法的人,这就是中国的脊梁。"①真空就把"舍身求法的人"直接改成玄奘。他这样一引用后,别人都看着这话挺好,于是便争相传抄,抄来抄去,抄大发劲儿了,最后就明目张胆地给加引号:"鲁迅说玄奘是中国的脊梁。"

开幕式过后,一场酒宴是必不可少的。在玄奘希尔顿宾馆一楼能容纳上百人的餐厅里,僧俗两界采取背靠背形式欢聚一堂。这一边是素鸡、素鸭、素火腿,那一头是佛手、佛瓜、佛跳墙。"玄委会"领导又偕同宾馆经理一道挨桌给宾客们敬酒,穿旗袍的乡村小姐不时地给添菜加汤。

酒足饭饱之后,众人到外面集合上车。警车呜呜呜地闪着红灯在前边开道,"凯迪拉克"里坐着大使和秘书,"子弹头"里装着"玄委会"领导,余下的坐进几辆豪华空调大客,人马浩浩荡荡在县城大道上招摇着,直接奔向古滑国那个公认的玄奘故居参观。唐招提寺村的故居没被列到会议参观景点上。老陈和小陈并没有因这一小点挫折而丧失信心,他们准备在会议期间挨屋游说,跟每个代表都呼吁一遍。

到了玄奘故居一看,果然气势不同凡响。占地方圆好几里,几进深的大四合院,雕栏玉砌,青堂瓦舍,亭台楼榭,好不气派!后山墙还留着一个豁口,后面的两块菜地又给腾出来了,准备继续向外扩建。小梅里外巡视了一遍,啧啧称赞说:

---

① 鲁迅:《中国人失掉自信力了吗》,《鲁迅全集·6·且介亭杂文》,P118

"好大的气派啊!这才像是个县长家住过的地方。"唐招提寺村的老陈和小陈则圪蹴在后山墙的豁口上,脸对脸地比比画画,像是在商量筹划着什么。

众人接着瞻仰遗容,参观纪念堂,念语录,戴像章,聚在塑像下照全体相,齐声高唱会歌《莲华浩荡》:

> 法轮常转
> 法相庄严
> 永远健康
> 万寿无疆
> 啊玄奘,啊玄奘
> 莲华浩荡
> 浩荡华莲
> 浊淖不染
> 圆满大千
> 啊玄奘,啊玄奘

真空大师心里一直被印度人欠房钱的事牵着,一点玩的兴致都没了。晚上阿梵铃来找他去参加联欢晚会,他却懒得动弹,说那些人的节目都是老一套,我都听过多少遍了。你自己去玩玩吧,我还得抽空把闭幕词写出来。说完真空就坐在桌前,把提交上来的论文草草翻了一遍,唰唰唰地伏案写了起来。

阿梵铃兴致勃勃地去楼下礼堂看节目,一开始还感到挺新鲜。县剧团的演员咿哩哇啦狠吼了几嗓子豫剧,幼儿园的小孩子们上来跳临时编的日本舞朝鲜舞印度舞。负责串场主持的是个抹着红脸蛋儿的大小伙子,大概是受了场上日本人的熏染,报幕不好好报幕,点头哈腰地表示谦恭,还竭力把嘴角眉梢肌肉向媚笑的表情牵拉,样子十分欠揍。多亏小梅站在一旁口吐莲花,唇齿生辉,一口美国卷舌音译得生动而又利索,把会场的气氛组织得生机勃勃。小梅穿一身嫩绿的羊毛套裙,像一株挺拔的春天小树,把所有人的注意力都吸引住了。

轮到各个国家和地区的代表登台献艺的时候,就没有多大意思了。日本人上去唱《拉网小调》,比比画画屡教不改地非法捕捞着公海里的鲸鱼。讲朝鲜语的"倒垃圾""倒垃圾"地唱,满心虔诚地赞美着那一地区特产的桔梗咸菜。香港人忧心忡忡地唱起《东方之珠》,对九七年的回归表示半推半就。台湾僧人释惠明走上台时,小梅不由一怔:皮肤这么好,这不是小帅哥童安格吗?整个人都不一样了吔!走近一看,并不完全相像,惠明没有头发,还穿着青布袈裟。但是那清丽的长相,仿佛每个毛孔都是干净的,往人群中一站,分外显眼,让小梅止不住怦然心动。小梅就想起童安格在北京首体演出时,自己在台下献花没献上去的遗憾。释惠明深情唱起弘一法师的《送别》时,小梅听着全都像童安格的《明天你是否依然爱我》,眼都舍不得眨地从侧面瞅着惠明,一时听得痴迷迷的。

外宾唱完了便轮到内宾唱。一个从云南来的自称叫释庄子的便衣和尚自告奋勇登台表演。释庄子剃光头穿西装打领带,给大家朗诵了一首毛主席的词《沁园春·雪》,铿锵有力,慷慨激昂,还带动作的,说他自己从小是学着毛主席著作长大的,后来就出家当了和尚。小梅看不惯便衣和尚,闭上嘴躲在一边有意不给他翻,但是台下凡是懂得汉语、热爱过毛主席的,就都给了释庄子不少的掌声鼓励。

次日上午分小组专题讨论开始。小梅阿梵铃德国人印度人以及老陈小陈等一些中国人分在一个组里。德国大力士约翰·克林斯顿一上来就抢了头筹,抓住话筒子就不肯放松。昨晚的联欢会上,他一听满场的东方文化大合唱,数风流人物全看他们亚洲人的今朝,心里就明白,那个美籍阿拉伯种的萨伊德的反西方文化霸权理论已经给串烧盗版过来了,全体有色人种明显地对欧洲白人抱有种族敌视态度,自己若是上得台去绝对不会有好果子吃的,于是就知趣地躲了出去。一种被冷落的感觉折磨得他夜不能寐。在欧洲他坐庄开会的时候哪一次不是唱主角呢?失落和失眠活活折磨了他大半宿。现在好不容易有了一个战略反攻的机会,他必须紧紧抓住不放。所以研讨会一开始,他就操着一口熟练的汉语以疑问句形式开场:

"请问,你们中国人,为什么总说和尚是中国的脊梁?"

一句话把大家问蒙了,满场的中国人都面面相觑,全都不知道怎样回答。小梅和阿梵铃都手脚发慌。正巧真空大师巡视各小组讨论情况,临时经过这里,听了提问,真空大师略一沉吟,几秒钟之内默练了一套"太极八卦障眼梅花桩",步法娴熟,身形虚幻,脸不红,心不跳,沉静地吐着气脉说:

"密斯脱克林斯顿,你理解错了,那句话的意思是说,中国的脊梁是和尚。"

克林斯顿果然给绕腾糊涂了,晃得眼花缭乱的找不着北。他深知汉语语法十分复杂,主谓宾一颠倒说不定就换成了什么意思。自己的日尔曼拳脚实在比中国功夫差了不少。克林斯顿的盛气一下子消了,老老实实地开始用英语宣读起论文。小梅负责翻译,一遇到他说梵语单词儿时,小梅就卡壳,求援似的回身张望真空导师,真空已经退出到别的小组巡视去了,小梅憋得脸色通红,流利的英语变得结结巴巴。印度人英语梵语都是国语,听懂克林斯顿的话毫无问题。中国人则由于小梅的结巴而把克林斯顿的发言听得支离破碎、断断续续的。

克林斯顿像一只好斗的公鸡,鸡冠子又很张狂地竖起来了,不无得意地用汉语说:"我希望你们中国人都能学点梵语,否则,我们之间无法构成对话,在国际上不好交流。"

几句话说得小梅难过极了,眼泪直在眼眶里面打转,可怜巴巴地把眼光转向师兄阿梵铃。阿梵铃看在眼里,疼在心上,转而又无比愤怒起来,咬碎口中牙,怒发三千丈。此时不打更待何时?不打不足以平民愤,不打不足以慰梅心。打!该出手了!

他暗自敛气,发起"大自在天般若金刚铁砂掌",功力直冲德国佬的面门:

"请问这位先生,你读的是汉文经还是梵文经?"

克林斯顿骄傲地说:"当然是梵文经。"

阿梵铃一声冷笑:"哼,研究玄奘大师的业绩,不读汉文经怎么能行,难道你不知道他留传下来的手迹都是标准的古代汉语吗?"

克林斯顿被这一掌击得满脸开花,满地找牙,眼中揉满了沙子,有些晕头转向了。

座下便衣释庄子,一身的五项全能正愁没处施展,见状赶紧跟上来,打出一记"蝴蝶梦断逍遥拳",直捅德国佬的腰眼儿。

"请问密斯脱克,有两本新书,《白话大唐西域记》和《绣像插图本波罗蜜多心经》,不知你读过没有?"

克林斯顿研究佛学也有二十来年,可从未听说过有什么"白话"和"绣像插图"文本的。他知道什么是直拳和勾拳,却不懂什么叫胡搅蛮缠嬉皮赖脸拳,于是便十分诚实地回答:"没有。这两本书我在德国图书馆还没有看到。"

释庄子不屑地嗤了一声:"不读这两本书,你怎么能了解中国玄学研究的最新成果? 我们还怎能坐在一起交流?"

克林斯顿立马就感到肾虚、腰酸,尿急尿频,小便失禁,难以自控地跑了一马。

小梅擦干眼泪,大声把这些汉话翻译给在场的非中国人听。阿梵铃这时也对便衣和尚有了好感,心说到底都是毛泽东思想哺育下成长起来的一代青年,鬼子进村时,能够同仇敌忾,在一个战壕里并肩作战。

唐招提寺村的老陈却不大关心这些个,出出进进一上午去了七八趟厕所。老陈原以为会上能讨论有关玄奘故居的事,希望能有人为他们村说几句好话。跟着坐了大半晌,见洋人说的些什么"玄奘的梦不是梦,是弗洛伊德,是里比多,是性",听不大懂。老陈只好不停地跑到厕所里去通风换气。乡长小陈也坐累了,想抽根烟解闷,刚一点上,旁边的印度和尚就被熏得痛苦不堪地用手扇。小陈把烟掐了,心里头就有些不耐烦,闷闷地想,敢情国际会议就是这么一回子事,拿钱把一帮不三不四的人归拢到一块堆儿,吹牛皮,干嘴仗,说一些不着调的话,操,还不抵扭大秧歌热闹呢。要是这样的话,故居爱承认不承认去吧,外宾不来就拉倒,省钱,还省心。

讨论一结束,阿梵铃就主动上前跟释庄子握手。释庄子递上自己的名片,说会后马上要去北京,有一些生意上的事需要跑一跑,到时候少不了前去阿博士处骚扰。阿梵铃一听,原来不仅有什么港商外商奸商儒商,连佛商原来也有了。就握着释庄子的手连连说:"没问题,没问题,看在佛祖的面子上,能帮上忙的我一定帮。"

下午去参观最著名的金山寺,警车又呜呜呜地开道,顺着盘山公路爬到山顶。海拔很高,任凭发多大的水也是漫不过金山寺去的。但见山上祥云缭绕,香火袅袅,排队买门票的人从山顶一直往下蔓延到半山腰,黑市票价已给倒到八十元钱一张。金山寺住持法海大师与真空是老相识,对一行人等表示热烈欢迎,将众人引进外宾接待室。分宾主落座以后,负责招待工作的和尚们端上橘子苹果,给每人赠送皮兜,内含精美印刷品数份。阿梵铃打开一看,是中英日文的《金山寺月刊》,每期封面都登有法海大师与前来视察的中外各国首脑合影的照片,相比之下他们这一行人的级别已经显得十分一般。再看看墙上,一转圈贴着的都是某年某月某国佛教徒寻根觅祖,来金山寺集体受戒剃度的照片。阿梵铃恍然大悟,难怪和尚们的接待工作做得这么有条不紊,极其熟络,敢情人家这套功夫是天天在练着哪!

法海大使跟尼泊尔国大使单独照相,又跟其他国家的僧尼合影。照完了相宾主分别讲话,法海简要介绍了金山寺在弘法方面所做的工作及取得的成绩,说本寺历史悠久,香客云集,寺里经常向贫困地区和希望工程捐款,以积功德,普济众生。真空大师听了,眼睛忽然一亮,说:本次玄奘会议是一次有国际影响、意义深远的大会,会上收到各国学者提交的不少高质量有价值的论文,想出本论文集,还望法海大师给题几句词,并在经济上给予支持。法海说没问题,宣扬玄奘大师业绩也是本寺所应该做的。出论文集的经费我们寺里包了。真空一听,大喜过望,立刻带头鼓掌。临出门的时候,真空灵机一动,又私下跟法海提起印度人欠宾馆住宿费的事,法海听了,说:"没问题,我给报销。不用拿发票。"

哈哈!学者在寺里化缘成功,一下子解决了两大难题,真空导师心花怒放,脚步轻快兴致勃勃地在寺里各处转悠着。阿梵铃和小梅跟在导师身后照应着,忙着给照相。寺里各个大殿的香火都旺得不得了。善男信女们见佛就磕头,逢神便烧香,功德箱里钱塞得满满的都放不下了。小孩子们给大人扯过来按在佛跟前下跪,不跪就啪啪地吃耳光,从小就给扇出一脸虔诚的宗教信仰。晨钟暮鼓花五块钱便可同时敲响,分开敲的话每下三块。放生地里汪着一泓清澈的泉水,人们都争相往里投钱打水漂。路过观音菩萨像下,见两个小和尚正拎着麻袋,大把大把从功德箱里往外掏钱往袋子里装。真空不由十分感慨,顺口问其中一个小和尚:

"出家几年了?"

小和尚正忙碌着,头也不抬说:"半年多了。"

真空说:"那么你知道玄奘是谁吗?"

小和尚摇摇头说不知道。

真空说:"你看过《西游记》没有?没听说过唐僧取经吗?"

小和尚不耐烦了,脖子一梗说:"鹅干哈非知道唐僧不可?鹅只要记住,释迦牟尼是鹅祖宗,法海大师是鹅师爷,鹅就能成佛。"

说完不理他们,又埋头继续数钱去了。

真空边走边摇头说:"这和尚,怎么连玄奘都不知道呢?唉,他怎么能不知道玄奘呢?"

阿梵铃在后面听得一个劲儿地偷着乐,回过身来找小梅,小梅却不见了。扭头望去,见小梅正跟台湾那个释惠明走在一起,两人有说有笑,亲亲热热的。阿梵铃不由心里酸溜溜的,心说外来的和尚好念经,和尚的歌儿就那么动听?!

小梅还真就是昨晚让惠明的歌声给迷住的,痴迷迷地非认为他是童安格的化身不可。昨晚回去偷偷查了登记表,见表中"职务"一栏下惠明填的是"副教授"字样。又装成漫不经心的样子向导师打探,真空说这惠明是佛学院毕业的博士,也是个很了不起的社会活动家,哪有会哪到,四处讲学弘法。小梅一听,他是博士自己也是博士,正好可以对等……脸一红,就不好意思往下想了。

小梅说:"释先生的歌唱得真好。"惠明说:"不好不好,二十多年前学的,都快忘了。"小梅惊讶地:"什么？二十多年前?"惠明说:"是的啦,我今年都四十岁了。"小梅说:"看不出来,您不说,我还以为您只有二十几岁呢。"惠明笑着说:"哪里哪里,过奖过奖。"又说:"梅小姐的英文好棒啊！是跟导师学的?"小梅说:"不是,我是从外语学院考来的。"惠明说:"怪不得。"

两人有说有笑边走边看。路过竺法兰和尚墓前,小梅哐哐踢了两下墓碑说:

"竺法兰这和尚真是多事,平白无故地来中国传什么经,没有他们这些人,中国的历史早就该改写了,我们哪还用天天读什么破经啊。"

惠明诙谐地笑笑:"他们要是不传经,梅小姐还可以当翻译有饭吃,我可就要丢饭碗喽。"

小梅想了一下,自己也扑哧乐了。小梅的理论功底比较差,研究起佛学来非常吃力。每天清晨,研究生院都是她起得最早,站在操场上抱着一本佛经猛背。样子不堪其苦。师兄阿梵铃在这方面没少帮她,差不多都成了她的第二导师。

小梅说:"释先生什么时候坐庄办会,让我们也好去台湾玩一玩啊?"惠明说:"可以的啦,明年的玄奘会就准备在台湾开,梅小姐真的想来吗?"小梅说:"那当然啦。"惠明说:"那咱们一言为定,我请你做会议翻译,免交一切费用。"小梅瞪大眼睛:"真的?"惠明说:"当然喽,像梅小姐这么聪明漂亮的翻译,我想请还请不到呢。"

小梅听得心呼呼乱跳,脸蛋上飞起一抹红晕。

阿梵铃从远处朝这边望着,从脾到胃一齐往上泛酸水。长期的同窗共读研经修佛,他差不多已将小梅视为己有。可面对外来的和尚的吹捧,那点同窗之谊早被小梅丢到脑后去了,看也想不起看他一眼。阿梵铃无可奈何,四下望望,想找个有趣点的同伴。可队伍里除了几个来蹭会的家属拙荆,连个悦目的女人都没有。只有当地一个女硕士生还算年轻,却见她穿着跳了丝的长筒袜窜来窜去的,逮着一个老外便扯着跟人照相,一副没有见过世面的样子。阿梵铃了无兴趣地跟在导师身后,脚步也变得拖沓沉重起来。

眼看着会快开完了,回程的车票却成了大问题。正赶上牡丹花会,宾馆预订的车票全都落空。一窝人急得像热锅上的蚂蚁。真空大师更是着急,耽误两天走,中国人还好办,可是印度人在宾馆耽搁一下,可又是好几百的美元,这便如何是好?真是请佛容易送佛难。正急着,有当地知情者告说,去求法海大师吧,他肯定有办法。真空将信将疑,抱着试试看的心理来到金山寺求见法海大师。

法海听真空说明来意后,说:"老兄弟,你别着急,先喝口水歇歇。"

然后法海叫过方丈助理印泥和尚,让他给城里的居士林挂长途电话。接电话的是居士林名誉林长,在政府某要害部门任职的马老马印顺同志。法海亲自将买票的命令下达过去。名誉林长接到指令后,便叫通常务林长释仲尼。仲尼二话不说,立即开始给散布在各党派团体机关院校中的居士们打电话,呼他们的 BP 机。一声令下,居士林中万马奔腾,作协居士李大千、画协居士张苦禅等纷纷出动,开始搞票,一天之后百十来张车票全都落实了。马印顺老坐小车亲自将票送到宾馆。

全体与会代表惊叹此地佛教事业发展得好,要是世界各国全都这样就好了。闭幕式上大家高高兴兴地敬酒吃自助餐,荤的素的全打乱了,僧俗两界采取面对面形式打成一片,皆大欢喜。宾馆经理握着真空大师的手真诚地说:"你们已经把我们宾馆的影响带到国际上去了,下次一定再来啊!"招提寺村的老陈也摇着真空的手说:"您老可得为我们做主,明年的国际会一定到我们村去开。"尼国大使也讲话,说中尼友谊史上又增加了新的一页篇章。"玄委会"领导重聚镁光灯下,举起酒杯,与大家齐唱:

  法轮常转
  法相庄严
  不健不康
  无寿无疆
  …………

觉悟

答辩的日期一天天临近,阿梵铃昼夜兼程赶制论文。

宿舍里,小梅正帮他写着英文提要,阿梵铃剪刀糨糊并用,正在归拢着《玄奘大辞典》的词条。他跟在主编真空导师的名下,担任了辞典的第八副主编,分担的词条自然也就比别人多出一倍半。桌上摆着座右铭:不出国,便出家。这是他拿来吓唬妻子用的。妻子虽然不懂佛教,但吵起架来每句话却都直指人心,只用一个"钱"字和一个"房"字,便数落得他英雄气短。钱嘛每月只有那可怜的一百来块,房嘛至今两人还挤在研究生院的单身宿舍里。妻子整天价絮絮叨叨,情急之下,阿梵铃便写下如此之座右铭以表心志。妻子见了,从鼻孔里哼了一声,从此还是消停了不少。

门开了,王晓明趿拉着拖鞋,端着个大茶缸子走了进来,一进门便嚷:"兄弟,倒点热水。嘀,梅师妹也在这儿呢?"

小梅白了他一眼:"哎哎哎,谁是你师妹?谁是你师妹?师妹是你随便叫的?"

阿梵铃问:"怎么回来了?片子拍完了?"

"完什么完,早呢。"王晓明端起暖瓶倒水,"开放式结尾,还指不定多少集呢。"

"那你不跟着,回来干吗?"阿梵铃问。

"我是地陪,只跟龙门那一段,顺便回老家看一趟老婆孩子。法门寺门前的武打戏,由西安当地的女作家作陪。我得赶紧赶回来做论文了。"

"原来剧本不光是你一个人写的?"阿梵铃好奇地问。

"钱哪能都让我一个人挣了呢,这叫集体协作,入股分红。"

王晓明哗哗地吹着茶缸边上的茶叶末子,瞭了一眼阿梵铃桌上的词条,拿过一张瞧了瞧,不屑地一笑:"我说兄弟,都什么年月了,你还在写啊写啊地写词条?得赶紧炮制长篇啊!我瞅瞅写的什么?玄奘?嚪,又在供神了。"

小梅说:"哟,瞧你说的,不供神我们吃什么?总不能吃人吧?人吃神总比人吃人强多了。"

王晓明一怔,像是不认识小梅似的,直盯盯地瞅着她,把小梅看得直发毛:"看什么看什么?我说的不对是怎么着?"

"对,对,太对了!"王晓明一拍大肚皮,"我还当是你在说我呢!托老人家诞辰百周年的福,这阵子我跟着吃了不少的席,刚刚还在人大会堂开了一个座谈会呢。"

阿梵铃说:"嘿怪了,你写你的武则天,跟老人家有什么关系?"

王晓明一摆手:"别再提武则天,别提武则天,羞杀洒家了。洒家的论文要集中系统论述老人家的文艺思想,已经敲出了十万字,这手指头刚敲顺,好像刚开了个头似的,保守地估计,二十万字怕是打不住了,越敲越觉得句句是真理。实话跟你们说了吧,谁要是敢说老人家一个'不'字,我坚决跟他斗争到底。"

小梅冲他撇了撇嘴:"得了吧得了吧,破红卫兵,又在渎神了。"

晓明眉梢一挑:"渎神也比自渎好哇。渎神也不过是骑在神像脖子上浇尿,自渎是什么? 自渎就是别人想要强奸你时,你自己却先把裤子脱下来……"

阿梵铃说:"恶俗,恶俗! 说话当心,这儿还有女士在场。"

王晓明说:"别圣洁了,你们佛家舍身饲虎,早已说明这道理了。翻开历史查查,自渎的人还少吗?"

小梅说:"你不要总污蔑佛教好不好? 你是不是以为我们佛祖是个大面瓜,老实好欺负哇? 有本事你写《撒旦的诗篇》,写《基督的最后诱惑》,看不把你打入十八层地狱,判你个五百八百年。"

王晓明嘿嘿一笑:"哪能呢哪能呢,我佛普度众生还度不过来呢,哪会给人判什么刑。就凭这一点,可信! 大度! 开明!"

说着话,放下茶缸子,踱到阿梵铃的书架前摆弄来摆弄去,抽出一本《六祖坛经》,翻了翻说:"我最近刚刚评完几首唐诗,对禅宗颇有兴趣,也学着以禅入诗了。不信我念给你们听听:

你是我的菩提树
我在树下打坐了四十年
我在佛前求了两千年
三生石上结下前缘
我想闹一个恋爱

我想闹一个爱恋

小梅扑哧扑哧地乐,阿梵铃也忍不住笑说:"你可别在这儿糟踏佛了。你们这些文人,读了几段佛语录,看了几页蔡志忠漫画,就自以为吃透佛了,其实连开悟还未曾开悟呢,还奢谈什么佛……"

"咦,咦,你这是在怎么说话呢?"王晓明不满地脖子一梗:"佛是大家的佛,又不只是你的佛学博士的佛。你说什么叫开悟?你说什么叫开悟?这个问题我比你清楚多了。"

小梅说:"那你说什么叫开悟?"

王晓明摇头晃脑说:"开悟嘛,开悟如破瓜,都要经过阵痛,有个从拒斥到乖觉的过程。我最近就破了不少的瓜……"

小梅用手指堵上耳朵:"不听不听,流氓念经。呸!呸!"

王晓明笑呵呵无比骄傲地说:"从来流氓无才子,自古才子多流氓……"

阿梵铃拦住他:"臭小子,别得意了,我劝你从今以后潜心向佛,让贞操坚固如佛家舍利,欲火猛劫,犹烧之不失也。"

王晓明说:"没办法啊,不是我想去破,而是主动向我献身的人太多。目前我手头还有二十多个文学女青年等着我给写文章包装吹捧呢,刚刚又有个叫徐坤的女作者托人把小说拿来请我给写评论。文章倒是有几分姿色,也不知道人长得什么模样。"

小梅说:"哟,真看不出来,原来那几个正在文坛上蹿红的青年女作家,都是从您老人家的肚皮子底下辗转成长起来的呀?"

王晓明摆摆手谦虚地说:"不敢当,不敢当。最近身体不太好。文学女人,心眼太多,玩不动她们。要玩也只能在圈儿外找……"

"得了得了,不跟你们说了,越说越没意思。"小梅站起身来,脸蛋红扑扑的,"我要上楼看书去了。"说完,甩了甩面条似的长发,开门走了出去。

王晓明盯着小梅的背影,半天没眨眼。阿梵铃拍他一下:"哎,看什么呢?"

王晓明回过了神,凑过来,在阿梵铃耳边诡秘地问:"哥们儿,你这个师妹,够聪明,智商绝对是一流的,不知……结婚了没有?"

阿梵铃乐了:"怎么,又打什么鬼主意呢?我可跟你说,人家已是名花有主了,她丈夫在美国,临出去前领的结婚证。"

王晓明一听大乐:"哈!这下我就放心了。我最怕再遇上个雏妞儿,不懂游戏规则,玩到最后缠上我,给我背上始乱终弃的黑锅。这下好了。得,谢谢你了兄弟,我先走一步。"说完端起大茶缸子,晃晃悠悠往外走。

阿梵铃在后面对着他的背影喊:"我说小子,你积点阴德,当心来世转生成乌龟王八。"

王晓明头也不回,嘿嘿嘿一脸坏笑,趿拉着拖鞋走了。

阿梵铃把最后打印装订成册的论文送到导师真空住处请他过目。导师除了不停地外出开会,余下时间全在著书立说。一套四间的单元房里,到处摆满了书。客厅、卧室、厨房、厕所、枕边上，铺天盖地全是书。书房里的书桌由一个增加到三个，早先那把历史悠久结实耐用的旧藤椅，换成了最新式的计算机房里通用那种带五个小辘轳的羊皮小转椅。墙上挂着一个约稿登记簿，上面已经排得满满的了，一直排到了二〇〇〇年五月一日。导师的老伴退休之后便充当了真空的专职秘书，专门负责稿件的收发登记和稿费的领取工作，尤其细心地在约稿登记簿上一一注明了每家杂志的最高稿酬数目，主要根据这个来决定写稿任务的轻重缓急。

阿梵铃进去的时候，真空导师正坐在书房里忙着自己的脑力操练和智力游戏。导师坐拥三座书城，乘着黑色小羊皮滑轮椅，嗖嗖嗖地穿梭来往于几个巨大的书桌之间。那辆座椅像一枚乌黑光滑的多弹头导弹，在儒道佛的一团浑水之间轻快畅美地游弋，进退自如，火光冲天，打出的弹壳在水底深处堆成一簇簇的文化垃圾。

阿梵铃看得心旷神怡，暗想自己这冷板凳一晃也坐了个十来年，屁股都给硌烂了，也没能沤出什么有机肥来。自己几时也能修炼成精，乘上这种轻软的小羊皮椅呢？

趁导师呷着龙井浮上水面来暂短换气儿的工夫，阿梵铃忙把论文呈上，又请示了答辩日期、答辩委员会组成等一系列事宜。导师就手给不空和空空两位老朋友写了短信，让阿梵铃拿着信和论文到二位大师家登门拜访，请他们做答辩委员会成员。另修书一封寄给金山寺法海大师，请他担任答辩委员会主任。一来是因为法海与真空交谊甚笃，法海是佛协会长，政协常委，是局级住持，《金山寺月刊》主编，属于行政和科研双肩挑干部,资格绝对够用;二来是因为真空得知法海将来北京出席政协会议,来回盘缠都由政协报销,这样又可以省下一笔答辩费用。

阿梵铃打听到法海开会住在京丰宾馆,赶紧打电话问清房间号,马上骑车带着论文去拜见。问了一下法海大师这几天的会议安排,法海说只有后天上午有空,有一场参观可以不去了。回来跟真空导师一汇报,导师说那就定在后天上午答辩吧。又电话请示了不空和空空二人,都说既然如此,那就悉听尊便,后天就后天吧。

接下来的一天阿梵铃忙得不可开交,跟院学位办公室打招呼,贴海报,订房间。小梅理所当然地要帮着忙乎。王晓明也跟在小梅屁股后边乱转。阿梵铃说:"小子你就别在这儿添乱了,你看我这忙的。"王晓明说:"没我你还真就不成。明天我给你找个专业摄像的给你录像,隆重点,人一辈子只能答一回辩。"阿梵铃说:"你就是典型的形式主义。"也不再拦他,任由王晓明在小梅面前咋咋呼呼地穷张罗着表演魅力。

下午又去三个答辩委员住处一一将情况落实。不舍得花钱打的,挤公汽太浪费时间,只好骑上一辆半新不旧的自行车从三元桥跑到北大,又到佛协,又顶风骑到六里桥南的京丰宾馆,一路累得半死。不空和空空都把明天上午要提问的问题向他透露了一下。不空说有关唯识宗的一节写得有点薄弱,你回去再考虑考虑。空空说,你的文章写得不错,我想就《瑜伽师地论》再提两个小问题。阿梵铃将问题一一记下,并通知了明天上午答辩时间,并给每人预付了一百元的车马费。

骑到京丰宾馆时天已全黑。法海大师正在修改预备送交大会的提案,呼吁进一步宣传佛教,弘扬传统文化,大规模建寺修塔。见阿梵铃进来,就说你的论文我看了,写得很好,正和我们的弘法精神相一致。你把它缩成个一万字左右的提要,我给你发在下期《金山寺月刊》上。阿梵铃谦虚地说,法师您看论文还有什么地方论述得不够?法海想了想说,最后一节,我们今天重树玄奘的意义那部分还要加强,不光有历史意义,还要突出现实意义。明天我就拿这个问题提问吧。阿梵铃谢了大师,照例付车马费。法海不要,说你那点钱留着派更大的用场吧。我和你导师都是老朋友了,不必客气,有什么困难就提出来,缺钱吱声。阿梵铃听了一阵感动,感受到了父亲般的关怀。

星夜兼程地赶回研究生院。到了宿舍,见妻子已经睡下,不由得怨她不够意思,不能坐等他回来。这时他的神经十分紧张,非常想找个人说说话消解一下情绪。走过去想把妻子弄起来,又想她明儿一大早又要六点半赶班车去公司,还要穿超短裙,擦胭抹粉的,抹得脸上皮肤一块一块地起疙瘩,心想挣那千把块钱养家也实在是不容易,挺心疼媳妇的。一想,还是去找小梅聊聊吧。

住在研究生楼里的人几乎都是夜猫子,不到一两点钟没人睡觉。阿梵铃挟上论文和书本上了五楼敲小梅的门,见王晓明和小梅两人正煮鸡蛋下面条吃夜宵。阿梵玲说打搅你们好事了,给我也来一碗。王晓明说你守着媳妇还吃里爬外的。小梅说谁再嘴烂,我跟你们急。三个人嗞嗞哈哈吃着热面,阿梵铃就把几个委员提出的问题都跟小梅说了一遍,并没有希望她回答,只是借机会清理一下自己的思路。

王晓明说:"要是换了我,我就把你的论文从头到尾全都否了。什么瑜伽玄奘的,统统鬼话,讨论这些毫无意义。"

阿梵铃说:"怨不得你能编出韩愈跟武则天对质那出戏来呢,整个儿就是一个历史虚无主义。"

王晓明说:"错了,错了,这叫虚无主义历史。玄奘啊韩愈啊,说了归齐,也不过就是当朝者手里的一杆枪,需要儒的时候就祭孔,重用韩愈;需要佛的时候就推玄奘,供释迦牟尼。比方说你我,学问做得越大,越摆脱不了将来当枪的命运。"

小梅插嘴说:"当枪好啊!谁要想拿我当枪,我立马就放炮。这年头出名不容易,连《人民日报》也不轻易批谁了,谁要想上头版头条挨批,听说得先给特约评论员送礼才成。弄得成群成群的黑马们急得上蹿下跳,抛蹄尥蹶子的活,像一头头小叫驴。"

"所以啊,我说女人才不要妄想着当枪,不要那么急着被人骑。"王晓明诡笑着望着小梅。

小梅亦嗔亦怒地哼了一声,在他的大脑袋上亲昵地拍了一巴掌,两人对视着含情地笑。阿梵铃想,看样子王晓明这小子是已经得了手。女人成熟起来可真不容易,一路上不知要遇到多少男人的牵引,一不小心,就容易给领到邪路上去。

自己妻子不也是跟着公司经理天天在外跑吗,难道……阿梵铃不忍往下想了,觉得是一种亵渎,心里又有些酸溜溜的,还带着几丝苦。

小梅说:"听说你们所的一个人编了套基督教丛书,在外面挺轰动的?"

王晓明:"这你们还不知道?是我们所读在职的,就住我对面,不常来,笔名释耶稣,从前编了套《顿悟》丛书,赚了大钱,现在又主编了一套《忏悔与皈依》丛书,入了党,又提成副所长啦。"

小梅说:"基督教要是传进来就好了,我也跟着研究一把,出国就可以去欧美大转一圈,省得研究这破佛教,只得去亚洲地区转悠。"

王晓明说:"基督教传过来怎么行?政教不合一还了得!出了在野党谁负责?你负责?你们那位道安和尚不是说过吗,不依国主,则法事难立,这和尚也太聪明了……"

"这算得了什么,"阿梵铃不屑地打断他,"我真空导师阐述得更精确,他说要想传播点什么思想,必须献媚国王,巴结商人,勾搭妓女。"

王晓明啪地一拍脑袋:"我的天!真空不愧为是真空!文化精英!精辟,精辟!看来姜还得是老的辣。可这话又说回来了,现如今哪还有什么思想?思想早已像鸟儿一样飞上天去了,那留在地上的,不过是一具具思想的空壳……"

"……以及一堆堆鸟粪。"小梅抢着说。

几个人哈哈大笑。小梅插上电咖啡壶欲煮咖啡,刚一接上电源,灯就灭了。楼道里立刻有人出来乱骂,大喊:"拔出来,拔出来!也不怕你家着火了。"王晓明说:"你看看你看看,过的什么日子,研究生楼还给装限电器,这还怎么出成果!我看过资料,当年玄奘译经的时候,政府给高额岗位津贴,给安排宏大的译场,有卫兵把门,指派民政部高级官员负责后勤事务,把全国最有学问的外文好的、中文底子厚的和尚全都抽调到译场给玄奘当助手,这一切我们今天都没法比啊。"

阿梵铃说:"你小子别太形而下了,整天盯着这些鸡毛蒜皮的……"

王晓明说:"兄弟你也甭跟我假清高,来那个形而上主义。你翻译一本书我看看,买不起版权,看你怎么翻。就算你就着白开水苦哈哈地译出来了,赔钱,出版社不给出,成果无法与读者见面,还怎么会有轰动效应啊?"

小梅插话说:"这还不容易!请求国家出面,把它当成政治思想工作教材,各机关团体必须购买,每星期三下午集中学习讨论,看谁敢不学!不学就撤那个部门领导的职。"

王晓明说:"哈哈,这就是重新树立玄奘的现实意义,你记住了没有?"

几个人哈哈大笑。灯猛地亮了,晃得人睁不开眼,没等他们眼睛适应过来,门咚地被推开,阿梵铃妻子披头散发闯了进来,唬了他们几个人一跳。

"我就知道你又跑到这儿来了。深更半夜的,有什么话还说不够啊?"

阿梵铃妻子阴沉着脸，正想发作，转眼见王晓明也坐在这里，不禁有些讪讪的，自我解嘲说："我怕他太累，明天答辩起不来，这才来找他。"

阿梵铃脸红一阵白一阵的，起身跟着妻子离去。王晓明不怀好意地冲他挤挤眼。小梅气吭吭地坐在那里喘粗气。

第二天阿梵铃胸有成竹地迎接来宾。研究生院来旁听的挤满了大教室，又加了不少椅子。这些人从小都学过《论雷峰塔的倒掉》那篇课文，知道法海大师化作母螃蟹的蟹黄了，看了海报上的"法海大师"字样，就纳闷这螃蟹怎的就活了，就都带着神秘主义色彩跑来观瞧。占好座位后，见主席台上一具砖红色袈裟中端坐着的是一个与常人无异的面容慈祥的老大爷，兴致降低了不少。想退出来，也不方便了，只好听阿梵铃在那儿情绪激昂地讲述论文要点。

给了他半个小时的时间讲述，但阿梵铃准备得太充分，背书似的嘴皮子飞快，只二十分钟就把事先准备的东西都讲完了，坐在那里没了话说。法海一看，就请委员们进行提问。不空大师首先发问说："我想就论文当中的一个没有说清的小问题问一下作者，玄奘西行到达印度后是按什么方向走的？"

阿梵铃满以为大师会按昨天商定的题目来提问，万没想到不空临场发挥，改变了话题，不禁心中暗暗叫苦。怔了一下，忽然明白了，这是不空大师在向空空大师发难呢！不空和空空宿怨已久，在学术上各执一端，两人花了大半辈子的心血考证玄奘在印度取经是从南向北走的还是从北向南走的,为此事两人商榷、论战、恳谈已达半个多世纪之久,而自己的导师真空则一直都在两人中间坚持着搞一分为二,两面都落得了一个好人缘。可是真空导师实在不该在这种场合把两人同时请来啊,这不是害了弟子我嘛!无论我回答是从南向北走或从北向南走,不是得罪不空就是得罪空空,两人都有可能在最后投票通过时画"×",这便如何是好?

阿梵铃急得出了一脑门子的热汗,把求助的目光转回导师。导师真空这时要做回避,只能旁听而不允许插嘴,只用一种意味深长的眼光瞅了瞅阿梵铃,那意思仿佛是说:党考验你的时候到了!这一仗只能打赢不能打败。阿梵铃更是急得不行。

空空大师听了不空的发难,不甘示弱,也临时改变了策略,提问说:"你论文中提到的玄奘故里是在滑国,据我所知,唐招提寺村也是玄奘的故乡。那么你的这种说法是不是可靠?请拿出考古学依据来。"

阿梵铃一听,这又是在点我这蛇的七寸啊!在滑国修玄奘故里,是不空大师最先提出来的,不空近几年在印度讲学出了名,被当地人以"小玄奘"尊称,回国后便呼吁要弘扬玄奘的丰功伟绩,应该重建玄奘故里。几番奔波折腾,终于把故居在滑国建起来了,"小玄奘"的名字便随着老玄奘的业绩而传播得更远、更响。

而空空之所以对故居问题这么热衷,一来就是因为此事是由不空最先提起的,所以他就要别这个劲儿,想方设法找个理由论争一把;二来也是受唐招提寺村老陈和小陈之托,替他们村呼吁,同时也有了强有力的捣乱推翻不空的依据。因此,在听了不空的发难以后,他便眼疾手快步法矫健地把不空甩出来的还在吱吱冒白烟的手榴弹,立即就从地上捡起来又塞回进敌人的碉堡里。

阿梵铃此时心里明白,自己马上就要给炸得鼻眼歪斜、身首异处、血肉开花,而人家交战双方却是不会有任何损伤的。想到此处,表情变得哭丧起来。

法海大师并不晓得这其中的许多关节,仍按昨晚与阿梵铃商定的题目,请他再进一步论述今天我们重提玄奘的历史意义和现实意义。阿梵铃听了,感动得几乎要流泪,心说今日法海,已非往日法海,不再动不动就把人往那个雷峰塔下压。还是出家人宽宏大度,与人为善哪! 出家跟在家就是不一样啊!

主任法海宣布暂时休庭,给阿梵铃半个小时时间考虑问题。阿梵铃大汗淋漓地出来,进了隔壁一间小教室。师妹小梅在门外替他守着,不让别人打扰。

阿梵铃独自一人呆呆坐着,闭上眼睛,把论文写作与答辩的前因后果细细想了想,不通,没有形成答案。所有的思绪都被尘缘遮蔽了,阻塞得满满的,似空非空而又极其滞胀。他不由得叹了一口长气,然后,站起身来,走到一大堆混乱的桌椅中间,双脚上举,大头朝下,倒立,默练起"吠陀奥义书往世灌顶"瑜伽功。

世界恍然间变得异常空寂。屋外操场上的喧闹,隔壁人群的喧哗,统统都听不见了。真气随血脉汨汨流动着,尽涌于脑顶。刹那间,他觉得通体舒泰,澄清空明。通了!通了!正襟危坐时想不通的前因后果全打通了,自有文明几千年以来的前因后果全疏通了。现世的一切纠结一切龃龉全都化解在一片片宁静淡泊的乐音当中,无悲无喜,无欢无忧……

待到小梅敲门告诉他时间已到时,他这才醒来,发现自己竟倒立着睡了一觉。

大梦初觉,阿梵铃神色异常平静地走进考场。答辩委员会主任法海说:"阿梵铃同学,你都考虑好了吗?请你先回答第一个问题。"

阿梵铃面无表情地说:"我考虑过了。玄奘到达印度以后,是转着圈走的,一年一年又一年,一圈一圈又一圈,历时一共十五年,笑傲南亚次大陆,打遍佛林无敌手,让我大支那的威名四处传播远扬。"

不空和空空一听,手榴弹没响,臭子儿,一时无话可说。真空则得意地颔首微笑,心说到底是我带出来的学生,关键时刻懂得如何运用战无不胜的唯物主义辩证法。

法海大师又问:"那么说滑国是玄奘故里,根据是什么呢?"

阿梵铃说:"滑国是玄奘故里没有错,说唐招提寺村是玄奘故居也绝对有道理。名人坟多故居多,这在历史上也是很正常的。我认为这个问题是个学术问题,学术问题不一定要追问结果,而是应该千秋万代连续不断地争论下去。当务之急,是尽快将两点连一线,建成玄奘旅游经济开发区,增设一日五游景点,为发展贫困地区经济做贡献。"

法海大师听了,只觉得眼前一亮,赶忙拿笔记录下来,准备补充进政协提案里去。不空和空空表情都挺复杂,真空仍在一旁含笑不语。

法海大师又问:"那么最后一个问题,重提玄奘大师的意义在哪里呢?"

阿梵铃眼看着雄关漫道都已过,眼前只剩迈步从头越了,不禁心里激动,慷慨激昂:"玄奘是中国的脊梁……"

正在一旁负责做记录的小梅扑哧一下乐出声来,阿梵铃狠狠瞪了她一眼,小梅低下头去,不敢再笑出声,握着笔的手还在乐得乱抖。

"我们要学习玄奘百折不挠的精神,为了求取真经,舍弃身家性命不要,不怕饥寒交迫,不怕政府通缉,不怕土匪打劫,不怕美女妖惑,什么困难都挡不住他西去留学。"

台下旁听者中那些挖门盗洞一个心思想出国的,这时都瞪大了眼睛听着。

阿梵铃见状不由得更加激动:"今天有些年轻人出国,拿不到签证就退缩了,没钱买机票就愁眉苦脸,刷了几天盘子就叫苦连天,这些都是短识之见。几千年以后的历史将会证明,凡是出过国的,全是开明者,老死家里的,都是土包子。因此,谁也没有权利责难当代青年的出国热。有诗偈曰:

> 向西向西向西
> 西方存在真理
> 玄奘光荣圆寂

吾辈前仆后继

"哗——"旁听的研究生们甩出一大片掌声。答辩委员会的人不置可否,并不觉得阿梵铃的话对他们个人构成什么威胁,因为他们都是出过国的了,即便是未能留学,后来也都补过课进行过高级学者为期半年以上的访学进修。倒是真空导师心里隐隐不安地想:这小子,这话是说给我听呢!一直就张罗着要考托福出国,我批评过他两次,让他这两年先安心念书,出国的事,等毕了业再说,这就不高兴了,冒出这么一大堆怪话来。倒也没什么不对。听说他自己已联系了哈佛大学?愿走就让他走吧,反正我的任务已经完成了。

宣布投票结果,全票通过。王晓明小梅等都前来祝贺,请来的那两个摄像师忙不迭地录像。

中午要安排答辩委员们宴会。空空和不空是绝不会在同一个桌上用膳的,都推说有事要走,法海那边也有会议餐等着。阿梵铃便将餐费和答辩费一同塞进各自人手中,分别给送进"夏利"远去。扭头一看,真空导师手里拿着一个红包在等他。真空把红包交给他说:"拿着吧,这是你法海伯伯随的喜。"阿梵铃感动得又险些流泪。

妻子下午提前回来,听说答辩顺利通过,心里十分高兴,张罗着晚上把帮过忙的人请回家来小撮一顿,特别提了一句要请小梅来。以前她总是对小梅疑神疑鬼,想自己见天价在外奔波,家里只剩小梅跟阿梵铃这师兄师妹的天天混着,日久难免摩擦出火花来。小梅每次来找阿梵铃通知事儿,她都对人家冷眼相对不给好脸。昨晚想趁停电上楼去抓鬼,结果闹了一个大尴尬。回屋后听阿梵铃愤愤地解释说自己根本没沾小梅的边儿,人家早就跟王晓明好上了。她这才心里稍稍有了些安慰,回头又把阿梵铃奚落了几句,说些没人会把阿梵铃看上之类的话。阿梵铃心里气鼓鼓的,上了床蒙头装睡,也不理她。

今天她特地请假回来,期望能缓解家庭局势,在炒菜的品种上用了不少心,赢得了王晓明等众食客的一致称赞。

宴罢众人散去。阿梵铃动手把合并在一起的两张单人床拆开,各归原位,把"不出国,便出家"的座右铭安放于自己这边床头上。然后,坐床,费了九牛二虎之力,才勉强把韧带僵硬的左腿弯过来叠在右腿上,结成了一个跏趺坐。

妻子不动声色,像看猴戏似的瞧着,见他搬腿时费劲的样子,还嬉皮笑脸地问:"用我帮忙吗?"

阿梵铃半闭着眼,正色道:"从现在起,我要身体力行了,别招我。"

妻子不说什么,端盆到水房哗哗洗漱,回来走到镜子跟前来回照着,洒香水,抹晚霜,套透明睡裙,又把绾的高丽髻松开变成披肩发,然后袅袅娜娜地带着一身香气过来,以一种温润柔韧的质感,轻飘飘地落在阿梵铃的腿上。

阿梵铃觉得腿上静脉开始曲张,一条条小虫正麻酥酥地向腰部游着,痒痒的。但他仍敛心静气,收紧丹田,不让功被妻子破了。

妻子见他并没有戒色的决绝,于是更加大胆地撩拨,细嫩的手指直向他敏感的佛根部位摩挲。

阿梵铃终于定不住了,气脉不均,呼吸急促,面色潮红,就势一把将妻子揽住,放开双腿,互相缠绕,遂做成了一个双欢喜结。

屋里的灯啪地熄了。阿梵铃和妻子互相鞭策着,气喘吁吁,向着佛国的至极境界紧赶慢赶。

四大皆空。夜色阑珊。

含情脉脉水悠悠

同船过渡,是前生五百年修下的福

——题记

一

小姐说,这是毛主席他老人家坐的一条船。

小姐又说,这条船毛主席他老人家后来没有亲自来坐,再后来就退役了。

小姐说第一句话的时候,他们的情绪一下子就被调度到高潮,颤颤巍巍,明明晃晃,仿佛有什么事情立即发生已经发生了似的;小姐的第二句话紧接着出口,他们的情绪又突地从高潮上摔了下来,顷刻之间掉到地上摔成了八瓣,心里边早搏似的"忽悠"悬了一下子:

难道就让一条退役的老船,载着这一干精英的我们,去游览千流湍急、万壑壁立的三峡去吗?!

小姐不急不躁,明眸皓齿,兀自笑出一脸的自豪和生动,旗袍外的一只柔荑小手软软平摊着,指尖朝向船舱的内部,笑意盈盈地鞠身恭请。

他们就都抹搭下一张放成长条的脸,一个跟着一个,踩着已经翻毛卷边的老旧红地毯,脚步迟缓,沿小姐柔荑小手所指方向,鱼贯般往舱里行进。每走几步,都有一个同样身姿的旗袍小姐小手指路笑意盈盈鞠身恭请。他们的心中就恍然已是身处日本东瀛,总是感觉有些平白无故地受宠若惊,浑身总有点不得劲兮兮的。他们就这样很有些消受不起地数着身旁一个个如花似玉的美丽小姐,不知不觉地往前捯腾着步伐,不知不觉地,咦,怎么就走出去了?!

就在他们的脚底下猛一磕绊、差点一脚悬空跌入水中的当口,一旁竖立的穿白制服的门卫小生急忙搀扶了他们一把,唬得他们赶紧头冒虚汗地收回惊艳的眼光来朝脚底下打望,就见自己已经不知不觉横穿过了一整条大船,即将迈上这条船和旁边另外一条大船相接的一条窄窄的甲板。他们就这样怀着好生的纳闷,晃晃悠悠晃晃悠悠的,一抬腿,噌,就过渡到另外一条船上去了!原来毛主席他老人家没有坐成的这条退役的大船并没有让他们坐,这条退役大船现在成了从岸上到水里边过渡的甲板,每一个来三峡坐船游玩的人,都要从此甲板上穿过,然后才能奔赴他们各自的游船。

这时他们就感觉到自己的心情既白白激动又白白沮丧。他们一时有些不知如何调整自己是好。于是他们就慢下脚来,下意识地有些恋恋不舍地扭头回望。只见被他们横穿而过的那条大船,此时正深沉地停泊在幽深迂阔的水面上,通红的窗棂、紫红的桅杆、鲜红色的旗帜随风招展,它那阔大雄浑的船体在吃水线以上派头十足地微微摇晃,满目红彤彤的色彩往四下里铺排延展,好一派雄伟傲岸的帝王之相!

他们就禁不住张着大嘴惊叹:啊!啊!

啊!啊!啊!

然后那嘴老半天都难以合拢得上。

二

他们的嘴合拢上之后,就开始乱哄哄地找会务组,找自己的船舱号,找房间的钥匙,找旧相识,找新朋友,找自己对于长江的确认和想象。

此刻,在他们纷纷忙乱登船的这会儿,正是黑夜。黑夜里的长江躺在无数只船板的身子底下,波澜起伏,妖娆暗昧。长江里的黑夜又缠在无数朵峰峦的正当腰上,迂回蠕动,顾盼生辉。她暗香盈盈,酣卧丛林,仿佛是佛在七手八脚的欢喜中,有一些恣肆,有一些轻狂,有一些浑浊,有一些荡漾,有一些压抑的期盼,又分明是夹杂着无限的喜气洋洋。谁也触摸不到她的形状,但她分明就在夜的雾瘴中优柔盘桓,他们也分明就给包裹在她夜的雾霭中曲折酥痒。长江就在他们夜的想象中袅袅上升,酥酥痒痒。但那想象又完全是对夜的曲意逢迎,盲人摸象。夜的长江给了他们想象以纵深的湿度和质感,也给了他们以横向的繁茂和芜杂。他们的身体里湿热湿热的,他们的脑子里水淋淋水淋淋的。他们的神志和意念无法集中,憋闷和黏稠让他们无所适从。他们把颠簸喧闹了一天的身体刚在床板上放平下来,深不可测的大江就把他们轻轻托浮在某种液体之上,悠来荡去,轻轻摇晃。他们的身体再也矜持不住了,他们的双手勉强支撑着自己爬起来,怕冷似的,哆哆嗦嗦地拉开舱门,逃也般地,一步一喘朝四楼顶端宽阔的观景甲板上艰难奋力攀将而去!

夜的甲板此时正悬浮在千壑万流之上,模棱两可,似是而非。甲板之夜又仿佛吊在廓远的天幕底下低垂,首鼠两端,惶惶惴惴。它们总是在昭示着一种不很确切的动态,或者是预示着一种动感的不明不白。船在黑夜里还迟迟没有开,也不知道为什么还迟迟没有开。他们都已习惯了这样一种还没出发就已晚点的状态。他们总是处在不曾出发就已晚点的状态。没人向他们解释晚点的原因,他们也就只有耐心等待。他们都已习惯了耐心等待,他们的人生就是充满了晃晃悠悠迟疑动感的无尽等待。"余生也晚……",这是挂在他们嘴上的口头禅。这样一句托词就把一切的爽约和迟到,把一切的龃龉和纠扯都解释和打发了。

他们就在楼顶的甲板上会齐了,不约而同地聚拢,会齐,互相利用手里的烟卷对火、借光,并趁机彼此偷觑和打量。风正从四面八方灌来。其实没有什么风正从四面八方灌来。从四面八方灌来的风,只是他们眼下对顶楼甲板的良好感觉和美好期待。他们仍被长江五月溽热的暖湿气流包缚困围着。他们满头都是发散不出来的热汗,他们的衣衫都紧紧贴在了肋骨上,黏糊糊,沉闷闷的。他们全都不约而同从狭窄憋闷的船舱里逃离出来,逃到某种临时的高处,某种与闹哄哄群体的隔离点。微微明灭的火光映着了他们彼此一张张年轻少壮的脸,那真是一派年富力强的精英少壮景象。他们夹烟的手指都十分细腻、滑爽,指尖稍微有那么一点点的熏黄。他们很客气很亲热地彼此微笑,寒暄,尽量装作在上甲板之前就已经彼此相熟相互认识了,就已经彼此是老熟人一般。当然他们可能没见过面,也可能真就彼此熟得跟什么似的。他们的名字一提起来就如雷贯耳,如雷贯他们那个范畴里的彼此之人耳。相逢何必曾相识呢?他们虽然来自五湖四海,但为了共同的一个最后再看一眼三峡的痛切目标,不远千里万里走到了一起来,终于走到了一起来。

五月真是个忧郁的季节。

他说。赵日说。

他们当中终于有人说出了一句像样点的、有点学问的话。他们本都想打一些比喻,用来概括他们当下发不出来汗的、游走漂浮并偶然遭逢的境遇,并以此作为他们相互之间对接对火的暗号和口令。但是他们的想象力匮乏了,全被五月的长江之水打得泛潮濡湿,潮乎乎,黏腻腻,不怎么能撞击出火花。他们当中就有聪明睿智如批评家赵日者,便沿着艾略特"四月是个残酷的季节"往下模拟,顺口便悲发出了"五月是个忧郁的季节"的警句。不错,五月是个忧郁的季节。错了,五月应该是个明媚的季节,是无比明媚的农历阳春三月。但是,当下,当他们这些少壮精英同聚在一条船上,要对九十年代文学的今天和明天进行追思和遥望的时候,他们却发现阳春三月不那么好怀春,三月的阳春也不那么好游江。他们同乘在一艘颇为豪华的长江游轮上,将要沿即将湮灭的三峡逆流而上并紧接着顺流而下,对它进行第一次的观望却也是最后一次的告别。这会儿他们极想发一些感慨却发现有嘴却难以把话说出来。他们外表的潴热无处排泄,他们内里的潮湿无计烘干。他们不太好确认这股子症状叫什么,但是批评家赵日的一句话一嘴就把它戳穿了。

五月真是个忧郁的季节。

他说。赵日说。

赵日说这话的时候烟头在胡子里忧郁地闪亮,犹如隐现于两岸岩崖之上的航标灯一样烧出半死不活的红光。赵日批评家最引以为骄傲自豪的就是自己那一脸生动灿烂的络腮胡子。那脸稠密的胡须曾跟他的批评家身份一起,共同经历了一场过去年代里的经久辉煌。当一场跨年代的文化危机猝不及防来临之后,赵日胡子的辉煌顷刻之间就土崩瓦解灰飞烟灭。他那被无数女崇拜者拨弄接吻过的嘴唇,如今正怀才不遇地深深隐没在乱蓬蓬的毛丛深处,极其焦渴地等待着某种舌尖的驾幸垂怜。目前安抚嘴唇的只有细长细长的烟卷,还有他自己妙语连珠的夸夸其谈。

五月真是个忧郁的季节。

他说。赵日说。

赵日把这话又重复一遍说完时,他听见了一转圈稀稀落落的掌声作为对他的应答和喝彩。口令对上了。他感觉出他们都在没有风的风里松了一口气,他自己也在没有风的风里暗暗地松下了一口气。偶然遭逢相互指认时的惶然紧张终于过去,他们原来并非像三八线和麦克马洪线两端对峙的什么什么队伍和什么什么人。他们不过是在一个忧郁的季节里同船过渡的一个个平凡简陋的普通文人。只要载着他们的大船一刻不开,他们就谁也无法靠自身力量移动半点。明白了当下同船过渡的处境后他们便把自己松弛下来,十分松弛地在忧郁的季节里彼此互相对火和借光。青年批评家钱酷呆和孙帅呆对火和借光,文学博士李含苞和周欲放对火和借光,本地作协主席卓顾得和尤拜德对火和借光,批评家赵日和大学实习生小战士对火和借光。也许他们平时根本就不抽烟,根本就不需要如此这般地赵钱孙李周武郑王地集体对火和借光,但在此时此刻,大幕刚刚揭开演员刚刚上场,烟这个道具就起了大作用,派上了大用场。火光荧荧,像是在表示他们彼此相逢的其乐也融融。烟雾缈缈,像是化解了彼此的陌生紧张和隔阂,还有莫名的等待和焦灼。

一个未名的时代真是痛苦。

赵日说。赵日用他细长的手指夹着烟说。忧郁过后当然就要痛苦。赵日的这种情绪衔接得确没有什么错误。烟在他细长的手指间翻卷拨弄着,颇有一点无聊和不耐烦的模样。他那摩挲来摩挲去的手指无形之中又加剧了烟卷的某种细长。赵日的一双读书人嫩手打理得十分精心和秀色,手掌容积很小,掌心纹路清晰,指甲尖修剪整齐,每一个指甲肚都挺括饱满,甲盖圆润,略呈粉红色。他的柔媚秀手跟他脸上胡须所呈现的猎人般的粗犷剽悍很不协调。他那一米八二的北方身材及其一脸壮硕的胡须,看上去极具丛林之中突然启动的爆发力,仿佛给他一杆枪就可以去打兔子。

未名的时代就像一条未名的船。从哪里来,到哪里去,行程有多远,什么时候开船,都说不清楚。

赵日说。赵日用他隐藏在胡须里的含而不露的嘴说。谁也不能看得清楚他嘴唇的轮廓,也许只有在他嘴边吊大的过去年代里的文学女青年才能描绘得清晰。

老兄你有没有搞错?谁说这船是未名的呢?

提醒他的是与他同样著名的青年批评家钱酷毕。酷毕面如重枣声若铜钟,一派中国古代关公关云长的酷死人靓死人的帅样子,而不是当代香港四大天王歌星的奶油嗲兮兮的面瓜相。酷毕就是特别愿意时时给别人提个醒,尤其是嘴不得闲老半天都是一个人在那儿叨叨咕咕的赵日批评家,更是惹得酷毕批评家记起了自己不失时机给人提个醒的职责。酷毕瘦削坚实的身体此刻正玉树临风,呆立船舷,一双曾倾倒过无数文学女青年的美目凤眼,此时正在烟头的映照下躲在镜片后面烁烁炯炯。

老兄你眼大漏神了吧?酷毕说。酷毕说话的时候还总爱向上抬起一只胳臂,带上一点伟大领袖居高临下检阅红卫兵游行时的那种形体动作。我们这条船可叫"长江168"号,老兄你可要看清楚。

命名的不当比未名本身还要痛苦。

赵日并没有顺着酷毕手指的方向去确认,他的嘴唇固执地隐在大胡子里嘟哝,听起来沉稳,倔强,有为捍卫真理一斗到底的气度和决心。什么叫"168"一路发?真真是俗不可耐!我们若都在"一路发"上研讨九十年代文学,那么九十年代就算是真正没有文学了。正所谓相见争如不见,有名还似无名。

赵日说完,转头兀自凝视着一团黝黑的江水,远处渔船的灯火故意被他的脸正面避开,深入不进他的眸子里去。他胡子里的嘴唇也就此不再开启,故意造成讳莫如深外加高深莫测。

那又怎样?那又怎样?毕竟这船有过一回名了,存在就是现实。你难道想故意不承认现实主义的存在吗?

酷毕的声音严酷冷峻,谁都知道他是这方面的研究专家,他的研究课题,目前正在逐步地从单人现实主义向双人现实主义过渡发展。只不过是在最后结果没有出来之前,他的这个选题暂时还秘而不宣。

难道你还试图否认它,还想亲自再给它命上一回名是吧?酷毕批评家说。酷毕在说这话的时候,漂亮的男眼睛里一点都不含情脉脉,相反却分明带出了一见面就想跟对方过招的抬杠色彩。

殊不知,那批评家赵日也想当然地是杠头出身,而且是批评界里头最善博弈的一个。他那被层层胡须圈围起来的外形壮观的大脑袋瓜子,里面也说不清共装置存放了多少棋谱和程序。某一次在跟电脑比赛对弈时竟然把电脑都折磨疯了,气得电脑浑身乱颤,满脸满屏幕都疯狂打出了黑体三号字他的名字"日赵!""日赵!""日你爹个赵!"把赵日骂得哈哈大笑。批评家赵日连电脑都不惧,还能在乎真人吗?赵日他一面对人脑的挑战,精神气儿立即就来了,本来已不打算开口的嘴,现在还是忍不住衔住杠子的那一头,使劲一用力,将其一端奋力翘起来说:是的,兄弟,你算说对了。哪一次命名是人对自己本身命的名？还不都是他人所强加赋予的？我们自己的名字得源于父母,船的名字受之于它的主人。命名从来都不征得被命名者的同意,每一次命名都是据授名者自己所需。既如此,我们就是强加给这船一回名又有何妨呢？

哇——！好耶！好耶！

还不等酷毕回答,一旁才刚毕业出炉不久的博士含苞和欲放竞相跳将起来,蹦脚欢呼。两个初出茅庐的白脸小伙儿唯恐天下不乱,仿佛盛世太平就会泯灭了他们少年英才似的,听了这话立刻就围拢上来,一人抱住赵日一只胳臂摇晃着,使劲儿撺腾说:日兄,日兄,光荣啊日兄！依你说来命名不就跟强奸一个什么差不多嘛！那还不赶紧快命,快命！我们久闻日兄你特会命名,从"伤痕文学"开始一直到"后后现代",哪一次给文学起名没有你老人家介入呢？给一条船起名就更不在话下了。快点,快点,我们不愿坐什么破"一路发",快给我们的船起个好名吧。

受到年轻博士的拥戴,赵日明显感到高兴。跟酷毕唇枪舌剑的火药味儿一下子没有了,换成了导师带学生的诲人不倦的谆谆与哼哼。他用眼角简单扫了扫酷毕,然后手捻下巴根儿最底部一绺儿胡须,发声部位极其靠后、音箱共振极其沉郁的嗡嗡嗡嗡嗡说:

当然了,命名也不是随便就能命的。这里面有玄机。偶然的和必然的,诸多因素杂糅在一起,才能构成一个名。

都需要什么因素,快说,你尽管说,我们全力给你提供。

含苞和欲放急不可耐,又使劲殷勤地摇着他的胳臂。

比方说,这要因人因时而定。

人是怎么个人?时又是怎么个时?

赵日瞻仰着旁边那艘牵挂着他们的,同时也是作为缆桩和铁锚固定着他们的那条通红大船,略有所思地沉吟着开口:比方说,现在,同船共渡的,来为九十年代文学操心的,你我等,有红卫兵、红小兵,有右派、左派,还有中不溜派……

你们好!都躲到这儿来啦?

随着一声清凉的问候,一阵栀子花的香气柔软地从舷梯下浮动上来,跟着上来的,就是一个穿小背心和沙滩裤、脚丫在皮凉鞋细带子里自由伸缩扭动的清新靓丽的小女人。赵日把刚说了一半的话咽进了肚子里,嘴大张着保持原状却没有发出声儿来,其他人也都眼神呆呆的,惊得半天缓不过来劲儿。酷毕这时却抢先上前,迎过去跟这个靓丽小女人打招呼:倩倩,你也上来了?来,我给你介绍介绍。

倩倩?她就是倩倩?!一甲板人的眼光唰地汇成探照灯的光柱聚焦到倩倩身上。倩倩谁不认识?一代名记嘛!某大报专门负责文学副刊的年轻女主事,全国那些能如雷贯上耳的名家没有谁不被她一网打尽,不被她采过访和编发过稿的。他们在座诸位也几乎全是她的版上客,可就是从前只闻其名不见其人,这下可好,得以就近一睹芳颜啦!我的天!果然名不虚传啊!

他们的嘴角立时全都翘上去,眼角随之全都弯下来,既想目不转睛,又想笑逐颜开地瞅着,瞧着,很幸福,很傻,很幸福也很傻的样子,等着酷毕将他们一一给方倩倩做引见。倩倩黑黑的大眼睛,大眼睛黑黑的,含笑而礼貌地一个个致意回答。酷毕最后一个才介绍到赵日批评家,倩倩伸出一只小手来优雅地让赵日握着,刚刚说了一句:久仰……突然一个脆嫩的女声从背后直接把她打断:

哎——呀——,您就是赵日老师啊!赵日老师请您给我们赐稿!

随着话音,一个瓷娃娃似的连衣裙小人儿爬了上来。不等人引见,圆脸儿小人儿往甲板当中亭亭玉立一站,小碎花连衣裙下摆飘飘的,落落大方自报家门道:我叫宋乙乙,是在《大众文萃报》实习的,我们报社派我来跟各位老师约稿,希望各位老师能支持我……

我的天!这可真是上帝他老人家派来的清凉解暑的可口良茶啊!甲板上人们的眼神简直不够用了,看看这个,又望望那个,登时觉得溽热全消,精神陡长,仿佛凉爽的风真的吹过来,从夜的水面上吹过来,从尤物可人儿们的连衣裙和小背心上翩翩吹来。他们忙不迭地起身恭迎,有人去拉椅子让座,有人张罗去买啤酒和吃食。赵日老师的眼神亮晶晶,亮晶晶的,温润潮暖,乱蓬蓬的胡子里立时祛除了忧郁色彩,每一根胡须都差不多要立起来,嗖嗖嗖往外滋着意气风发和激情澎湃。他看着方倩倩雍容华贵地落座,一条腿搭着另一条腿,一只脚丫襻着另一只脚丫,又看着宋乙乙蹦蹦跳跳地忙着给各位老师分发名片,瓷娃娃一样雪白的圆胳臂圆腿在连衣裙里跃动着,赵日老师的激情立时把他自己的周身鼓满了,胀满了,鼓胀胀,满满荡荡的,恨不能一头扎进长江之水中,化作冲进上游孵卵产子的扬子鳄中华鲟。在栀子花香阵阵袭来的沁脾清幽中,在夜雾和水汽迎面打来的青春玉体绵软甜香里,赵日的嘴唇终于从毛丛的深藏之内凸现出来,那样性感地浮凸出来,焦渴,干燥,灵动,深邃。原来竟是两片那样流畅完美生动薄脆的男性嘴唇!甲板上的人都听见他嘴唇上的想象力被激活了,先是如释重负地嘘了一声,然后又是双唇浑圆向中心撮起,用柔和的气声(气管内部最底处发出的声儿),轻声慢语跟方才判若两人地发话道:我提议,我们这条船就叫"东方红猎艳号"吧……

哇——!

没等他说完,甲板上的人就差不多集体跳跃着欢呼起来,仿佛他们早已彼此心领神会,就等这一个人脱口秀出似的。

方倩倩和宋乙乙则瞪大眼睛,十分警惕地挨个打量起他们。

三

船还没有开。船不知道为什么还没有开。也不知道为什么要把九十年代的文学会议拿到船上来开。也许那本身就是一条船,一条艰难普渡的船,载着越来越为数不多的他们,向着即将湮灭的风景,趋近,流连,看一眼少一眼,看一眼少一眼。

"东方红猎艳号"就挂靠在那条红彤彤的大船上,就滞留在子夜时分长江幽深浮泛的水面上,像一只寄生蟹一般,攀附着,等待着,以茫然的攀附和等待,来消耗和熬煎一个灯明水暗的不平静夜晚。

那女记者倩倩是何等经验丰富、冰雪聪明,她黑黑的大眼睛,大眼睛黑黑的,眼神往上一撩,一撩,立即就把甲板上的事态打探明白了,然后就笑意盈盈不失时机地开始打击"猎艳号"成员们的积极性:"东方红猎艳号"?这有什么新鲜?早已被人玩过了。早几年间此类组织就在北大和复旦盛行过。这会儿你们还在玩,还有什么意思吗?

噢,噢,意思可大不一样,大不一样。赵日批评家接嘴说,赵日批评家此时薄薄的嘴唇神采飞扬,嘴皮子带电一般叭叭叭反应得飞快。我们要进行大面积文学重组重构,找回九十年代的文化新热点。

噢?这么说,老调子还没有唱完?

哪有个完啊!

赵日批评家耸耸肩。批评家赵日说这话的时候,很像《追捕》里的那个杜丘冬人高仓健,他两手一摊,做了个洋气哄哄的无奈动作,就差伸手将美丽小姐抚恤包揽入怀了。

哦,那好哇!

倩倩的声音非常女性又充满磁性,就仿佛有一只小手儿正从嗓子眼里探出来,毛茸茸的,毛茸茸的一只小手撩拨着听话者身上的痒处,把他们搔得乖乖的,痒痒的,乖乖痒痒兴奋度极高却又无处得以解脱。那只磁性小手就乐滋滋招摇在她的嗓子眼里仿佛无限喜悦地说:请问,诸位是否需要一个女政委跟你们一起合唱呢?

好啊,好啊!欢迎女政委方倩倩来指导工作!

一旁敲边鼓起哄的又是含苞和欲放两个小家伙。含苞的博士大脑壳得意地在细脖子上摇摇晃晃,欲放龇着一嘴纯洁的苞米小牙满脸坏笑。方倩倩轻轻巧巧地就为自己在一群猎艳者中找到了合适的位置,将自己置于比较安全有利的地形之中。而大学实习生宋乙乙小丫头则显得涉世尚浅,经验缺乏,她还是有点被名人情结惧缚着,一时还不知道怎样恰当地说话,手脚无措地拘谨坐着,无形之中就有些像陷入被猎泥坑的小宠物。赵日老师一旁看在眼里,喜在心上,怜香惜玉之情越发被撩动了,恨不能立即将小瓷人拉过来抱坐在腿上。想当年,他有多少一泻千里的文章,就是一手抚摸着腿上坐的文学女青年,另一手洋洋洒洒一气呵成的啊!那是除了理想和宏业以外,能将他的情绪调动起来,将他的创造性思维活跃起来的又一股向上走的力量。

但显然,眼下,周围环境跟八十年代他辉煌的时候不一样了。九十年代的女崇拜者可不是说抱就抱的,抱错了可是要付出天大代价,谁知道是会出血、出泪,流汗还是流钱?一个充满光荣与梦想的时代业已结束。赵日老师带着一股佹剩的残余激情,小心翼翼,摸摸索索伺机以待,乖乖地,殷勤地,一会儿递茶一会儿端水地对女士悉心伺候。

"东方红猎艳号"这样一个诗意命名和猎艳队人员的基本组成就这样落实了下来。落实下来以后,等待就不再显得那么枯燥,那么坐卧不宁,那么烦闷焦躁,那么漫不经心而又那么万般无奈。现在它简直变得香气馥郁,诗意盎然。天上的一颗北极星开始在他们的头顶美好地照耀,四周的景致全都怀揣上了一点点跃跃欲试的不安,全都罩上了一层甜蜜动人的危险。他们方才那公羊打斗式的刚硬身体线条现在全都柔和下来,眼神也都变得软耷耷的,四肢就如向日葵般朝日般初绽在女士们明媚的视界以内。猎艳队男队员们嗓子眼儿里的话立刻就多了起来,他们的忧郁立刻就被欢乐所取代。喧嚣浮泛极尽欢乐的时代,忧郁该是一种多么难得的情怀!感伤落寞的时代,欢乐又是一种多么难得的存在!而它们的转换就在一刹那,就在两个女人出现的当口得以实现完成了,这样就使原本庄严的情感变得多么滑稽、多么矫情、多么做作可又多么有意思啊!

远处葛洲坝的灯光直泻到水中,映得水汽馥郁。灯火如花瓣一样一朵一朵在水里盛开。偶尔会有过路的江船拉响汽笛,"呜——呜",忧郁而又抒情,那仿佛是船在夜里的呓语。一盏两盏三盏四盏的灯光平静地在夜的水面上滑翔,优柔寡断,显得心事重重。呜呜呜的船在时断时续地说话,像是自言自语,又像是跟谁对话。那果真就是船在对自己说话,船在跟船说话,船在跟葛洲坝说话。那就是葛洲坝吗?夜的葛洲坝看上去并没有什么魁伟雄奇的地方,只像是由一带灯光组成的长堰,孤独、寂寞地在远方湿湿地闪亮。那该不会是古时候的都江堰吧?后人的葛洲坝看上去跟古人的都江堰并没有什么显著的进步和区别。后人的智慧,全都让前人那强有力的大脑给遮蔽覆盖了,什么也没剩下,什么空隙也没留下。每一次的行动,都不过是重蹈覆辙;每一次的发声,都不过是鹦鹉学舌。

船没有开,船始终都没有开。他们同坐在这一条船上,挨着这一段陆地不是陆地、江不是江的困难转型时光。长江仍隐在夜的背面,在陆地与船的夹缝中徘徊,迟迟地不肯把真面目向他们打开来。船也还没有开,久久不开的船几乎要破坏了他们对三峡的期待盼望色彩。船上的酒吧开了,船上的卡拉OK也开了,船上的多功能厅和录像厅也开了,船上的卫生间和洗澡的热水都开了,只剩下船还没有开。船还不知道什么时候才能开。

夜的衬景单调不变,缺乏动感。单调不变的夜景逐渐地在他们的瞳仁里变得无趣腻烦。逗趣打镲的话说了一圈又一圈,甲板慢慢地也跟着变得絮烦而腻歪起来。他们都在拼命寻找相亲相恤的一时温暖,同时他们又小心翼翼避免误会和伤害。这样他们就不能不投入又不能太投入,他们本来想要彼此抒情,但话从嘴里出来时却只剩下了调门统一的调情。只调情而不抒情让他们彼此感到些许安全,但因这安全永远盘带在禁区以外又失去了惊心动魄的进球射门色彩。

夜的甲板,甲板上的景致,景致中的调情话语渐渐都不再有趣。个别人想要抱小姐到腿上的想法又因集体的腿数太多而实施不起来。看样子是没有哪一个说主动让贤自动退到甲板下面去的。酷毕不说帅呆也不说;含苞不说欲放也不说;卓拜德不说尤顾得也不说;赵日不说小战士也不说。谁也不愿意有点眼力见儿主动离开,把两位小姐剩下给别人分享。于是他们只好原班人马行动,决定换一个地方去寻找新的有意义的活动和刺激。

一大堆衣服刚刚被风吹干一点的猎艳队成员就又鱼贯而下,拥戴着两位公主两位女皇两位能惹得他们恋恋不舍坚决聚拢在一起不肯自动离去半步的女士,下楼去寻找更有意思的玩法。船内到处都已灯火通明,联欢早已经开始了。不管船是移动或者是停滞,狂欢总是可以随时随地随处开始,不需要酝酿,无须彩排,灯光由明到暗的转送之间,人人就都成了角儿,踮起脚尖就上了场。这是一个极尽欢乐和喧嚣的时代,孤独和忧郁都极有可能是故作姿态。这也是一个忧伤和孤独的时代,欢乐和喧嚣也极有可能是假模假式。无法分辨,没有人能够辨别得出来。

他们拥戴着他们的女王走进那个灯火闪亮的多功能厅卡拉OK酒吧。刚一跨进门槛,刚一脚踏入欢乐沸腾之中,他们立即就后悔了,他们中间的两位女士立即就被裹挟而去,不由分说地裹挟而走,像遭强暴抢劫了似的席卷而走,幽暗之中又看不清是被谁具体给架走给拎跑的。他们简直来不及反抗和阻挡,实际上他们也没有什么权利阻挡和反抗,谁也没授予他们权利反抗和阻挡。他们十分地沮丧,十分十分地沮丧,简直无法形容那种沮丧像什么。仿佛不经意之间丢了属于自己的什么东西似的,属于他们自己的最最珍贵东西似的,好像自己一瞬间就一贫如洗,变成了穷鬼穷小子一个。他们勉强定睛下来,努力眨着他们批评家的锐利双眼向舞池里打量。但是他们却忘了人家别人的眼神之锐利也同样是批评家式的,他们都是半斤对八两,针尖对麦芒。所以人家一眼就瞄上他们进来,一眼就挑中他们群体中的方倩倩和宋乙乙两枝花,冲进他们的领地呼啸着将女人裹挟起来就走,一点都不讲究面子和道德。其实也没有什么面子和道德。这种场合,狂欢的场合,一切全都是公用的,哪还剩一点点私人性好讲呢?

这下他们是真的傻眼了。赵日眯缝起他的批评眼,在忽明忽暗的灯光隙处,拼命寻找着宋乙乙和方倩倩。他寻见方倩倩正跟一个年纪不老小的人勾肩搭背,勉强撑出几寸绅士距离,在不紧不慢地捯脚挪着步伐。再转头寻找宋乙乙,透过满池的人影幢幢,香臂艳腮,赵日的心里边咯噔一下子:宋乙乙正被一个大内高手贴身搂着,腻腻歪歪的,眼见大内高手把宋乙乙贴身搂着,抱着搂着,一来二去,手就没了!手就进入裙子里没了!太快了!只不过是一眨眼的工夫。虽为过去年代的猎艳老手,赵日这时也要由衷感叹:太快了!太无遮拦无彩排无酝酿,太露骨无含蓄无调情无撩拨了,真是见面就动手。赵日听见自己心里抽搐了一下子,咯噔抽搐早搏了一下,从牙缝里冒出一股凉气,暗暗的冷飕飕的。他心里只说太快了!只会说"太快了,太快了",倒仿佛这个过程若慢一点就合情合理了似的。他的胡子只抽动了一下就全塌下去了,全都那样痛苦地歇斯底里地软塌塌地往回倒伏。

猎艳队的别人也都看见了,也都跟赵日一样地看见了。满舞池的人形形色色,舞伴儿之间勾肩搭背的状态形形色色,仿佛人们都是有准备而来,就是为了一场放肆的耸动和狂欢,为了一场陌生的刺激和贴近,为了一场毫无责任感又无危险可言的猎艳和追逐而来。这才是九十年代的新热点,是股票市场上永远的炒作和投机的题材。自封为猎艳者们的这些人都蒙了,酷毕和帅呆有些发傻,含苞和欲放有点发呆,卓拜德和尤顾得暗自摇头喟叹,小战士清洁的奔儿头一下子就冒出汗来了。他们都有些急了,既不肯轻易加入进去,又没有办法把他们的姑娘抢救下来。两首曲子过去,大内高手却一直搂住宋乙乙没有换人,他紧缠着她裹着她不肯撒手。赵日的眼睛一刻也没离开他们身上,没离开他们这一对儿身上。在一阵阵心绞痛之中他还在想,有些想不明白地极力地想,现在的大学生小姑娘怎么都这样?怎么可以一见面二话不说,就让手进到裙子里去?连一点节律节拍和过渡都不要了?他就这样忧伤地想,几乎是无望地想,几乎是无望地,目不转睛地黯然神伤。

就在他这样目不转睛地黯然神伤之时,他却突然之中捕捉到了一个动作,一个救了他命的动作,宋乙乙的一个幅度很小的用双手相撑的动作。她的双手并没有搂到大内高手的脖子上,而是简单地,似是而非地搭在对方的肩上,并且,在一个滑步的空当,她还伸出手来撑了一把,好像要把两人身体的距离撑开。赵日的心里忽地涌来一股灼热,那股子灼热撞击着他,好像他从这一微小动作中得救了,真的得救了。他放下手中浇愁的啤酒易拉罐,拉了拉衣领,凛然地从高脚椅上站了起来,站起来得十分凛然。他站出他一米八二的满脸大胡须的凛然身姿,屹立在舞池旁,屹立着,充满信心地等待,准备在这支曲子终了时迎住宋乙乙。他一定要把她迎下来,一定要把她救下来。那几乎成了他的职责。他已经准备好了。

一曲终了,大内高手根本没放宋乙乙到舞池边上来,他牵着她在原地磨蹭,似乎还想在原地接上下一支曲子。赵日想也没想就迈步走了过去,大踏步地在红红绿绿的灯火萦绕中走了过去,走近了大内和宋乙乙身边。他好像听到了自己目眦尽裂的嘎巴嘎巴响声,他已经听到地火在地下运行,火山的熔岩马上就要从他的舌头里喷发出来。他的嘴唇刚一在胡子里爆突露面,不料方倩倩却从背后抢上一步,赶在他的前边柔声发话道:大内先生,您好啊!可还认得我吗?方倩倩那一双黑黑的大眼睛,一双大眼睛黑黑的,调皮而又狡黠地眨动,调皮快活而又妩媚横生。她已经跟赵日同时听到了他目眦尽裂的嘎巴嘎巴声。她为这种声音稍微感到宽慰。她知道接下来的就该是什么。她是他们的槛内之人,她就是从这种情形中,从一条接一条的男腿上磨砺过去,从一段一段、一截一截毫不新鲜的老调子的弹唱中给锤打成长起来的。于是她就赶在赵日的前边把引爆线接了过去,掐熄了一场肯定是很没趣很无聊又很缺乏体面的战火。大内高手的手果然就从宋乙乙的背上滑下来,略一吃惊,然后马上换成笑脸,伸出手去极其热情地与方倩倩相握说:倩倩!方大记者,我哪里敢不认识你?

一旁的赵日先是没反应过来,愣了一下,接着马上趁他们寒暄的工夫一把扯住宋乙乙:乙乙,咱们走。说完,也不等人同意,几乎是连拉带拽地扯起她来头也不回地就走。他将宋乙乙领回他们那群人围坐的桌子边,安顿她坐下,又叫来了一杯甜水递给她。宋乙乙端起杯子,咕嘟咕嘟地仰起脖子就喝,喝得很有一些惊魂未定惊慌失措,也有一些心旌摇荡和莫衷一是。赵日的心里又颤颤了一下,伸出手去,轻轻拍了拍她的背,不知是安慰还是别的什么。其他几个人也忙碌着给宋乙乙眼前放这放那,水果和小吃瞬间堆她眼前一满碟。赵日在这边忙活宋乙乙,酷毕那头望舞池里寻着方倩倩,就见曲声灯影之中,倩倩又被那个大内高手扭住了,扯着她漫不经心地踱着步伐。虽然他们中间隔着一指宽的礼貌距离,倩倩脸上好像还挂着笑,似乎在轻松地寒暄着什么,可是酷毕怎么看怎么感觉倩倩那纤细的胳膊在吃力地用劲,强抵住大内的身子不让他贴上。酷毕的右拳狠狠地砸在左掌心里,说了声:操!转身就离开他们一伙,焦灼而又痛苦万状地去绕着舞池转起了磨磨。三转两转,仍旧无计可施,他找不到借口和勇气冲进舞池去把倩倩拽出来。酷毕无奈,焦急之中面部的肌肉都僵了,他青白着脸,嘴唇铁灰着走近舞曲放送的调音台,声音僵硬地对调音师说:请给我们放迪。我们许多人都准备蹦迪,我们已经等得好久了。

调音师说:好。先生请稍等。

果然,交际舞曲一停,迪斯科乐曲就响了起来,铺天盖地地轰了起来。这是能保持人与人之间间隔和距离,能给人以最大幅度的摆动自由和人身安全感的最好曲子。在它的强烈声响的庇护之下,一切的舞姿和扭动都变成是绝对私人的、个人化的,不会有什么贴身骚扰和肉体侵犯的事情发生。

仿佛为了报刚才的一箭之仇,报他们丢了女人、丢了面子之仇,猎艳队成员他们集体地不约而同地全都上场,他们把倩倩和乙乙两个姑娘围在中央,圈在中央,炫耀示威似的,围着她们俩蹦啊跳啊,任谁也抢不去,任谁也夺不走。他们是生怕再失手把她们丢失了。尤其是他们之中的酷毕和赵日,都几乎委屈得有点想哭了,鼻子孔酸酸的。他们真好像是失而复得,真像是他们的羔羊迷途而又重返了一般。他们圈在一起,围在一起,仿佛多少年前他们就曾经在一起,多少年前他们就应该是一个整体一样。他们是再也不愿意分开了。他们不理会场上的别人,不理会任何人,他们只顾跳着他们自己,只顾安慰体恤着他们自己。他们都有点为自己感动和赞叹。他们是多么脆弱,敏感,多情,多疑,奋不顾身而又不堪一击啊!仿佛还没有从刚才的一场失败和挫折的打击之中回复过来似的,他们极力扭腰耸胯,他们拼命劈腿甩足,以甩掉刚才的愤懑和惊悸。他们在重金属的狂轰滥炸之中浑身抽筋、哆嗦,他们在灯影变幻莫测之中迷茫、失措。他们把地板踹得山响,他们把灯光给晃得青面獠牙。他们想找回一局他们曾经丢失的,但他们又实在不清楚他们丢失的是什么。他们带着激情的谵妄蹦啊跳啊,他们不知道是谁给了他们谵妄的激情。周围的人、景致一律在变幻、倾斜,水平线不知道在哪儿倾塌了。没有高度,没有基准,没有海拔,没有稳定,一切都在变幻莫测中旋转着倾覆着上升。他们就要在倾覆和旋转中悬浮倒将下去了,马上就要悬浮着倒将下去了,这时他们却听见一阵锐利的震耳的铃声。

船开了。

船开了。

四

船开了。船终于开了。船在狂歌劲曲中奋力将缆绳挣开。船从那艘大红船的庇护捆缚下挣脱开来,在夜色的掩护下徐徐离开了潮湿的江岸。

船在逆流而上,船在逆流而上。逆流而上的江水无情拨击着船帮。江水给了他们水蛇似的哗哗的声响,他们却无法拓清她暗昧优柔的意味深长。一切悠长的本相都包藏在夜的深处,而夜的眼就埋伏在灯的光里头。灯的线就躲在船里头,船的桨就隐在水里头,水的箭就射在人里头,人的心就存在本相里头。

船终于开了,船终于开了,终于沿着寻访凭吊之路上溯开了。逆流而上的公理,就是只顾拨水前行,而一路上的风景全被深深地忽略和遮蔽。寻访既成凭吊,他们内心无限感慨。他们在黑夜里睁大了黑色的眼睛,却丝毫寻找不出他们所企盼的光明。两岸岩崖上明明灭灭的航标灯火,提示着他们是在窄窄的水道里运行。左边的岩崖亮着红灯,右边的岩崖亮着绿灯。红灯和绿灯将他们引向神女峰、白帝城、巫山、夔门、巫峡、巴峡、瞿塘峡……那么些数不清的峡与峰。那些流传千古的名字,那些流传千古的诗啊!就要有千里江陵一日还了,就要有漫卷诗书喜欲狂了,就要有飞流直下三千尺了,就要有巴东三峡巫峡长了,就要有猿啼三声泪沾裳了,就要有高峡出平湖,神女应无恙了。

哪里还有千里江陵一日还了?哪里还有漫卷诗书喜欲狂了?哪里还有飞流直下三千尺了?哪里还有巴东三峡巫峡长了?哪里还有猿啼三声泪沾裳了?哪里还有高峡出平湖,神女应无恙了?你在此伫立千年,真就是为等我与你擦肩而过吗?

他们都无法睡觉,他们依旧睡不着觉。忧郁和悲怆一道随水声袭来,把他们刚刚蹦得干腾腾的身体又打湿了。他们的忧郁和悲怆无以附着,他们来来回回地从这个梯子上去,又从那个梯子下来,他们不知道他们要看什么,他们不知道他们要寻找什么,他们却总要不停地看,他们却总要顽强地毛愣张皇地寻找。结果他们看见的总是他们自己,他们总跟自己的一伙人相遇。他们上来下去,他们窜来跳去,最后却又重新地聚拢在了一起,干脆聚拢在了酒吧里,围着一桌红红的烛光,彻夜不停地集体闲聊。他们发现他们是那样害怕独处,一但独处就像是离开了母亲的孩子,就像会被时光抛弃、被这条船抛弃了似的,他们用集体相聚的虚假浮泛的欢乐来把自身的孤独和恐惧抵消。

当然他们如此睡不着觉、不肯去睡觉地一味聚在一起、闹腾在一起的原因,也是因为有了倩倩和乙乙的加盟在场。两位女士成了他们这个猎艳团体聚拢不散的强力黏合剂。他们竞相端茶倒水,竞相献着言语的殷勤,你一言我一语,你一嘴我一嘴。倩倩心无旁骛,谈笑开心,富有魅力的磁性声音总像一个痒痒挠般挑拨撩人。而乙乙小姑娘总显得那么心神不定,摇摇欲坠。也许是探进她裙子里的那只手给她打下了深刻的触觉残留,她的身体显然已经自持不住了,没坐一会儿,她就借故站起身来出去,悄悄地从酒吧间溜走,不知所终。这下可就害苦了她的赵日老师。现在轮到赵日老师摇摇晃晃,心神不定,惶惶不可终日。赵日老师一会一趟出来进去出来进去,屁股上像长了钉子,坐不稳,站不下。含苞和欲放两个小家伙一看,高兴了,一齐叫嚷说赵日老师您怎么啦?才喝这么一点啤酒不至于就频繁走肾吧?

赵日说:没有,没有,活动活动,活动活动。

赵日一这么说"活动",大家一下子就找到了题材。本来他们的谈话一直是散漫的、东一榔头西一棒子的、无主题无目的的,这下好了,可以大家爆炒同一上升股,就以赵日老师的"活动"作为现场题材。众人争相帮他出主意,想办法,献计献策,拿他打镲,赵日老师同时也拿自己打镲,奉献自身为大家增添欢乐。当然,另一方面他们也是觉得太气不过,那个大内高手忒黑,忒没情调和格调,忒不讲究游戏规则了,是需要有人出面跟他斗斗法。倩倩说那个大内也是她的版上客,从小苦大仇深,自学成才的,十分不容易。她第一次给他发稿的时候,大内还专程乘火车不远万里看望过倩倩老师,给她捎过上好的毛尖明前茶。当然现在已经不一样了,大内已经成长为高手,早不念怀什么倩倩老师不老师,大内高手现在忙着给别人当老师,忙着往女孩的裙子里探他的高手进去。

倩倩劝解、宽慰赵日说:你不必介意,他需要在勾引女孩子方面确证他自己。

赵日说:怎的,光他确证,我就不需要确证了吗?

倩倩气得笑说:什么话!你已经著名,他还是未名,你跟他一般见识干什么?

但是其他人不这么想。其他人不忿,他们听了大内的来历和出处,更觉得自己应该高出大内一等,更觉得赵日老师出出进进的活动应该,太应该。这种活动往大里说,是一个维护文学九十年代文学纯洁性的举动,代表着他们学院派集体的心愿和光荣;往小里说,是重振批评雄风,显示他赵日批评家横跨两个年龄段,已经能将追逐对象的年龄成功地下降到二十来岁以下的经久魅力。这又是他们集体的心愿和光荣。

他们说:要么你给乙乙写封信吧,倾诉衷肠吧。

他们说:要么你去查查她房间号,去敲她舱门吧。

含苞说:日兄,我再帮你去大内的房间看看,看乙乙在里头没有。

欲放丁零当啷掏出房间钥匙,说:日兄,给你,从今天开始房间钥匙归你,由着你方便使用。我到酷毕他们屋里打地铺去。

女政委倩倩又乐,极其好玩地看着这小世界里的又一场追逐,一边还语重心长地谆谆教导着说:追逐爱情可是一件美好的事情,务望同志们要德智体全面发展。

赵日见有这么多朋友给他助阵,满脸幸福傻呵呵地答曰:那一定,那一定。说完了,又忽地脸红,觉得不对劲似的,嘴唇又陷回到胡子里,挺不好意思挺羞涩地说:瞧瞧,瞧瞧,让你们煽乎的,仿佛跟真事儿似的。我做什么了我?我做了什么了吗?

众人也乐了,嘻嘻哈哈地说:谁让你积极命名来着?谁让你命名"东方红猎艳号"来着?自作自受了吧?自作自受了吧?

赵日起身,一个大甩臂动作,振奋精神,给自己打气说:诸位,我就牺牲自己,给大家伙儿取一回乐,共度一回快乐美妙的船上时光。兄弟我一定不负虚名,一定创造一些业绩出来。诸位,等着瞧吧!

五

夜还在灯的眸子里倦意未退,白昼却已经在江面上水汽氤氲。等到吧台上的烛火熄了,蜡泪流了一地,等到广播喇叭里传出小姐的问候"各位游客,早上好"时,他们已经睡眼迷蒙倦眼迷蒙,东倒西歪仆在桌子上,嘴里却还在顽强地对女士幽默着,宁可困死了也相聚着不肯分离。一声呜呜呜的笛鸣,告诉他们又一个著名的峡口到了,笛鸣召唤着他们前去观赏。他们这才鱼贯般地出了舱,跟跟跄跄迈着瞌睡不稳的步子出了舱,鱼贯般地又拥到了甲板上。

微熹的晨光中,长江终于露出了它的真相,三峡也终于露出了它的真相。在漫长的等待和疲乏拖沓的揭幕以后,这才真相大白。

真相终于大白。

真相终于大白。

真相终于大白之前的这个铺垫太长,这个序幕也太长,以至于等到要触到题目中心时,等到要面对三峡长江时,他们却已筋疲力尽了,兴奋度已经提不起来了。他们的精气神儿全在暗夜里的追逐和相互指认的狂欢中消耗尽了。他们全都睡眼蒙眬,眼珠儿通红,脚底板发轻。他们在与自己和他人遭遇相逢、斗智斗法的过程中几乎将心智耗尽,几乎把长江和三峡都已经忘了,几乎已经把行走的最终目的给忘了。但是,紧接着到来的白昼提醒他们,呜呜呜的笛声提醒他们,他们的目的地到了。三峡就在眼前,长江就在脚下。夜的神秘褪去,江水赤裸裸地展现。他们先是打着哈欠,手捂着嘴的半边,眼睛半眯半睁着,哈欠还没打完,他们就捂着嘴惊呆了,眼睛一下子就瞪到了半圆:

原来这就是三峡?!这一沟破黄泥汤子就叫长江?!这破败乱糟的沟峡,这滚滚泛黄的黄泥汤子?!

让他们费尽了神思和想象,费尽了等待和期盼,这样跨越千山万水,不顾一切地奔赴而来,深一脚浅一脚地走来趋近的,无比灿烂,无比瑰丽,无比魁伟,无比雄奇,无比遥远溟濛的,一遍一遍无形的诱惑和甜蜜的,却原来就是这样一沟破黄泥!长江呈现给他们一锅破黄泥!三峡留给他们一沟破泥汤子!他们想象的神秘之幕一下子就被撕破揭开了。他们一下子就给从天上云端砸到地底十八层地狱里。

我来晚了。他们嗓音喑哑地在心里说。我们来晚了。

我们总是晚啊晚的。我们总听说绝美的景致就竖立在高处,竖立在那里,可是,等到我们有朝一日来朝拜它时,却几乎什么也没了,几乎什么也没剩下了,就连你也开始颓败了。你啊你啊!你从雪山而来,怎不见你雪水的清冽?你向大海奔去,怎不见你赴海的壮烈?想当年,太初远古之际,混沌初开之时,你是怎样水矢箭镞,以你年轻的冲力,热血澎湃,劈沟开山,冲岭钻岩,杀出一条血道,狂奔东海而去!大海就是你的宿命,是你的劫,是你不可更改的前缘。你啊你啊!你难道就不能以你的清亮,你的健壮,再等等我吗?再等等我们吗?

兄弟啊,我来晚了。我生晚了。为什么总要叫我说,总要逼着我说,总是需要我说"余生也晚"啊?!我要生在什么时候才能赶上你,赶上你的潮头?你的精壮?你的英姿?你的秀丽?如今你怎会落魄到这样……浑浊,阻塞,你怎会这样不断浑浊且层层阻塞,你啊,长江啊,你飞流直下,你猿啼沾裳,你巫山云雨,你神女无恙,你那千般愁肠万般壮丽的江,你啊你啊,你在哪儿?你在哪儿?

我来晚了,我们来晚了,三峡!他们嗓音喑哑地又一遍在心里说。第一次靠近你,竟也是最后一次靠近你。第一次游遍你,竟也是最后一次游遍你。第一次用视觉触摸你,竟也是最后一次触摸你。第一次用皮肤感受你,竟也是最后一次感受你。第一次用干渴的毛孔吸附你,竟也是最后一次吸附你。待再来时,你又在哪里?

在哪里啊?在哪里?

他们没脾气了,彻底地没脾气了。他们带着想象被撕毁后的怏怏缩回船舱,缩到空间直不起身来的狭小房间里呆坐。他们披着隔凉的大被单儿蜷缩在那儿,目光呆呆的。他们自诩是本世纪最后一批人文思想家,但他们却没能印证他们的人文理想。他们无处去印证他们的人文理想。他们眼睁睁看着自然景致到了他们这一代就这样变成了一泡泡黄泥汤,眼看着一切一切都将变得认不出了模样。

直到开会的铃声响了,会务组的人来挨个敲舱门,他们这才怏怏地,不情愿地起身奔赴会场。会场就设在那个多功能厅。昨晚他们还刚刚在此狂欢追逐着,还看见大内高手将手探进小姐的裙子里没了,今天他们就要在这里一本正经发言,发出许多一本正经的言,将话语的泡沫汇入滚滚流淌的泛黄的长江。他们说不出有多么无奈,说不出有多么沮丧。无奈和沮丧之间,他们不得不加入喧嚣的合唱,把追逐和凭吊的过程走完,把总结和展望的话语说完。

他们知道不管三峡有多么破,长江有多么黄,他们都是要逆流而上然后再顺流而下,要把全程走完,要把一个时间的和空间的历程走完。时间紧迫,机会难得。没有时间,也没有机会了,每一个第一次对他们来说都是最后一次,每一次相逢都是告别。

人生何处不相逢?人生处处是告别。

六

江水在船板之下汩汩地流淌。逆流的路已经在黑夜之中走完了,现在他们已经是顺流而返,沿途慢慢悠悠地赏析一路即将覆灭的风光。作为母亲之河的长江水已经黄得不像个样子,就不知还会有什么可值得可惜的。什么也不用去想,什么也不用去伸张。该漫的总会要往上漫,该黄的总归要黄。

一切都已不用着急。一切都已不用着急。随波逐流该是多么惬意!随波逐流该是多么惬意!

猎艳队的成员们眼下他们就规规矩矩地坐在会场里,耷拉着脑袋,假装专心致志地听着台上那些没意思的老生常谈,那些单调乏味毫无新意的重复话语。无数的景致就在那些废话连篇当中在船舷旁一闪而过,随着一波一波的流水泛过,他们却被困锁在那些话语当中完全动弹不得。他们多么期望能够逃避,能够躲开那些喷溅的吐沫,但是他们显然无处逃离。通向楼顶观景甲板的两道楼梯在开会的时间段内都上了锁,直到会议开完了才能解禁。假如他们不加入多功能厅里的喧器大合唱、不成为众音合鸣中的一声的话,那么他们就必须退回到各自憋闷、狭窄的舱铺里去,在那一个个站不开身、直不起腰来的,有如囚牢般的暗舱密室里费力地调整呼吸。空调也已经对他们那些个体的船舱关闭了,只剩多功能厅大会议室的还在开着。所以他们就必须集中在这里,也只能集中在这里,不管他们愿意不愿意,都要跟众人一道制造声音,都要跟众人一道制造话语。

景致与人物暂时隔离开来。现在,他们唯一能使自己置身于喧器之外的手段就是保持沉默。他们努力保持缄默不语。

大内高手被安排成了主讲，这是他们事先所没有想到的。他们还以为照老规矩，先上去寒暄主讲的应该是他们之中的卓拜德或尤顾得这些德高望重忒爱讲话、忒爱将心事讲成虚话的老同志。但是像卓拜德和尤顾得这样的主席现在都已是只爱做不爱讲了，接茬上去的就是大内高手这样的只会讲不会做，也可能是又会讲又会做，一边讲一边做的新生力量。

二十分钟过后，主持人拨响闹钟，示意讲演人超时，提醒他要节制。大内像没听见一样，还在嘴皮子飞动着嘎嘎嘎地讲。三十分钟过去，主持人又拨响闹钟，提醒他时间已到，可大内还在喋喋不休叽叽呱呱地讲。批评家赵日阴沉着个脸听着，越听脸越阴沉得厉害，满脸大胡子上几乎都要滴出水来。他倒不是觉出大内的发言本身有什么新奇刺激的地方，而是觉得这小子搂着话筒不放松的样子实在是太张狂。那副神态，就跟昨晚上搂着乙乙跳舞时那样，涎兮兮，媚滴滴的。赵日用眼角再顺带着扫了一眼台下，见坐在他斜侧面的乙乙小姐此时正专注地望着台上，满脸潮红地一心一意地听着，眼皮儿好像连眨都舍不得眨，生怕错过了大内那奶油面庞。赵日老师那一颗多情善感的心，又咯噔地抽筋了一下。他听见自己的胡子忽地就立起来，根根儿都指向台上的大内，怂恿着他的嘴去向大内发难、决斗和挑战。

时候到了，报仇的机会到了，赵日想。赵日以他八十年代老资格批评家的身份想。赵日想以他赵日老批评家的学识和口才，扳倒一个小小的大内高手，简直易如反掌，也就是三言两语几句话的事。赵日的屁股几次欲从板凳上拔起来，意气用事地要向大内高手小先生商榷和责难。然而，赵日老师还毕竟是文人气书生气的老师赵日，赵日批评家在行动之前，还免不了有一些哈姆雷特式的延宕和忧郁。赵日老师他一遍又一遍地在座椅上问他自己："To be or not to be?"赵日老师左思量右寻思，还偷偷摸摸从裤兜里掏出一枚硬币铛地扔地上，认定国徽的一面是"to be"，麦穗的一面为"not to be"。扔了几次，钢镚儿在地上乱滚，滚得完全乱了套，正反面的概率已经无法统计了，赵日老师于是心安理得地决定放弃。他在心里头还在一个劲儿跟自己说：天意啊，天意！这是老天劝诫我，不让我以自己八十年代辛勤缔造起来的批评家英名，去提携一位九十年代出道的未名小男生。

赵日于是耐着性子安稳坐下去。

比他有出息的是新出炉的博士含苞和欲放两个小家伙。他们本来也没想说话，但是他们现在说话的情绪都被会议上的各种胡说给调动起来了，他们决定要上台去亲自一辩一驳。两个新出炉博士都对批评富含着无限的激情，一见面就要跟人谈文学，一见面就要跟人谈文学，不谈文学他们就没话说，不用书面语谈论文学他们就没有日常的口语寒暄话说。每逢谈起文学他们的眼神就晶晶发亮，亮晶晶，光闪闪的，荧光四射，谁妄图想将那眸子里纯洁生动的纯文学的光辉泯灭都泯不灭。他们的谈话都是纯粹的专业谈话，他们的写作都是纯粹的专业写作，毫不掺杂私欲和功利目的。若说有点什么些微的个人愿望的话，就只是年轻人对于朝升大师九段的纯洁渴求和激烈向往。所以他们就一直刻苦磨砺修炼着,刻苦修炼着磨砺,从小到大,俩人都是从小学六年、中学六年熬起,再加上大学四年、研究生两年层层加码,摞到一起一共二十来年不间断一顺水地寒窗苦读,总算把内功修成了。

含苞顶着一个聪明的大脑袋瓜子,欲放龇着一嘴纯洁的苞米小牙,两人摩拳擦掌,已经将底气准备得足足的,准备赤膊上阵。总算是有一个比武试刀的机会了,总算是有一个快要熬出头,快要走上社会,快要将攒在脑袋瓜子里面的书本知识应用到实际当中去的机会了,他们俩的感觉都十分兴奋,含苞的脸蛋儿越发红扑扑的含苞欲放,欲放的嘴唇也越发嫩生生的鲜翠欲滴。开会、坐船、放炮、命名、打架……一切一切对他们来说都是新鲜的体验,新鲜极了,好玩极了。他们乐不可支,他们准备充足。他们决定要奔擂台赛上比武放炮。每一次会议都是一次比武擂台赛,每一次擂台上都有打得好的赛手脱颖而出。他们不仅能得到刀和剑、快马和银两,而且还能得到名望和绣球的奖赏。这是他们从他们父兄的过往经历中得出的看法。如今他们不仅要极力仿效,还要将这种辉煌光大和发扬。

含苞的大脑壳一晃一晃的,欲放的小嘴一噘一噘的,上得台去都很激动很兴奋、很谦虚很狂傲、很富有条理很语无伦次,狠狠地都说了不少的话。凭良心说,那真是实在是很精彩很独到很有见地的话,是他们毕生二十几年寒窗苦读把牢底坐穿、毕生二十几年独倚斜栏把栏杆拍遍后的心血之作、肺腑之言。可惜,没人回应。没有人回应。没有什么人搭茬。听众都像白痴似的,傻呵呵地听着,呆呆的,傻傻的,不提问,不反诘,也不质疑,也不商榷,呆呆的,傻傻的,愣呵呵的,听着,什么反应也没有。含苞也只好脑壳一晃一晃,欲放只好小嘴一噘一噘的,干巴巴地下去了,回到原座位席上很无趣地当听众去了。身后面还伴着稀稀拉拉的客气掌声。

接着又上来一个比武打擂者,也用了一些狂傲新词,也发明了一些强硬观点,也带了几个比较恶毒字眼,处心积虑惊世骇俗,也想激怒大家,也想放炮,结果也放的是哑炮,没人响应,没人搭茬。人人都忙着自说自话,人人都忙得没时间给别人搭茬。

这是一个既自说自话,又仿佛是众声合鸣的时代。它能将一切人、一切事都陷于尴尬。像大内高手那样能惹起别人前去与他商榷、想要灭他冲动的,就已经算是很不错了,就已经算是有反响了,反响就已经算是很不老小了。"多元化"的到来,使得打架对话等都已变得没有兴致和目标啦!

一拳头就打在了玻璃镜子上。

一拳头就砸在了软棉花堆里。

七

夜幕又一次沉沉地降临。

夜幕薄弱了瞳孔里的景深,他们立体以后的眸子转眼又变成了一个个平面。平面下来的神经很是有些疲惫和衰弱。其实这一整天里他们都牢牢地给钉在会议室的椅子上,整个肢体都没有机会得到什么屈伸。但是那种乏力和疲惫还是牢牢地贯穿了他们整个身心。失眠、失望、失重、失恋、失意……一连串的缺失搞得他们睁不开眼睛，也打不开心情。

他们算是领教沉浮于液体之上的厉害了。水可真是熬人，液体可真是熬人，长江可真是熬人，三峡可真是熬人。才刚刚在船上待了一天一夜二十四小时，他们却觉得已在此沉浮千年了似的，就要给熬得面黄肌瘦，就要给熬得经受不起了。

夜幕掩盖下的液体让他们白天的失望情绪多少有了一点平息。液体在夜幕之中矫情地呻吟、喘息，一波接一波，一波连一波，将冥想痴想的余地留给他们，将诱惑和得逞的期望留给他们。他们觉得夜里总是可以做点事情的，夜里比较容易做成点事情，而在白天却不行。白天一切的谵妄都在阳光下化成了实在，化成了大白光下的实实在在。白光给了他们一个又一个泛着黄色泥沙的实实在在的打击，将他们的一切心怀鬼胎都给打掉流产。白天将一切朦胧的东西变得乏味真实，黑夜又将那层朦胧重组重聚。

可爱可亲可尊可敬的夜幕终于降临。他们这时倒像盼来了光明使者一般群情激奋。他们欢天喜地，喜地欢天，借着夜幕的掩护凑到一起，聚到一起，相互安慰，互相体恤，互相把白天里的所作所为表扬一番，互相续着白天里没有说过瘾的话题。尤其是他们要对白天里竞相上台发言表演的含苞和欲放两个小家伙使劲给以表扬，夸他们这句炮点得好，那句炮放得也不赖。他们又说各位猎艳队老师们本想给他们俩人当一回"托",托一托他们,在下面给他们提一提问题,给他们烘托出一个"二博士舌战群儒"的小高潮出来,但考虑到年轻人初出茅庐,多遇一点挫折、多遭受一点无人喝彩的空镜头也好,以便让老师们过去的历史告诉现实的他们,出人头地的道路上从来都不是一帆风顺的,有激流,有险滩,有暗礁,有泥沙……什么什么都有,当然,像他们俩这样遭遇虚无的例子的确还是不常见。谁让他们生得晚,出道在九十年代呢?那么也就只好回去悄悄去说"余生也晚"吧,他们!不过,也别泄气,文坛无非几圈麻,哪有坚持做"庄"总不开"和"的呢?只要有耐心,有毅力,别放弃,做得住,中途不打退堂鼓,咬紧牙关坚持搓下去,那么早晚有一天会有开"和"赢牌的时候。先赢的是纸,后赢的是钱。这个道理他们年轻人应该记住。

一席话就把含苞欲放的伤心减轻了许多,也把大家彼此众人在白日里无名的失意和失望都减轻了许多。他们的心情都在夜色中,在谁也无法仔细望清他人之面的模糊中好了许多。倩倩和乙乙这会儿重归他们的群体之中,叽叽喳喳,嬉嬉闹闹的,成了让他们心情好转的调和因素。乙乙的回归很不容易,看那样子是被赵日老师一直跟踪缠绕着给押解哄骗来的。赵日老师现在寸步不离她的左右前后,生怕一不小心再次失手,让个什么大内小内的拐跑了去。乙乙小丫头则一直是态度暧昧不明,脸上看不出有什么更多的欢喜或厌烦情绪来。

长江又隐到夜的身后,又将这个季节千篇一律的潮湿和潴热送给他们。该讲的那些文人书面语都已讲得差不多,那些话语干干巴巴,缺少旋律曲调变化。他们都有点不愿意再讲,再讲也觉得重复,挺没意思的。于是他们就在嗓子眼儿里胡乱哼哼,不知不觉,竟咿咿呀呀哼出一些无主题变奏来。仔细聆听分辨一下,才知那竟是童年的曲子。谁知他们这些老大不小的成年人在一起,竟不由自主哼起了童年曲调。于是不知是谁在幽暗之中先起了个头,他们就随着一起集体地轻唱起来,声音越唱越大,声音越唱越响。有那么一两首老歌是能够将众人的过往记忆接合起来的,比方说"大海航行靠舵手",比方说"天上布满星啊,月牙儿亮晶晶,生产队里开大会啊,诉苦把冤申……"等等,等等。暗号又对接上了,这时他们就又有了在过去年代里就早已彼此相识的快乐。

但是因为这个群体的年龄段实在是参差不齐,高低起伏相距实在太大,在过去时间里的某一点相接的可选择性实在太小,于是他们就又采取了另一种方式,开始讲起民间的语文,不断地抖起笑料和包袱,希望能在民间的立场上获得彼此的相通。当然那些段子多少都要带上一点点色彩,不多,也就是一点点,一丁丁点,一丁丁点的黄。因为他们还要顾及自己文化人的身份和面子,还要考虑有两位女士在场的因素,所以民间的黄色素就不能播撒得太多,要适当点滴得像味子素一样。当然也正因为有两位年轻女士在场,包袱抖落起来就更要讲究些技巧和手腕,更要雅俗共赏,更要大俗大雅,更要大雅之中达到大俗,更要让人起兴和起性,看谁能真正博得美人一笑。

段子一个接一个,色彩皆涂染自民间,立场也出自民间,没有民俗学和文化人类学的基础的话,就不好妄断那都是什么和什么。反正,唱童年歌曲和讲彩色笑话是他们这一伙人互相指认的又一个途径。这也是一种暗号和口令。暗号和口令不是说跟谁都可以乱对,也不是说跟谁都可以接得上对得上的。

赵日老师的口才真是不能让人不佩服,尤其是有女士在场的时候,就越发妙语连珠,口舌生辉,就是长江大坝决堤了也挡他不住。单他一个人就快要讲到十段了,却还在那里口舌生疮地不断地讲,仍旧还没有枯竭见底的意思。众人不住地为他鼓掌喝彩。讲到过分得意之处,赵日老师便犯了只顾自己的嘴高兴而淡忘其他的毛病,光顾着讲,就把他守护宋乙乙小姑娘的职责给忽视淡忘了,一不留神,小姑娘又在他的话语缝隙中借机溜走跑掉。等到他们口干舌燥,集体从甲板顶上下来兴致冲冲往酒吧走去润喉时,赵日老师这才发现集体队伍中少了一个人,少了一个他最要在其面前献媚献身献殷勤的人。赵日老师立即沉不住气,酒还没开始喝呢腿脚就开始打晃,他对鱼贯而下的众人说:你们先去吧,我再到那边转一转。含苞欲放两人一听,摇晃着大脑壳龇着小苞米牙嫩生生地齐说:日兄,别着急,别急,你慢慢转,慢慢转吧。

下得舱来,酒吧里早已是烛火荧荧。同样是互相指认的人们早已聚成一桌一桌的。他们这伙人拣了一张较大的桌子坐下,又将一圈的椅子凑齐围拢。坐定了以后,他们开始等着小姐上酒。在等待的过程里,他们始终无所事事。他们于是就无所事事地东张西望,四处打量,望望眼前的烛火,看看彼此通红通红的面影,摆弄摆弄眼前自己的一双无所事事的小手,他们不禁都有些心照不宣,都有些忍俊不禁,仿佛他们都不是为采风观景而来,而是为了这一群一群、一拨一拨、一伙一伙的聚会而来的,千里迢迢万里迢迢,跋山涉水,走到此,停滞到此,就是为了同船聚会,黏黏糊糊聚到一起而来。他们仿佛都不为赏景,而只为玩人。"仁者乐山,智者乐水,庸者乐人"。他们说。他们自我解嘲打趣地说。再放眼观周围,一桌桌也是跟他们同样的庸者,都在找与自己相投的一伙,死黏在一起取乐乐人。

有什么办法呢? 在这样一个山水无法怡情,山水不再怡人的时代,也就只好人以怡人,人怡山水罢!

他们都举起眼前那巨大的玻璃杯装的、叫作"扎啤"的大家伙,互相举杯碰着说:旅途快乐! 旅途快乐! 旅途快乐!

他们干掉了一扎又叫了一扎。赵日这时也面相难看地回来了,一看就知道他寻寻觅觅,冷冷清清,凄凄惨惨戚戚。众人谁也不敢多问,谁也不敢多说,赶紧安慰他坐下,喊小姐叫酒。赵日自己也是啥也不说,咕嘟咕嘟先是一大扎啤酒一口灌下,接着又吆喝小姐端上来第二扎。

一大扎啤酒下肚,大家伙儿情绪稍微被刺激起来了些,众人脸上都有些微醺红扑扑的。酷毕这时站起来主动给大家敬酒。酷毕的敬酒也并没有什么特殊目的,只不过是因为群体里头酷毕和赵日作为比较著名的少壮批评家,很自然地时时爱充当召集人的角色。众人也把他们的这种不自觉的身份集体认可。有人爱出面召集,并爱抢着付账买单,这难道还有什么不好的吗?所以他敬到谁的酒,谁就都嬉皮笑脸,然后再推三搡四,吆五喝六地喝。他们敬酒说了归齐也就是敬的一个"闹"字,敬的就是推三搡四、嬉皮笑脸、吆五喝六那一派酒后胡言。若是一敬酒就喝,一敬酒就喝干那还了得?那不是反倒没意思、失去趣味、要把花钱买酒的主人心疼死不可吗?

多半圈酒敬下来,酷毕的脸泛起了玫瑰红,说话的嗓门也越来越亢奋,越来越高,而他自己却一点也不察觉。他们也都不跟着察觉,因为他们的情绪都跟着高亢起来了,叽叽喳喳,煽煽呼呼,也不大清楚自己嘴里煽呼的是什么。酷毕在圆桌上按顺时针方向敬酒,他最后一个敬到的就是女政委方倩倩。其实按通行的酒令或规矩,他应该第一个敬这桌唯一的一名女士,应该先向政委方倩倩女士敬酒,然后再从老到少敬其他人。但是不知为什么,他偏偏把这个顺序倒过来,把倩倩留在了最后一个,留在了他心底的他眼底的最后一个,留成了他这个仪式上珍存的最后一个。

酷毕拿起旁边预留的那种女士小杯,将酒斟满,双手递到倩倩面前。然后他又举起自己的酒杯,意味深长地说:来,倩倩,我敬你一杯,庆贺我们的相识。

然后他目光如酒,醇厚绵长地盯住方倩倩。

倩倩端起酒杯,目光尽量不跟他的眼神直视对接,她左手轻掠了一下额角的长发,右手将酒杯缓缓地举高,举至齐眉,还不等说出一句礼貌的话,说出一句表示应答的话,旁边的赵日却忽地一下子站起来,很奇怪很突如其来地站了出来,高举着他手中的扎啤酒杯,大着嗓门说道:来,倩倩,我来敬倩倩女政委一杯。

酷毕的脸本来是对着倩倩含情微笑着的,这会子一下子就僵了,突地就僵住,僵得趔趄歪斜,横七竖八,那么难看,那么难看地从牙缝里吼出一个声音说:你给我坐下!你!我给小姐敬酒,有你什么事?

他这一吼,众人全愣了,赵日也是脸红脖子粗地愣愣地分辩:你敬,我怎么就不兴敬?倩倩,你喝了这一杯。

说着,也从旁边拿起一个女士杯,斟满,递到倩倩面前。这时就只听得酷毕大喝一声:你敢!说着话人随声到,人就随着声音扑过来了,一旁的欲放手疾眼快,一把给死死地揪住。

这一下众人全蒙了,眼瞅着酷毕和赵日俩一个脸红,一个脸白,一个嘴硬,一个嘴青,怒目而视,兀自僵立原地不动。旁边的人都跟着犯傻,犯呆,傻傻呆呆。喝酒喝出这么个场景来,谁也没想到,谁也没有意料到。本来他们也就是在一起聚着玩,喝着玩,敬着玩的,只图个消磨时间,解解晦气,解解潮气。谁也没有当真,谁也没有想怎么样,谁先谁后,没有个次序,谁敬谁不敬谁,敬到了谁没敬到谁,都没在意。偏偏酷毕猛孤丁在这上头较真,较真得连一点先兆预兆都没让他们知晓。

他们大家这时候才有点醉醺醺地明白,他是喜欢倩倩的!酷毕是喜欢倩倩的!他是一直将倩倩视为己有的!这些时辰他们光顾着起赵日和乙乙的哄,却忘了酷毕是怎样随时辛勤侍奉倩情的。他那样勤勤恳恳,一直任劳任怨默默奉献着,众人却一时都把他的柔情忽略,还当他是在奉献大家,在效劳弟兄们呢。倩倩呢?倩倩对他是个什么态度呢?他们记不得了,也没有发现什么特别。倩倩的一切一切都是那样得体,和爽,如意,该她一个女人做的她都做了,不该她做的她半点也不曾僭越。有了她在场,他们就感到舒适惬意多了,心里踏实多了,他们谈话的兴致也就高昂多了。他们一直都当倩倩是大家的,大家共有的分享的财产,他们私下里已经认定她是大众情人的角色,没谁想到还要把她独占包揽。

但是酷毕,酷毕喝了酒以后一下子把心思暴露无遗。酷毕他是来借酒吐真情的,赵日却不合时宜地瞎站起来,瞎出风头,一下子就把酷毕的情绪给搅扰折断掉了。酷毕由此而失态,搞得他们大家伙儿的情绪一时也都拐不过弯来,不知该怎么办才好,不知道怎样调解是好。就连赵日和酷毕,俩人在吼完了以后自己也僵立在那里发呆,觉着这情绪来得真是突然和意外,这冲突真是暴起得莫名其妙的突然,冲突骤起之后,接下来该怎么办?他们各自的面子该怎样挽回,他们该怎样收场呢?还得是倩倩,久经沙场的倩倩,满怀忧戚一腔豪情的倩倩,倩倩她牺牲她自己出面来给他们台阶下,来给他们打圆场了。倩倩左右各看了看他们两眼,什么也没有说,只是默默地将两杯酒都拿到眼前,将那酒杯的顺序来回调换了几换,分不出谁是谁的了,这才端起酒来,左手一杯,右手一杯,稍一停顿,接着左右开弓,一仰脖儿,咕嘟咕嘟,一口气灌下。然后双手把空杯一蹾,脸一绷,说:不理你们了。

说完站起身,扬长而去。

在座的人又惊傻了,谁也没想到结局会是这样,会成这个样子。他们眼见得倩倩喝酒时含而不露,滴水不漏,他们也眼见得倩倩离去时的长发飘拂,长发飘拂得摇摇欲坠消失在他们眼前的空气里。空气里出现了死鱼一般的静寂。虽只是那么一两秒钟的静寂,但仍能窒息出几条死鱼。他们的嘴也像死鱼一样惊愕地大张着,半天也说不上来个什么。他们可真是没承想是这样。含苞醉迷迷地将下巴颏抵在桌子上,喃喃自语说:你们闹吧,你们闹吧,这下好,把人给气跑了,这可怎么办?

欲放也龇出他带缝儿的纯洁玉米小牙,咝咝咝地嘴里吸着凉气说:怎么办啊?怎么办?要么我去请倩倩小姐回来?

含苞说:你去请?你去请?有你什么事儿呀?你请得回来吗?谁给气跑的谁去请吧。

说完,就把大脑壳上一双纯情怨怼的眼神投向酷毕和赵日。

酷毕和赵日他们两个这时也有些后悔,手足无措。酷毕仿佛这时才猛醒过来,感觉到自己方才的失态似的,急忙改换态度,力图表现出他的大度和能屈能伸。他略一沉吟,便很含蓄很委婉地欠欠身子,拿过瓶子来,伸手斟满赵日和自己酒杯里的酒,端起来,真诚地说:日兄,对不住你,老弟我先干为敬了。

说完,一仰脖,咕嘟干下去。

赵日也就坡下驴,也十分不好意思地说:老弟,我也不对。

说完,一仰脖,咕嘟也干了。

含苞替他们把酒杯继续斟满,说:嗯,这还差不多。这还像点样。

欲放一旁着急地说:你们谁去把倩倩请回来?

酷毕和赵日你瞅瞅我,我瞅瞅你,不好意思先开口。

还是含苞聪明,说:要么我们买束花,一道去吧。

大家一听,觉得这主意好。于是酒也不喝了,晃晃悠悠站起身来一道奔服务台去买花。买完了花,一行人又迷迷瞪瞪,头重脚轻地簇拥着手捧满天星和红玫瑰的酷毕,拥拥搡搡浩浩荡荡朝前行进。到了倩倩房间门口,又你推我,我挤你,谁也不好意思上前敲门。最后他们一致把酷毕架在了前头,身后是含苞用大脑壳顶着他的腰眼儿,欲放一个手指架着他举花的胳臂。

酷毕无奈,一手举花,一手笃笃地敲门。响了几下,门开了,倩倩从里面出来。酷毕把花一递,脸红得跟紫茄子一样,说:给你……倩倩的脸也正是一派不胜酒力的桃红,她软软地伸手接过花来,说:这……你……

话还没说完,后面一下子窜出含苞的大脑壳,然后是欲放得意的小牙齿,接着是赵日的大胡须,小战士的亮奔儿头,帅呆的一米八六大高个,紧后边还有以过来人身份洞幽烛微正捂着嘴窃笑的卓拜德和尤顾得老同志。倩倩忍不住扑哧乐了,什么也不再说。他们一见倩倩高兴,立时也是满心欢笑,全都如释重负,一脸灿烂起来。

只有赵日老师,笑容刚到一半时,一眼发现了女舱尽头的墙角一隅,大内正拥着宋乙乙在那儿喁喁私语。赵日的笑容哗的一下又死在脸上。但他勉强含悲忍痛没有出声。

八

夜半时分,江上下起了小雨。

接下来的这晚,真是江风夜雨对愁眠。在这个舒适的、清凉的、可以借机补补觉缓缓神的夜晚,同处一条船上的他们却纷纷失眠。批评家赵日失眠,批评家酷毕失眠,批评家大内高手失眠(也许他会怀着勾引成功的得意睡个好觉也说不定)。大学实习生小姑娘宋乙乙兴奋得失眠。女记者方倩倩也怀着万般的感慨失眠。

倩倩枕在船上,船枕在水上,水枕在江上。它们合成一股洪波的力量,在黑夜里一路幽幽地涌动向前。她倚着自己的手臂,听得见船底发动机的声响,还有船帮被水打湿,被雨淋湿的哭泣。"哭泣"?不知道她为什么会在此时想到这个词。那水声果真有点像流泪,簌簌的,汩汩的,一滴一滴往下滴落,一波一波在船梢滑过。水声吹着哨子,吹着悠长的催眠号子,把他们一个个送入自己的梦乡。也不知有几人会进入梦乡。但是终于平息了,一切都平息了,他们这个群体终于抵不住睡眠的诱惑,暂时分离。暂时的分离让她的思绪变得清晰。

这一晚上的事件真是让倩倩感慨万端。她非常知道酷毕和赵日的争吵为什么。她怎么能不知道呢？她太了解熟悉这些文人了。她就是坐在这类文人腿上长大的文学女青年，就如此时的宋乙乙一般。那是1985年，文学闹得最欢的时候，她二十岁，大学三年极。她怀着满腔新时期的喜悦和兴奋，满怀着对世界的新生的好奇，一首朦胧诗接一首朦胧诗地背诵抄录着，一个诗人的腿上接一个诗人的腿上辗转磨砺着，诗意盎然，乐此不疲。对诗人的崇拜让她将性骚扰和被喜爱的界限模糊不清，只要听到某人朗诵了一首好诗，就激动得捂着胸口大喘着粗气，一抱就给抱到腿上去了，疼痛或者是抚摸，她连一点拒绝的抵抗性都没有。那时候她羞涩，迷乱，容易接受暗示，脸蛋儿嫩得一根手指都能掐出水来。青春期女孩子的一切优点和缺点她都具备，具备得好像专门为给这些张狂的文人艺术家们准备，专门留给这些风流倜傥的诗人们受用似的。

初次坐在诗人腿上的失贞，她也没觉得怎样受伤害。狂热的崇拜加上羞涩的迷乱，将刹那间的身体疼痛刚好抵消，仿佛只是打了麻药以后的拔牙，神经刚一感到麻痹，牙早已经被拔掉了。那还只是针锥了一下似的疼痛，只留下一点点的后怕和惊吓，还远远构不成痛楚。那种疼痛，远没有她后来看见诗人当着她的面，又抱着另一个女孩坐在腿上那样痛创、那样哀伤、那样不可理喻地绝望。那时候是她的心疼了，锥子刺了一下的深疼，留下了永久永久的痛创，也留下了她对人的失望和不信任。

有谁在陷入往事追忆时,不是为寻找甜蜜,而只是为回忆痛楚的滋味的吗?倩倩在床板上翻了一个身,不由自主苦笑了一下。同舱的另一个晚报副刊部主任老大姐,此时正一点心事没有地甜蜜酣睡,还时不时随江水的起伏发出轻微的、五十多岁的鼾声。没有心事即是福。倩倩羡慕地想。也许她的心事早已成过去,到了她那把年记的女人都会心止如水。心止如水,又该是经历怎样的煎熬和打磨?

倩倩的自暴自弃,她对自己的施虐,也就是从那次在诗人那儿受骗失贞后开始的。有一段时间,她就好像要用虐待自己来报复谁似的,疯狂地从一个腿摩擦打坐到另外一条腿,疯狂地想以腿中之腿来填充她受伤以后的空虚。结果不知怎的,从无爱之爱的填充中抽离出来以后,她发现却比没有填充之前还要空虚。而且,转过的腿数多了,她也发现原来腿和腿之间其实没有太大的区别,只不过是汗毛根数的多少不同而已。

她渐渐变得有些麻木,对腿失去了兴趣。

这样报复的结果是让她窥破了一切男女的真谛。一切皆是虚无。空虚。虚无的空虚。填充的空虚。

最后一次,她被一条腿狠狠地硌了一下。她被硌得千疮百孔的那次经历,真谛就越发显出了它颠扑不破的影子。那条腿,让她投注最后一腔柔情蜜意的孔武强悍的腿,在她讲到婚嫁的时候,它却出逃了,不愿承担任何连带责任的猖狂出逃,给她留下了破灭流产以后的绝望的窟窿。

她那时是在怎样缝补休整自己啊！她简直就没有眼泪，而是噙着血，那样缝啊缝啊，拼命用最后一点点力气把千疮百孔的破身体连缀。

献过血以后的倩倩心境平复了，彻底平复了。让方倩倩引以为自豪的是，多年以后，当她供职的报社号召义务献血时，全社文人三千，庸人三千，检测结果，唯有她方倩倩还有一腔纯正的好血，一腔年轻的、成熟女人多年来洁身自好修正而来的纯洁鲜血，其他人不是澳抗阳性就是胆固醇或者血脂有点毛病。

倩倩为自己自豪，为自己能活过来，能艰难地度过劫波，能提前勘破世相而得意。她想她在付出了血的代价、在将一腔浊血更新的过程中早已超度了自己，超度了过去，超度了一切人，超度了一切所谓男女。过去的那些羞涩、善良、单纯、希冀、企盼、憧憬、迷乱、诱惑、屈辱、疼痛都不复存在，有的只是循环往复的生命自身，生命按照它自身的逻辑和法则生存运作着。她只是按照生命的一般法则做着和活着，屏除了肉体欢愉、屏除了蓄意索取。屏除了肉体欢愉、屏除了蓄意索取的爱意和温暖让人们彼此善待，真心贴近，并一步步趋近于地久天长。度过了这一劫，心智才可以不遭受蒙蔽，才能够有真正的自由和自在。有多少人，终其一生，一辈子都在这个劫里苦苦跋涉。她却侥幸得以涉渡过去，在她还不算很老的时候，提前进入自由。这卑微的福，该是前生修下的吧？

同船共渡，艰难跋涉。这就是凡俗的人在现世里的庸常境遇。

当然这也就有可能冒失去激情和活力的危险。作为一个肉体凡胎,假如总在肉体的诱惑和声色的沉醉面前不动声色,往后的日子,她要靠什么来把自己激活呢?支撑着她的想象的又是什么呢?但话又说回来,人世间又有哪一样事情是绝对圆满的呢?

君问归期未有期,巴山夜雨涨秋池。何当共剪西窗烛?却话巴山夜雨时。

倩倩起身,轻轻推开舱门,漫步走上甲板。不知什么时候,江上已是风停雨住。点点灯火,又在岸的深处隐现闪烁。两旁的峭壁岩崖,此刻都像经历轮回般分外柔媚光洁,以它们轮回之后曲线蓬生的柔媚光洁飘然进入她的视界。倩倩仰起脸,深深地呼吸着空山新雨后的一泓清洌。

迎向她的,是一枚清新皎洁的水月。

九

一轮水月又大又圆。

一轮水月又大又圆。

十

酷毕也在这一个夜雨潇潇的时刻彻夜无眠。

阒寂的峡谷里,夜显得多长,梦就显得有多长,水显得多长,船就显得有多长。梦就伏在江上,江就伏在水上,水就伏在船上,船就伏在峡上,仿佛不动声色,仿佛波澜不兴,不动声色波澜不兴地划着心思稠密的桨。酷毕毫无层次毫无逻辑地想啊想啊,汩汩的江水敲得他的头都要爆裂了。他天生就是不能多喝酒的人,天生就有点酒精过敏,多喝一点,他的脑神经就要剧痛,皮肤就要发红过敏。可是他的这层牵挂实在是太长,他的这层思念也实在是太长。如果不是借酒盖脸把它发泄出去的话,那么他就永远都没有机会表达了,他就将如任何一次以往一样,把一次可遇不可求的相逢机会举手错过。

一场多情的负气揪斗开始复又平息之后,簌簌的水声把他脑袋里的酒精彻底浇醒。酷毕清醒来后的第一个念头就是:倩倩该会怎样想我呢?

多情应笑我,早生华发,酷毕想。是多情应笑我,早生华发,还是要被人讥笑为傻×?酷毕撸了一把自己的头发,颇有些自我解嘲地,惴惴的心里没底地想。他从来就不会表达,从来就不善于在示爱这方面正确表达。为此他倒很想请教一下那些猎艳高手们:你们面对着你们想要的女人,第一句话都是怎么说的?你们的第一下动作都是怎么做的?

但是他从来也没去问,从来也没敢去问没好意思去问。这么大个著名批评家,向同行请教这么小个问题,太跌份儿、太小儿科了吧?但是他可是真不懂嗳!他可是真的没有下手成功过嗳!说起来简直就跟天方夜谭一样。但这的确是一桩不可否认的基本事实。像酷毕这样的批评家且又少壮,欣逢八十年代文学受到重视的好时节,哪一个不是成果显赫,爱情事业双丰收,到了九十年代以后全都发展成了有突出贡献的享受国家津贴补助身体的小专家呢？

但是酷毕是个例外，酷毕是那种道德自律感极强的青年批评家，这与他生长在孔子的故里有极大的渊源关系。在他的家乡，孔子的牌位，虽屡遭砸碎，但是它的特点就是再拾起来供上时仍旧是囫囵原样，仿佛根本不曾受损，且这掉地一摔完全变成了对它的试金。别人在那个年代发蒙的时候读的写的是"毛主席万岁"，而酷毕发蒙的时候他爷爷给他讲的是《三字经》和《幼学琼林》。长大以后他又刻苦精通了《论语》和诸子百家。发乎情，止乎礼仪，且还要坐怀不乱，就成了酷毕处理日常男女关系的信条和格言。即使在他事业最鼎盛、他的批评家名声如日中天、文学崇拜者和美少女环绕如云的时候，批评家酷毕他也不曾失身。对于一切非分的爱的憧憬，酷毕他总是要在想象之中顽强地进行，一落实到行动上他就不知道该从哪儿下嘴，送他一个美人儿他都不知如何受用。给女孩子看手相算命，曾是某一阶段文学大师们唱猎艳小调前的一个小过门，可人家小姑娘伸出的手腕子白花花的肉露得多了一点，酷毕老师就仿佛视觉无端受损、内心纯洁遭了污辱似的，吓得赶紧背过脸去，闭着眼睛开始对易经乱念瞎背。联谊会上请女大学生跳舞，酷毕老师的胳膊总是绷得笔直笔直的，师生男女距离保持得标准妥帖，一看就是一点跳不出感情来的普通优雅姿态。偶尔遇上沙龙聚会中那种亲密无缝的贴面舞动作，酷毕老师惊惶得手足无措，一扭身掉头就逃，一边还对追来的人解释说：不行不行不行，不能那么跳。哪能那么跳？感觉都给破坏掉了。酷毕从来就不曾下过手,他又怎么能获得成功呢?酷毕老师越是这样纯洁自律,他在民间流传开的形象也就越发高贵、伟大。关于他的艳遇传说同时也是版本多样花式翻新,熟悉他的人都知道那都是在胡扯,根本没有一个是善本。酷毕就是这样顽强地在世俗形态中保持着对爱情的某种跃跃欲试的想象,在所担当的传统角色中四平八稳地策马奔驰向小康。当同龄批评家都敢于借改革开放之机对传统中的一切有所突破和更新(当然,被突破更新最多的就是传统的糟糠婚姻。那时候最先尝思想解放倒霉苦果的就是文人的妻子们),都纷纷趁着一个改革开放的机会翻山越洋,然后回来争当弗洛伊德、容格、卡西尔、弗莱、福柯、德里达、罗兰·巴特以及伍尔芙、埃来娜·西克苏、陶丽·莫依……在中国的免费批发商和义务推销员的时候,酷毕他仍然保持着自己的妻贤子孝,仍旧抱着他的半部现实主义的《论语》不放。也许他真诚地以为半部《论语》就可以治天下了呢!

这可真是东边日出西边雨,也无风雨也无情啊。

执拗的、豁达的、传统的、现实的、坚贞的、隐忍的、深得男女老少众人大家信赖和爱戴的著名青年批评家酷毕先生,谁又知道酷毕的心里究竟又有多少割舍不掉的思念和牵挂?!

酷毕头枕江水,听着几泓浊浪悠然不断溅在船板上,哗——哗,打出无数朵的浪花。旁边铺位上博士含苞早已毫无心事地进入梦乡,睡梦之中小博士还不住咯吱咯吱偶尔磨几下牙齿。还是少年无心事好啊,还是少年无心事好。酷毕心里无限感喟。少年心事当拿云,少年心里无牵挂。像他这样翻来覆去地眷恋、牵挂一个人,可人家是否又领受了他的这一层实在悠久的眷恋和牵挂?

他不知道自己是什么时候跟倩倩认识的,不知道他已经认识了倩倩有多久。他知道他不应该当众将对倩倩的真心流露,可是他就是无法控制自己酒精催化作用后的真情流露。其实他跟倩倩才刚刚开始认识,就在昨天,在船上。但是他们通信的时间已经很久了,他认为他们的神交也已经很久了。他应约给她的报纸写稿,并借机同时写信,用朵云轩的水墨笺,精心用毛笔书写八行。他的私心里认为只有名记者倩倩才配欣赏他的行云流水和笔走龙蛇。因而他借工作之便,对倩倩写信问安便十分勤快、舒爽。逢年过节,寄精美的贺卡,亲手往卡上涂诗或祝福语句。

但是他不知道他如此勤快的信已成了倩倩的一份心理负担。不为别的,因为她回不过来,实在是没时间阅读,也没时间回复得过来。倩倩现在早已是一名成熟干练的新闻工作者,她上互联网,工作时用 Window 95 和 E-mail,开大宇赛手白色跑车,还要负责一个部门的工作,手里像酷毕这样的作者成堆成叠,实在没时间卡来卡去地涂诗抒情。再说她也早没了那份心思。酷毕的信实在是太频了,酷毕真让倩倩头疼。凭良心说,酷毕也是她的那些著名作者当中的、为数不多的能让人放心的一个,跟他约稿,总是如期完成,工工整整用三百字稿纸誊好,准时邮寄到达她的办公桌上,且能顺利没毛病甚至连一个标点符号都不用改地通过审查机关签阅,见报后还能引起现实主义良好反响。倩倩信任并从内心里感激他。而且,酷毕好就好在还从来不找她什么麻烦,约稿就给,从不提什么额外要求,也从来没说要上门来结识、来看看她之类,不像那个偏远地区的大内高手,发他一篇小稿就巴巴地拿茶叶跑来,也不像一些其他男作者,总要找借口上门来说是"看看她",就仿佛一睹大熊猫或其他什么珍稀动物芳容似的。

酷毕就是爱写信,执拗地、诚恳地、默默地写信,谈一些社会主义现实主义的一般问题,谈天气,谈心情,谈他手中从事的课题。那都是仅仅跟他个人有关的问题,他有什么必要强加给他人倾听和知道?倩倩想,倩倩一开始还不甚了解地想。倩倩后来想明白了他可能是太寂寞,他的无以表述的孤独和寂寞,全被他用这种书写方式宣泄到远方她这里来,他当她这里有信赖和安全,且引她以为红颜知己和同道。

他却并不知道他这样做是幼稚和自私的。他不知道这世界早已脱离古典时代,人人都在信息高速网中过着一份惊喘不安的疾跑生活,他这样鹅毛笔管式的单向书信抒怀,无疑是给人增加额外负担。倩倩为难至极。不回信吧,显得失礼,回信吧,说什么?除了公文尺牍,难道她还能说点别的吗?且他作为已婚男人,这样无休止地给一个单身女子写信也是对她日常生活的不负责任。世道苍凉,难道他忘了,从他们有记忆的六十年代起,书信和日记就被作为了什么,有多少人就命丧在这诸种私人生活的外泄上边。且她是一个年轻女人,女人是不能给什么男文人写信的。否则,不是明天他的老婆拿着信打上门来要求逐字逐句解释无理取闹,就是全世界明天都会读到他朗诵出去的她在信中的裸体真情。

可酷毕不是女人,酷毕又怎知她作为一个女人的内心忧惧?万般无奈之中,倩倩只好写信婉转劝诫,建议他也上网吧,也用电脑信箱吧,也用家庭传真吧,这样就少去了多少誊写和邮寄的麻烦。其实倩倩心里是说,那样的话他就会只传稿件而不写信来了,她的不回信的忧虑和自责也会减轻许多。

然而酷毕怎样说?酷毕却就此为由头,痛说开了革命家史。他说他三岁起就开始描红,五岁时在爷爷的催逼下临颜真卿,临王羲之,临柳公权,他的书法从小学二年级开始在少年宫获奖,一直延续到上中学读大学,二十多年的童子真功,他不想让电脑把他从前的生活一下子给毁了。他的过往的荣耀全叫电脑给毁了,顷刻之间给毁了,把他的象形思维给毁了,一手好字全都毁于一旦,用不上了。当他上机用五笔写字的时候,脑袋轰的一下,一下四分五裂,跟被强奸了差不多,一切建立起来的仿佛都给打碎了,仿佛都要推倒重来。他对电脑的憎恨,他的这些不适应,他不能跟别人说,不能跟任何人说,他不愿年纪轻轻就被嗤笑为时代落伍者。看见传媒上报道七八十岁老人们欢呼电脑比年轻人欢呼得欢,这样就更让他无地自容,不能将自己的痛苦暴露。只有对你,倩倩,我才敢真实展露内心这一切,酷毕说,倩倩仿佛能听见他痛哭流泪着说,只有用毛笔给你写信的时候,倩倩,我才能找回自己自爱的那种感觉。倩倩请你不要笑话我,请你不要拒绝我,只有你才是这个世界上我唯一信赖和爱戴的人。

读完了他的信,不知怎的,倩倩在进一步信赖和尊敬他的同时,倩倩对他以前的那种良好感觉也全给破坏得差不多。年轻少壮,来日方长,怎就说开了泄气的话?一句劝诫便惹回了他十页纸,作为男人,也忒黏稠些了吧?从那以后倩倩再也不敢亲笔复信惹他,每次联络,只寄打印一律的约稿信,之后稿到就发,发后就给他开她这张报纸所能允许的最高稿酬。她也只好以此来平衡一下自己的心绪。她努力让自己很世俗地很势利地想,尽管她不能没事儿总陪着他写信回信玩,但是她也算仁至义尽,一点都不欠他什么了。他不是也在她的发行量上百万份的报纸上获得了赢名和挣钱的较大利润吗?屡屡上头条上整版的文章不也是让他用来评职称和报成果了吗?

她明明知道这样想很势利很俗气,还很有些亵渎和对不起他所投注过来的友谊和感情("感情"?),但不这样她就会被他的彩笺尺素给折磨死,她就会被自己的内疚和自责给折磨死。毕竟时代不同了,毕竟已经是九十年代了,毕竟已经进入完全个人化、多元化的世界了,每个人都有个人一己的生活,谁也不愿被别人强加,被别人强行介入进什么。他人是地狱她想倒还不至于,但是每个人都是对自己封闭的单独个体,每个人也都是对他人封闭的独立存在。我们过往的私人生活实在是被侵犯太多,所以我们现在才拼命固守着、保护着、呵护我们的私人领地不被侵犯,我们的个人生活不被骚扰。当我请你来时,你再来,不请时,就不要强行介入难道就不可以吗?

倩倩这样在心里幽怨着,同时她又很矛盾地严厉批判谴责着她自己。要找到人与人相通、相接的桥梁是多么不容易啊!一个人要想深入到另一个人的生活、思想当中去是多么不容易啊!

有意思的是,酷毕对她的不回亲笔信也并不以为意,仍在不断地来信写啊,写。由此看来,"写"只是他自己的事,而"不回"也只是她自己的事。两件事情仿佛并不互为因果,并不互相关涉。认识到这样一个基本事实,理顺了这样一层关系之后,一切就都好办了,一切就都按自然规律,向前平稳滑行顺利延展。及至回头看时,倩倩才恍然大悟:原来是这样啊!原来事情的实质是这样啊!看来谁都不必紧张,不必过分紧张啊!及至这次船上见到酷毕,倩倩的心里还是不由自主地动了一动。见酷毕并非如信中八行纸一样泛黄老朽、要靠人参养颜液和川贝枇杷露止咳的喘态,反而颀长健壮,关云长似的美目凤眼,一起玩耍起来跟个孩子似的。倩倩心里赞叹:很好啊!很出类拔萃,很能与人融合一体啊!那些执拗古怪的信到底是怎么回子事呢?倩倩感喟。她的心里想这个世界真奇怪啊。这个世界上的人可真奇怪啊!人可能都是自我分裂的。不是这儿分裂就是那儿断开。人的社会化过程就是不断自我分裂又逐渐重新缝合的过程。

人在这个世界上安身立命都不容易啊!

人活着真不容易。

酷毕在船上第一眼见到倩倩,终于见到倩倩,他简直就要遏制不住自己内心怦怦乱跳的狂喜!多少个夜里梦里,他都无时无刻无处不在与她相逢,与他命里支撑、梦里支撑的那个红颜知己美倩倩相逢。但是他不敢去看她,他不敢去见她,他怕见了以后,他的命就虚了,他的梦就空了。所以他就隐忍着,隐忍着,怀揣着他的梦,怀揣着他的命,小心翼翼,极力加长他们相逢之前的过程,加长他的独自想象冥思的过程。其实他们的城市跟城市离得相当近,但是他就是不敢前去,害怕前往。他只是殷勤地读报,读倩倩的那份报纸,每逢一见到倩倩的名字,他的眼睛就要润湿了。他想他怎么能这样啊,他怎么能变成这样啊!

他们终于还是在长江三峡上邂逅相逢,终于还是在一条大船上邂逅相逢,偶然遭逢。相逢该是怎样一份狂喜与拘谨!酷毕他不知道能够为她做什么,能够向她表达点什么。他只觉得已经认识她许久,已经见过她许久。他悄悄地对她看不够,悄悄地对她印证、打量个不够,悄悄地对她献殷勤个不够。

但是他却不知他们的相逢这已经是河两岸的相逢,是江两岸的相逢,是峡谷两岸的偶然相逢。她也不曾料到这已是河两岸的相逢,是江两岸的相逢,是峡谷两岸的偶然相逢。他们不是来自同一处岸边,他们不是处在同一个水平线上。倩倩她已经是百折千锤,已经是裂变以后的轮回,已经是获得通脱和自由了。而酷毕他还是原生态,还在拘束着,还有许多男女俗常的情节没有完成,还有许多俗世的使命还没有尽够。酷毕他是一个男人,他在他这个男人世界中注定是要带有使命的。而她则是女人,女人,一撒手,便有了女人进退伸缩的自由。

他们恰巧就在这一时刻相逢了,他们恰巧就在这一点上契合了。他们在一条共渡的船上相逢,彼此相亲相恤,相依相赖,彼此提供安全感,提供礼貌分寸感得当的爱意和温暖。他们所怀有的这种爱意和温暖是不一样的。短暂的相逢却让他们将一切差异都忽略不计。

酷毕的眼睛又温暖地潮湿了。他抬手轻轻擦了一下眼角,然后悄悄起身,打开舱门,慢慢地踱到甲板上。一轮皎洁的水月下,倩倩藕荷色的影子正在船头亭亭玉立。倩倩手扶船栏,脸庞微微上扬,一头长发在夜风里轻拂,仿佛在凝神冥思着什么。酷毕犹疑了一下,还是停下脚步,将身体躲在船舱的阴影里,没有上去惊扰她。他并不知道,此时倩倩正对一轮明月,在心里默默为他祝福,为俗世里的这一个难得的好人祝福,为这一个难得的朋友祝福。

我来晚了,兄弟。而你也来晚了。倩倩说。倩倩在心里说。设若我们是从前相遇,设若我们是从前相逢,那么结局将会大不相同,肯定会大不相同。结局也许会皆大欢喜,也许会皆大欢喜。而现在,一切都变了。一切的虚像都不存在了,一切的真实都如此地裸现,都万分残酷而又平静地裸现。我们还能怎样呢?我们还能做些什么呢?

挣吧,兄弟。她在心里说,倩倩在心里说。挣吧,兄弟。我知道你注定还要在红尘里挣。挣得怎样,就要靠你自己的命了。倩倩说,倩倩由衷地说。无论你挣到怎样,我都会为你祝福。我都会真心真意地为你祝福。

十一

起雾了。

是三峡上常见的雾。水汽氤氲,雾珠儿从天堂的顶端下泻,帘子一般湿润着垂挂下来。那最高处的雾是云,最高处的云是天。云和天和雾它们缠绕在一处,聚成一团一团,一簇一簇挂在峰尖上,白绵羊般笼罩出一群群不太真实的毛茸茸详霭。

例行的开会研讨等日程结束,非例行的猎艳追逐等游戏也以各有所终而告结束。在烟里、在雾里、在云里、在梦里,他们才开始了真正的寻访凭吊历程。新的一天,也是他们的最后一天。新的太阳还远远没有出来,旧的迷雾却久久飘拂不散。他们就在雾霭的笼罩下过夔门,爬白帝城,游小三峡,瞻仰悬棺,浏览女儿树,观仰神女峰。眼下的这一切景致都将在不远的将来,确切点说也就是几个月之后将不复存在。再出现时它们将是换了另一番面目,或变了另一番神采。比方说兀立千年的神女之峰,到那时就无须如此仰望,三峡大坝封峡,江水倒灌回流漫上山去之后,水平面大概正落在她的脚下,或者她的腰间,人们对她简直就是唾手可得,可算得上真正是擦肩而过了。

他们一伙人一道爬山、游峡,还是形影不离地腻在一起,黏在一起。扭头望时,见小姑娘宋乙乙和大内高手也形影不离地黏在一起。他们的心里酸溜溜的,赵日的脸色灰蒙蒙,

胡子塌秃秃,嘴唇都快要酸歪了。倩倩女政委劝慰他们说:

没事。你们不用担心。让乙乙自己慢慢来。乙乙自己会慢慢长大的。

他们都听不懂,望着乙乙与大内成双成对的背影,还在惋惜和愤愤不平。他们当然不会懂。他们不是女人,他们无法和女人沟通。他们都是猎艳者,当然无法体会被猎者的心境。

可是倩倩心里明白。只有倩倩心里才懂。她从乙乙身上又看到了自己的过去,恍惚之间又回望见了自己的昨天。她为她自己自由的今天而感喟,而长叹。如果乙乙遭遇了什么麻烦,需要她帮忙的话,她当然是会挺身而出的。她想。她会毫不犹豫地挺身而出。但前提是乙乙自己来求她帮忙。如果乙乙不需要别人去帮忙的话,那么就谁也帮不了她的忙。乙乙,那就要看你自己的悟性、承受力、忍耐力,看你自己的福气,看你最先遇上的是什么人,是高尚的人还是卑劣的人,是低级趣味的人还是温文尔雅的人。

乙乙,一切就要靠你自己了。

他们爬山爬累了,他们游峡游累了。他们读万卷书,行零里路,长时期的寒窗苦读,让他们的脑袋都有点异常地在脖子上显大,腿脚都有点瘦骨伶仃地废置难用,真正行动起来时都有点不太好使。他们大包小裹,带上土特产和拍完无数卷的相机趔趔趄趄赶将回来,又归回重聚到这一条大船上,一屁股蹾到船板上就再也不想起来。

他们的终点站遥遥在望,他们此行的终点站就要到了。

他们都有一股莫名的惆怅和伤感。仿佛他们在一起刚刚渐入佳境,却又不得不马上就要离开。他们聚拢到船板上,团团围坐着,不知道干点什么,不知道做点什么,也不知道说点什么,仿佛在言不由衷地等待着出口处的水天一色,就等着出口处的水天一色。他们就在雾霭和阴霾的峡谷里干巴巴地坐着,东一句西一句的,不知是说好还是不说好,不知是说告别的话好还是说祝福的话好。酷毕的歌声这时却无意间哼了起来,谁也没想到他还会主动地在这个时候哼出点什么。他唱的是李谷一的《乡恋》或《相恋》。多么难忘,多么遥远!那个最早的用气声唱出的歌曲,一下子就把他们带回到了十年前或者更远的昨天。"你的身影,你的歌声,永远印在,我的心中。昨天虽已消逝,分别难相逢,怎能忘记,你的一片深情……"

唱得他们猎艳队的人都触景生情,鼻子一酸,几乎都要哭了。

那个大学实习生小战士这时也站出来,要给老师们献上一首歌曲。小战士穿着一件桃红的衫子,脑门儿被智慧顶得鼓鼓的,笨儿头显得挺大,眼睛也深深陷进眉毛里去。小战士这一路上由始至终都不太爱讲话,都没怎么插话。他一直跟着他们,跟着他们这些前辈老师们,睁着他黑白分明的亮晶晶的大眼睛,大眼睛黑白分明,亮晶晶,亮晶晶地看着他的老师们,盯着他们,学着他们,充满着新生的好奇,打量着这一片他即将进入的文学世界。与老师们同船共渡的船上的这三天,比他在学校里的三年学到的还多,懂得的还多,顿悟的还多。

　　小战士站在船头,清了清嗓子,然后轻声唱起了《乌苏里船歌》,"啊啊哦嗬嗬呢哪……啊啊哦嗬嗬呢哪……"歌声悠远,绵长,忧郁。那是北方的河水决堤轰鸣的声音,是解冻的冰河撞击船帮的声音,是森林落叶飒飒萧萧的声音,是家园故国不堪回首的忆旧伤心的声音。那时节的阳光就从森林歌声的缝隙中洒落下来,神秘俏丽地附注在水面上,映出一道道金的线和银的线。那时节有许多鱼儿船儿在穿织如梭。如今这一切已决然不见。小战士瞪大忧郁而清丽的小牛犊一般的眼睛,唱着,忆着,他的歌声忧郁极了,他的眼神清澈极了。

　　众人都被他的歌声带进往事的忧郁里。当他们回过神儿来,他们便热情地鼓掌,鼓励他们的小兄弟。接下来众人一致提议,让倩倩也给他们来一首。倩倩也没有扭捏推托,从坐着的船栏上跳下来,将搭在肩头的衫子松松往腰上一系,然后大步走向船梢,昂起头,掐起腰,对着山峦,对着雾气缭绕的水面,就开始放声唱了起来:

哦嗬嗬嗬嗬太阳啊蓝天
哦嗬嗬嗬嗬大地啊草原
那剽悍的雄鹰和骏马
带给我们幻想和思恋
哦嗬嗬嗬……
跟我勇敢的爱人

骑马架鹰的英雄

去飞翔到白云和星空的上边……

她不是在唱,而是在喊歌,用她本真的人嗓,阔亮的,悠扬的,纯情的,豪放的,那样闭着眼睛,对着峡谷,对着高山,对着江河,在喊。她那毛茸茸的磁性的嗓音,只符合这样在旷野里喊,任凭怎样喊都不会破。她唱的也完全不是这长江上的、阴霾笼罩的、细长峡谷的、抑郁忧伤的曲子,而是草原高山的、干燥的、爽洁明朗的曲调。

太阳这时蓦地透过云层,一下子就被她喊了出来,明朗朗地奔了出来,一下子就把这峡谷照亮了。风把她的秀发吹开,拂动铺散在她的脑后,浪从船板上打了上来,溅湿她的裙裾,她却浑然不觉,浑然忘我,那样忘情地,投入地,那样专注地,喊。

他们全呆了,全都被她喊呆了,全都看她看呆了。

她不管他们,只管喊,尽情地喊,用她的禁锢已久的心,做一次肆意的嘹亮奔放的歌唱。一只驳船开过来,船呜呜地向她鸣笛致意,向这个站在船梢上忘情喊歌的漂亮女子致意。又一条客船开过来,船上的游客一齐注目回首,向站在太阳下大声喊歌的年轻女子挥手欢呼。坐在甲板上的猎艳队的成员们也都跟着她一起喊,他们对着太阳唱,对着峡谷喊,一时间竟都忘了自己身置于何处,忘了今昔是何年。

可是倩倩她怎么能够将时间忘却?怎么能够将一切战事忘却?世界杯小组外围赛马上就要开始,不知国家队那些人都备战得怎么样了？唉,算了,她已经对他们不抱希望,不对父兄们抱以希望了。但是她不能舍弃那些孩子们,那些健力宝队的孩子们,那些如朝日初升、朝露初发的孩子们,那些寄托着她对未来无限希望无限憧憬的孩子们。马上就要世青赛比赛了,不知健力宝的他们小组能否出线？跑吧,大羽小宝贝儿;跑吧,小大人李铁;跑吧,帅哥张效瑞;跑吧,铁脚隋东亮。跑吧,孩子们,跑吧,跑吧！下个世纪,下个世纪就靠你们了,就全靠你们了。跑吧,跑吧！

她在这样想着的时候,眼泪止不住地就打湿了她的眼眶,她的双手也不知不觉抬起,向上抬起,向着太阳抬起,成了一种祈祷姿势,站在太阳下,峡谷底,虔诚地向着上苍,向着冥冥之中的主宰虔诚祈祷！

汽笛这时呜呜呜地悠久长鸣,忧郁地,憔悴地,苍远地,幽咽地长鸣。那是船在说话。那是江的祈语。那是上苍在流水山谷间在对她应答。

含情脉脉水悠悠,肠断白萍洲。

问君能有几多愁？恰似一江春水向东流……

招安,招安,招甚鸟安

一

我十岁以前的记忆力特别好。十岁以后的事情,大抵记不清了,也是因为那以后的事情实在发生得太多、太频繁的缘故。只记得十岁那年最后一件清晰留在脑海中的事件是:英明领袖华主席,一举粉碎"四人帮"。我们跟在大人们的队伍后面上街游行,欢庆胜利。游行的队伍敲锣打鼓、呼口号、扭秧歌,吵嚷喧闹着走遍我们城市的每一条大街小巷。就在一个个密匝匝的游行狂欢的人脑袋的上方,伸出来一个接一个的巨幅漫画牌牌,每一张牌牌都足有学校里的小黑板那么大,那上面用黑粗黑粗的线条勾勒着奇形怪状的人物图像,他们一律噘嘴扭臀,歪鼻子瞪眼儿,看上去既丑恶,又夸张,好玩儿极了。

十月,在东北,已经算是进入深秋。记得那天正下着淅淅沥沥的秋雨,雨丝带来了严冬即将来临的萧瑟信息。然而我们不怕,我们根本在乎不了这些。我们都穿着又笨又厚的秋衣秋裤,撑着家里祖传下来的破旧油纸伞,或者就蒙着一块简单廉价的旧塑料布,兴高采烈地加入到游行队伍中来,就那么一路不停地跟着跑啊,跳啊,喊口号啊,雨丝一落到一张张热气腾腾秋苹果似的孩儿脸上,立即化雾消散。

那天走的路程可实在是够远。我们从沈阳市东区的第五人民公社的大门口集合出发,一直冒雨走到隔开两个街区的一座大石桥,然后跨过矿山机械厂运煤的铁道,穿过"九一八"事变的皇姑屯柳条沟遗址,再一路经过故宫和皇太极陵,最后绕回大桥上走回去。虽然一路走走停停,停停走走,不断地歇下来喘喘换一口气儿,但我还是觉得,对于我十岁的小短腿来说,那条路线还是显得太长了,就好像走了一辈子那么长。郊区田野上小鬼子们留下的炮楼依稀还在,它们都缺盖少顶,在迷蒙的雨雾中如一堆堆阴魂不散妄图复辟的坟茔。另一些烙着殖民地和亡国奴色彩的日式砖木小屋,也一幢挨一幢地在雨中散发着一片心怀叵测的寂静。不远处丛丛林立的工厂大烟囱里,喷吐着一簇簇蒸蒸日上的黑色烟雾,它们混混沌沌凝入雨中,同那些片片段段的殖民地残留建筑一起,构成了我所出生的这块土地上的一道独特风景。

游行队伍的口号呼得响亮,锣鼓敲得震天。不断有路边骑车和走道儿的人瞎掺乎进队伍中来,莫名其妙地跟着游一会儿,游累了以后就自动掉队,接着又会添进新的看热闹凑趣的人。我们却是一直要跟着游到底的,因为我们是有组织有纪律的红小兵团体。每隔一阵,我们就举起小拳头,噘起小嘴,像一群群发情的小狗那样朝天上纵声狂吠:"打倒张春桥!""打倒姚文元!""打倒江青!""打倒王洪文!"被打倒的那些人物是谁我们也不知道,只知道在上个月的毛主席追悼会上,那个叫王什么文的,还在我们学校操场的大喇叭筒子里喊口令,让我们对着毛主席他老人家的遗像一鞠躬,二鞠躬,三鞠躬,声音软耷耷的。我们学校从一年级到五年级的小学生,全都立正站在东北九月秋老虎似的骄阳下,站得一动也不能动。光秃秃的大操场上,没有一棵树可以遮阳,也没有一滴水可以解渴,只有电线杆上挂着的大喇叭筒没完没了地呜呜哇哇。很快就有几个一年级小豆包支持不住,中暑虚脱倒下去了。一旁正忙着用手绢擦眼睛的班主任女老师,赶紧分出神来拧掉腮边一挂鼻涕,手脚并用把小学生抱到一旁的乒乓球案子上,从自来水管龙头里接出一茶缸凉水,然后含在嘴里往小孩脸上喷。接着,就像得了什么传染病似的,小学生们噼里啪啦一个接一个往下倒。在我十岁记忆中的那个秋天大操场上,我们站着开的那个会实在是开得太热太长了。

我也有点站不住了,汗水一个劲地从脑门上往外泄,麻秆似的小细腿已经累得打晃,颤颤巍巍的。我想喝水,又很想上厕所,反正是难受得也不知道究竟是想喝水还是想上厕所。这个时候要是能够喝上一口水,或者到厕所里蹲上一会,该有多么舒服!可是老师不让。老师在事前就宣布了纪律,开会期间不允许喝水,也不许上厕所。我们就都乖乖的,谁也不敢举手向老师报告要求。老师还说,谁要是胆敢乱说乱动,谁就是"反动"。我们谁都不敢也不想变成"反动",谁都知道"反动"是一种很坏的很吓人的东西。所以我们就只得把尿和渴都使劲憋着。

低年级小同学一个接一个地躺倒,越发引逗起我也想躺倒一会的想法。这时我脑门上的头发帘都已被汗水粘在了奔儿头上,眼睫毛似乎罩上了一层水雾,什么也看不清,眼前的一切真的都慢慢地打起晃来。我的心也开始颤颤的,憋闷得要命,好像马上就要支持不住了。但我没有倒下,还是一直用上牙齿紧咬着下嘴唇,用意志力把自己要躺倒的想法顽强咽回去。毛主席追悼会这么大的事,我作为一名毛主席的红小兵,怎么能够不坚持参加到底呢!我不停地移动着两腿的重心,一会倚靠左腿站一下,一会儿倚靠右腿站一下,嘴里边默默地数着数:一二三四五六七,八九十十一二十一……数到一百就要开完了,数到一千就要开完了……数啊,数啊,就这么数着,一直数着把追悼会站完过去。

后来,听大人们在私下传说,是因为有个叫"江青"的女人非要给毛主席翻身,其实毛主席那会儿已经病得躺在床上不能动弹,一动弹就要出危险,但是这个江青执意要给毛主席翻身,结果,毛主席就去世了。所以,我们红小兵有一千个理由一万个理由痛恨江青,痛恨"四人帮",他们竟敢合伙谋害我们伟大领袖毛主席。因此我们一路上把"打倒×××"的口号喊得十分响亮,喊得杀声震天,喊得声嘶力竭。那个不知是从哪个厂子派来的大秧歌队,一路上都涂着花脸,披红戴绿,撕扯着缠在腰间的大红绸子,斜迈着抖米嗖二百五的步伐,连蹦带跳,连说带笑,就跟个闹妖精似的,把狂欢的气氛一拨一拨往高潮顶点上发送。

那次载歌载舞的游行回来以后,我就冻感冒了,发烧不止,烧得三天三夜起不了床。就在那次发烧过程中,我的单眼皮中的一只烧成了"贼眼皮",也就是"横看为单竖成双"。"大眼睛,双眼皮,眨巴眨巴真撩人",一直是我小时候的美丽梦想。可那会儿我偏偏是个小黄毛,单眼皮,大奔儿头,豁牙子,虽说有股机灵劲儿,但在镜子里时常还是要自惭形秽。"发烧"这种事件可实在是太好了,它不但能使眼皮成双,还能使人的个头往上蹿不少。听说人的体温一高,细胞分裂拔节的速度就快。可是"发烧"它也有起副作用的地方,那就是三天以后当我醒来时,就变得蔫蔫晕晕,什么话也不爱说,什么故事也不能讲了。我的记忆力迅速下降,他们再让我鹦鹉学舌般背诵大人们写在书上的话,再让我去大讲革命故事时,我的舌头像被一个什么链条拴住了,动不动就爱在嘴里总卡壳,不是忘了这就是想不起那,再去活学活用讲点什么的时候,总是磕磕绊绊显得不很灵光。我奶奶对我的基本评价是:"这丫头,越大越回陷。"

的确,那次游行活动是我童年时代最后一次狂欢。我所有谵妄的记忆都到那时戛然终止。

我奶奶说我"回陷",自有她的理由。因为在那场发大烧之前,我一直聪明伶俐,懂事听话,大人叫做啥就做啥,会背书,会讲用,会大批判,会说"我将来要扎根农村一百年"。我当时听说有一些叫吴献忠、柴春泽、邢燕子的,曾经说过要扎根农村六十年,所以,在代表区里全体红小兵向毛主席表决心时,我就信誓旦旦,把双手紧紧捂在小胸口上,对着台下黑压压的小观众,无限由衷、无限激情地用诗朗诵般的声音吟诵道:"毛主席啊毛主席,我们红小兵,永远忠于您!我们一定要读您的书,听您的话,响应您的号召,坚决走与工农相结合的道路,上山下乡闹革命,扎根农村一百年!"

那会儿,在说这些话的工夫,我是按照我自己的小心眼的估摸,在心里边寻思着:一百年,怎么也比六十年多一点吧?

从此,红小兵要"扎根农村一百年"的豪言壮语就开始在我们那个区里流传开去了。这句话连同我的名字"徐小红"一起,差点就要继黄帅、杨莹之后继续作为"反潮流的小闯将""红色江山掌门人"而变得家喻户晓,妇孺皆知。

可惜的是,我出生得的确是稍微晚了点,历史不给我这茬"徐小红"以家喻户晓的机会了。历史曲里拐弯,迈着十三点的傻×步伐向前走着走着,不知怎的,就拐上了另外一条道儿,稀里糊涂就把我从"徐小红"这种"苗子",变成了后来的"徐坤"这样的"种子",试图让我从另外一个方向茁壮成长为向日葵。

"种子"一词,是在多年以后,当我已步入中年,已接近于一个十岁女孩的母亲那种年纪时,偶然从某家出版物地毯式传媒轰炸的标题导语中得见的。乍一看与我名字相连的这个修饰限定词语,色眯眯,汗津津,还略带一点点甜腥味,我的心里就猛地一沉,心想:糟了!肯定是我暗中喜欢某一球类男子的事情,被当成民间话本传扬了。细一看,方知,原来就是刊物集合了一群人搞擂台赛的那件事儿。写字的人们被集合编队,每一支队伍里,都选出一个人来担当"种子",负责受孕、分娩、开花、拔节等事宜。对于一个中年女性来说,能够荣膺"种子"之角,起码证明还有繁殖能力,内分泌什么什么的还没有萎缩到底。这样一来,能当上"种子"这种东西,岂不是一份特殊的光荣吗?

回头想想,我当年的被培养成"苗子",何尝不是一种大张旗鼓的荣光?

二

我当年当选上"苗子",只是因为我小时候十分胆小,听话,学习成绩好,守纪律,既不会骂人,也不会打架,从不曾违拗过大人的意愿,大人说啥就是啥,老师叫干啥就干啥,一个名副其实的好女孩,整天被管得像个受气猫似的。这样一来,不光是班里那些调皮捣蛋爱欺负人的男生瞄上了我,就连爱抓典型的老师也把我给盯上了。喜抓典型的人通常都是找学习成绩好、业务突出、性格上又老实可欺的人培养。

一个人要是仅仅因为胆子小,不会反抗,不会违拗家长意志,就要被当成"苗子"培养,说怎么捏咕就怎么捏咕,想怎么团巴就怎么团巴,蹂躏起来就像揉他们手中的一个小面团似的,致使苗子我永远都不会用自己的脑袋瓜思考,永远都是跟在别人屁股后边鹦鹉学舌,想想看,这样的"苗子"究竟是"幸"还是"不幸"耶?

后来,又是当许多年过去以后,在我已成了一名庄严的女性学者的那一年,市面上开始流行一本女性通俗手册,名字叫作《好女孩掉粪缸,坏女孩上天堂》。我一看这题目就乐了,心说这话也说得太对了!如果早在三十几年前有人跟我这么讲,我还至于走过多半辈子当"好女孩"的弯路吗?多亏了党的十一届三中全会拨乱反正,纠正了极"左"的错误路线,才给了我三十好几的女人以上天堂的机会。要不然,我这一生,该是怎样地在粪缸里扑腾啊?!

这本书的作者据说是一位美国妇女。虽然她讲的只是美国妇女的道理,但我看见中国的广大的三十岁往上的妇女同志们都举着它奔走相告,欣喜若狂。那些跟我一道搞女性的姐妹同人们在读了它以后,都学会了用最最质量上乘的美国维生素E和法国润肤化妆品,遮盖住脸上当了一辈子"好女孩"的沧桑疲惫,同时还放弃了温良恭俭让的细声细气语调,无论在何等场合,都一律用后半夜的床上嗓子说话,咝啦咝啦的,性感异常,磁性十足地诉说着对这个世界的愤世嫉俗理想。一旦把"好女孩"的贞洁牌坊掀进厕所后,姐妹们立即观念解禁,躯体解放,一骗腿儿翻身跨上白马,老妇聊发少年狂,左牵黄,右擎苍,信马由缰,平步上山岗,腾挪闪跃,叫床之声响亮。

好女孩掉粪缸,坏女孩上天堂。

三

苗子我当年最辉煌的时刻,莫过于胡同里,砖墙上,条条街道是战场,红小兵,斗志昂,革命故事天天讲。学大寨、小靳庄,"批林批孔"批宋江。

　　　　金灿灿的小葵花
　　　　向着红太阳
　　　　向阳院的孩子
　　　　心向党
　　　　爱学习爱劳动
　　　　天天向上
　　　　学好本领接好班
　　　　接好班

　　这是苗子我当年心中的一首歌。
　　苗子们大讲革命故事、宣传毛泽东思想的演出舞台,多半是在"向阳院"里的大空场上。什么叫"向阳院"?我苗子那时还不太懂,不能够对它做出什么完整的解释。但是,那时候,我知道,刚刚退完乳牙不久的我只要事事跟着,只要乖乖听大人们的话,就能被裹挟被夹带着参加,还能得到铅笔、小刀、橡皮等奖励。我们苗子们的宣传毛泽东思想的演出,从街道的社会主义向阳大院,一直演到委、组、公社、区里少年宫。像公社、街道、委、组、向阳院这些设置,大概就是那个年代里的基本行政区域划分吧?
　　苗子我当"苗子"的记忆,就是从过去年代的夜晚,从那一阵阵微风飒飒的街道空场上的大舞台开始。
　　记忆中那么多的无所事事、百无聊赖的夜晚,那么多轰轰烈烈、南风送爽的夜晚,"嘎斯灯"一点亮,我们这些掉完牙总爱用舌头去舔、因而牙齿都普遍长得里外不齐的毛主席的红小兵们,就开始兴高采烈登台表演了。

该跟你怎样描述我们当年演出的那种气氛,该跟你怎样描述当年我们钟爱的那种大"嘎斯灯"的形状呢?那种"嘎斯灯"可否就是人们所说的学名叫作"瓦斯灯"的那家伙?我也说不好,反正大人们的嘴里的音就是这么发的,我们就这样跟着叫。就是把一块一块臭烘烘的青白色石头样的东西放到一个洋铁皮水桶里,然后这些东西就开始跟水产生反应,咕嘟咕嘟冒出带臭气的热泡。这些臭臭的气泡能够燃烧。往洋铁皮水桶当中插上一根铁管,再把四周围盖严,就如同在屋顶立起一根烟囱那样,这时臭气便会都集中于这一根铁管里冒出来,火柴一划,嚓的一声,亮啦!蓝瓦瓦的火苗,向四面八方照亮开去,闪耀开去,光明极了!灿烂极了!

那是蓝瓦瓦的火苗耶!一层蓝瓦瓦的火芯,还镶着橘黄色的金边,柔柔地向高处蹿升、向远处荡漾开去。风一吹来,忽闪忽闪,带有一种瓦斯燃烧的臭臭的气息,飘动游曳出一股股梦幻般的色彩。

我童年时代忽闪明灭的"嘎斯灯"啊!飘忽不定的徐徐臭气里,有我当年刻苦英勇当"苗子"的无邪梦痕。

闪闪发亮的大"嘎斯灯"还不过是辅助性照明设备,舞台上端,还吊着两个25瓦的橘黄色灯泡可以照明。然而在那个物质普遍匮乏的七十年代,"电"是很珍贵的东西,一般人家都舍不得用,平时都用15瓦或25瓦的灯泡,点一个40瓦的灯泡就已经很奢侈,很有些地主阶级故意浪费无产阶级革命用电的嫌疑。因为那时的电表都是几户人家公用,多点的人要横遭大家谴责。而像这种公共场所的大型演出,也基本上是本着节约的原则,节省着每一度电,为着我们的革命和建设。因而舞台上方吊着的小灯泡基本上就成了个摆设,照明的主角就是舞台中央那个洋铁皮桶的大"嘎斯灯"。"嘎斯"这玩意不像点汽油或点蜡那样要花钱,这玩意随便从哪个工厂的电焊工那里就可以讨弄到,点起来真是又便宜又亮。

向阳大院里的"嘎斯灯",因此上就恨不能长亮不熄了。

就在那一个个童年的傍晚,那一个个城市阴晦疲惫、昏昧乏味的夜晚,你看吧,只要"嘎斯灯"一亮,就像看到什么集合的信号,各种各样的动物:两条腿、四条腿、长翅膀、戴眼镜、长疥疮、秃脑袋的……就拉帮结伙地全来了。各种各样的味道也都手拉手凑齐,迎着灯光,扑鼻而至,各色各样声音,尖厉的迟钝的优柔的粗糙的也都肩并踩着高跷蜂拥而来。北方夏季那些个凉爽的夜晚,那些个南风拂面的夜晚,那些个被夏季的苍蝇和蚊子搅得不得安宁的嗡嗡嘤嘤的夜晚,街道排水阴沟的臭气,院墙绳子上小孩裤子上未曾晾干的尿臊,谁家厨房里油烟未散的炸臭咸鱼的腥咸,都兴冲冲地卷裹进南风里一路朝向"嘎斯灯"光妩媚翩跹。远处走来的是谁家的爷们儿,鞋后跟儿早已经踩扁,走起道来深一脚浅一脚像陷在泥沼里,可是还仍旧不屈不挠地将鞋帮跋拉着,手里摇动一把噗噗漏风的大蒲扇,把满嘴的大葱大蒜味儿很顽强地往四周围扇。那又是谁家的娘儿们,紫红色奶头上正吊着一个贪婪吸吮的孩子,一股股奶香或奶馊味冲出半敞着的怀儿,嘻嘻哈哈挤进夏天傍晚舞台下方一阵阵偶来的季风。风还把满地的废纸吹得优柔飘拂,那多半是墙上贴的标语、各种各样大字报的碎屑。阴沟和纸屑成为我们演出场景当中的重要组成者,"嘎斯灯"闪烁和人声喧哗无情敲击着我们的视觉和耳膜。

我们这时都紧张兴奋地在舞台下方候着,小脸蛋儿都给抹得通红,小眉毛也给描得黢青,两瓣嘴唇涂得乌紫,眼睛给画得黑洞洞,活像一群群刚从坟地里偷吃过死孩子的小鬼们。那一只只黑乎乎的小鬼眼儿不停地觑睞着,打望着潮水般涌来的人民群众——究竟啥叫人民群众?眼前的这些就叫作"人民群众"耶!我们的小胸口都怦怦乱跳个不停,那里边似乎都深藏着一股股破茧而出立即变成小飞蛾扑火的冲动。我们的小眼珠儿这时简直都不够用,叽里咕噜乱转,手臂没有地方放,脚掌也没有地方搁,就那么大家互相靠在一起,"挤啊挤啊挤香油啊,挤出来粑粑换糖球啊"。我们嘴里边假装说说笑笑,手里边忙乱地打打闹闹,不停地动作着,动作着,给自己找一点事儿干,试图以此来化解掩盖内心里的紧张。

舞台,此时正沉睡在我们的头顶上方。那个阔大幽深的木头长条搭起的舞台,凝滞不动又仿佛总在随风起舞的舞台,沉静地躺在我们头顶的上方,仿佛暗夜沉浮的一艘大船,摇曳不定,不知道方向。它是从来就有的,还是人们后搭上去的呢？我们不知道,谁也不知道,好像在我们出生之前它就已经立在那里了,好像我们出生之前几百年、几千年它就已经存在了,那个黑黢黢,阴沉沉,无边无际,无法无天,无缘无故,无遮无拦,无怨无悔的人生大舞台,像个魔障,像个梦魇,像个磁场,像个旋涡,我们这些小人儿不由自主地被吸附进去,被搁置、竖立在舞台上,谁也躲不掉,谁都逃不开。好像谁见了它都有飞身上去一试身脚的激情渴望,谁上去了以后却又都有置身悬崖的忧惧和徘徊。

我们不管。我们不懂。我们不怕。我们什么也不明白。我们只知道,能上去,便是一种光荣。只要我们这些红小兵们一上去,一跳上去,那个死舞台就变活了,就跃动起来了,就欢快起来了,就随着我们的童稚之心一起谵妄起来了。

一个谵妄起来的舞台!

而站上去之后,才发现,它其实是那样临时,它其实是那样简陋,它只不过是宽阔平坦的大空场上,用几摞砖头外加几把椅子垫起的几块长条木板。一蹦,下面就传来哐哐的回响,让人怀疑是踩在棺材板或者耗子洞上,好像随时都有可能崩塌。可是不登上它,又该怎么办呢?不站在台上,我们又怎能高出人们的平均视线,怎能让人们看见小小的我们自己,怎能让人们看得清我们的表演?

锣鼓点敲响,"铛——铛","嘎斯灯"点亮,"呲——呲",众声喧哗之中,我们亮相;众目睽睽之中,我们出场。

有人先出来报幕。报幕员是我们学校四年级一班的女生,外号叫"马屁精"的那个小姑娘。她穿着一件粉红色的布拉吉,每根朝天撅的羊角辫上都绑了四个皮套,把辫子勒得一鼓一鼓的,像脑袋两边长出了小棒槌。平常,我们每个小女孩才敢在辫子上扎两根橡皮筋,她一下子就敢勒了四个,可真是够臭美的。要不是因为她爸爸是有名的工宣队队长,老师能让她当红小兵团主席吗?老师处处偏向她,还把报幕这么出风头的活儿交给她来干。其实我们都知道她学习成绩不好,歌也唱得总跑调。可没办法,老师宠着她啊!只见她小碎步一溜儿扭到台上,把粉红色的短短的小裙裾一撩,右腿往左腿后边稍微移半步,往下一弯,身形随之微微朝下,半蹲不蹲的,给观众行了一个封建公主地主老财礼,也许是一个芭蕾舞演员的礼,然后用憋在嗓子眼儿里的小细声,尖声报幕道:

"沈阳市东区第五人民公社,工农兵小学,毛泽东思想文艺宣传队,汇报演出,现在开始!("哗——"鼓掌!鼓掌毕。)第一个节目,大合唱:《无产阶级文化大革命就是好》!演出单位:三年级一班。"

然后,她又撇了撇腿,哈了哈腰,扭扭摆摆一溜下去了。然后,就有一群刚刚吃完死孩子的血红嘴唇冲上台来,扯起小嗓门,齐声噘起嘴,仰天大叫:"无产阶级'文化大革命',嘿,就是好!就是好哇就是好哇就是好!"唱到"就是好"这里时为了加强效果,还要配以身段,那就是双手挥动,往前,往上扔,脚底较劲,使劲蹬踏,跺脚。台上简陋的地板被三年级一班的喊"好"的人给跺得一个劲地颤巍巍,连"嘎斯灯"都给震得摇摇晃晃忽闪忽闪的,直跺得天地无声,日月无光,粉尘惊起处,是台下观众一个个龇牙咧嘴的傻呵呵的笑容。

该我上场了。

我的节目是讲革命故事。

我此时被报幕出去的身份是"红小兵革命故事员"。

要重复我当上"红小兵革命故事员"的光辉革命历程吗?那真是一件相当不容易的事情。当一个好女孩、好苗子的首要条件,先就是要听话,听各种各样的话;还要积极参加活动,参加各种各样的活动,并在各种各样的活动过程中担当人们所指派所需要的那种角色。

我最初就是因为"听话",而被稀里糊涂裹挟参加进"向阳院"团体活动的,并在那里加入毛泽东思想文艺宣传队。在那里我们按辅导老师分派的角色,学习唱歌、跳舞、唱样板戏,打快板书、说三句半、讲革命故事。经过一段时期的筛选和考验,老师发现我虽然记忆力好,吐字发音也比较标准清晰,弯腰劈叉的柔软劲儿也说得过去,独独就是不爱合群,一些群体项目比方说像集体舞、表演唱、三句半等,我夹在人堆中,不是先踢腿就是后张嘴,节拍总是不对,总不能准确融入众声合鸣中。辅导老师开始以为我小脑有毛病,总不能跟别人动作协调一致,差一点就不要我了。无意之中,在一次讲革命故事的过程里,老师发现了我的个人表演上的才能,于是决定把我留用,专司讲故事一职。

"讲故事"这东西谁也不爱讲,看似枯燥乏味,又得朗诵又得背,完全不像集体表演项目那么火爆热闹。最初老师塞给我一个"向阳院的故事"让我试讲,这时她已对我不抱希望,已准备把我从宣传队中放弃了。故事是我们辅导老师自己写的,讲的是街道的那个小脚老太太主任,领导向阳院里的邻居刻苦学习毛主席著作的事迹。故事的底稿上说她总是以身作则,吃饭的时候学,走道的时候学,上厕所的时候学,睡觉之前也要学上几页,"一天不学,思想落后,两天不学,方针不透,三天不学,就要变修",这是辅导老师写在纸上的小脚老太太主任的名言。可是我知道小脚老太太不认识字,她是我们家街坊,跟我奶奶一样是没有文化的睁眼瞎,她怎能说出这样动人深刻的名人名言呢?

可是我什么也没说,乖乖地按照老师的要求做了。好孩子怎能违背老师意愿呢?很快我就把这几张纸上的字背下来,还顺理成章地加上了动作,小嘴讲得呱呱的,小手比画得啪啪的,简直连一点奔儿都没打。哎哟我们老师这份高兴,如同她的作品得见天日发表了一样,当场就把"红小兵革命故事员"这个美丽封号降到了我头上。

我二年级小豆包的嫩肩膀,谁知它将从此扛上些什么东西啊?!

……此时我就站在巨型舞台的中央,一盏"嘎斯灯"就在我身边蓝瓦瓦地闪亮。夜幕黑沉沉地压下来,压下来,在远处渐渐透出湛蓝。光线和气息一道飞舞,模糊了台下人的脸,什么也看不清晰,只觉得黑压压的一片。扑过来的味道和气息是诱人的,忘我的,狂欢的。我虽看不见风,但风能用翅膀告诉我,它正在从四面八方悄悄吹来。它正用它温柔的风之触角给我以深情的提示:今晚,现在,我就是这舞台上的女主角。

我就裹在这风的万种柔情当中,所有的感官细胞都打开了,所有的触觉都警醒地立了起来。幸福和自豪感在我的胸膛里一波一波地涌动。今夜晚我站在这舞台上,正在被万众所瞩目所青睐,这种感觉有多么美妙多么好!

多么美妙!多么好!

我从遥远的虚无处收回目光,又用大黑眼洞中的小黑眼珠将观众环顾一遍,将注目礼深情献上。然后,我低下头去,深鞠一躬,清清亮亮,用我的童稚小嗓开场白道:

"各位爷爷奶奶,姑姑大爷,叔叔阿姨,同学们,您们好!我叫徐小红,家住铁道东,今天,我给大家讲个故事,故事的名字叫:向阳院里新事多。故事原来是这样的……"

"敬爱的爷爷奶奶,姑姑大爷,叔叔阿姨们,同学们,您们好!我叫徐小红,家住铁道东,今天,我给大家讲个雷锋叔叔的故事,故事的名字叫:苦难的童年。故事原来是这样的……"

"敬爱的爷爷奶奶,姑姑大爷,叔叔阿姨们,同学们,您们好!我叫徐小红,家住铁道东,今天,我给大家讲个故事,故事的名字叫:秦始皇残害商鞅。故事原来是这样的……"

"敬爱的爷爷奶奶,姑姑大爷,叔叔阿姨们,同学们,您们好!我叫徐小红,家住铁道东,今天,我给大家讲个故事,故事的名字叫:柳下跖怒斥孔老二。故事原来是这样的……"

"敬爱的爷爷奶奶,姑姑大爷,叔叔阿姨们,同学们,您们好!我叫徐小红,家住铁道东,今天,我给大家讲个故事,故事的名字叫:大寨精神永放光芒。故事原来是这样的……"

我看见我抹着红脸蛋,涂着红嘴唇,一身红衣红裤,脚穿红鞋红袜,头扎粉红色缎带绫子,绫子在脑瓜顶上系出一个夸张的大蝴蝶结。我的脸蛋放红光,我的脑瓜发着红色的革命畅想。我就像个红色的小妖精一样,一上得台去,灯光一亮,我就仿佛"成精"了,仿佛就找到了"成精"的感觉,嘴就仿佛不是我自己的,脸也不是我自己的,手不是我自己的,脚也不是我自己的。它们也不知道是谁的,也不知道是谁教它们主动露出讨好谄媚的笑意,也不知道是谁人的声音、谁人的形象在它们身上着魂附体。它们见风使舵,它们如影随形,它们赤胆忠心,它们随风而逝。

我的小嘴在不知不觉地开阖,我的手和脚在不由自主地做着动作。站在偌大空旷的舞台中央,有谁知道苗子我此时此刻的心理感受究竟是怎么样?风啊风啊,它们正从四面八方徐徐吹来,蓝瓦瓦的"嘎斯灯"咝咝作响。我仿佛进入一种黑沉沉的幻觉,什么也看不见,什么也听不见,仿佛一根无形的绳索在牵着我,牵着我的手,牵着我的脚,牵着我的头脑,牵着我的每一个动作,牵着我的口舌发音。我不用问,也不必想,自由自在,随意忘我,进入舒服清爽的大境界。

"我们都是木头人儿,谁也不能动一动。"这是我童年玩的一种游戏的歌谣,数完这种口令后,每个参加游戏的小孩就要保持一种姿势不动,看谁能坚持得最久。先动的人就算作是输了,要罚他背着每个人转一圈。

……舞台上的我,仿佛也在做着一种不由自主的游戏。我把手脚里外上下扔甩得很频,我的口舌叭叭乱转更是不知道自己在说些什么。"……身段呀,要注意身段!"我仿佛听见辅导员老师正在严厉地纠正我。那些讲故事的身段,都是严格固定的,比如讲到"放光辉,放光辉"的时候,就要将手从里到外扔出去,往外,往上举,用老师的形象比喻就是:"掏出心窝子甩到天上去。"如果是讲到某一个坏人,有关他们的动作就是,手指一律向下指,向地上戳,还伴有愤怒的、狠狠的一声哐的一声跺脚的动作。

这些我都记住了。牢牢地记住了,把它们牢记在脑海里,融化在血液中。当然,血液也自有它血液自身的毛病,有时血流一不畅,也不知怎么搞的,脑袋一迷糊,我就把身段搞乱了。比如说秦始皇和商鞅,谁是好人谁是坏人,不大那么容易记得清楚,秦始皇说话的时候,我一不小心,就把他动作往上举了,而轮到商鞅说话的时候,我却又把他的动作往下扔了。排练的时候(多亏是排练的时候)就要遭到辅导老师的狠狠呵斥:"徐小红,你还有点阶级原则和立场没有了?"

我就吓得浑身一激灵,明白自己错了,虽然不明白秦始皇和商鞅这俩人是谁,他们究竟都是干什么的,但是老师的呵斥就足以证明我自己错了。于是我赶紧调整方向,把上上下下的方向性错误及时纠正过来。

讲故事的声音呢,也有讲究,好人说话声音什么样,坏人说话声音什么样,坚决不能弄混。至于男人和女人、大人和小孩儿、老头和老太太说话声音有什么区别,老师说就不用细管它了吧,先把好人和坏人分清,这是最最重要的。只要把这个弄懂了,别的什么都好办。

按照老师指定的这个基本原则,我在讲到孔老二时,就要把身体尽量萎缩成一团,照着"批林批孔"小人书上画着的那一个小瘦老头的瘪样子,故意拿捏着嗓子,从嗓子眼儿背后发出一种不男不女的怪声,学着孔老二说话:"劳心者啊——噢治人,劳力者啊——噢治于人,仁者啊爱人,你们要克己呀复礼……"一水儿的公鸭嗓,非常滑稽,学着学着,自己就要忍不住发笑。而讲到柳下跖那个农民领袖时,就要气宇轩昂,高门大嗓,一副高大全的英雄模样,所向无敌,所向披靡,不断地挥手,跺脚,蹬踏,坚决要把孔老二踩在脚下。

革命故事的情节,坚决不允许篡改,要完全按照白纸黑字上写的照搬照念。只有一次,我自己偷偷将故事内容篡改了一点点。只有一点点,但还是被老师发现了,立即批得我狗血喷头。那就是在讲雷锋叔叔的故事《苦难的童年》那次,其中有一段情节,说雷锋小时候到地主家的山上打柴,结果被地主发现了,狠心的徐家地主婆拿着柴刀,在他的手背上连砍三刀。雷锋用手捂住血流如注的伤口,擦擦眼泪,愤怒地说:早晚有一天我要报仇!要报仇!

讲到"要报仇"这里时,我一边左腿拉开弓字步,右手呈刀刃状,往左手背上频频起落,做"砍"的动作,一边用哭声描述,嗓子眼哽咽。老师要求在这个节骨眼上要掉眼泪,但我有时能掉下来眼泪,有时掉不下来眼泪。不管怎么说吧,因为能够声情并茂,每次基本上还都达到了激起阶级仇民族恨的效果。

这个段子让我讲得太著名,从街道学校向阳院一直讲到公社,讲到区少年宫,最后还得了一个优秀节目二等奖。我班男生就在背后给我起了个外号,一见面就在我背后喊"徐家地主婆""徐地主婆"。我很愤怒,但又不敢和他们打架,无法制止他们。情急之下,我就动了个小心眼,擅自把故事里的"徐家地主婆"改成了"于家地主婆"。下一次演出时被老师发现了。我刚一讲完故事走下台,老师就从那边上来将我截住,厉声厉气呵斥:

"徐小红,你什么阶级立场?!"

我吓得一哆嗦,急忙干嘎巴着嘴说:"我,我……"就一句话也说不出来。

"你好大的胆子!怎么可以擅改革命文章?"

"我,我……"我已憋得泪花在眼里打转转。我听见我嗓子眼背后发出痛苦委屈的吭哧声,可是嘴眼嗫嚅着,像小鸡见了老鹰,完全说不出话来。在我的受教育程序中,没有"反抗"和"辩解"这两条。所以逢到这时候真就成了哑巴。

"你说,你为什么要改?不说清楚,今天就不要走。"老师不依不饶,非要查问出个水落石出,就像对待个阶级敌人似的。

这一下我更害怕了,吓得哇的一下哭出声来,一边用手背在脸上抹眼泪,一边就着自己的哭音壮胆儿说:

"同……同学们骂……骂我,叫……叫我'徐家地主婆'……"

"这有什么?就这一点小事?"老师的口气仍旧十分严厉,还带着几分不屑,"还培养你当红苗子呢,怎么连一点阶级觉悟都没有?你跟徐家地主婆划清界限不就完了嘛。"

老师说。

老师这么说。

我擦干眼泪,只好又把故事里的地主婆的姓又给改了回来,下次再讲时,让她跟我一样,还是姓徐。

四

我就这样讲啊,讲啊,直从街道讲到区里,又从区里讲到市里,捧回来的奖状一张又一张,一批又一批。这期间,那个报幕的小马屁精女孩已经毕业上了中学,我自然而然接替了她的位置,当了学校红小兵团的主席。上台发言、主持会议、代表同学表决心、参加革命大批判等,这些活动对我来说,逐渐成了家常便饭,也逐渐成了老生常谈,我跟那些形形色色的麦克风、小喇叭筒等道具成了朋友,只要灯光一亮,我往前边一站,众人目光往我脸上一聚焦,喇叭电源接触不好吱吱哇哇一叫唤,我就立刻精神亢奋,开始做身段,比画动作,讲现成的那些假话,那些屁话,假话屁话顺口而出时真是溜光水滑,愉快得果真像放屁一样。它们打着旋儿,在夜里和白天尽情地向台下的观众和看客们飞去,他们就都臭气烘烘愿打愿挨地受了熏染。现在离了舞台后边那根牵着的线我也不怕了,老师也再不用担心我会擅改、会说错什么话了。经过长期艰苦的动物驯化以后,说那些话,干那些事已经成为了我嗓子眼儿里的自在,还在逐步成为我脑瓜仁儿里的自觉。我小身子骨上动物般的条件反射程序,差不多已被按要求设置安装完毕。

五

"各位爷爷奶奶,姑姑大爷,叔叔阿姨,同学们,您们好!我叫徐小红,家住铁道东,今天,我给大家讲个故事,故事的名字叫:黑李逵智斗矮宋江。故事原来是这样的:……你看那贼宋江,结党营私,架空晁盖,把那聚义厅,改为忠义堂……还做出反动的《满江红》一首。诗曰:

"喜遇重阳,更佳酿今朝新熟。见碧水丹山,黄芦苦竹。头上尽教添白发,鬓边不可无黄菊。愿樽前长叙弟兄情,如金玉。统豺虎,御边幅。号令明,军威肃。中心愿平虏,保民安国。日月常悬忠烈胆,风尘障却奸邪目。望天王降诏早招安,心方足。

"正唱到'望天王降诏早招安',只见李逵怒睁圆眼,只一脚,便把椅子踹翻了个,大喝一声:招安,招安,招甚鸟安! 一声怒吼,吓得那贼宋江屁滚尿流,慌忙躺在地上抱头鼠窜说:'快,快,快来人哪,把他给我押下去,宰喽!'李逵大无畏的革命精神,永远值得我们红小兵学习……"

"停! 停!"

一旁叫停打断我、帮我练习彩排的,是我的本家叔叔,我的红卫兵叔叔徐卫东。徐卫东叔叔毫不犹豫地打断我说:"你这个地方搭配的动作不对。'招安招安招甚鸟安',你怎么能举手往上指?"

我说:"李逵是好人哪! 好人说话不就得往上指。"

"那也不对,不标准。这地方,嗯,就这个地方,'招安招安招甚鸟安'这里,应该是两臂平伸,胳膊像波浪一样抖动,像鸟儿张开翅膀飞翔的样子。喏,就像这样,这样。"

我的徐卫东叔叔一边说着,一边站起来给我做示范,只见他猿臂轻舒,做波浪形摇动,一摇,一摆,一起,一伏,如大雁展翅,也如鲲鹏或者雄鹰在万里蓝天翱翔。他那姿势舒展,明朗,富于动感,有变化,比我的单纯的手掌往天上指强多了。"你做一遍我看看。"

我的红卫兵叔叔说。

我对我的红卫兵叔叔从来都是坚信不疑的。他说是这个样子,那么就绝对应该是这个样子。我就仿照他的模样,伸开我的不太长的小学四年级的手臂,振动我的双肘,上下摇摆,起伏划动,像一个笨鸟儿要飞的样子。

"角度还不够。胳膊再抬高一些,往上,对,往上,弯曲,振动幅度要大,像飞机要离地起飞。"

我的叔叔又过来把我的胳膊肘儿往上扳了扳,直到我的翅膀摆动的幅度和疯狂的动感,符合了他心中的"鸟安"的理念。

是的,这就是我"评《水浒》,批宋江",大讲革命故事"招安招安招甚鸟安"的具体形式。我便这样摇动翅膀,以胳臂代翅,飞啊飞啊,从这儿飞到那儿,又从那儿讲到这儿。我的故事越过无数无数个观众、无数审查节目的老师、无数各级文艺领导的眼,被一层一层,一层一层调演、提拔上去,参加更高一级别的"批林批孔批宋江"文艺汇报演出会。我记得我用这个"招安招安招甚鸟安"的故事所换来、所赢取的奖品很是辉煌,其中有两个硬皮大笔记本,一个带吸铁石的海绵铅笔盒,五块香橡皮,一把彩色铅笔,两本装帧精美的红皮《毛主席语录》,一本厚得像砖头样能砸死人的《奴隶的女儿》,它的封面是一个戴白头巾满脸褶子的中年妇人。

所有这一切,都多亏了我的叔叔开恩,有耐心给我辅导动作,才使我能取得如此辉煌的成绩。平时我一请教他点什么,他总是很有些不屑的样子,说:"这么简单的问题,自己看书去!"结果,我就得乖乖地自己去乱查书,查了半天也查不太准。比方说,我很想知道什么叫李逵,什么叫宋江。我的红卫兵叔叔只是按照他的想法给我辅导动作,并没有把这些关键的问题告诉我。关于这些,最后我还是从小人书和各种漫画上知道的。宋江就是那个光着大脚丫子,肚皮上的肥油溢出了裤腰带之外,一脸横肉,仰面朝天斜倚在地,嘴里啃着油汪汪的鸡腿的那个,一看这就是个坏人无疑。再看李逵,一脸浩然正气,脸上胡须根根倒立着,跟革命钢针似的,一手拿板斧,一脚蹬踏座椅,身高几丈开外,大巴掌巨大得像个铜盆,最后还能把宋江踩在脚下。这样巨型的人物,不是好人是什么?

叔叔的辅导使我讲故事获奖之后,我更是对他佩服得五体投地。从小,我的徐卫东叔叔就是我心目中的偶像,他无所不会,无所不能。虽然他对我的态度总有些不太好,但我听说,有能耐的人都多多少少有些傲气。所以,就连我的红卫兵叔叔不爱搭理我的"傲气",在我的心目中也变得伟大起来。你看,他只是简单辅导我一个"招安招安招甚鸟安"的身段,我立即就能获奖。多么了不起!

七十年代的时候,我的两个红卫兵姑姑早已下乡插队去了,正在家里上中学当红卫兵的我的小叔叔徐卫东,也信誓旦旦早早在大会小会上呼好了坚决下乡的口号。不要说他,就连红小兵我,不是也早已发誓长大以后要扎根农村一百年吗?

虽然我奶奶对叔叔下乡这件事情坚决反对,她认为她守寡拉扯大的几个儿女,个个不听话,个个不在身边,闺女儿子媳妇,下乡的下乡,走"五七"的走"五七",一个也得不上济,扔下家里这祖孙三代人相依为命,结果身边这个小儿子又在张罗着要下乡。我的奶奶很有看法,她能表示自己心中看法的方式也不过就是常常暗自流泪。可是,我的红卫兵叔叔的满腔革命热情,是谁的眼泪能拉得回的吗?

我的叔叔徐卫东是学校里的兵团主席,浓眉大眼,人长得很帅,"双眼皮,大眼睛,高鼻梁,厚嘴唇",十分符合我小时候对男人的审美标准。叔叔平时喜欢穿一身草绿色民间军热服装。不穿军装,穿便服时,他就故意穿一件带补丁的裤子,裤子上的补丁非常夸张,用深色布料补在浅颜色的裤子上,或者用浅色布料补在深颜色的裤子上,在膝盖处补出四四方方两个大块,与裤子的整体其他部分反差十分明显。离老远一看这人就是平时一点一滴学雷锋,生活上坚持艰苦朴素。我知道这是我叔叔徐卫东特意央求我奶奶为他制作的,补丁里边的裤子根本就没有破。

叔叔下乡之前,在他还在上学的时候,我一直都是他的跟屁虫,他走到哪儿,我就死乞白赖地跟到哪儿,哭着喊着的,整得他没办法。记得小时候,他们学校一开大会,我就央求跟着他去,把他死缠烂磨得没办法了,他就气哼哼地牵着我,把这个烦人的侄女交给手下的某一个男生或女生,然后就忙着上台主持会议去了。侄女我就在台下瞪着杏核小眼,乌溜溜地紧盯着台上指挥大合唱、打着有力拍子的我叔叔,听他们唱柬埔寨歌曲、苏联歌曲、朝鲜歌曲、阿尔巴尼亚歌曲。那些歌曲通常是这样唱的:

> 赶快上山吧勇士们
> 我们在春天里参加游击队
> 敌人的末日就要来了
> 我们的祖国只要发展只要解放

或者

> 啊,亲爱的祖国啊
> 你就是我的家……

唱到这儿,就有的女生哭了,不知为什么。领唱的女生就捂着脸跑下了台。这是在我童年记忆里,一直感到纳闷的一件事。听她们好像是说,谁家的祖国正在遭受侵略什么的,一唱起这歌来,心里就不太好受。

当然,也有不哭的歌,越唱越兴奋:

> 听吧,战斗的号角发出警报
>
> 穿好军装拿起武器
>
> 青年团员们团结起来踏上征程
>
> 万众一心保卫国家
>
> 我们再见了亲爱的妈妈
>
> 请您吻别您的儿子吧
>
> 再见了妈妈
>
> 别难过,莫悲伤
>
> 祝福我们一路平安吧……

还有什么:

> 白头山上有颗星
>
> 闪耀着光芒
>
> 明亮的星星照着我
>
> 像雄鹰展翅飞翔……

唱得我的热血澎湃,被他们的肃穆虔诚的神情感染了。

我热爱和崇拜我的红卫兵叔叔。有时我会偷他的红卫兵袖标悄悄戴戴,有时会偷来他的钢笔悄悄写一写。他什么都会写,会写诗,还会写"和毛主席词一首"。什么叫"和毛主席词一首"? 不明白。可能就是和毛主席一块写一首词吧!能和毛主席一块儿写词,不是也太厉害、太伟大了吗? 我叔叔他还会画画,我记得他画的最大的一幅画是,把一些臭墨

涂到一张白纸上,黑黑白白,然后自己装裱成足有大黑板那么大,贴在我们家一进门堂屋显眼处,旁边题:

星垂平野阔
月涌大江流

雄浑壮阔,很有气势。我虽不懂,但这些字画每天映入我童年的眼帘,让我足足记它记了一辈子。

我的叔叔有一个习惯性的将手叉腰动作,就像画面上的伟大领袖毛主席那样,右手高举挥动,左手叉腰,大拇指手指肚向下,样子十分迷人。我整个的童年都被他这种模仿毛主席的姿态迷住了,有的时候我也偷着照镜子学一学,但怎么学也不像,后来我好不容易才找到线索,才明白我之所以学不像,就因为我是女的嘛!女的,怎么能想象着当毛主席呢?

再后来,等我长大了,到了婚嫁年龄,便自己找了一个对象,领进家门来让我姑和我奶奶相看。头一次领进家门时,她们一见,霎时间都愣了:这小伙子咋这像死去的卫东啊?!

她们这么悄悄跟我一说,把我也弄愣了。仔细一看,我未来的丈夫鼻隆目阔,嘴唇厚,眼皮双,常爱做振臂一呼状,只要他的手一没地方放了,就高高举过头顶,又摇又挥。他叉腰时,大拇指的手指肚也是向下,举手叉腰的动作,都跟我徐卫东叔叔一个样,都是毛主席他老人家伟大形象的忠诚模仿。我的心里便不由得突突一下子。

彼时,我那亲爱的红卫兵叔叔早已死于他下乡以后的一次山体滑坡事故,连一个囫囵的尸体也没给我们家留下。

在我漫长的青春岁月中,我的红卫兵叔叔一直是个不灭的影子。以后每逢看到有青年男子做毛主席振臂一挥状,我都能听见心里怦的一声,过去年月里的一抹潮红,就会不自觉地涌上我的眼眶。我的眼睛,就会被温情的潮水柔柔地润湿了。

在我的记忆中,我的红卫兵叔叔,永远定格在他23岁的无敌青春年华。

我的童年和少年,就在一片做扑闪翅膀状的"鸟安"声中胜利结束了。

六

我再一次听到人讲"招安招安招甚鸟安"这个词,已是在我18岁以后,在庄严隆重的大学课堂里。

那时已是八十年代的初期。十七八岁的我们,那时对本土的东西已不太感兴趣。我们那时崇洋媚外如饥似渴。我们还囫囵吞枣不求甚解,继承和发扬光大了我们自己小时候被灌输的那种"听话"的遗风,老师说什么,就是什么。除了考试、背题、迎接高考,别的什么也不知道,傻子似的,从没有过时间和机会给我们独立思考。确切点说,是我们还不具备独立思考的能力。那些文学名著,本来自己看得好好的,有爱情、有欲望,有各种复杂的心理动因,可怎么一到了老师课本的讲义里,都变成了"无产阶级和资产阶级的斗争史"?不按老师的讲义答吧,考试就不会给及格。没办法,按照他们说的背吧,又感觉有点不是那么回事儿。整天搞得人有点迷迷糊糊的,不知道谁的说法对,不知道究竟怎么办才好。

古典文学课算作例外。因为古典文学课的老师人太怪了,跟我们看到的其他科目的老师都不一样。他从不照本宣科,连讲义都不拿,每次都是空着手,走进课堂来,啪惊堂木一敲,坐下便开讲。

"惊堂木"就是黑板擦。每次他把惊堂木啪地一敲,都把人敲得心里一震或心里一激灵。当然也着实让坐前排的学生嘴里吃了不少粉笔灰。但学生仍旧挤挤擦擦愿意往前排占座。

他负责讲的这一段是古典文学中的明清小说。有时我们甚至觉得,由他来讲明清小说简直太对了!他要是不讲明清小说,那么谁还能够来讲明清小说呢?

我们的古典文学老师的那张嘴,太爱说了,太能说了,太会说了,要不然,他怎么会一生经历坎坷,被打成右派,九死一生?!在别的右派都已彻底摘帽平反时,他却因为性格耿直狷介,人缘不好,尤其是跟领导搞不好关系,总是不能彻底平反,摘帽右派又当了好几年。工资啊、房子啊、职称啊种种待遇迟迟不能落实兑现。

我们都听见过他跟系里闹房子,听见他就站在人来人往的教学楼楼道里,大声冲着系主任嚷嚷:"若不行,我们老两口就把门口的垃圾箱拾掇拾掇,变猪狗钻那里睡去。"那会儿他的一头白发冲冠,怒目圆睁。转身进得教室门来,坐在讲桌前,便发出慨叹:"白发三千丈,缘愁似个长喃哪!"

他在业务上最棒,谁也比不了。学生民主评议时,他的分数总是最高。我们愿意听他这门课,是否有什么独到见解我们作为学生的也不好说,单凭他能把那四大名著情节复述得得心应手,讲课就像讲故事似的,这就足够吸引我们的了。他讲刘备那大耳贼,耳朵如何如何长,如何如何会收买人心,讲桃园三结义,讲滚滚长江东逝水,讲猴子七十二变逃不出如来佛手心……简直太有趣,太好听了。

在讲《红楼梦》时,他不但能背得出那些个曲子词,还能将淫丧天香楼的死鬼秦可卿屋中那些淫器摆设,一一如数道来,如数家珍。那些印刷体的书面文字一进了他的嘴里,便转换成一种生动、魔幻的语言,散发出语言的独特的色香味。并不是每一个会读书认识字的人,都能将那些文字很好地在口语里复述出来。直听得我们眼睛都不眨,身子一动都不想动,听课听得专心致志。

等他讲到《水浒》这课时,古典文学课已接近尾声。那天正好是一堂下午的课,热烘烘的空气搅得人昏昏欲睡。书里的情节热闹,他讲得又比较激情,所以瞌睡虫勉强能从我们眼皮子里驱除。我这时的脑子里稍微有些迷糊了,手里拿着笔,在本子上乱画,希望能把午后三点钟最最困乏的时刻挨过去。就在这时,忽然听到,《水浒》当中的那段《满江红》从他嘴里开始了!我的神经一震,一下子清醒过来。他的抑扬顿挫与我潜伏在心中的少年记忆蓦地相撞,嚓的一下冒出激情的火焰,我当时是这样想:又一个能背下《满江红》的人来了!

《满江红》：

喜遇重阳，更佳酿今朝新熟。见碧水丹山，黄芦苦竹。头上尽教添白发，鬓边不可无黄菊。愿樽前长叙弟兄情，如金玉。统豺虎，御边幅。号令明，军威肃。中心愿平虏，保民安国。日月常悬忠烈胆，风尘障却奸邪目。望天王降诏早招安，心方足。

他抑扬顿挫，我笔走龙蛇。只听得笔尖在纸上唰唰走过，我心中暗自得意：整个一届，整个年级，整个大阶梯教室里，百十来号听课的学生，能记录下这首《满江红》的，唯我而已矣！唯我过去年代的"徐小红"而已矣！

《满江红》唱罢，接下来就是那段转折，武松叫道："今日也要招安，明日也要招安去，冷了弟兄们的心！"黑旋风怒睁圆眼，大叫："招安，招安，招甚鸟安！"只一脚，便把桌子踢起，颠作粉碎。

讲到这处，冷不防，只见我们老师猛然立起，一米八几的驼背水蛇腰大个，砰地拔直，手里拿着黑板擦在讲台上狠狠一摔，"啪——"，接着一声悠扬颤抖的念白：覆巢之下无完卵哪嗨！巢之将倾，鸟儿如何可得平安?!

声音之洪亮，之悲怆，之幽怨，为他讲课慢悠悠风格中所罕见。

我们全体听课者全都受到了震撼！于是，我的课堂笔记里便有了这样的记录：招安招安招甚鸟安，覆巢之下无完卵，鸟儿如何得平安。

我靠着这样的标准答案，期末考试时得了91分。

七

我又一次听人说书,说《水浒》,是在乡下,在讲师团。那年我21岁。

那时我虽已经21岁了,且已经大学毕了业,但仍旧是一脑子糨糊。我自己思考过什么吗?没有思考过什么。我自己承担过什么吗?没有承担过什么。就连游行罢课等什么什么的所谓大事吧,也是因为凑热闹,必须参加集体活动而已,过后的责任也从不需要自己来负。有老师,有学校挡着呢。作为学生,干点什么过火的事儿都有理,都有辙。而且,我比别人更迷糊、更不谙世事不辨人间真伪的地方在于,这些年来,我一直都当着好女孩,几乎都当出了惯性,当出了毛病,当得像模像样,当得有滋有味,当得总受表扬,直当得我二十来岁青春年少已过,还两手空空,个人经历一片惨白,既不曾手淫自慰,也不曾早恋破身,既不曾自恋自个儿,也不曾爱恋他人。一个最不好意思说的地方,就是对自己和对异性的躯体特质懵懂无知。虽说好奇之时,也偷偷从医学生理书上看到过男性人体构造,初步掌握了人体骨骼的横切面和纵剖面,但却是一直搞不懂,与导尿管相连的他们身体前的那一块多长出来的赘肉,除了排出"尿"这种毒素废物之外,还兼有什么业余热胀冷缩功能。

这样糊涂的直接结果,就是下了乡以后,总碰到这方面的尴尬,人家说一些乡间淫俗俚语,我一点也听不明白,脑袋瓜子不往那个上面开窍。比方说,众人坐车下村子,一个人下车小解,他们就说他是去"摸鱼去了","逮鸟去了"。我当时在一边还傻乎乎地接口问:"哎,那下面有鸟吗?那下面有鱼吗?我也去摸吧。"结果惹得车里人一阵哄堂大笑,笑得我还不知道他们在笑什么,还以为这是赞赏我的求知好奇心呢!

我傻而无知,然而自己并不知觉,还一直怀着文化人的启蒙优越感。我去的那一带,属于冀鲁豫交界地区,经济不发达,生活也相当贫困,古时候却是盛产土匪和山大王的地区,现如今人也精明得跟猴子一个样。除了懒,不爱做活,其他的像要麻将推牌九,什么娱乐活计都干。其中最值得称道的是,那里盛产说书艺人,据说是老祖宗传下来的手艺。闲来无事时,我在那里听了不少段子,汲取了不少民间文学养分。

最最让我不能忘记的,就是那夜晚,秋季的临回城前的那个月明风清的夜晚,我所在的那个乡的领导为了欢送我,也为了感谢我在乡下的一年间给他们小学校做出的贡献,特地找来一个最有名的乡下说书人,专门为我演了一场。当然还有乡里几个头头脑脑,以及他们的老婆孩子什么的也跟着一同享受了一把。

说书的场地也选在乡政府的院里。白朗朗的乡间月光照着,风吹来一股股成熟的玉米香。明朗的气息真是令人陶醉。尤其是,怎么会这么巧,说书人这一段书说的是《水浒》,正是那梁山泊好汉欲排定座次的那一章节。说书人背到那首《满江红》时,我的心又跟着不由自主颤颤。念完一曲《满江红》,然后按他们说书人的程式,再用白话文念白解释了一遍。接下来就是那段著名的"招安,招安,招甚鸟安"。

说书人不愧为说书世家之后,说起书来情绪饱满,字正腔圆,神形毕肖,引人入胜,赢得听众一阵又一阵掌声。

送走说书人离去后,大家继续留在乡政府办公室里喝水,聊天,夸那个说书人讲得怎么怎么好。

我本来也应该跟着大家一样说的,并且还应该特别感谢人家对我的盛情欢送。可是不知为什么,就跟我脑子里的哪根筋转轴了似的,在那种大家一起说说闲话、没话找话的场合,我却怀着文化人的优越感,却拗着人家的夸赞在一旁发表见解,十分较真地纠正说:"刚才他把字念错了,'招安招安招甚鸟安',他念的是 diǎo 安,应该是鸟安。"

我这么一说,周围人都愣了,一脸的惊讶,以为我这是在说什么淫话,或者跟他们打情骂俏挑逗着玩。再一看我脸,一脸的认真严肃,不像玩笑的样子,况且我平时也没有跟人开玩笑的习惯,他们就有点不懂了,于是那个上了岁数的乡会计,复又不相信地问:"大学生,你说什么呢?"

"他念错了一个字,应是招甚鸟安,我小时候讲故事讲过这个段子。"

"噢——"

"扑哧——"

出现几个怪声,接着马上停顿,众人又做一脸严肃状,说:"哦,是鸟安,是鸟安,一招了,那鸟能不安吗!到底是人家城里来的女大学生有文化。"

他们假装茅塞顿开,互相挤咕挤咕眼儿。有些人为了憋住笑,还不得不哈下腰去假装系鞋带。可我一点没明白他们这弯腰挤眼儿的动作代表的是什么。

水喝得太多,这时我出去上厕所。拐过几间砖房,走到房山背后的四处漏风的茅坑边,撩起裙子,蹲下,就听得隔壁那边有哗哗的放水响,间或有乡会计与乡长的对话:"那个城里来的大姑娘咋那飘乎乎的?连个鸡巴diǎo都不懂,还在傻了巴叽地说diǎo啊鸟啊的。"

另一个邪笑着说:"人家是没见过咱这diǎo玩棱呗。"

然后是有点尿声抖动的声音,放水声响得磕磕绊绊,还有一些得意的狂笑。

我啊我啊,当时可听得我啊,我蹲在茅坑上,假若茅坑的洞再大一点的话,我就会顺势一头栽下去,简直不想活了。我可真没脸了呵!可是丢死人了呵,我!我念了一辈子的招安招安招甚鸟安,我还厚颜无耻地把那个"鸟"字的发音去给人纠正,却原来不过是"招安招安招个什么diǎo安,招安招安招个什么鸡巴安"!

这样一个鸡巴安啊!刹那间我一生二十几年来的学问的底儿都给鸡巴洞穿了。

我简直不知道我是怎么提上裙子跑出去的,然后又是怎么一头钻进屋子里再不肯出来。我恨自己,也恨别人,恨我从前的一切,也恨茅房里那两个淫笑着耻笑我的人。我还怎么能够有脸见人哪我!

八

回城以后,我满怀羞惭,同时也是无比愤愤的,开始清算我自己从前被装置进去的知识结构。这一查不要紧,无意中,我竟追查出,我所崇拜的我的红卫兵叔叔、我的右派老师、外加上他们所指导出来的我,原来都是一批没有文化的人。我们的这些所谓"文化",羞羞答答,藏藏掖掖,远不如农村大老粗说的一句粗话顶用,远不如他们的一个"鸡巴"能将事物的本质戳穿。

可是……反过来说,从前我所知道的那些"鸟安",不管是像鹏鸟一样振翅翱翔和美,还是像"覆巢之下无完鸟"一样翩翩惊飞,比起最终的"招个鸡巴安"的解说,我想,或许,都自有他们的道理。

围绕着"鸟安"所发生的这一系列事情给我一生的影响非常之大,以至每每回想起来我都不能释怀。在以后的岁月里,我按一般正常人的生命节律,找对象,结婚,在都市里求生,在人群里漂泊,风刀霜剑,样样经历,样样体验,深深感受到了作为一个文化人在这块土地上生存的不易。回首往事,在已近而立之年之时,我忽然涌起强烈的讲故事欲望。这次却不是用嘴,而是用笔,用笔来讲述我生命中所遭遇的一些东西。供我童年时讲革命故事的那个黑沉沉的大舞台已不复存在,但是一个更大的自由升平的文化空间却是在我面前展开。从前我背诵别人写好编造好的那些东西,现在我却讲的写的是我自己的经历。

于是就在我 27 岁的那一年春天,我开始伏案编造那种叫作"小说"的故事。橘黄色的台灯一打开,面前一铺上洁白的稿纸,不知为什么,我就会不由自主地进入谵妄状态,仿佛又回到了童年,又站在了那个阴沉沉舞台的蓝瓦瓦的"嘎斯灯"下,我身着红衣红裤,扎一段长长的粉绫子,绫子在头顶系出一个大大的夸张至极的蝴蝶结。我冲台下黑压压的人群行一个礼,挓挲开小手,先来一段程式化的念白:

"敬爱的爷爷奶奶,姑姑大爷,叔叔阿姨们,您们好!我叫徐小红,家住二环东,今天,我给大家讲个故事,故事的名字叫:黑李逵智斗矮宋江……看那贼宋江,结党营私,架空晁盖,把那聚义厅,改为忠义堂……只听得李逵大喝一声:招安,招安,招个什么鸡巴安!"

然后,我平伸双手,波浪形摇曳,不由自主又做出振翅高飞状。

图书在版编目（CIP）数据

徐坤精选集 / 徐坤著. -- 北京：北京燕山出版社，2014.6
ISBN 978-7-5402-3547-5

Ⅰ.①徐… Ⅱ.①徐… Ⅲ.①中篇小说—小说集—中国—当代②短篇小说—小说集—中国—当代 Ⅳ.①I247.7

中国版本图书馆CIP数据核字（2014）第095445号

徐坤精选集

作　　者	徐　坤
责任编辑	常思薇　王　然　王月佳
责任校对	张瑞武
封面设计	小　贾
出版发行	北京燕山出版社　联系电话　010-65240430
	北京市西城区陶然亭路53号　邮编100054
经　　销	新华书店
印　　刷	北京盛源印刷有限公司
开　　本	787×1092　1/32
印　　张	15.5
字　　数	308千字
版次印次	2014年7月第1版　2014年7月第1次印刷
定　　价	36.00元

版权所有　盗版必究